Ruth Rendell

Der vergessene Tote

Ruth Rendell

Der vergessene Tote

Ins Deutsche übertragen
von Eva L. Wahser

blanvalet

Die Originalausgabe erschien 2007 unter dem Titel
»Not in the Flesh«
bei Hutchinson, London

MIX
Papier aus verantwortungsvollen Quellen
FSC® C014496

Verlagsgruppe Random House FSC-DEU-0100
Das FSC®-zertifizierte Papier *EOS*
für dieses Buch liefert Salzer, St. Pölten.

1. Auflage

Satz: Uhl + Massopust, Aalen
Druck und Einband: GGP Media GmbH, Pößneck
Printed in Germany
ISBN 978-3-7645-0342-0

www.blanvalet.de

1

Tom Belbury starb im Mai. Inzwischen war der Sommer vorbei, aber Jim vermisste seinen Bruder Tom mehr denn je. Keiner von beiden hatte je geheiratet, und so gab es weder eine Witwe noch Kinder, nur die Hündin Honey. Jim nahm Honey, die er immer gern gehabt hatte, zu sich. Außerdem war es Toms Wunsch gewesen. Er hatte sich große Sorgen um Honey gemacht, als er erfahren hatte, dass er nicht mehr lange leben würde. Was würde wohl aus ihr werden, wenn er nicht mehr da wäre? Immer wieder hatte Tom davon angefangen, obwohl ihm Jim wiederholt versichert hatte, er würde Honey zu sich nehmen.

»Hab ich's denn nicht zigmal versprochen? Willst du, dass ich dir Brief und Siegel drauf gebe? Wenn du das willst, mach ich's.«

»Nein, ich vertrau dir. Sie ist ein braver Hund.«

Tom hatte nicht auf den Falschen gesetzt. Das Cottage, in dem Jim wohnte, war schon das Elternhaus der beiden Brüder gewesen, und jetzt zog Honey bei ihm ein. Eine Schönheit war die Hündin nicht. Sie konnte ihren kunterbunten Stammbaum aus Spaniel, Basset und Jack Russel nicht leugnen. Tom hatte zwar immer behauptet, sie sehe wie ein Corgi aus, und da jeder wusste, dass die Königin Corgis hielt, habe der Hund sozusagen das königliche Gütesiegel. Das konnte Jim allerdings nicht erkennen. Trotzdem hatte er Honey immer mehr ins Herz geschlossen, denn abgesehen von ihrer treuen Zuneigung hatte sie noch eine großartige Eigenschaft: Sie war ein Trüffelhund.

Jedes Jahr hatten Tom und Honey Anfang September das eine oder andere Waldstück in der Nähe von Flagford auf der Jagd nach Trüffeln durchkämmt. Viele Leute machten sich darüber lustig und behaupteten, Trüffel könne man nur in Frankreich und Italien finden, aber nicht in Großbritannien, obwohl Honey eindeutig welche fand und dafür mit einem Stück Fleisch belohnt wurde, während Tom die Trüffel an ein berühmtes Londoner Restaurant verkaufte, vierhundertfünfzig Gramm für zweihundert englische Pfund.

Jim war der Geschmack der Knollen zuwider, aber für eine Summe von zweihundert Pfund oder vielleicht sogar noch mehr konnte er sich begeistern. Er wusste, wie eine Trüffeljagd ablief, auch wenn er Tom nie begleitet hatte. Deshalb konnte man ihn mit Honey an einem milden und sonnigen Septembermorgen im sogenannten vornehmen Viertel von Flagford finden. So nannten es jedenfalls die Nachbarn, denn links und rechts der Pump Lane erhoben sich inmitten ausgedehnter Parks die Anwesen von Flagford Hall und Athelstan House. Herr und Hund interessierten sich weder für diese Häuser noch für deren Bewohner. Ihr Ziel war Old Grimble's Field, ein Eckgrundstück zwischen der Gartenanlage von Athelstan House und zwei völlig identischen, freistehenden Häusern namens Oak Lodge und Marshmead.

Ähnlich wie beim Heiligen Römischen Reich, das laut Gibbon[1] weder heilig noch römisch gewesen war, geschweige denn ein Reich, handelte es sich bei diesem offenen Stück Land nicht um ein Feld, und Grimble war auch nicht sonderlich alt und hieß eigentlich auch nicht Grimble. Seit Jahren hatte sich niemand mehr um das völlig überwucherte, ungefähr viertausend Quadratmeter große Grundstück gekümmert. Schösslinge hatten sich in Bäume

1 Gemeint ist der britische Historiker Edward Gibbon (1737–1794), der in seinem Werk *Verfall und Untergang des römischen Imperiums* diese Ansicht vertrat (Anm. d. Red.).

und Zwergsträucher sich in Büsche verwandelt, Rosen, Liguster und Hartriegel waren zu Hecken emporgeschossen, und die Bäume hatten inzwischen das doppelte Volumen. Irgendwo auf diesem üppigen Waldstück stand ein halbverfallener Bungalow, der Grimbles Vater gehört hatte. Die Fenster waren verrammelt, und allmählich rutschten immer mehr Ziegel vom Dach. Hier war Tom Belbury im Vorjahr mit Honey auf Trüffeljagd gegangen und hatte verkündet, es wachse ein wahrer Schatz an Exemplaren der Gattung *Tuber* heran.

Tom hatte die Belohnung für Honey offen in der Brusttasche seiner Lederjacke herumgetragen und deshalb meistens nach nicht mehr ganz »taufrischem« Fleisch gerochen. Damals war Jim davon nicht sehr begeistert gewesen, aber jetzt erinnerte er sich liebevoll daran. Der gute alte Tom wäre ganz aus dem Häuschen gewesen, wenn er hätte sehen können, wie Jim und Honey wie zwei alte Kameraden Old Grimble's Field ansteuerten, auf den Spuren von Toms alter Leidenschaft. *Vielleicht kann Tom ja zusehen,* dachte Jim wehmütig und stellte sich vor, wie Tom aus einem fernen Trüffelwald in himmlischen Gefilden herunterschaute.

Honey war die Chefin. Tom hatte immer behauptet, sie würde sich von einem Schwarm Trüffelfliegen zu einem ganz bestimmten Platz am Fuß eines Baumstamms leiten lassen. Jetzt führte sie Jim tatsächlich zu einem ausgewachsenen Baum, den er für eine Maulbeerfeige hielt. Und hier konnte er die Fliegen mit eigenen Augen sehen.

»Los, Mädel, buddeln!«, rief er.

Bereitwillig tauschte Honey ihr Fundstück, einen tennisballgroßen genarbten Klumpen, gegen einen Brocken Lendensteak ein, den Jim aus einem mitgebrachten verschließbaren Plastikbeutel holte.

»Dieser alte Pilz wiegt mindestens ein halbes Pfund«, sagte er laut. »Brav Honey, weiter so.«

Und Honey machte weiter. Die Trüffelfliegen ärgerten sie. Sie schnappte nach dem Schwarm und jagte ihn auseinander, dann bewegte sie sich mit der Schnauze schnüffelnd zu der Stelle, an der die Fliegen am dichtesten gestanden hatten. Dort fing sie erneut zu buddeln an und holte aus der üppigen Mulchschicht zuerst einen viel kleineren Trüffel und danach eine Knolle, die entfernte Ähnlichkeit mit einer großen Kartoffel hatte. Und wieder gab es zur Belohnung ein paar Steakbrocken.

»Da drüben surren jede Menge Fliegen herum«, meinte Jim, wobei er auf eine wahrscheinlich hundertjährige Riesenbuche deutete. »Wie wäre es mit einem Ortswechsel?«

Honey hatte dazu keine Lust. Darin glich sie einem Diamantensucher, der sich so lange weigert, eine Ader aufzugeben, aus der er bereits ein Vermögen an Edelsteinen ans Tageslicht gefördert hat, bis er hundertprozentig weiß, dass dieses Flöz erschöpft ist. Honey schnüffelte, buddelte, hieb mit den Pfoten nach den Fliegen und buddelte wieder. Die Suche nach weiteren Trüffeln verlief indes ergebnislos, und das ausgegrabene weiße Objekt, das jetzt wie ein Fächer auf der rotbraunen Erde lag, war für Honey uninteressant. Kein Zweifel, das war eine Menschenhand, besser gesagt das Skelett davon. Keine Spur mehr von Fleisch, Haut, Adern oder Sehnen daran.

»Ach, du lieber Gott«, rief Jim Belbury, »Mädel, was hast du da nur gefunden?«

Honey hörte auf zu buddeln, als hätte sie ihn verstanden, setzte sich hin und legte den Kopf schief. Jim tätschelte sie. Dann legte er die drei Trüffel in den eigens dafür mitgebrachten Plastikbeutel, verstaute ihn in seinem Rucksack und zog sein Handy heraus. Der ehemalige Landarbeiter Jim mochte zwar ein altes Provinzei sein, das in einem Cottage ohne Bad und Kanalanschluss wohnte, aber wie sein fünfzehnjähriger Großneffe wäre er nie ohne sein Handy aus dem Haus gegangen. Da er die Nummer der Polizeistation von Kingsmarkham nicht kannte, wählte er einfach die Notrufnummer 999.

2

Da lagen sie nun vor aller Augen, die Fundstücke aus der Grube: ein Haufen Knochen, die eher wie Besenstiele aussahen, und ein Schädel, an dem noch die Reste von verwesten Gewebefetzen hingen. Und alles in einen lila Baumwollstoff eingewickelt. Zwei Stunden hatte man nun schon unter den wachsamen Augen Jim Belburys und seines Hundes gegraben.

»Mann oder Frau?«, wollte Chief Inspector Wexford wissen.

»Kann man schwer sagen.« Die junge Pathologin sah wie ein fünfzehnjähriges Model aus: schlank, groß, blass und nicht von dieser Welt. »Sobald ich mich näher damit befasst habe, werde ich es Ihnen mitteilen.«

»Wie lange liegt das schon hier?«

Carina Laxton musterte Wexford und seine Assistentin, DS Hannah Goldsmith. Letztere hatte die Frage gestellt. »Und wie lange sind Sie beide schon bei der Kripo? Müssten Sie nicht längst wissen, dass ich Ihre Frage nicht sofort beantworten kann, wenn eine Leiche offensichtlich schon jahrelang unter der Erde gelegen hat?«

»Schon gut, aber – Monate oder Jahrzehnte?«

»Vielleicht zehn Jahre. Eines kann ich Ihnen allerdings verraten: Sie vermessen und fotografieren, als hätte jemand die Leiche letzte Woche vergraben, aber das ist reine Zeitverschwendung.«

»Vielleicht kann uns Mr. Belbury weiterhelfen«, meinte Wexford, der beschlossen hatte, nicht näher auf Jim Belburys unbefugtes Betreten einzugehen. Vermutlich ging das schon seit Jahren so. »Hat Ihr Hund schon früher mal hier gegraben?«

»Nein, nicht an diesem Fleck«, erwiderte Jim. »Dort drüben, wo größere Bäume stehen. Darf ich Sie was fragen? Glauben Sie, dass hier was faul ist?«

Nein, dürfen Sie nicht, hätte Wexford am liebsten gesagt, aber dann wurde er doch nachsichtig. »Irgendjemand hat ihn oder sie begraben, also muss man davon ausgehen …« Hannah fiel ihm ins Wort.

»Gesetzestreue Bürger begraben keine Leichen, die sie zufällig finden, das wissen Sie doch«, sagte sie scharf. »Vielleicht sollten Sie sich auf den Weg machen, Mr. Belbury. Vielen Dank, Sie haben uns sehr geholfen.«

Aber so leicht gab Jim nicht auf. Wexford war ihm sympathisch, und weil alle Übrigen – Hannah, die Einsatzbeamten, die Fotografen, die Pathologin und verschiedene Polizisten – für ihn nicht zählten, lieferte er dem Chief Inspector einen detaillierten Bericht über sämtliche Anwesen in der Nachbarschaft und deren Bewohner. »Das da nebenan, das gehört Mr. Tredown, und dort unten wohnen die Hunters und die Pickfords. Da drüben, auf der anderen Seite, das gehört Mr. Borodin. Ich hab mein ganzes Leben in Flagford gewohnt. Gibt nichts, was ich nicht weiß.«

»Dann können Sie mir ja sagen, wem dieses Grundstück gehört.« Mit einer vagen Handbewegung streckte Wexford den Arm aus. »Muss mindestens ein Morgen Land sein.«

Seine politisch korrekte Assistentin murmelte irgendetwas von Hektar, und dass dies »heutzutage« die passendere Maßeinheit sei, aber keiner beachtete sie sonderlich.

»Anderthalb Morgen«, bestätigte Jim mit einem bösen Blick auf Hannah. »Bei uns in der Gegend gibt's keine Hektar. Die überlassen wir dem Gemeinsamen Markt.« Wie viele Leute seines Alters meinte Jim damit die Europäische Union. »Wem es gehört? Na ja, Mr. Grimble, wem sonst? Das hier ist Old Grimble's Field.«

Obwohl Wexford einsah, dass die unterirdischen Pilze eigentlich rechtmäßig diesem Grimble gehörten und er vielleicht sogar eine Straftat unterstützte, bedankte er sich bei Jim und bot ihm eine Mitfahrgelegenheit in einem Polizeiauto an.

»Mit meinem Hund?«, wollte Jim wissen.

»Mit Ihrem Hund.«

Dieses Angebot wurde dankbar angenommen. Anschließend gingen Wexford und Hannah zur Straße hinüber, wo mehrere Polizeifahrzeuge neben dem Bürgersteig parkten. Die Straße mündete schon bald in dem etwas übertrieben pittoresken Dorfzentrum von Flagford, auf der High Street. Hier standen die Kirche aus dem dreizehnten Jahrhundert, ein Gemischtwarenladen mit Poststelle, ein Geschäft, das Mosaiktische verkaufte sowie einige Cottages mit Bruchsteinmauern. Eines hatte ein Reetdach, ein anderes sogar einen eigenen Glockenturm.

Im Auto meinte Wexford zu Hannah, er könne sich trotz seiner häufigen Besuche in Flagford nicht erinnern, dass ihm dieses Grundstück schon einmal aufgefallen wäre.

»Ich glaube nicht, Guv, dass ich hier schon mal gewesen bin«, sagte Hannah.

Inzwischen hatte er sich an ihre Anrede gewöhnt. Vermutlich hatte das Fernsehen auf sie abgefärbt, wahrscheinlich die Polizeiserie »The Bill«. Nein, er schätzte diese Anrede nicht, auch wenn er zugeben musste, dass sie im Trend lag. Inzwischen hatten alle seine Beamten diese Anrede von Hannah übernommen. Niemand sprach ihn mehr wie früher mit »Sir« an. Und genau damit hatte Wexford Probleme. Jetzt aber sinnierte er über den Ort, an dem die Leiche gefunden worden war. Burden würde den Grundstücksbesitzer kennen. Einer seiner Verwandten wohnte in Flagford. Wexford glaubte sich zu erinnern, dass es sich um den Cousin von Burdens erster Frau handelte.

»Bis wir wissen, wie lange die Leiche schon dort gelegen hat«, merkte Hannah eben an, »können wir nicht viel machen.«

»Hoffentlich hat es Carina bis zum späten Nachmittag herausgefunden.«

»Inzwischen könnte ich mehr über diesen Grimble in Erfahrung bringen; vor allem, ob ihm wirklich das alte Haus auf dem Grundstück gehört.«

»In Ordnung, aber lassen Sie mich vorher noch mit Mr. Burden reden.«

Hannah, eine schöne junge Frau mit schwarzen Haaren und weißer Haut, warf ihm einen ihrer berühmten Blicke zu. Wann immer er den Fauxpas beging, Wörter oder Formulierungen zu gebrauchen, die sie als veraltet empfand, trat in ihre großen braunen Augen ein weicher Ausdruck, in dem sich übermäßiges mitleidiges Bedauern mit dem Wunsch mischte, ihn sanft zu tadeln. *Mister* Burden, also wirklich, sagte ihr Blick, auch wenn ihre perfekten Lippen verschlossen blieben. Der Rangunterschied verbot ihr jeden Tadel, aber Blicke blieben straflos. Wie hätte Wexford vielleicht gesagt? Eine Katze darf sogar einen König ansehen.

Es war ein milder sonniger Tag von jener Art, wie ihn die Meteorologen unter »vorwiegend heiter« einstuften. Für September war es noch recht warm, die Bäume trugen noch ihr volles Laub, und es hatte sich kaum verfärbt. Die Blütenpracht der Sommerblumen in den Töpfen, Kübeln und Balkonkästen wollte kein Ende nehmen und prangte noch üppiger als im August. Eigentlich wären inzwischen die ersten Nachtfröste fällig gewesen, aber bisher waren sie entgegen dem Trend ausgeblieben. Wenn das die globale Erwärmung war – etwas anderes konnte sich Wexford nicht vorstellen –, dann versteckte sie ihre Schreckensfratze hinter einer Maske milder Unschuld. Der Himmel, auf dem winzige weiße Puffwölkchen dahintrieben, war milchig blau wie im Hochsommer.

Kaum war Wexford wieder auf dem Revier, rief er Burden an, aber die Voicemail des Inspectors erklärte ihm, dieser habe in einem der Vernehmungsräume zu tun. Vermutlich verhörte er gerade den minderjährigen Darrel Fincher, den man mit einem Messer aufgegriffen hatte. Jedes Wort des Jungen stand von vornherein fest, auch wenn man keinen Ton von der Unterredung hören konnte: Das Messer trage er zu seinem Schutz mit sich herum. Ohne ein Messer fühle er sich auf dem Heimweg von der Schule, oder wenn er abends ausging, nicht sicher. Daran seien nur »diese Scheißsomalis« schuld, würde er sagen. Die wären überall und hätten alle Messer. »Scheißsomalis« – so nannte man heutzutage Leute mit dunkler Hautfarbe, genau wie man früher sämtliche Orientalen wahllos als »Scheißpakis« bezeichnet hatte. Wexford konzentrierte sich wieder auf die Leiche aus Flagford. Vielleicht hatten sie Glück, und die Leiche hatte höchstens ein oder zwei Jahre im Boden gelegen. Vielleicht entpuppte sie sich als der Typ, der einige Zeit nach dem Einbruch bei einem Juwelier als vermisst gemeldet worden war. An den erinnerte er sich noch ganz genau. Oder es war die alte Frau, die in Forby allein in einem Cottage gelebt hatte. Nachdem sie ihre Tochter drei Monate nicht besucht hatte, war dieser plötzlich wieder eingefallen, dass sie eine Mutter hatte. Aber als sie hingefahren war, musste sie feststellen, dass die alte Frau anscheinend schon seit Langem verschwunden war. Höchstwahrscheinlich handelte es sich um eine(n) dieser beiden Vermissten. Seltsam, dachte Wexford, dass der Tod und die danach einsetzende Verwesung alle Spuren von Alter, Geschlecht und typischen Merkmalen auslöschen, bis nur noch Knochen und ein paar Stofffetzen übrig bleiben. Und eine Hand, die eine Promenadenmischung mit Begeisterung ausgegraben hat. Wie tröstlich musste es gewesen sein, als Männer und Frauen – oder Frauen und Männer, wie Hannah sagen würde – noch daran geglaubt hatten, dass der Körper nur eine Hülle für den Geist war, der im Moment des Sterbens in ein Leben nach dem Tod oder ins Paradies entschwebte. In diesem Fall wäre es jedem tiefgläubigen Menschen ziemlich egal gewesen, ob er durch eine Messerklinge oder einen Knüppelhieb zu Tode kam oder ob sein Herz gemäß dem Lauf der Natur einfach stehen blieb.

Wexfords Bürotür ging auf und brachte ihn aus seinen Betrachtungen über ein Dasein nach dem Tod wieder auf den Boden der aktuellen Tatsachen zurück. Burden kam hereinspaziert. »Du meinst das Grundstück in Flagford, auf dem der Mann mit dem Hund beim Gassigehen eine Leiche gefunden hat? Natürlich kenne ich den Besitzer. Den kennt doch jeder.«

»Ich nicht«, konstatierte Wexford. »Außerdem, was soll das heißen: Den kennt doch jeder? Schließlich handelt es sich weder um den Tower von London noch um Harrods.«

»Der Typ, dem das Grundstück gehört, erzählt jedem, wie übel ihm die Leute vom Bauamt mitgespielt haben. Das meine ich damit. Grimble heißt er, John Grimble. Einmal ist sogar ein Artikel über ihn im *Courier* erschienen. Er leidet unter Verfolgungswahn. Nach dem Tod seines Vaters – eigentlich war es ja sein Stiefvater – hat er den Bungalow und das damit verbundene Grundstück geerbt. Seither versucht er, eine Baugenehmigung zur Errichtung mehrerer Häuser auf diesem Grundstück zu erhalten. Er bildet sich ein, man hätte ihm, milde ausgedrückt, übel mitgespielt, weil man ihn lediglich *ein* Haus bauen lässt und nicht mehr.«

»Wo wohnt er?«

»In einer Parallelstraße von mir. Leider. Das muss der Typ, der mit dem Hund Gassi gegangen ist, doch gewusst haben.«

»Er ist nicht Gassi gegangen. Er ist Trüffeljäger.«

Burden, der normalerweise eine unbeteiligte Miene zur Schau trug, strahlte übers ganze Gesicht. »Ein *Trüffeljäger*? Wirklich erstaunlich. *Tuber aestivum, Tuber gibbosum, Tuber magnatum* oder *Tuber melanosporum*?«

Wexford starrte ihn an. »Was verstehst du denn von Trüffeln? Ich gehe doch recht in der Annahme, dass du gerade davon sprichst?«

»Als kleiner Junge bin ich immer mit meinem Papa und unserem Hund auf Trüffeljagd gegangen. Wir haben auch eine ordentliche Menge gefunden. Mein Großvater hat dazu ein Schwein benutzt, selbstverständlich eine Sau. Weißt du, Trüffel riechen wie der sexuelle Duftstoff eines Ebers. Leider sind Schweine Allesfresser und neigen dazu, die Trüffel zu fressen, bevor man sie daran hindern kann. Und das ist ein bisschen teuer, wenn man bedenkt…«

»Mike, setz dich mal eine Minute hin.«

Burden gehörte zu jenen unruhigen Geistern, die lieber auf einem erhöhten Möbelstück herumrutschten als sich entspannt hinzusetzen. Momentan kippelte er auf Wexfords Schreibtischkante herum. Mit großem Bedauern hatte er sich von seinen Designerjeans getrennt. Heute trug er zu einem Leinenjackett eine anthrazitfarbene Hose mit messerscharfer Bügelfalte und einen steingrauen Rollkragenpulli. Ziemlich wehmütig musste Wexford daran denken, wie seine eigenen Versuche ausfielen, sich lässig zu kleiden.

Wie wenn sich ein durchschnittlicher Familienvater für ein Kostümfest verkleidet.

»Vergiss mal die Trüffel. Wie lange gehört diesem Besessenen das Grundstück schon?«

»Mindestens zehn Jahre, eher sogar zwölf. Vermutlich sind die Nachbarn links und rechts nicht sonderlich begeistert davon, dass direkt nebenan ein kleiner Urwald steht. Bestimmt hatte der alte Grimble zu seinen Lebzeiten dort alles hübsch ordentlich gehalten. Sein Garten war in der näheren Umgebung ziemlich berühmt gewesen. Unser Grimble – John – hat auf dem Grundstück einen Wald wuchern lassen. Er mäht nicht einmal das Gras. Und so wird es auch bleiben, sagt er, bis er seine Baugenehmigung bekommt. Soll heißen, für zwei Häuser. So lange bliebe die alte Bungalowruine stehen, behauptet er steif und fest. Übrigens, das Anwesen heißt Sunnybank.«

»Womit verdient er seinen Lebensunterhalt?«

»Irgendwie mit Immobilien. Hat hier in der Gegend ein paar Häuser hingestellt und viel Geld damit verdient. Wenn du einen schlampig gebauten Schandfleck siehst, dann stammt er von Grimble. Inzwischen ist er in Rente, obwohl er erst Mitte fünfzig ist.«

»Wir werden ihm einen Besuch abstatten.«

»Warum nicht? Wenn sich herausstellt, dass er einen vom Bauamt umgebracht hat, hätten wir leichtes Spiel.«

John und Kathleen Grimble gehörten zu jener Sorte Mensch, die kurz nach ihrem vierzigsten Geburtstag bewusst oder unbewusst beschlossen, alt zu werden. Während die Gesellschaft weiterhin ihren Jugendwahn pflegte und Jugend mit schön, klug und begehrenswert gleichsetzte, versackten sie im Eiltempo in der Lebensmitte und pflegten buchstäblich die Behinderungen alter Menschen. Nach Wexfords Theorie taten sie das aus Faulheit und wegen der Vorteile, die mit dem Alter verbunden sind. Von alten Menschen erwartete man nicht, dass sie Sport trieben, Gewichte stemmten oder sonst recht viel für sich taten. Man bemitleidete sie, ließ sie aber gleichzeitig auch links liegen. Niemand bat sie, irgendetwas zu tun oder auch etwas zu lassen, was sie sich in den Kopf gesetzt hatten. Burden hatte ihm erzählt, John Grimble sei eben erst fünfzig geworden, und seine Frau sei zwei oder drei Jahre jünger. Beide sahen mindestens zehn Jahre älter aus und klebten förmlich in ihren orthopädischen Lehnstühlen samt Rückenstütze und verstellbarer Fußbank, die so platziert waren, dass man darin optimal rund um die Uhr fernsehen konnte.

Grimble nickte seinem Nachbarn Burden zu. Wexford wurde als Antwort auf sein »Guten Tag, Mr. Grimble« lediglich angestarrt. Seine Frau meinte, sie freue sich, sie kennenzulernen. Es klang, als hätte man eine alte Frau aus ihrem Mittagsschlaf geweckt. Auf dem Hinweg hatte Burden die fixe Idee, die Grimble seinen schlechten Ruf eingetragen hatte, etwas näher erläutert, und so war Wexford über die ersten Sätze nicht überrascht.

»Angenommen«, begann Grimble, »ich erzähle Ihnen etwas, was Sie bei der Verbrecherjagd vielleicht auf die richtige Spur bringt. Werden Sie dann Ihren Einfluss für meine Genehmigung geltend machen?«

»Ach, John«, sagte Kathleen Grimble.

»Ach, John, ach, John. Du bist ein Papagei. Echt. Also, Mr. Burden… Sie heißen doch Mr. Burden, oder? Sie haben gehört, was ich sagte. Werden Sie es tun?«

»Um welche Genehmigung geht es denn?«, wollte Wexford wissen.

»Hat er Ihnen das nicht erzählt?«, blaffte Grimble auf seine typisch ruppige Art zurück, wobei er mit dem Daumen auf Burden deutete. »Ist ja nicht so, als wüsste keiner Bescheid. Ist doch allgemein bekannt. Ich will doch nur hören, dass ich auf meinem Eigentum Häuser bauen kann, auf meinem eigenen Grund und Boden, den mir mein lieber alter Papa in seinem Letzten Willen vermacht hat. Na ja, er war mein Stiefpapa, aber er war so gut zu mir wie ein Vater. Also, wenn ich Ihnen einen Gefallen tue, tun Sie mir dann auch einen?«

»Mr. Grimble, wir haben keinerlei Einfluss auf die Baubehörde. Nicht den geringsten. Andererseits muss ich Sie darauf aufmerksam machen, dass es hier um einen Mordfall geht und dass Sie verpflichtet sind, uns alles zu sagen, was Sie wissen. Wer Informationen vorenthält, macht sich strafbar.«

Grimble, ein großer hagerer Mann, gehörte der sogenannten weißen Rasse an und wäre entsetzt gewesen, wenn man ihn einer anderen zugeordnet hätte, und doch hatte eben dieser Grimble eine graubraun verfärbte Haut mit hellroten Flecken im Nasen- und Kinnbereich. Sein ständiges Stirnrunzeln hatte sogar auf den Wangen tiefe Furchen hinterlassen. Wie ein trotziges Kind stülpte er die Unterlippe vor und sagte: »Wirklich komisch. Alle haben etwas dagegen, dass ich eine Baugenehmigung *für meinen eigenen Grund und Boden* bekomme. Alle. Sämtliche Nachbarn meines alten Papas. Alle haben Einspruch erhoben. Woher ich das weiß? Egal, ich weiß es eben, und damit basta. Jetzt ist die Polizei an der Reihe. Man möchte nicht glauben, dass sich die Polizei dafür interessiert, oder? Wenn die Polizei tatsächlich für Gesetz und Ordnung steht, wie es eigentlich ihre Pflicht ist, dann sollte sie dafür sein, dass auf diesem Grundstück vier hübsche Häuser gebaut werden, vier Häuser mit hübschen Gärten und Leuten, die es sich leisten können, dort zu wohnen. Keine Asylsuchenden, wohlgemerkt, keine so genannten Obdachlosen, keine Somalis, sondern brave Leute mit einem bisschen Geld.«

»Ach, John«, sagte Kathleen.

Wexford stand auf. »Mr. Grimble«, sagte er streng, »entweder Sie sagen uns *jetzt*, was Sie uns zu sagen haben, oder ich werde Sie bitten, uns aufs Revier zu begleiten und dort Ihre Aussage zu machen. In einem Vernehmungsraum. Haben Sie mich verstanden?«

Noch immer kam keine Entschuldigung. Beim Wettbewerb um ein mürrisches Gesicht könnte Grimble einen Preis gewinnen, schoss es Wexford durch den Kopf, aber offensichtlich befand sich dieser Mensch noch nicht einmal in der Startphase. Jetzt zerknüllte er buchstäblich sein Gesicht, indem er die Stirn zur groteskesten Ziehharmonika auffaltete, zu der ein Mensch imstande war. Er zog seine Knollennase kraus, rollte die Oberlippe zurück und bleckte die Zähne. Seine Frau schüttelte den Kopf.

»John, dein Blutdruck schießt durch die Decke. Du weißt doch, was der Arzt gesagt hat.«

Die Erinnerung an die unbekannte Diagnose des Arztes führte dazu, dass sich Grimbles Stirn und seine verzerrte Oberlippe minimal entspannten. Plötzlich schoss es aus ihm heraus: »Mein Kumpel und ich, wir dachten, wir sollten mal den Hauptkanal legen. Endlich anfangen, endlich die alte Sickergrube rausreißen. Die neuen Häuser an die Kanalisation in der Straße anschließen. Kapiert? Wir machten uns dran, einen Graben auszuheben …«

»Moment mal«, rief Wexford, der Grimble nur ungern an seinen wunden Punkt erinnerte, aber leider keine Möglichkeit sah, dies zu umgehen. »Welche neuen Häuser? Sie hatten doch gar keine Baugenehmigung für irgendwelche neuen Häuser.«

»Glauben Sie, das weiß ich nicht? Ich rede von damals, vor elf Jahren. Damals habe ich das doch noch nicht gewusst! Mein Kumpel kannte einen Typen vom Bauausschuss, und der meinte, ich würde hundertprozentig eine Bauerlaubnis bekommen, hundertprozentig. Er meinte: Legt mal los, tut, was ihr wollt. Dein Kumpel – damit war ich gemeint – bekommt sie vielleicht nicht für vier Häuser, aber zwei wird man ihm garantiert nicht abschlagen!«

»Und wann war das genau? Sie sagten vor elf Jahren. Wann ist ihr Stiefvater gestorben?«

Wider Erwarten schaltete sich Kathleen ein. »Also, John, das lässt du jetzt mal mich den Leuten erzählen.« Grimble nickte mürrisch und starrte in den Fernseher, der immer noch lief, wenn auch mit ausgeschaltetem Ton. »Johns Papa – Arthur hieß er – ist im Januar gestorben. Das heißt im Januar vor elf Jahren. Er hat dieses Testament hinterlassen. War ganz unkompliziert. Keine Probleme. Die genauen Details kenne ich nicht, aber schließlich hat es John im Mai gehört.«

»Was, Mrs. Grimble? Das Grundstück und das Haus darauf?«

»Ganz genau. Er wollte unbedingt den alten Kasten abreißen und mit dem Bauen anfangen, aber Bill Runge – das ist der Kumpel, von dem er gesprochen hat – hat gemeint: John, dafür musst du dir eine Genehmigung besorgen. Also hat John mich dazu gebracht, an die Gemeinde zu schreiben und wegen des Baus von vier Häusern anzufragen. Haben Sie das alles verstanden?«

»Ja, ich denke schon. Danke.« Wexford wandte sich wieder an John Grimble, der versuchte, das stumme Fernsehprogramm zu hören, und sich deshalb mit schiefem Kopf nach vorn beugte. »Heißt das, Sie und Mr. Runge haben ohne Baugenehmigung mit dem Aushub eines Grabens für den Kanalanschluss begonnen?«, fragte er. »Wann war das? Mr. Grimble, ich spreche mit Ihnen!«

»Gut, gut, ich höre Sie. Die Nachbarn, die sind schuld, diese Wichtigtuer, die haben mir einen Knüppel zwischen die Beine geworfen; der feine Tredown und die Pickfords. Und diese McNeils, die mal in Flagford Hall gewohnt haben. Ich weiß, was ich weiß. Deshalb hab ich auch das alte Haus von meinem Papa nie abgerissen. Lass es stehen, hab ich mir gedacht, lass es stehen, damit es denen so richtig ins Auge sticht. Das wird ihnen nicht schmecken, und das tut es auch nicht. Lass das Unkraut stehen und die verdammten Brennnesseln. Sollen sich doch die Bäume ausbreiten.«

Wexford seufzte stumm. »Gehe ich recht in der Annahme, dass Sie mit Ihrem Freund zwischen dem voraussichtlichen Standort der Häuser und der Straße zu graben begonnen haben?« Grimble nickte angesäuert. »Aber Ihre Eingabe für eine Baugenehmigung wurde abgewiesen. Ein Haus durften Sie bauen, aber mehr nicht. Also haben Sie den Graben wieder aufgefüllt. Und das alles geschah vor elf Jahren.«

»Wenn Sie es schon wissen«, entgegnete Grimble, »dann kapier ich nicht, warum Sie extra herkommen, um mich zu befragen und mir meine Zeit zu stehlen.«

»Ach, John, nicht doch«, mahnte Kathleen Grimble jetzt.

»Wie gesagt, wir haben einen Graben gezogen und ihn ein oder zwei Tage offen gelassen, doch dann haben mich diese Mistkerle im Bauamt abgewiesen. Also haben wir das blöde Ding wieder aufgefüllt.«

»Mr. Grimble, ich wäre Ihnen sehr verbunden, wenn Sie gründlich nachdenken würden.« Wexford riskierte einen Versuch, auch wenn er bezweifelte, dass Grimble dazu fähig war. »In der Zeit zwischen dem Ausheben und dem Wiederbefüllen des Grabens – wurde da an diesem Graben … hat man da irgendwie manipuliert?«

»Manipuliert? Was meinen Sie damit?«, fragte Grimble.

»Hat sich jemand daran zu schaffen gemacht? Wurde etwas hineingelegt? Hat man ihn zerstört?«

»Woher soll ich das wissen? Bill Runge hat ihn aufgefüllt. Dafür habe ich ihn bezahlt, und er hat es gemacht. Ehrlich gesagt, bin ich damals nicht einmal in die Nähe des

Grundstücks gegangen. Es hat mich viel zu sehr aufgeregt. Ich hatte mich darauf verlassen, dass ich diese Genehmigung bekommen würde. Man hatte mir beinahe *versprochen*, dass ich sie bekomme. Verdammt noch mal. Wundert es Sie da, dass ich die Schnauze bis oben hin vollhatte? Ich bin tatsächlich krank davon geworden. Fragen Sie meine Frau. Ich lag im Bett, sie musste den Doktor holen, und der meinte: ›Kein Wunder, Mr Grimble, dass es Ihnen schlecht geht. Sie sind mit den Nerven fertig, und das alles wegen dieser Leute vom Bauamt.‹ Und ich sagte …«

Wexford musste fast brüllen, um dazwischenzukommen. »Wann wurde die Genehmigung verweigert?«

Wieder kam die Antwort von Kathleen. »Dieses Datum werde ich nie vergessen, so aufgebracht ist er gewesen. Ende Mai hat er mit dem Graben angefangen, und in der zweiten Juniwoche haben sie ihm geschrieben und gesagt, ein Haus dürfe er bauen, aber mehr nicht.«

Draußen in dem kleinen Flur verdrehte sie kopfschüttelnd die Augen und flüsterte nach einem hastigen Blick auf die offene Tür hinter ihnen: »Noch immer telefoniert er fast jeden Tag mit seinem Kumpel. Nach elf Jahren! Diese verflixte Baugenehmigung, das ist ihr einziges Gesprächsthema, für beide. Das macht einen fertig.«

Wexford lächelte unverbindlich.

Sie blickte ziemlich verlegen zu ihm auf, wobei ihre Nickelbrille nach vorn auf die Nase rutschte. Sie war eine kleine Frau, deren rötliche Haare sich allmählich ausdünnten. »Ich weiß nicht, ob ich das fragen darf, aber woher wussten Sie, dass dort drinnen eine Leiche lag? Es ist doch nicht dieser Trüffelmensch gewesen, oder? Ich dachte, der wäre tot.«

Wexford lächelte nur.

»Wenn John dahinterkommt, dreht er durch. Er hasst diesen Trüffelmenschen. Er hasst Leute, die unbefugt

Grundstücke betreten. Aber wenn er tot ist, dann ist's ja gut.«

»Meinem Gefühl nach«, meinte Wexford, als sie wieder auf dem Revier waren, »haben wir es hier mit einem oder einer geheimnisvollen Unbekannten zu tun. Genaueres wissen wir noch nicht. Die Identifizierung wird schwierig werden. Es würde mich nicht überraschen, wenn wir uns noch in drei Monaten fragen, um wen es sich dabei handelt. Ist nur so eine Vorahnung, aber so etwas befällt mich eben schon mal, und oft zu Recht.«

Burden zuckte die Achseln. »Und genauso oft stimmt es nicht. An seinen oder ihren Zähnen wird man ihn oder sie identifizieren, besser gesagt an seiner oder ihrer Zahnstellung. Das funktioniert immer oder wenigstens in den meisten Fällen.«

»Bis sich Carina wieder bei mir meldet, werde ich den Medien nichts mitteilen. Es wäre nicht gut, die Journalisten mit einer Leiche zu konfrontieren, von der wir noch nicht einmal wissen, ob es sich um einen Mann oder eine Frau handelt. Wir können nicht sagen, wie er oder sie gestorben ist, und ob ein Verbrechen ausgeschlossen ist oder nicht.«

»Wie sagst du immer?«, meinte Burden. »Jede illegal verscharrte Leiche ist rechtswidrig zu Tode gekommen.«

»Das trifft es ziemlich genau«, sagte Wexford, »wenn auch nicht hundertprozentig.«

»Übrigens, der Junge mit dem Messer hat behauptet, seine Mutter hätte es ihm *gegeben*. Sie heißt Leeanne Fincher. Sie habe gemeint, sie hätte ein besseres Gefühl, wenn sie wüsste, dass er eine Waffe dabeihat, wenn er aus dem Haus geht. Ich denke, ich werde auf dem Heimweg mal bei ihr vorbeisehen.«

Auch Wexford begab sich nach Hause – zu Fuß. Dr.

Akande hatte ihm erklärt, es sei höchste Zeit, dass er sich einmal um ein lange vernachlässigtes Bauteil kümmere, nämlich um die Pumpe, die früher einmal hocheffizient gearbeitet hatte, mit einem Wort – um sein Herz. Und das nicht so halbherzig (halb-*herzig*!) wie in der Vergangenheit. Schluss mit müden Diätversuchen, die er bald wieder zugunsten von üppigen Fleischportionen, Käse und Whisky vergaß. Schluss mit sporadischen Sportübungen, die immer kläglicher ausfielen, bis sie ganz unterblieben. Schluss damit, dass er sich beim kleinsten Regentropfen oder bei Temperaturen unter fünfzehn Grad von Donaldson nach Hause fahren ließ. Schluss damit, dass er sich kein neues Rezept besorgte, sobald seine Cholesterintabletten aufgebraucht waren. Jetzt hieß es jeden Tag zu Fuß zur Arbeit und nach Hause gehen, die doppelte Dosis Lipitor einnehmen, sich nur ein Glas Rotwein jeden Abend gönnen und eine Vorliebe für Salat entwickeln. Warum liebten alle Frauen Salat, ganz im Gegensatz zu Männern? Fast hätte man behaupten können, echte Kerle mochten kein Grünzeug. Den Eintritt in einen Fitnessclub hatte er rundheraus barsch abgelehnt. Burden war selbstverständlich Mitglied. Der hüpfte ständig auf Crosstrainern und Laufbändern – oder hieß es Crossbänder und Lauftrainer? – herum und stemmte Gewichte, die mehr wogen als er.

Morgens ging es bergab und abends bergauf. Das Gegenteil wäre ihm oft lieber gewesen. Er hatte sogar versucht, sich einen neuen Fußweg auszuknobeln, damit es immer nur eben dahinging, wenn sich die Richtung bergab schon nicht vermeiden ließ. Eine Möglichkeit dafür wäre sicher ein Rundweg um einen Hügel gewesen. Leider gab es so etwas im Gelände von Kingsmarkham nicht. Er bog in seine Straße ein und näherte sich dem Haus, in dem Mr. und Mrs. Dirir mit ihrem Sohn wohnten. Mogadishu, so hieß das Haus. Eigentlich hätte es Wexford rührend finden müssen, dass sich Exilanten täglich an ihr Heimatland erinnerten. Aber nein, im Gegenteil, der Hausname irritierte ihn sogar. Und das nicht, weil er sehr unenglisch klang, sondern weil das Haus überhaupt einen Namen hatte. Jedenfalls redete er sich das ein. Die übrigen Häuser in der Straße hatten fast alle nur Hausnummern. Trotzdem war er nicht ganz überzeugt, dass dies der eigentliche Grund war. In Wahrheit steckte Rassismus dahinter, und genau das machte ihm zu schaffen, denn Wexford bemühte sich ungemein, selbst den leisesten Hauch von rassistischen Vorurteilen zu vermeiden, indem er ständig sein Gewissen erforschte und seine Motive überprüfte. Falls sein Verhalten gegenüber den Dirirs unterschwellig tatsächlich von dieser Einstellung geprägt sein sollte, dann war daran vielleicht ein Vorurteil gegenüber Immigranten aus Somalia schuld, das in der Stadt vorherrschte und auch bei der Polizei durchaus verbreitet war. In Kingsmarkham lebte eine kleine Gruppe von Somalis. Die meisten hielten sich anscheinend brav an die Gesetze, auch wenn es sich von Natur aus um eine verschlossene Menschenrasse zu handeln schien. Sie waren bescheiden, ruhig, gläubig – einige Christen, die meisten Moslems –, fleißig und zurückhaltend. Das Vorurteil nährte sich aus der Tatsache – vielleicht war es auch nur ein Verdacht oder eine unbewiesene Annahme –, dass die Söhne dieser Leute mit Messern bewaffnet herumliefen.

Als die Dirirs mit ihrem Sohn auf ein Glas zu Besuch gekommen waren, hatte man sich gut verstanden, auch wenn das Gespräch ein wenig steif verlaufen war. Dora hatte extra für ihre Gäste, die eigentlich gelbe Limonade bevorzugten, Granatapfelsaft vorbereitet, ihren neuesten Wellnessdrink. Die Dirirs sprachen gut Englisch und waren weitaus gebildeter als Wexford, wie dieser sich reumütig eingestehen musste. Die ganze Familie war sehr bestrebt, die Situation ihrer Gemeinde zu verbessern. Mrs. Dirir hatte sich zu einer Art Sozialarbeiterin für ihre Mitimmigranten ernannt und engagierte sich für deren Gesundheit, ihre Arbeitsmöglichkeiten, ihre Einkommenssituation und kümmerte sich um das Wohl der Kinder. Ihr Mann arbeitete im örtlichen Sozialamt, der Sohn studierte in Myringham an der University of the South.

Eines war Wexford aufgefallen: Während er und Dora alle übrigen Bekannten in der Nachbarschaft beim Vornamen nannten, hieß das somalische Ehepaar für sie Herr und Frau Dirir, und umgekehrt war es genauso förmlich. Hannah Goldsmith hätte das als Rassismus der übelsten Sorte eingestuft, der sich betont zu Respekt gegenüber andersfarbigen Menschen zwingt. Ein Respekt, der Verachtung hinter einer fadenscheinigen Maske der Liberalität verbirgt. Das hätte sie gesagt, wenn sie es gewusst hätte. Wexford war ziemlich überzeugt, dass er die Dirirs nicht verachtete. Nein, das nicht. Er fühlte sich eher irgendwie ratlos. Er schaffte es einfach nicht, eine gewisse gemeinsame Basis mit ihnen zu finden. Vielleicht sollte er versuchen, Mr. Dirir bei der nächsten Begegnung mit Omar anzureden und Mrs. Dirir mit Iman. Während er noch darüber nachgrübelte, wie er das würde bewerkstelligen können, trat Mrs. Dirir ohne ersichtlichen Grund – jedenfalls konnte er keinen erkennen – aus ihrer Haustür und rief: »Guten Abend, Mr. Wexford.«

Jetzt war der richtige Zeitpunkt gekommen. Trotzdem kostete ihn der nächste Satz doch noch ein wenig Mut. »Guten Abend, Iman. Wie geht's?«

Sie wirkte etwas verblüfft und erwiderte gedankenverloren: »Gut. Danke, mir geht es gut.« Dann zog sie sich wieder ins Haus zurück. Den restlichen Weg bis zu seinem Haus zerbrach sich Wexford den Kopf, ob er zu voreilig gehandelt und sie vielleicht sogar beleidigt hatte.

Am anderen Tag erklärte ihm Carina Laxton, bei der Leiche, die man auf dem Grimble'schen Grundstück gefunden hatte, handle es sich um einen Mann. Jedenfalls sei er zu seinen Lebzeiten, so vor zehn bis zwölf Jahren, einer gewesen. Der unbekannte Mörder habe die Leiche vor dem Begraben in ein lila Tuch eingewickelt. Die Todesursache könne sie ihm nicht sagen. Ihre Stirnfalten signalisierten ihm, dass sie es möglicherweise nie herausfinden würde. Neuerdings war es üblich, dass zwei Pathologen die Autopsie vornahmen. Auch Dr. Mavrikian war dabei gewesen und hegte ebenfalls nur wenig Hoffnung, die Todesursache herauszufinden. Das erkannte Wexford bereits beim flüchtigen Lesen des Berichts. Der einzige Hinweis war eine angeknackste Rippe.

3

Wexford hatte sein Team versammelt, um ihm nach bestem Wissen eine Zusammenfassung der mageren Fakten zu geben. Die bildliche Darstellung auf dem stark vergrößerten Computerbildschirm überließ er allerdings DS Hannah Goldsmith. Mit Computern kam er nicht gut zurecht, und das würde sich auch nicht mehr ändern. Bei der geöffneten Bilddatei handelte es sich um einen Lageplan von Old Grimble's Field, dem westlich davon gelegenen Grundstück samt Haus, dem gegenüberliegenden Haus und den beiden Häusern südlich davon. Hannah ließ den Cursorpfeil zum Fundort der Leiche wandern und anschließend zu jedem Wohngebäude in der näheren Umgebung, einschließlich der beiden Cottages an der Kingsmarkham Road. Für Wexford grenzte ihre geheimnisvolle Tätigkeit fast an Zauberei.

»Bei den Bewohnern von Oak Lodge handelt es sich um ein Ehepaar namens Hunter. Unmittelbar daneben, in Marshmead, wohnt im Erdgeschoß James Pickford mit seiner Frau Brenda und deren Sohn Jonathan mit seiner Freundin Louise Axall im oberen Stockwerk. Das ältere Ehepaar, Oliver und Audrey Hunter, wohnt hier schon seit dem Bau des Hauses vor vierzig Jahren. Beide sind hochbetagt, leben ganz zurückgezogen und haben eine Pflegerin, die bei ihnen wohnt. Wie Sie vielleicht wissen, ist Flagford hier in der Gegend als ›das Altersheim‹ bekannt. Das gegenüberliegende Anwesen, Flagford Hall, gehört einem Mann namens Borodin, wie der Komponist.«

Für diese Erklärung erntete er verständnislose Blicke und Schweigen. Die meisten von ihnen begeisterten sich für Coldplay oder Mariah Carey. Nur DS Vine, ein echter Bellini- und Donizetti-Fan, nickte wissend. Hannah verschob den Cursor auf einen Punkt jenseits der Kingsmarkham Road. Dabei brach sich das Licht funkelnd in dem Diamanten an ihrer Hand, den alle heute zum ersten Mal sahen. »Borodin kommt nur übers Wochenende her. Er lebt in London. Außerdem gehört ihm Flagford Hall erst seit acht Jahren.« Wieder bewegte sich der Pfeil und huschte von Grundstück zu Grundstück. »Zwei von den Cottages sind ebenfalls nur am Wochenende bewohnt, das dritte von einer neunzigjährigen alten Dame. Bleibt nur noch das direkte Nachbarhaus von Grimble's.«

Während der Pfeil zu der großen viktorianischen Villa wanderte und der Diamant erneut aufblitzte, vernahm man die tiefe sonore Stimme von DC Coleman: »Guv, wissen Sie, wer da wohnt? Dieser Schriftsteller … Wie heißt er gleich?«

»Danke, Damon«, sagte Wexford. In seinem Ton schwang vieles mit, nur nicht Dankbarkeit. »Der ist mir tatsächlich bekannt, auch wenn es noch so seltsam klingt. Ich habe seine Bücher gelesen – wenigstens eines. Er heißt Owen Tredown. Zum Haushalt gehören noch seine Ehefrau Maeve und eine Frau namens Claudia Ricardo. Tredown lebt hier schon mindestens fünfundzwanzig Jahre. Das sind die Nachbarn, und denen allen müssen wir noch heute einen Besuch abstatten. Damon, Sie können sich voll und ganz auf unsere Vermisstenakten konzentrieren.«

»Die reichen aber nur acht Jahre zurück«, warf Burden ein.

Das hatte Wexford vergessen. Vage erinnerte er sich daran, dass sie vor der endgültigen Computerisierung, vor dem Anschluss ans Breitbandnetz – sagte man so? – keinen Platz für die Aktenkonvolute gehabt hatten. Jetzt war das etwas anderes.

»Na gut, dann überprüfen Sie eben die letzten acht Jahre«, sagte er. Es klang lahm.

Eigentlich gab es keinen Grund, sich dafür zu schämen, dass die Liste sämtlicher Personen, die in dieser Region vermisst wurden, nicht sehr weit zurückreichte. Bevor man landesweit eine zentrale Vermisstenstelle eingerichtet hatte, war das so üblich gewesen. Wexford war klar, dass es trotz des relativ kurzen Zeitabschnitts eine lange Liste sein würde. Eine alarmierend hohe Zahl von Menschen verschwand einfach. Im ganzen Land waren es täglich um die fünfhundert, regional einer – oder war es sogar einer pro Stunde? Und nicht jeder wurde mit allen erdenklichen Mitteln von der Polizei gesucht. Wenn es sich bei dem Vermissten um ein Kind oder ein junges Mädchen handelte, schrillten sämtliche Alarmglocken. Bei der Suche nach vermissten Kindern wurde jeder verfügbare Beamte eingesetzt. Das Verschwinden von Frauen wurde allgemein besorgt und interessiert verfolgt. Ganz anders bei jungen Männern, eigentlich sogar bei gesunden Männern aller Altersstufen, mit Ausnahme von Greisen. Der tote Mann sei vermutlich um die vierzig gewesen, hatte ihm Carina Laxton zuvor berichtet. Nach seinem Verschwinden hatten ihn seine nächsten Verwandten und Bekannten – falls er so etwas gehabt hatte – mit Sicherheit vermisst und vielleicht gesucht. Ganz im Gegensatz zur Polizei. Selbst wenn man ihn als vermisst gemeldet hätte, hätte man ihn offiziell nicht gesucht. Wenn ein Mann von daheim verschwand, ging man allgemein davon aus, dass er abgehauen war, um ein neues Leben anzufangen oder zu einer anderen Frau zu ziehen. Und diesen Schritt brauchte er nicht einmal mündlich oder schriftlich anzukündigen.

Die Obduktion hatte keinen Hinweis geliefert, wie der Mann, der inzwischen den unvermeidlichen Namen Mr. X bekommen hatte, umgekommen war. Abgesehen von der angeknacksten Rippe wiesen seine Knochen keinerlei Spuren auf. Er war einen Meter dreiundsiebzig groß gewesen. Der Schädel war intakt. Zum Glück war noch genug »Materie« – unter anderem Knochenmark aus den langen Knochen – vorhanden, um zur besseren Identifizierung eine DNA-Analyse vornehmen zu können. Bis auf die fehlenden Weisheitszähne hatte er noch ein komplettes Gebiss, allerdings mit vielen Plomben.

Warum rechnete Wexford eigentlich bei der Identifizierung von Mr. X mit größeren Schwierigkeiten? Vielleicht hatte es etwas mit seiner angeblich vorhandenen Intuition zu tun, auch wenn er das selbst nicht akzeptieren konnte. Eigentlich sollte man sich immer auf die Fakten verlassen und auf sonst nichts. Für Mutmaßungen über die Person, zu der diese Knochen vielleicht einmal gehört hatten, war es noch viel zu früh, ganz zu schweigen von Vermutungen über denjenigen, der das Grab geschaufelt und die Leiche hineingelegt hatte. Einige seiner Gedankengänge teilte er Hannah dennoch mit, ehe diese zur Befragung der Bewohner der einzelnen Cottages aufbrach.

Wexford mochte Hannah. Sie war eine gute Polizistin, deren Wohlergehen ihm wichtig war. Deshalb ergriff er ihre linke Hand und wollte wissen, ob es angebracht sei, ihr zu gratulieren.

Sie errötete nicht. Dafür war Hannah viel zu beherrscht oder »cool«, wie sie es ausgedrückt hätte. Trotzdem nickte sie mit einem strahlenden Lächeln, was bei ihr nicht oft vorkam, und sagte: »Bal und ich haben uns gestern Abend verlobt.«

Nachdem Wexford gemäß einer traditionellen Etikette aus längst vergangenen Tagen seiner Hoffnung Ausdruck verliehen hatte, dass sie sehr glücklich werden möge, überlegte er, wie absurd es gerade in Anbetracht dieser antiquierten Maßstäbe war, dass sich zwei Menschen verlobten, nachdem sie schon ein Jahr zusammengelebt hatten. Aber wie hatte mal jemand gesagt? Die Verlobung sei die moderne Form der Hochzeit. Hannah und Bal würden vielleicht nie heiraten, sondern wie manche Leute jahrelang als Verlobte zusammenleben und Kinder bekommen, bis schließlich der Tod sie trennte oder ein anderer Mensch dazwischenkam.

»Wie geht es Bal?«

»Gut. Ich soll Ihnen einen schönen Gruß ausrichten.«

Wexford hatte Hannahs Verlobten, der inzwischen bei der Londoner Kripo arbeitete, nur ungern verloren. Die beiden hatten eine Wohnung in der Nähe der Southern Line, auf halber Strecke zwischen hier und Croydon. Bal war trotz gelegentlicher Anfälle von puritanischem Verhalten und wildem Heldentum ein wertvoller Mitarbeiter gewesen.

Bill Runge entpuppte sich als das genaue Gegenteil von dem störrischen Grimble, als umgänglicher und extrovertierter Mensch. Der untersetzte rundliche Mann sah ein

Dutzend Jahre jünger aus als sein Freund und arbeitete im Forby Gartencenter. Hier fanden ihn auch Wexford und Burden, wie er hinter dem Haupteingang Tüten mit Blumenzwiebeln ordnete.

»Der arme Teufel«, sagte er. »Ehrlich gesagt, manchmal möchte ich ihm am liebsten sagen, er soll doch endlich Ruhe geben. Versucht hab ich es. Einmal hab ich es ihm gesagt. John, hab ich gesagt, gib doch auf. Das ist es nicht wert. Das Leben ist zu kurz. Verkauf das Grundstück doch so, wie es ist. Nimm das Geld, dann können sie dich alle mal gern haben, hab ich gesagt, aber er hat sich fürchterlich aufgeregt. Schließlich musste ich mich entschuldigen.«

»Mr. Runge, erzählen Sie uns etwas über den Graben, den Sie ausgehoben haben.«

Bill Runge klebte ein Preisschild auf eine Packung mit Anemonenknollen, wischte seine Hand an dem Plastikschurz ab, den er trug, und wandte sich ihnen zu. »Tja, also, wir haben diesen Graben für den Kanalanschluss gegraben. John, hab ich gesagt, lass es bleiben. Mach es nicht jetzt. Lass noch ein paar Wochen vergehen. Damit wir auf Nummer sicher gehen. Aber er war sich so sicher, der arme Teufel. Dann ist die Bombe geplatzt. Keine Baugenehmigung für vier Häuser. Nur eines durfte er bauen, genau an der Stelle, wo das Haus seines alten Herrn steht. Ich dachte, jetzt bekommt er einen Nervenzusammenbruch, und so kam es dann ja auch.«

»Ich nehme an, Sie haben den Graben für ihn aufgefüllt.«

»Eigentlich hab ich nicht gewollt, aber er hat sich fürchterlich aufgeregt und gemeint, es würde ihm das Herz brechen, wenn er auch nur in die Nähe des Grundstücks käme. Er meinte, er würde mich dafür bezahlen und – na ja, damals war es nicht so einfach. Meine Tochter war erst zwölf und wollte unbedingt mit der Schulklasse nach Spanien fahren, und das bezahlte die Schulbehörde nicht. Also hab ich zu John Ja gesagt und hab angefangen. Hat mich mehrere Tage gekostet. Ich konnte nur abends arbeiten.«

»Lassen Sie mich eines klarstellen: Die Rohre hatten Sie nicht im Graben verlegt?«

»O nein, sicher nicht. Er hatte die Dinger zwar schon bestellt, aber Gott sei Dank waren sie noch nicht gekommen. Also hab ich den Graben wieder verfüllt und Schluss.«

»Nicht ganz, Mr. Runge. Noch etwas. Denken Sie genau nach. Haben Sie beim Auffüllen den Graben der ganzen Länge nach mit einer Erdschicht bedeckt? Haben Sie dann wieder von vorn angefangen und die zweite Schicht eingefüllt und immer so weiter, bis der Graben voll war? Oder haben Sie den Graben Stück für Stück gleich ganz aufgefüllt?«

»Wie bitte?«

Wexford bemühte sich redlich um präzisere Fragen, aber Runges Miene zeigte, dass es wieder nicht gelungen war. Burden kam ihm zu Hilfe, indem er einen Kugelschreiber und sein Notizbuch aus der Tasche zog und meinte: »Ich will es mal zeichnen.«

Rasch hatten sie eine Skizze mit drei verschiedenen Querschnitten des Grabens: einmal zu einem Viertel gefüllt, einmal halb voll und einmal ganz aufgefüllt. Endlich hatte Runge kapiert und entschied sich nickend für die mittlere Version. Er hatte den Graben zur Hälfte verfüllt, war dann bei Anbruch der Dunkelheit nach Hause gegangen und am anderen Tag wiedergekommen, um die restliche Arbeit zu erledigen.

»Sie sagten, Sie hätten abends gearbeitet«, meinte Wexford. »Es war Juni. Also hätte es bis spätabends hell sein müssen.«

»Ja, im Juni. Wurde erst um halb zehn dunkel.«

»Mr. Runge, können Sie ein genaues Datum nennen?«

»Es war der sechzehnte Juni. Das weiß ich genau. An dem Tag hatte mein Junge Geburtstag. Sieben ist er geworden, und er war ganz böse auf mich, weil ich bis spät noch gearbeitet hab. Aber ich hab es wiedergutgemacht.«

Wexford war immer erfreut, wenn er auf einen liebenden Vater stieß, was leider nur allzu selten geschah. »Haben Sie während Ihrer Arbeit jemanden gesehen? Ich meine, ist jemand auf das Grundstück gekommen? Hat sie jemand angesprochen?«

»Nicht dass ich mich erinnere.«

»Die Leute laufen mit ihren Hunden beim Gassigehen über dieses Grundstück.«

»Vielleicht, aber sagen Sie das bloß dem armen alten John nicht.« Runge hob einen Finger, als wollte er sich selbst ermahnen, und sagte: »Ich hab gelogen. Da war doch jemand, der sich mit mir unterhalten hat. Mrs. Tredown, also eine von den Tredown-Frauen, die junge, auch wenn sie nicht ganz jung ist. Ist von ihrem Grundstück herübergekommen. Hab ihr 'nen guten Abend gewünscht. Bin ganz höflich gewesen, was man von ihr nicht behaupten kann. Was sie genau gesagt hat, weiß ich nicht mehr, ist schließlich elf Jahre her. ›Also kann er seine Häuser nicht bauen‹, hat sie gesagt. So in der Art. ›Bin ich froh‹, hat sie gemeint. ›Ich bin heilfroh. Am liebsten würde ich auf seinem verdammten Graben tanzen‹, hat sie gesagt. Verdammt hat sie allerdings nicht gesagt. Darum erinnere ich mich vermutlich auch noch: Sie hat sich ganz seltsam ausgedrückt, wohl weil sie ja angeblich eine Dame ist. ›Wir haben gewonnen‹, hat sie gesagt. ›Gott lässt seiner nicht spotten.‹ Vermutlich ist sie nicht ganz dicht. Hat wohl nicht alle Tassen im Schrank.«

»Hatte sie mit der Bemerkung ›Wir haben gewonnen‹ gemeint, dass die Einwände der Nachbarschaft gegen Mr. Grimbles Plan Erfolg gehabt hatten?«

»So ungefähr.«

Burden meinte: »Ich nehme an, Sie hätten es uns gesagt, wenn man über Nacht irgendetwas in den Graben gelegt hätte. Oder wenn Ihnen an dem Graben etwas Ungewöhnliches aufgefallen wäre.«

»Hätte ich, ja. Ich weiß, worauf Sie anspielen. Ich hab es im Fernsehen gesehen. Ich meine, ein in lila Lumpen gewickeltes Skelett ist nicht gerade was, was einem entgeht, oder?«

Auf dem Rückweg zum Auto sagte Wexford zu Burden: »Was hat er mit ›eine von den Tredown-Frauen‹ gemeint? Hast du eine Ahnung?«

»Frag mich was Leichteres.«

Kaum waren sie wieder auf dem Revier, stellte Wexford diese Frage erneut. Der fünfte Befragte wusste eine Antwort darauf. Barry Vine meinte lachend: »Er lebt mit seinen zwei Ehefrauen zusammen. Nicht in Bigamie. Von seiner ersten ist er ordentlich geschieden, und schätzungsweise gibt es da auch keine Techtelmechtel, wenn Sie verstehen, was ich meine. Jedenfalls nicht mit der ersten. Außerdem ist Tredown nicht gesund.«

»Sie meinen, seine Exfrau ist zurückgekommen und lebt nun mit ihm und seiner zweiten Frau zusammen?«

»So in der Art, Guv. Näheres weiß ich nicht. Ist ein komischer Haufen, aber vermutlich verstehen sie sich. Inzwischen ist Tredown krank. Das Herz, glaube ich, könnte aber auch Krebs sein. Wir werden uns dann wohl mal mit ihnen unterhalten müssen.«

Vor nicht allzu langer Zeit war das *Olive and Dove* ein ruhiges konservatives Landgasthaus gewesen, mit einem Bad für fünf Zimmer, mit einer Bar und einem Lokal, wo man mittags ohne musikalische Berieselung Krabbencocktail, Lammbraten und Apfelkuchen servierte. Doch allmählich hatte es sich zu einem schicken In-Hotel entwickelt, das im *Good Hotel Guide* mit vier Sternen ausgezeichnet worden war. Früher hatte es am Ortseingang von Kingsmarkham gestanden, mit Blick auf die Brücke über den Kingsbrook, der trotz seines Namens ein recht beachtlicher Fluss war. Das Haus stand immer noch am alten Fleck, auch wenn man die Brücke verbreitert und die Geschäftszone sich auf einen Bereich ausgedehnt hatte, in dem es früher nur große Buchen, saure Wiesen und ein paar Cottages gegeben hatte. Die Buchen waren immer noch da, auch wenn sie jetzt inmitten von Pflastersteinen wuchsen, die sauren Wiesen hatten sich knapp fünfhundert Meter zurückgezogen. Und die Cottages? Die hatten inzwischen neue Dächer und Doppelglasfenster und dienten als Wochenendsitze.

Zwischen neuen Bädern, Sauna und Spa, der Crystal Bar und der Moonraker's Bar, zwischen Fitnessraum und Computerraum, der aus unerfindlichen Gründen *Chez L'Ordinateur* hieß, zwischen dem Wintergarten und dem »Ruheraum« war nur eines gleich geblieben: das alte kleine gemütliche Nebenzimmer. Angeblich hatte man es einzig und allein – oder wenigstens teilweise – auf Wunsch von Chief Inspector Wexford behalten, der dabei vom besten Barmann des *Olive* Rückendeckung erhalten hatte. Nur über seine Leiche würde dieses Zimmer verschwinden, hatte dieser gemeint. »Wir wollen hier in der Gegend keine weiteren Leichen mehr haben«, hatte Wexford damals erwidert, aber jetzt gab es doch eine, und die war schon elf Jahre tot.

»Also können wir von Juni aus den Todeszeitpunkt elf Jahre zurückdatieren«, konstatierte Burden, während er Wexfords unerlässlichen Rotwein und für sich selbst ein Glas Bier zu ihrem Tisch trug. »Was ist damals wohl passiert? Irgendwann, Ende Mai, hatten Grimble und Bill Runge mit dem Aushub des Grabens begonnen, aber am zwölften Juni wurde Grimbles Bauantrag abgelehnt. Das habe ich beim Bauamt überprüft. Vier Tage später, am sechzehnten, hat Runge den Graben zur Hälfte aufgefüllt. Nach Einbruch der Dunkelheit hat der Mörder von Mr. X oder ein Komplize einen Teil der Erde ausgehoben, hat die in ein lila Bettlaken gewickelte Leiche hineingelegt und die Erde wieder zurückgeschaufelt. Nichts deutete darauf hin, dass sich jemand an dem Graben zu schaffen gemacht hatte. Am nächsten Tag hat Runge den Rest aufgefüllt.«

»So ungefähr. Ist es denn ein Bettlaken gewesen?«

»Das Labor behauptet es zumindest. Jetzt sind nur noch Fetzen vorhanden, aber früher sei es mal ein lila Bettlaken gewesen.«

»Ich frage mich, wer hat, beziehungsweise hatte, lila Bettlaken? Die ganze Sache muss kinderleicht gewesen sein. Probleme hat wohl nur der Transport der Leiche bereitet, denn es ist unwahrscheinlich, dass man den Mann dort draußen ermordet hat.« Wexford trank einen kleinen Schluck von seinem Rotwein. »Seltsam, obwohl ich weiß, dass es unmöglich ist, bilde ich mir ein, ich könnte sehen, wie dieser Stoff durch meine Arterien rinnt und wie von Zauberhand den ganzen hässlichen Belag von den Gefäßwänden löst. In Wirklichkeit ist es natürlich ganz anders.«

»Ja, sicher«, erwiderte Burden. »Mein Schwager hatte eine sogenannte Koloskopie und hat den Vorgang auf einem Bildschirm verfolgt. Er meinte, sein Darm habe ausgesehen, als wäre er mit rosa Satin verkleidet.«

»Moderne Medizin ist etwas Wunderbares. Ich wünschte nur, man würde nicht tagein, tagaus damit berieselt. Im Mittelalter haben die Leute angeblich ständig Gott im Munde geführt, und zu Königin Victorias Zeiten war es der Tod. Wir reden über unser Innenleben. Na gut, zurück zum Thema. Also, wir kennen zwar nicht den exakten Todestag, aber wir wissen, wann der Mann begraben wurde. Vermutlich ist der Tod erst Stunden vorher eingetreten, höchstens aber ein paar Tage. Der unbekannte Mörder von Mr. X muss den Graben gekannt haben. Von der Pump Lane oder der Kingsmarkham Road aus kann man ihn nicht sehen.«

»Von den Fenstern aus aber schon.«

»Ja, das werden wir noch nachprüfen müssen. Ich tippe auf Athelstan House, Oak Lodge und Marshmead. Du nicht auch? Möglicherweise auch Flagford Hall. War der Tote ein Hiesiger, oder ist er hier zu Besuch gewesen? Elf Jahre sind eine lange Zeit. Bis wir fertig sind, wird uns dieser Satz bestimmt zum Hals heraushängen. Die meisten Anwohner sind regelmäßig über dieses Stück Land spaziert, ob jung oder alt. Alle ans Grundstück angrenzenden Häuser haben Lücken in den Zäunen oder sogar Gartentore, die ihnen einen Zugang ermöglichen, ob es Grimble passt oder nicht.«

»Haben wir auch an die ehemaligen Anwohner gedacht, die vor elf Jahren hier gelebt haben?«

»Damit beschäftigt sich Barry«, sagte Wexford, »mit Unterstützung der Hunters. Hoffentlich gehören sie zu den alten Leuten, die bis zum Sankt-Nimmerleins-Tag zurück ganz genau wissen, wer wann wo gewohnt hat. Diese Menschen haben zwar keinen blassen Schimmer von den gestrigen Ereignissen und können sich ihre eigene Telefonnummer nicht merken, aber wenn es um Dinge aus der ferneren Vergangenheit geht, sind sie wahre Fundgruben der Erinnerung.«

»Wer ist zu den Tredowns gegangen?«

»Die habe ich für mich aufgehoben. Dieses Vergnügen werde ich mir morgen früh gönnen. Willst du mit? Hannah soll sich zusammen mit Lyn unsere spärliche Vermisstenliste ansehen.«

Vor acht Jahren war im mittleren Sussex eine ziemlich große Anzahl Männer verschwunden, während es in der näheren Umgebung von Kingsmarkham, einschließlich Flagford, ganze zwei gewesen waren. Auf der Liste stand als Erster der damals fünfundsechzigjährige Trevor Gaunt, der aufgrund seines Alters als Kandidat höchstwahrscheinlich ausschied.

»Es sei denn, Carina Laxton liegt mit ihren Berechnungen völlig daneben«, meinte DC Lyn Fancourt. »Ich werde nie kapieren, wie die behaupten können, jemand sei seit acht, zehn oder gar zwanzig Jahren tot, nur weil sie in den Knochen herumgestochert haben. Oder wie sie sicher sein können, wie alt die Leute gewesen sind.«

Hannah lachte. »Trotzdem können sie es. Du musst das einfach akzeptieren. Um ein oder zwei Jahre könnte sich Carina im Alter irren, aber nicht um zwanzig. Dieser alte Knabe ist nicht unser Mann. Der ist wahrscheinlich irgendwo tot zusammengebrochen«, sagte sie herzlos, wie junge Leute es zu tun pflegen, »und die Leiche wurde nie gefunden. Wer ist der andere?«

»Ein Typ namens Bertram Farrance. Diese Liste geht wirklich nicht sehr ins Detail. Hier steht nur sein Alter, damals achtunddreißig, seine Adresse und dass seine Ehefrau Vermisstenanzeige erstattet hat.«

»Was erwartest du denn? Du siehst doch fern. Du weißt doch, was alle sagen. ›Er ist um fünf Uhr nur schnell eine Abendzeitung holen gegangen, und als er bis um sechs nicht wieder zurückkam, war ich fix und fertig. Ich wusste nicht, was ich tun sollte. So etwas hat er noch nie gemacht.‹ Und so weiter, und so weiter.«

»So muss es doch nicht immer sein«, rief Lyn lachend.

»Du könntest ja hinfahren – wo war das gleich? Station Road? – und nachsehen, ob die Frau immer noch dort lebt.«

Es ging Hannah gegen den Strich, eine Frau als Ehefrau

zu bezeichnen, selbst wenn sie vielleicht schon seit vierzig Jahren verheiratet war, mit Mrs. angesprochen wurde und den Namen ihres Mannes angenommen hatte. Noch mehr Einwände hatte sie gegen das Wort »Lady«, seit sie herausgefunden hatte, dass es sich von dem angelsächsischen Wort »lafdig« ableitete, was so viel wie »die Brotbäckerin« hieß. Lyn Fancourt fand, Hannah habe durchaus recht, und bewunderte ihre Haltung. Trotzdem – war das Ganze nicht ein bisschen albern?

»Du hast einen tollen Ring«, sagte sie.

»Unter uns gesagt, ich wäre auch ohne ihn ausgekommen. Ich muss keine Fingerfessel tragen, um mich an Bal gebunden zu fühlen. Aber er hat es so gewollt. Was kann man da machen? Nur weil man einen Ring trägt, muss man ja nicht unbedingt heiraten.«

Lyn ging zu Fuß zur Station Road. Es war nicht weit; außerdem tat ihr ein Spaziergang gut. Als sie sich heute Morgen gewogen hatte, hatte sie gesehen, dass sie zweiundsechzig Gramm zugenommen hatte. Das war zwar nicht viel, aber trotzdem ging es ihr nicht aus dem Kopf, und sie versuchte herauszufinden, welche zusätzlichen Kalorien sie in den letzten Tagen verspeist hatte. Dabei handelte es sich buchstäblich nur um ein paar Tage, denn am Sonntag hatte sie sich gewogen. Nur mit eisernem Willen war es ihr gelungen, montags und dienstags nicht auch noch auf die Waage zu steigen. Karen Malahyde würde ihr erklären, es sei eine Manie von ihr, aber bei Karen und Hannah war das ja auch in Ordnung. Die beiden waren von Natur aus schlank. Man brauchte unendlich viel Charakterstärke, um mit dem Kalorienzählen aufzuhören, um nicht auf die Waage zu steigen und – das war das Schwierigste – um nicht ständig daran zu denken! Hör auf, daran zu denken, ermahnte sie sich, trat vor die grüne Tür, die direkt vom Gehsteig ins Haus führte, und klingelte.

Das Ganze war ein Kinderspiel, aber das Ergebnis brachte sie keinen Schritt weiter. Die Frau, die ihr öffnete, beantwortete Lyns Frage, ohne sie hereinzubitten.

»Er wird nicht vermisst. Er ist droben. Wollen Sie selbst sehen?«

»Ja, schon.«

Ein schriller Schrei, der Glas hätte zersplittern lassen können, zitierte ihn herbei. »Bertie! Komm runter, Bertie.«

»Was ist passiert?«, fragte Lyn. »Ist er einfach so zurückgekommen?«

»Ja, nach ungefähr einem Jahr. Meinte, er hätte sein Gedächtnis verloren. Jetzt lass ich ihn nicht mehr allein raus. Wenn er rauswill, sag ich: Okay, Bertie, aber ich komm mit. Und genau das mach ich dann. Seit er wieder da ist, ist er nicht mehr allein draußen gewesen.«

Der kleine, ziemlich fette Mann, der in Camouflage-Hosen und einem weiten schwarzen T-Shirt die Treppe herunterkam, sah aus, als hätte er afrikanische Vorfahren oder karibische mit afrikanischen Wurzeln. Lyns Frage nach seiner Identität beantwortete er nur mit einem stummen Nicken. Lyn bat um einen Lichtbildausweis. Zu ihrem Erstaunen zog Mrs. Farrance einen Pass heraus. Der Mann war eindeutig Bertram Farrance. Lyn gab den Pass wieder zurück.

»Alles okay?« Mrs. Farrance klang einigermaßen liebenswürdig. Dann schraubte sich ihre Stimme mehrere Dezibel in die Höhe, und sie brüllte ihrem Ehemann zu: »Okay, Bertie, rauf mit dir. Abmarsch.«

Lyn hoffte, Hannah mit dieser Geschichte zum Lachen zu bringen, aber statt sich über Mrs. Farrance zu amüsieren, hegte die Kommissarin eher Bewunderung für diese Frau und meinte: »Selbstverständlich ist es mir lieber, wenn ich zwei Menschen als gleichwertige Partner erlebe, aber wenn sich ein Ungleichgewicht nicht vermeiden lässt – wenn beispielsweise der Mann sehr verantwortungslos oder schwach ist –, dann ziehe ich eine Situation wie bei den Farrances vor. Auf diese Weise geht wenigstens etwas voran. Wahrscheinlich handelt es sich um eine sehr fähige Frau, die alles im Griff hat.«

Das Gespräch mit Jonathan Pickfords Mutter hatte DS Barry Vine geführt und dabei erfahren, dass ihr Sohn und dessen Freundin im Bankgeschäft tätig waren und täglich mit der Bahn nach London pendelten. Er, der Sohn, war neunundzwanzig und die Freundin dreißig. Vor elf Jahren waren beide noch auf der Universität gewesen. In diesem Haus wohnten sie erst, seit Brenda und ihr Mann vor vier Jahren die beiden Stockwerke des Hauses zu separaten Wohnungen umgebaut hatten.

»Aber Sie und Ihr Mann haben doch schon vor elf Jahren hier gelebt?«

»Wir wohnen hier seit unserer Heirat.« Sie führte ihn in das Wohnzimmer ihrer Erdgeschosswohnung und zeigte ihm von einem Fenster aus das unmittelbar angrenzende Grimble's Field mit dem zugenagelten verfallenen Bungalow. Da es fast die ganze Nacht geregnet hatte, sah die Natur besonders grün und üppig aus, und der Bungalow verschwand fast zwischen den Bäumen. Nur das polizeiliche Absperrband rings um den Leichenfundort wollte nicht recht zu dieser Szenerie passen. »Der alte Mr. Grimble hat zu seinen Lebzeiten einen so hübschen Garten gehabt«, sagte sie. »Und dauernd hat er darin gearbeitet und alles tiptop gehalten. Bis eine Woche vor seinem Tod noch. Auf seinem Rasen wuchs kein einziges Unkraut. Gleich hinter unserem Zaun hatte er seinen Nutzgarten mit den Gemüsebeeten angelegt, und auf der anderen Seite, bei den Tredowns, standen seine Obstbäume. Ich erinnere mich noch, wie er uns immer Cox-Äpfel und Bramleys geschenkt hat.

Zum Kochen, wissen Sie?« Eindringlich musterte sie Barry. Vielleicht hatte er ja noch nie etwas von Apfelkuchen gehört. »Die Bäume stehen natürlich immer noch, aber weil John Grimble sie nie zurückgeschnitten hat und nie etwas daran gemacht hat, tragen sie natürlich nicht. Ist das nicht eine Schande?«

»Mrs. Pickford, könnten Sie sich in Gedanken elf Jahre zurückversetzen? Genauer gesagt, in den Juni vor elf Jahren? Erinnern Sie sich vielleicht noch, ob damals irgendetwas Ungewöhnliches auf diesem Grundstück vorgefallen ist? Ganz egal was, und wenn es noch so unbedeutend war.«

Sie machte einen ziemlich ängstlichen und obendrein misstrauischen Eindruck. Irgendwie schien sie zu fürchten, er könne versuchen, sie bei einem kleinen Fehltritt zu ertappen. »Muss ich mich denn erinnern? Was meinen Sie denn mit ›etwas‹?«

Das konnte er ihr nun wirklich nicht erzählen, denn offensichtlich gehörte sie zu jenen Frauen, die sich nur allzu leicht einen Floh ins Ohr setzen lassen. Geduldig blickte er in das breite, blass gepuderte Gesicht mit den unbeholfenen rosa Rougeflecken. Sie wirkte ziemlich kurzatmig. Vermutlich trug sie ein enges Korsett, obwohl sie nicht besonders übergewichtig war. Sie legte sich eine mit Ringen überladene Hand auf den Brustkorb, als wollte sie ein hektisches Keuchen verhindern. »Da waren diese Landarbeiter. Mein Mann hat sie immer Wanderarbeiter genannt. Wissen Sie, zur Erntezeit kommen sie in Wohnwagen an, und einmal haben sie auf Mr. Grimbles Grundstück geparkt und ein fürchterliches Durcheinander angerichtet. Meinen Sie so etwas?«

»Schon möglich«, entgegnete er vorsichtig. »Wissen Sie noch, in welchem Jahr das gewesen ist?«

»Vielleicht vor zehn Jahren. Können auch elf gewesen sein.«

Das war besser. »Und um welche Jahreszeit wäre das gewesen?«

Hilflos sah sie ihn an. »Na ja, die sind immer im Juni oder im September gekommen. Im Juni wegen der Erdbeeren und im Herbst wegen der Äpfel und Birnen.«

Barry ließ nicht locker. »Und was war es in dem Jahr gewesen? Können Sie sich noch erinnern?«

Und das tat sie dann auch, wobei ihr bereits rosiges Gesicht vor Anstrengung knallrot anlief. »Der alte Mr. Grimble, Mr. *Arthur* Grimble, ist damals schon tot gewesen. Er war im Winter gestorben. Sein Sohn hatte im Garten keinen Finger gerührt. Trotzdem haben alle Rosen wie immer geblüht. Und als die Obstpflücker in ihren Wohnwagen dort kampierten... Die Wäsche haben sie immer in den Bäumen aufgehängt. Das hat nicht sehr hübsch ausgesehen. Wo war ich? Ach ja, als sie dort kampiert haben, da ist Mr. Grimble, also der junge Mr. Grimble, mit einem Freund gekommen, und die haben sie mit Stöcken vertrieben. Na ja, für mich hat es wie Gewehre ausgesehen, aber mein Mann hat gemeint, es seien Stöcke gewesen.«

»Das war noch vor dem Aushub des Grabens, oder?«

»Ja, muss es wohl. Deshalb sind ja Mr. Grimble und sein Freund hergekommen. Und dabei sahen sie, dass die Wohnwagen hier standen. Meinem Mann hatte Mr. Grimble erklärt, sie wollten eigentlich wegen des Verlaufs des Abwasserkanals das Grundstück vermessen, aber dann haben sie die ganzen Leute entdeckt, die dort einfach kampiert haben. Mr. Grimble ist mir, ehrlich gesagt, nie sehr sympathisch gewesen, aber wenn es um unbefugtes Betreten ging, habe ich voll auf seiner Seite gestanden.«

»Mrs. Pickford, das ist alles sehr hilfreich. Vielleicht können Sie mir noch sagen, ob Sie sich daran erinnern, dass zu dieser Zeit hier in der Gegend irgendjemand – ein Mann – verschwunden ist.« Dieser Ausdruck beunruhigte sie eindeutig, deshalb schwächte er ihn etwas ab: »Also, ob jemand fortgegangen ist. Irgendjemand, den Sie gekannt haben und den Sie dann nicht wiedergesehen haben.«

»O nein, das hätte ich doch gesagt. Als Sie mich gefragt haben, ob ich mich an einen ungewöhnlichen Vorfall erinnern würde, hätte ich das doch gesagt. Das wäre doch äußerst ungewöhnlich gewesen, nicht wahr?«

Die Hunters von nebenan hätten dem Alter nach Brenda Pickfords Eltern sein können, und Letztere war selbst schon kein junger Hüpfer mehr, wie Barry es insgeheim nannte. Eine Pflegerin öffnete ihm. Das uralte Paar saß bei seinem Eintreten links und rechts vor einem offenen Kamin, den statt eines Feuers eine Vase mit Trockenblumen füllte. Auf Barry wirkte es leicht pathetisch, dass sie sich genau an dieser Stelle aufhielten. Vermutlich taten sie das aus reiner Gewohnheit, weil sie bis vor Kurzem ihr ganzes Leben lang regelmäßig vor einem offenen Feuer gesessen hatten. Der Anblick mochte vielleicht pathetisch wirken, aber tragisch war er nicht, denn nach Barrys Maßstäben herrschte in dem Zimmer eine unerträgliche Hitze. Trotzdem waren die beiden Alten, er wie seine Frau, nach dem Zwiebelsystem in Strickjacken, Schals und Schultertücher eingewickelt. Audrey Hunter hatte die Augen geschlossen. Sie schien zu schlafen. Nur die Hand in ihrem Schoß bewegte sich zitternd und malte Achten auf die Decke über ihren Knien. Ihr Mann hatte wässrige himmelblaue Augen mit einem unschuldig-arglosen, begriffsstutzigen Blick.

»Er ist sechsundneunzig und sie dreiundneunzig«, konstatierte die Pflegerin. »Sie brauchen kein solches Gesicht zu machen. Die zwei sind taub, sie können Sie nicht hören.« Dann brüllte sie Mr. Hunter ins Ohr: »Ein Polizist ist gekommen. Er will Sie was über Old Grimble's Field fragen.«

»Was ist los?«, nuschelte der Alte, genau wie Barry es

sich gedacht hatte. Erst nachdem man die Frage noch zweimal gebrüllt hatte, meinte er: »Vor elf Jahren? Da war ich erst fünfundachtzig. Da konnte ich mich noch bewegen.«

Seine Frau kritzelte weiter unsichtbare Figuren in ihren Schoß. Sie schlug die Augen auf, streckte die freie Hand nach der Pflegerin aus und flüsterte: »Was ist passiert?«

»Nichts, meine Liebe«, sagte die Pflegerin. »Sie brauchen sich keine Gedanken zu machen.« Und fuhr dann mit deutlich herrischerem Ton in Barrys Richtung fort: »Aus denen werden Sie wohl nichts herausbekommen.«

Hartnäckig versuchte er es noch eine Weile. Leider vergeblich.

»Was habe ich Ihnen gesagt?«, verkündete die Frau triumphierend, während sie ihn zur Haustür brachte.

Er stieg in sein Auto. Die Unterhaltung hatte ihn ziemlich mitgenommen. Wexford war bezüglich der Hunters viel zu optimistisch gewesen. Barrys Gedanken kreisten zwangsläufig um die moderne Medizin und die Grundsätze einer gesünderen Lebensweise, die allen ein längeres Leben ermöglichten. Wenn er selbst einmal ins Rentenalter käme, würde es nicht nur Tausende Menschen wie die Hunters geben, sondern Zehntausende und Hunderttausende. Menschen, die am Leben waren, ohne wirklich lebendig zu sein, uralte Menschen, von der Zeit zu Invaliden gestempelt, Menschen, die im Laufe der Jahre ihre Erinnerung, ihr Gehör, ihren Sehsinn und fast jegliche Beweglichkeit eingebüßt hatten und doch immer noch lebten. Vielleicht würde eines Tages auch er dazugehören. Sicher hatte sich die Bemerkung der Pflegerin, er brauche nicht so dreinzuschauen, auf seine Miene bezogen, in der sich Mitleid mit Entsetzen gepaart hatte.

Zum Mittagessen gingen Hannah und Lyn in die Kantine, wo sich Lyn dazu zwang, den Frühlingssalat zu nehmen, und dabei versuchte, Hannahs Käse-Speck-Pfannkuchen mit Bratkartoffeln zu ignorieren. Hannah hatte auf der anderen Seite PS Peach entdeckt, einen Streifenbeamten, der allein an einem Tisch saß. Peach hatte an Hannah »Gefallen gefunden«, wie er es nannte. Damit meinte er, er habe sich in sie verliebt, was er auch tatsächlich getan hatte, auch wenn er nicht einmal im Traum daran gedacht hätte, dies laut zu sagen. So etwas hätte in seinen Ohren viel zu ernst und emotional geklungen. Vor einigen Monaten hatte er sich ihr auf eine Art erklärt, wie es heutzutage nur noch wenige Männer tun, und hatte gemeint, sie gefalle ihm, und er würde gerne im Hinblick auf eine künftige ernsthafte Verbindung mit ihr ausgehen. In Hannahs Augen war er mit Sicherheit der einzige Beamte im ganzen Polizeirevier von Kingsmarkham, der keine Ahnung von ihr und Bal Bhattacharya gehabt hatte. Als sie es ihm sagte, reagierte er sichtlich betroffen. Seither war er ihr zwar nicht direkt aus dem Weg gegangen, hatte aber Distanz gewahrt. Trotzdem meinte Hannah zu Lyn: »Ich will nicht, dass er mich bemerkt.«

Beide Frauen waren überrascht, als sie sahen, wie Peach aufstand und mit dem Teller in der einen Hand und einem Glas Cola in der anderen auf sie zusteuerte. Mit jedem Schritt lief er weiter rot an. Trotzdem brachte er noch einigermaßen kühl die Frage heraus, ob er sich zu ihnen setzen dürfe. Eine solche Bitte konnten nur äußerst gefühllose Zeitgenossen ablehnen, und so sagte Hannah: »Natürlich.« Und Lyn meinte: »Gerne, Peachy. Setz dich.«

Peachy hatte mit Sicherheit mindestens einen Vornamen, aber den kannte keiner. Alle riefen ihn immer nur Peachy, sogar Wexford. Für einen Mann mit rosa Pausbacken und blonden Haaren war dieser Name nicht unpassend.

»Ich möchte ja nicht stören«, sagte er und brach ab, um

beiden Frauen Gelegenheit zum Widersprechen zu geben, »aber ich bin nicht herübergekommen, weil ich Gesellschaft haben wollte oder so.« Nach einem kurzen Blick auf Hannah senkte er wieder die Augen. »Ich muss euch etwas zu diesem Fall sagen. Ich meine, zu der Leiche von Grimble's Field. Also, ich habe da etwas getan...«

»Was hast du denn angestellt, Peachy?«, fragte Hannah.

»Nichts habe ich angestellt. Es geht um diese Vermisstenliste. Wir haben doch nur Aufzeichnungen über die letzten acht Jahre, stimmt's?«

»Stimmt.«

»Also, ich habe Aufzeichnungen aus den letzten dreizehn Jahren.«

»*Du*?« Lyn befürchtete, es hätte despektierlich geklungen, und fügte rasch hinzu: »Was meinst du damit? Hast du frühere Listen gefunden?«

»Nein, ich habe eine erstellt. Das war so. Ich erklär's euch.« Peach ließ seine Pasta Nudeln sein und schob den Teller mit Spaghetti bolognese weg. »Es war damals, bei meinem Eintritt, 1993. Wir hatten gerade erst auf Computer umgestellt. Ich meine, das Revier hatte umgestellt, und – na ja – mit Computern konnte ich – kann ich – ziemlich gut umgehen, auch wenn das nach Eigenlob klingt. War nichts Besonderes. Ich hatte einen Kurs gemacht. Hier hatte ich dafür nicht viel Verwendung, jedenfalls nicht bei meinen Streifengängen, aber natürlich hatte ich Zugang zu einem Computer. Und dabei ist mir aufgefallen, dass wir nur für die letzten acht Jahre eine Vermisstenliste hatten. Das war damals schon genauso. Das heißt, nur bis 1985.« Er hielt inne. Um Hannah nicht ins Gesicht sehen zu müssen, blickte er Lyn an. »Deshalb dachte ich mir: Jetzt weiß ich, was ich mache. Ich werde selbst eine Liste erstellen, und zwar hier auf dem Revier. Und dann werde ich sie zur Sicherheit daheim auf meinen Laptop übertragen.«

»Und das hast du gemacht?«

»Tja, schon.«

»Von '93 bis heute?«

»Ganz genau. Ist 'ne ziemlich lange Liste. Allerdings sind es mehr Frauen als Männer.«

Hannah rief: »Peachy, du bist ein Wundertier. Der Guv wird ausflippen.«

»Willst du es ihm sagen?« Unter Hannahs Lob hatte Peachs Gesicht die Farbe seines Namensgebers angenommen, eines von südlicher Sonne verwöhnten Pfirsichs, der zwischen kräftigem Rosa und Dunkelrot changiert.

»Ganz bestimmt nicht. Das musst du selbst tun. Ehre, wem Ehre gebührt.«

4

Auf Peachs Liste standen achtzig Namen, darunter fünfundsiebzig Frauen und Mädchen. Wexford war ganz begeistert gewesen und hatte Peach herzlich zu seinem Erfolg gratuliert, weil er nicht nur die persönlichen Daten samt Alter und Adresse hinzugefügt hatte, sondern auch Personenbeschreibungen und bis zu einem gewissen Grad sogar besondere Merkmale.

»Das erinnert mich an die Zeit, als man im Pass noch ›besondere Kennzeichen‹ angeben musste«, meinte Wexford mit einem Ausdruck der Liste in der Hand. »Er schreibt, einer der Verschwundenen habe eine Warze am linken Ohrläppchen, und ein anderer habe an einem Fuß sechs Zehen.«

»Klingt ja ätzend.« Burden war an diesem Vormittag rabenschwarz gelaunt. »Und das hat Peach alles während seiner sogenannten Arbeitszeit gemacht!«

»Also, Mike, wirklich. Schließlich ging es ja um die Belange seiner Behörde.«

»Vielleicht, aber er hat es ohne Anweisung getan. Wer sagt uns denn, ob die Liste genau ist? Außerdem haben wir unsere Untersuchungen vor Ort noch nicht abgeschlossen. Vielleicht brauchen wir Peachs Sachen gar nicht.«

Wexford gab keine Antwort. Sie waren unterwegs nach Flagford. Ihr Ziel: Athelstan House, der Wohnsitz der Tredowns.

Am Abend zuvor hatte Wexford beim Nachhausekommen seine Frau beim Lesen eines Romans mit dem Titel *Der Sohn des Nun* vorgefunden.

»Ist das eines von Tredowns Büchern?«

Dora blickte auf. »Das ist eines seiner frühen Bücher: Ist vor zwanzig Jahren erschienen. Du hast gesagt, du würdest morgen zu ihm fahren, also bin ich in die Leihbücherei gegangen und habe es mir geholt.«

»Klingt nach leicht anrüchigen Bibelszenen. Wer war übrigens der Sohn des Nun?«

»Offensichtlich Josua, aber so weit bin ich noch nicht.«

»Gestalten wie dieser Josua haben mir in jungen Jahren die Religion madig gemacht«, konstatierte Wexford. »Er hat immer nur im Namen des Herrn Schlachten geschlagen, und als ihm der Herr befohlen hat, sämtliche Bewohner einer Stadt zu töten, hat er sie samt und sonders abgeschlachtet, mit ihren Kindern und Neugeborenen, mit Ochsen und Eseln. Wenn dieser Kerl heutzutage sein Unwesen triebe, würde man ihn als Kriegsverbrecher bezeichnen.«

»Damals lagen die Dinge anders«, entgegnete Dora vage. »Schreibt Tredown immer über biblische Figuren?«

»Frag mich nicht. Ich habe nur ein Buch gelesen. Darin ging es über Esther und diesen Tyrannen, den sie geheiratet hat. Die einzige Figur, die mir gefallen hat, war dessen erste Ehefrau gewesen, von der er sich scheiden ließ, weil sie sich ihm widersetzt hatte. Apropos widerborstige Ehefrauen – gibt es etwas zu essen?«

»Reg, bist du schon mal heimgekommen und hast nichts zu essen vorgefunden?«

»War ja nur eine Frage«, meinte Wexford. »Willst du vorher noch einen Schluck trinken? Ich brauche unbedingt meinen obligatorischen Rotwein.«

Später – sie war schon mit dem *Sohn des Nun* ins Bett gegangen – musterte er seine Bücherregale und fand den einzigen Tredown-Roman im Haus, *Die Königin von Babylon*. Hoffentlich nahm dieser Fall keine Wendung, die ihn dazu zwingen würde, noch mehr dieser Bücher zu lesen. Gegenüber der Titelseite standen Tredowns Werke aufgelistet: *Der Sohn des Nun, Das biblische Volk, Die Witwe und ihre Tochter, Der erste Himmel*. Dabei fiel ihm wieder ein, dass Letzteres als Tredowns Meisterwerk galt, für das er den sogenannten Fredrik-Gartensen-Fantasypreis gewonnen hatte. Das hatte Wexford irgendwo gelesen. Während er das Buch zuklappte und ins Bett ging, überlegte er, worum es in dieser Chronik gegangen war. Um welchen biblischen Völkermord, beziehungsweise um welche himmelschreiende Ungerechtigkeit.

Inzwischen war er auf dem Weg zu einem Termin mit ebendiesem Autor. Es herrschte nur wenig Verkehr. Donaldson hatte sich statt der Kingsmarkham Road für die Landstraße entschieden. Sie fuhren über Nebenstraßen, wo sich das Laub an den dicht bewachsenen Rändern allmählich blassgold färbte und die Hecken unter den üppig wuchernden Samenständen der Gemeinen Waldrebe verschwanden. Auf den Wiesen weideten Kühe gemächlich im milden Sonnenschein, während ein glänzender Fuchs und ein Falbe mit fliegenden Mähnen hintereinander am Zaun einer großen Koppel entlangpreschten.

»Hier könnte man schön mit einem Hund spazieren gehen«, sagte Wexford, »ins Tal hinunter und drüben wieder hinauf, bis zu den Downs.«

Burden musterte ihn. »Du magst doch gar keine Hunde.«

»Nicht sehr, aber für solche Dinge braucht man schließlich eine Ausrede.«

»Du weißt, er ist todkrank.«

»Wer?«

»Tredown. Jenny hat es mir erzählt. Leberkrebs, glaube ich wenigstens.«

Wexford sagte nichts. Er dachte über die Erkrankung nach. Viele von seinen und Doras Bekannten waren an Krebs erkrankt oder hatten diese Krankheit gehabt und überwunden. Trotzdem redeten alle anderen Leute, die verschont geblieben waren, noch immer von Krebs wie über ein Todesurteil. Als sei es das Ende der Welt und ein noch schlimmeres Schicksal als der Tod. Vermutlich würde auch das eines Tages der Vergangenheit angehören. Er registrierte, dass Donaldson ausstieg, um ein großes Einfahrtstor zu öffnen. Sie waren da.

Die Auffahrt führte unter Bäumen mit tief hängenden Ästen durch. Zwischen ihren Stämmen konnte man linkerhand das tiefgrüne Grimble's Field erkennen, das auch heute Vormittag wieder die gewohnte Spielwiese für einen Mann mit Hund abgab. Wie tot lag die Bungalowruine zwischen den immer näher rückenden Bäumen da, als wartete sie nur darauf, dass man sie aufhob und in ein eigenes Grab verfrachtete.

Die Zufahrt zu Athelstan House mündete in eine breite Kiesfläche. Aus der Nähe betrachtet handelte es sich um ein wenig attraktives, großes Haus, dessen Einzelteile nicht recht zusammenpassten. Es bestand hauptsächlich aus rotvioletten Ziegeln, war mit leuchtend blaugrauen Dachpfannen gedeckt und hatte Fenster im neugotischen Stil, deren gelbbraunes Steingesims von einer Glockenleiste bekrönt wurde. Das dunkelbraune, mit schwarzen Eisennägeln beschlagene Portal mit geschwungener Zierklinke hätte auch zu einer Kirche gepasst. Wexford beschlich ein merkwürdiges Gefühl. Dieses Haus hatte eindeutig zu viele Farben, die nicht miteinander harmonierten. Das Ganze war ein wild zusammengewürfelter Mischmasch aus Braun, Lila, Blau und Blassgelb, den nicht einmal der üppige Hintergrund aus dunklem Grün und herbstlichen Goldtönen beruhigen konnte. In diesem Haus würde er nur sehr ungern wohnen, schoss es ihm durch den Kopf, und dann klingelte er auch schon.

Ein Telefonanruf hatte Maeve Tredown bereits auf ihren Besuch vorbereitet. Trotzdem wirkte sie überrascht. Hatte sie zwei ganz anders aussehende Männer erwartet? Vielleicht Sherlock Holmes und Watson oder zwei uniformierte Operettengendarmen?

»Kommen Sie schnell herein«, sagte sie. »Bitte, Füße abtreten.« Dann wurde ihr anscheinend klar, dass heute ein schöner, warmer und obendrein trockener Herbsttag war, und sie fügte hinzu: »Nein, verstehe. Es regnet ja gar nicht.«

Das Innere des Gebäudes bestätigte Wexfords Meinung, dass sich viktorianische Baumeister (Architekten?) größte Mühe gegeben hatten, um grässliche Inneneinrichtungen zu kreieren. Gewiss hatte Lewis Carrol genau an solche Bilder gedacht, wenn er das Wort »Verschandelung« benutzte. Statt einer Diele gab es einen Flur, der durch die hohe Decke und eine Tapete mit grün-gelben Längsstreifen schmaler wirkte, als er eigentlich war. Eine Art Mosaik aus schwarzen und ockerfarbenen Fliesen bildete den Bodenbelag. Anscheinend wollte man möglichst viel von der Innenausstattung verstecken, denn an den Wänden hingen reihenweise Garderobehaken mit Bergen von Mänteln, Umhängen, Trenchcoats, Regenmänteln, gewachsten Jacken, Dufflecoats und Strickjacken – genug, um zwanzig Leute vor schlechtem Wetter zu schützen –, während auf den gelb-schwarzen Fliesen paarweise das dazu passende Schuhwerk stand: Stiefel, Halbschuhe, Turnschuhe und noch etwas, was Wexford schon jahrelang nicht mehr gesehen hatte – Galoschen. Der klägliche Rest der Wände war mit Koffern und Einkaufstaschen zugestellt.

»Hier herein«, sagte Maeve Tredown, wobei sie eine Tür öffnete.

In dem großen Raum war es eiskalt, obwohl es draußen inzwischen annähernd zwanzig Grad hatte. Die Fenster gingen nach Norden hinaus und boten einen Blick auf eine hauptsächlich von immergrünen Bäumen gerahmte Rasenfläche. Das Zimmer war mit unscheinbaren Stühlen, Sofas und Tischchen möbliert. Der rot-braun gemusterte Teppich erinnerte Wexford an einen Teller, von dem jemand Fischstäbchen und Pommes frites mit Tomatenketchup und einem ordentlichen Schuss Essig gegessen hatte. Das markante Element in diesem Zimmer waren Bücher. An drei Wänden standen Hunderte, wenn nicht sogar Tausende Bücher in schlichten raumhohen Holzregalen. Die vierte Wand bestand aus einem großen Fenster, das dringend geputzt werden musste. Davor stand, mit dem Rücken zu ihnen, eine große schmale Frau mit langen schwarzen Haaren und sah hinaus.

»Sie sollten sich setzen.«

Maeve Tredown klang, als bedauere sie jedes herausgepresste Wort. Sie war eine zierliche rundliche Frau mit einem netten rosigen Schweinchengesicht und gefärbten blonden Haaren. Garantiert eine harmlose Frau, die keiner Fliege etwas zuleide tat. Trotzdem hätte es Wexford – rein gefühlsmäßig – nicht überrascht, wenn man ihm ein Foto von ihr gezeigt und dabei erklärt hätte, sie sei die Oberschwester in einem stadtbekannten rüden Altenheim oder die Chefin eines brutalen Ausbildungslagers. Das lag an ihrer knappen abgehackten Redeweise, an dem eiskalten Ausdruck ihrer hellblauen Augen und an ihrem strengen grauen Flanellanzug.

»Ich habe keine Ahnung, was Sie wollen.« Verstohlen warf sie einen Blick zu der zweiten Frau hinüber. Anscheinend überlegte sie, ob es sinnvoll sei, sie vorzustellen. Schließlich kam sie zu dem Schluss, dass es sich nicht umgehen ließ, und meinte: »Claudia, ich nehme an, diese Herren wollen sich mit dir ebenso unterhalten wie mit mir.«

Als sich die Schwarzhaarige umdrehte, löste sie einen leichten Schock aus. Während sie von hinten wie fünfundzwanzig ausgesehen hatte, ließ sie, von vorn betrachtet, trotz des Schattens, der über ihr Gesicht fiel, erkennen, dass sie nahe an die Sechzig herankam. Sie war ungeheuer schlank, wie jene von Natur aus schlanken Frauen, die weder Diäten noch Heißhungerattacken kennen, und hatte tiefe Gesichtsfalten. Beim Näherkommen streckte sie ihnen lächelnd eine lange schmale Hand entgegen, auf der die Venen stark hervortraten. Und augenblicklich verwandelte sie sich in eine wahre Schönheit, an der die Zeit genagt hatte.

»Guten Tag, ich bin Claudia Ricardo. Also, während meiner Ehe mit Owen hieß ich Tredown, aber nach unserer Scheidung habe ich wieder meinen früheren Namen angenommen. Mein Mädchenname war Ricardo, obwohl ich nicht sehr lange ein Mädchen gewesen bin.«

Mit solchen Bemerkungen konnte Burden weniger gut umgehen als Wexford. Er tat, als hätte er nichts gehört, und meinte im gleichmütig-düsteren Ton eines Streifenpolizisten, es gäbe da ein paar Fragen. Wexford hätte sich wahrscheinlich auf Mrs. Tredowns Kosten einen Spaß erlaubt und sich auf einen Wortwechsel mit Claudia Ricardo eingelassen, aber vielleicht war Burdens Technik wirkungsvoller. »Wir würden uns gerne auch mit Mr. Tredown unterhalten.«

»Keine Chance«, rief Maeve. Diesen Ausdruck hatte Wexford schon jahrelang nicht mehr gehört.

»Ja, ich weiß, dass er krank ist«, erwiderte Wexford. »Wir werden ihn möglichst wenig stören.«

»Es geht nicht darum, dass er krank ist. Das ist er zwar, aber das ist nicht der springende Punkt. Er arbeitet gerade.«

Wieder lächelte Claudia Ricardo, aber diesmal weniger charmant. »Mein Schwiegerweib – so bezeichnen wir uns gegenseitig – liebt es, ihn bei der Arbeit zu halten. Immerhin leben wir von seinen Büchern. Sie knallt mit der Peitsche. Stimmt's, Em?«

Diesmal lächelte Maeve Tredown. Offensichtlich war sie nicht im Geringsten beleidigt, auch wenn die Anrede »Em« offenbar nichts weiter als eine despektierliche Reduzierung ihres Vornamens auf dessen ersten Buchstaben bedeuten sollte. Stattdessen strahlte sie Claudia unverwandt mit verschwörerischer Miene an und kräuselte dabei liebenswürdig das Näschen, als wollte sie sagen: Du bist mir aber eine!

Wexford dachte, dass sie ihm wesentlich besser gefiel, wenn sie stumm blieb. Laut sagte er: »Na schön, heute müssen wir ihn ja nicht unbedingt sehen. Vielleicht können Sie einige Fragen beantworten. Sicher wissen Sie, dass man auf Grimble's Field eine Leiche gefunden hat, deren Identifizierung uns einige Mühe macht. Ist Ihnen bekannt, ob hier in der Gegend vor ungefähr elf Jahren jemand verschwunden ist?«

»Woher sollten wir?« Diesmal meldete sich Maeve zu Wort, die neben Claudia auf einem glatten schwarzen Ledersofa Platz genommen hatte. »Was hat dieser Mist mit uns zu tun?«

»Wahrscheinlich nichts. Trotzdem, kennen Sie einen Vermissten aus der näheren Umgebung? Letzten Mai oder Juni müssten es elf Jahre gewesen sein.«

Nur wenige Leute schaffen es, unverblümt mit Nein zu antworten. Nicht so Maeve Tredown. »Nein.«

Claudia bemühte sich weiterzuhelfen und meinte: »Das wäre dann kurz nach meinem Einzug hier gewesen. Nach der Scheidung habe ich wieder geheiratet, aber auch das hat nicht geklappt. Maeve hatte mich gefragt, ob ich hierherziehen und bei ihnen wohnen möchte. War doch nett von ihr, oder? Ein bisschen seltsam, könnte man meinen… also, ganz sicher sogar, aber trotzdem sehr nett. Wir beide haben uns immer verstanden, viel besser als Owen und ich, obwohl auch das vor unserer Heirat deutlich besser gewesen ist.«

Warum erzählte sie ihnen das alles? Wexford hatte keine Ahnung. Weil es sie amüsierte? Weil sie in ihren Augen dämliche Arbeitstiere waren? »Sie müssen doch gesehen haben, wie Mr. Grimble mit seinem Freund quer durch das Grundstück einen Graben ausgehoben hat.«

»*Das* haben wir gesehen.« Auf einmal wurde Maeve gesprächiger. »Ich war entzückt, als man ihm die Baugenehmigung verweigert hat.«

»Ich auch.« Claudia hüpfte wie ein Kind, das unerwartet eine Belohnung bekommen hat, auf dem Lederpolster auf und ab. »Ich habe innerlich einen Luftsprung gemacht. Oder besser gesagt: Als ich das gehört habe, hätte ich beinahe einen Orgasmus bekommen.«

»Ungefähr um diese Zeit damals ist doch irgendeiner von Grimbles Verwandten verschwunden, ein Cousin oder Schwager. Das ist mir eben eingefallen«, warf Maeve plötzlich ein, als hätte sie jemand danach gefragt. »Wer genau, kann ich Ihnen nicht sagen, aber gewusst hat das jeder. Ich schätze, der ist es.«

»Stimmt ganz genau«, rief Claudia und lachte fröhlich. »Ja, wahrscheinlich hat Grimble ihn umgebracht und in den Graben verfrachtet. Es tut mir *wirklich* leid, dass Sie Owen heute nicht sehen können. Könnten Sie ein andermal wiederkommen? Offen gestanden ist es reizend, Männergesellschaft zu haben. Nicht wahr, Em?«

»Woher haben die beiden gewusst, dass die Leiche im Graben gelegen hat?«, wollte Burden auf der Rückfahrt wissen.

»Wir haben es ihnen gesagt.«

»Na ja, nicht direkt. Du hast gemeint, Grimble und sein Freund hätten einen Graben ausgehoben.«

»Ach, Mike, wirklich. Die zwei sind doch nicht doof, egal was du von ihnen hältst. Das würde jeder aufschnappen. Außerdem hieß es in den lokalen Fernsehnachrichten, man habe eine Leiche in einem Graben gefunden. Mich interessiert mehr dieser vermisste Verwandte, den Grimble nicht erwähnt hat.«

»Vielleicht steht er auf Peachs Liste«, sagte Burden.

Und so war es auch. Es handelte sich um einen der beiden Männer, die zur relevanten Zeit verschwunden waren, Peter Darracott und Charlie Cummings. Hannah Goldsmith und Lyn Fancourt hatten den ganzen Vormittag damit verbracht, deren Familien aufzuspüren, und dabei Folgendes herausgefunden: Der im Mai 1995 verschwundene Peter Darracott war ein Cousin zweiten Grades von John Grimble, ein Sohn des Cousins von Grimbles leiblichem Vater.

Dessen Frau hatte damals mit ihrer Nachbarin für zehn Tage einen Pauschalurlaub auf Teneriffa gebucht. Auslandsurlaube habe sie immer mit einer Freundin machen müssen, erklärte Christine Darracott, als Hannah sie befragte. Ihr Mann habe Flugangst gehabt.

»Den Leuten habe ich immer weisgemacht, beim Fliegen würde ihm schlecht«, erzählte sie, doch dann bekam ihr Gesicht einen rachsüchtigen Zug. »Früher schon, aber jetzt würde ich die Wahrheit sagen, falls mich jemand fragen sollte. Ich habe die Schnauze voll davon, ihn ständig in Schutz zu nehmen. Falls Sie's interessiert: Er hatte vor Angst die Hosen gestrichen voll.«

»Mrs. Darracott, haben Sie erst nach Ihrer Rückkehr gemerkt, dass er nicht mehr zu Hause war?« Das Zuhause war ein Reihenhaus in der Pestle Lane, einer Parallelstraße zur Kingsmarkham High Street. »Hatte er Ihnen nicht einmal eine Nachricht hinterlassen?«

»Nichts, kein Fitzelchen. Aber sein ungemachtes Bett und sein dreckiges Geschirr und überall volle Aschenbecher, die hat er mir hinterlassen, wissen Sie?«

»Er hatte eine Menge Kleidung mitgenommen«, sagte Hannah zu Wexford, »und außerdem Sachen, die ihnen gemeinsam gehörten: ein Radio, einen kleinen tragbaren Fernseher – ach ja, und einen Föhn. Was macht ein Mann mit einem Föhn?«

»Vermutlich ziemlich dasselbe wie eine Frau. Vielleicht hatte er lange Haare. DS Goldsmith, Sie dürfen nicht sexistisch sein.«

Anstandshalber lachte Hannah. »In Wahrheit hat er ihn aus reiner Bosheit mitgenommen. Ich werde nie begreifen, warum Frauen heiraten.«

»Nun ja, Sie werden es jedenfalls tun«, konstatierte Burden. »Es sei denn, dieser Ring ist reine Zierde.«

»Wir werden sehen«, meinte Hannah unbeeindruckt. »Sie hat mir erklärt, Peter sei Grimbles Cousin zweiten Grades, was auch immer das bedeuten mag. Offensichtlich handelt es sich um einen großen, weit verzweigten Familienclan. Sie hatte Peter zwar als vermisst gemeldet, hat aber selbst offensichtlich nichts unternommen, um ihn zu finden. Es sei nicht schade um ihn gewesen, hat sie mehr oder weniger wörtlich gemeint. ›Eines steht fest‹, hat sie gesagt. ›Das Land hat er sicher nicht verlassen, dazu hatte er viel zu viel Schiss vor Flugzeugen.‹«

»Haben sie sich gekannt?«, wollte Wexford wissen. »Ich meine: Grimble und dieser Peter Darracott.« Er wandte sich an Burden: »Kennst du deinen Cousin zweiten Grades? Oder Sie, Lyn?«

»Ich wüsste nicht einmal, wie man zu einem Cousin zweiten Grades kommt«, erwiderte Burden.

Lyn lächelte. »Wenn Sie wie ich keine große Verwandtschaft hätten, dann wüssten Sie's. Ich habe außer meiner Mama und meinem Papa nur noch meinen Cousin zweiten Grades.«

»Laut den Anmerkungen auf Peachs Liste«, fuhr Wexford fort, »hat Christine Darracott nie wieder etwas von ihm gehört. Man kann sich nur schwer vorstellen, wie es passieren kann, dass jemand einfach verschwindet und für immer verschwunden bleibt. Selbstverständlich wäre es hilfreich, wenn sich die nächsten Verwandten sofort nach dem Verschwinden melden würden. Lyn, wie steht's mit Charlie Cummings?«

Dieser war im Dezember 1994 aus dem gemeinsam mit seiner Mutter bewohnten Haus verschwunden. Beide hatten von Sozialhilfe gelebt, denn Charlie war behindert gewesen. Heutzutage würde man von »Lernschwierigkeiten« sprechen, meinte Lyn. Offensichtlich konnten weder er noch seine Mutter lesen oder schreiben. Diese Details wusste Lyn von der Nachbarin von Mrs. Cummings, denn Mrs. Cummings war im Jahr 2000 gestorben.

»Doris Lomax, so heißt die Frau von nebenan, hat gemeint, sie sei an gebrochenem Herzen gestorben. Man hat damals ziemlich intensiv nach Cummings gesucht. Verständlich, meine ich, wenn man bedenkt, dass er nicht normal gewesen ist und nie weiter als bis zum Dorfladen ging. Genau dorthin ist er auch an jenem Dezembertag gegangen. Am Vormittag. Er wollte im Laden einen Laib Brot und ein Päckchen Teebeutel besorgen und wurde – tja, nie mehr gesehen. Mrs. Cummings ist zu Mrs. Lomax nach nebenan gegangen, und die hat sich wohl um alles Weitere gekümmert. Sie hat bei uns angerufen, und danach ist praktisch das ganze Dorf auf der Suche nach ihm ausgerückt.«

»An diesen Fall erinnere ich mich noch«, sagte Wexford, »und zwar gut. Und du sicher auch, Mike.«

»Ich war an der Suche beteiligt. Damals haben wir die ganze Gegend auf den Kopf gestellt. Es war wie die Suche nach einem Kind.«

»Vermutlich ist er *tatsächlich* ein Kind gewesen«, bemerkte Wexford traurig. Den nächsten Satz behielt er für sich. *Hoffentlich entpuppen sich die kläglichen Überreste von Grimble's Field nicht als Cummings Leiche. Mir wäre es lieber, wenn er in Brighton wieder auftauchen würde, wo er mit einer lieben Frau zusammenlebt, die genauso kindlich ist wie er.* »Doch jetzt weiter. Während Sie, Lyn, sich mit Hannah und vielleicht auch noch mit Damon daranmachen, *ehemalige* Hausbesitzer in der Pump Lane und in der Kingsmarkham Road ausfindig zu machen, werden wir beide, Mike, uns noch einmal mit Grimble zusammensetzen.«

5

Ein Anruf bei Theodore Borodin in dessen Londoner Wohnsitz ergab, dass Ronald und Irene McNeil ihm vor sieben Jahren Flagford Hall verkauft hatten. Es handelte sich um ein großes, um nicht zu sagen herrschaftliches Haus, dessen Unterhalt dem älteren Ehepaar über den Kopf gewachsen war.

»Sie waren allmählich in die Jahre gekommen«, meinte Borodin, »und es war absehbar, wann sie nicht mehr Auto fahren konnten. Sie brauchten einen Wohnsitz in der Nähe der Einkaufsmöglichkeiten. Der einzige Laden von Flagford ist ein hoffnungsloser Fall. Der alte McNeil war achtzig, und sie nicht viel jünger. Jetzt kommt es mir wieder: Irgendjemand hat mir erzählt, er sei gestorben.«

»Aber als dieser Mord passiert ist und man im Anschluss daran die Leiche begraben hat, da müssen die beiden doch noch dort gewohnt haben«, sagte Damon Coleman.

»Mit Sicherheit.« Borodin erging sich weiter in unnötig detaillierten Beschreibungen des damaligen Zustands von Flagford Hall. Welche enormen Summen er dafür habe aufwenden müssen, und wie kostspielig der Unterhalt angesichts der Tatsache sei, dass er das Anwesen ja nur am Wochenende benutze. Schließlich unterbrach Damon ihn höflich und bedankte sich für seine Hilfe.

Das ziemlich große, freistehende Haus war höchstens acht Jahre alt und lag nicht weit von Wexfords Wohnsitz entfernt. Damon fuhr auf dem Hinweg dort vorbei. Irene McNeil, eine übergewichtige, schwerfällige Frau, der man ihre vierundachtzig Jahre wahrlich ansah, öffnete persönlich. Im Laufe der Zeit waren ihre Gesichtszüge nach unten gesackt, bis das Kinn nahtlos in den Hals überging und dieser wiederum über den Kragen einer unvorteilhaften grauen Bluse quoll.

Während Damon versuchte, ihre prügeldicken geschwollenen Beine zu übersehen, starrte sie ihn prüfend an und bemerkte dann heiser: »Ich hätte erwartet, dass man einen älteren Beamten vorbeischickt.«

Trotz seiner schwarzen Hautfarbe litt Damon in dem

mehrheitlich immer noch weißen ländlichen England gewiss nicht unter Verfolgungswahn und war auch nicht besonders empfindlich, aber der Blick, mit dem ihn Mrs. McNeil vom Scheitel bis zur Sohle maß, um sich dann ungläubig an seinem Gesicht festzusaugen, das mehrere Frauen ungemein attraktiv gefunden hatten, ließ nur eine Interpretation zu: rassistisch.

Nachdem sie ihn aufgefordert hatte hereinzukommen, tappte sie vor ihm schwerfällig durchs Erdgeschoss. Die Inneneinrichtung widerlegte Damons Erwartungen restlos: Sie war hochmodern und minimalistisch, mit Einbauschränken, knallweißen Wänden, schwarzen Fliesen und hellem Parkett. Im Wohnzimmer stachen Mrs. McNeils Antiquitäten und ihre Sessel aus den Fünfzigerjahren von dem strengen Hintergrund befremdlich ab. Während sie sich langsam auf ein mit geblümtem Chintz überzogenes Sofa setzte, zählte sie noch weitere Gründe auf, warum sie und ihr Mann aus Flagford Hall ausgezogen waren. Borodins Erklärung tauchte in dieser Liste nicht auf. Eine dermaßen affektierte und abgehobene Sprechweise hatte Damon noch nie gehört.

Die Nachbarn seien unmöglich, meinte sie, besonders die Hunters und die Pickfords. Mr. Pickford senior habe ihre Katze vergiftet, das wisse sie eindeutig. Und seine äußerst rüde Behauptung, er habe sich nicht an dem Tier vergriffen und außerdem könne ein einundzwanzigjähriger Vogelmörder aus ihrem Besitz nun mal nicht mit dem ewigen Leben rechnen, sei ein einziges Lügengespinst. Mit eigenen Augen habe sie gesehen, wie Mr. Hunter ihr Haus durchs Fernglas beobachtet und sie mit ihrem mittlerweile verstorbenen Gatten beim Tee im Garten fotografiert habe. Aber am schlimmsten seien diese Tredowns. Ihrer Überzeugung nach sei es gesetzeswidrig, wenn ein Mann mit zwei Frauen zusammenlebe. Und wenn es dagegen kein Gesetz gebe, dann müsse man unbedingt eines erlassen. Der Anfang vom Ende sei es gewesen, als die erste Mrs. Tredown zurückgekommen sei, um mit ihm und der zweiten Mrs. Tredown zusammenzuleben. Damals hätten sie und Mr. McNeil erstmals ernsthaft über einen Umzug nachgedacht, auch wenn es ihnen in der Seele weh getan hätte, ein Haus zu verlassen, das sie unmittelbar nach ihrer Hochzeitsreise bezogen hatten. Sie bat Damon, oder besser gesagt, sie forderte ihn auf, ihr die gerahmte Fotografie von einem Chippendale-Tischchen zu reichen.

»Das war Ronald.«

»Ihr Mann?«

»Ja, natürlich«, erwiderte Mrs. McNeil. »Wer denn sonst?«

Damon vertiefte sich in das Foto eines älteren Herrn mit Schnurrbart, der aber immer noch gut aussah und sich, wie Damon insgeheim fand, ziemlich übertrieben in Schale geworfen hatte. Er trug den obligatorischen Reiterdress für die Fuchsjagd, mit einer Art Kappe auf dem Kopf und einer roten Jacke. Vage erinnerte sich Damon daran, dass er eigentlich von einem roten Rock hätte sprechen müssen.

»Sehr hübsch«, sagte er.

Offensichtlich war seine Reaktion unpassend gewesen, denn Mrs. McNeil entriss ihm die Fotografie mit der Bemerkung: »Ronald war ein wunderbarer Mann.«

Davon sei er überzeugt, erwiderte Damon, auch wenn das Gesicht auf dem Foto einen leicht brutalen Zug hatte und die Hände zu Fäusten geballt waren. »Kannten Sie Mr. Grimble?«

»Den alten?«, fragte Mrs. McNeil. »Er gehörte zwar nicht zu jener Sorte Menschen, die man als Anwohner der Pump Lane erwartet, aber im Vergleich zu seinem Sohn war er wahrlich ein Lichtblick. Eigentlich müsste ich ja von seinem Stiefsohn sprechen. Mit richtigem Namen, also mit dem Namen seines leiblichen Vaters, hieß er Darracott, und wir wissen ja alle, was diese Darracotts sind.« Geduldig hörte sich Damon, der es nicht wusste, die nun folgende Schimpftirade auf Mr. John Grimble – »Für mich heißt er nur Darracott« – an. Der Gipfel war das ungeheuerliche Verhalten eines Sohnes, der den Garten seines Stiefvaters umgrub, obwohl dieser praktisch noch warm in seinem Grabe lag.

»Erzählen Sie mir mehr davon«, bat Damon.

»Da gibt es nichts zu erzählen«, beschied ihn Mrs. McNeil mit jenem Satz, der jeden Polizisten gehörig ärgert, wenn er ihn nicht gar zur Verzweiflung treibt. Zum Glück merken die meisten Leute recht schnell, dass sie doch viel zu erzählen haben, und zu dieser Sorte gehörte auch Mrs. McNeil. »Er und sein sogenannter Freund hatten begonnen, eine tiefe ... na ja, eine tiefe Rinne oder einen Graben auszuheben. Wissen Sie, es war Hochsommer, und die beiden haben absolut wirr gegraben, quer durch den Garten des alten Mr. Grimble. Dabei haben sie eine wunderschöne *Rosa hugonis* und ein Beet mit Callas ruiniert. Sie haben vielleicht keine Ahnung, was das ist, aber das ist auch egal. Und dieser Freund hat den Graben dann wohl fertiggestellt. Er hat nur abends gearbeitet, wenn man da überhaupt von Arbeit sprechen kann. Und dann ist der alte Grimble natürlich gescheitert und hat keine Baugenehmigung bekommen, jedenfalls hat das der junge Mr. Pickford meinem Mann erzählt. Und dann mussten sie alles wieder auffüllen.«

»Das hat Sie vermutlich gefreut.«

»Aber ganz gewiss. Vier Häuser direkt gegenüber meinem Anwesen wären das Letzte gewesen, was ich gewollt hätte. Eines hätte ausgesehen wie das andere, alle mit rotem Klinker und diesen sogenannten Panoramafenstern. Das Ganze geschah natürlich, bevor wir wussten, dass wir aufgrund der widerwärtigen Vorfälle bei den Tredowns ausziehen würden.«

»Sie haben gesehen, wie man den fertigen Graben wieder aufgefüllt hat?«

»O ja, ich habe diesen Mann dabei beobachtet. Die ganze Zeit über hat er sein Transistorradio laufen lassen, auf *voller* Lautstärke. Ich konnte es in Flagford Hall trotz geschlossener Fenster hören. Solche Leute können keinen Handstreich ohne diese Popmusik tun. Ohne Musik im Hintergrund würden sie sich unsicher fühlen, pflegte Ronald immer zu sagen.«

»Mrs. McNeil, haben Sie damals irgendetwas Merkwürdiges beobachtet? Irgendetwas, das Ihnen damals ... nun ja, seltsam vorgekommen ist? Und wenn es auch nur eine Kleinigkeit gewesen ist.«

»Außer dem Transistorradio dieses Menschen nichts. Aber das ist heutzutage nicht merkwürdig, sondern normal.« Sie zögerte. »Na ja, etwas war da noch, auch wenn ich nicht recht weiß, ob man es als merkwürdig bezeichnen könnte.«

»Überlassen Sie das mir«, erwiderte Damon.

»Es war genau an dem Tag, nachdem dieser Mensch den Graben wieder aufgefüllt hatte. Die erste Mrs. Tredown – sie nennt sich Claudia Ricardo, aber so eine Person würde sich ja jeden Namen geben – kam mit ihrem Hund quer über Grimble's Field gelaufen. Damals hatte sie ein Schoßhündchen. Inzwischen ist das Tier tot, aber niemand hat ihm auch nur eine Träne nachgeweint. Also, sie ist damit über das Grundstück spaziert, und als sie zu dem ehemaligen Graben kam – da war so ein Strich nackte Erde, wenn sie verstehen, was ich meine –, ist sie nicht darübergelaufen, sondern ganz außen herumgegangen, bis hinunter zum Bungalow und auf der anderen Seite wieder herauf, als wollte sie diesen Fleck Erde meiden. Nachdem sie weg war, bin ich hinübergegangen, aber ich konnte nicht erkennen, weshalb irgendjemand darum herumgehen sollte.«

»Haben Sie während Ihrer Zeit in Flagford Hall von irgendeinem Vermissten gehört? Dass jemand verschwunden wäre?«

»Nur dieser geistig zurückgebliebene Mann. Wie hieß er doch gleich? Cummings? Wissen Sie, er war ein Simpel. Fast schon der Dorftrottel.«

Dieser Ausdruck schockierte Damon mehr, als ein Schwall obszöner Bemerkungen aus Mrs. McNeils Mund es hätte tun können. Unwillkürlich stieß er einen Laut aus, der wie ein empörtes »Au« klang. Ihr nächster Satz war der freundlichste, den sie im Verlauf dieser Befragung von sich gegeben hatte: »Geht es Ihnen nicht gut?«

»Doch, doch, alles in Ordnung.« Er versuchte zu lächeln. »Vielen Dank, Mrs. McNeil, Sie haben uns sehr geholfen.«

Während sie ihn auf tatterigen Beinen zur Haustür begleitete, drehte sie sich um, musterte ihn und meinte: »Sie sprechen ausgezeichnet Englisch. Aus welcher Ecke der Welt stammen Sie?«

An diese Frage hatte sich Damon inzwischen schon einigermaßen gewöhnt. Damit wurde er ständig konfrontiert. »Aus Bermondsey«, erwiderte er.

Der Wohnsitz von John und Kathleen Grimble in der Oswald Road Nr. 5 oder, besser gesagt, das Wohnzimmer dieses Hauses, war mit so ziemlich allen lebensnotwendigen Gegenständen ausstaffiert: Sitzobjekte, Sachen zum Anschauen und Anhören, Wärmequellen, Kälteschutz, Wandverkleidungen und Bodenbeläge. Ansonsten gab es nichts, was die Blicke anzog oder das Innere Auge erheiterte, keinerlei Anregungen, nichts Erfreuliches. Die vorherrschende Farbe war Beige. An den nackten Wänden hing nur ein Kalender mit Motiven von englischen Industrieanlagen im 21. Jahrhundert. Keine Bücher, keine einzige Zeitschrift, keinerlei Blumen oder andere Pflanzen, nur ein kleiner blassblauer Kaktus in einem beigen Topf, keine Kissen, weder auf den düsteren Sesseln mit den pflegeleichten hölzernen Armlehnen noch auf der Couch, ein beiger Teppichboden, keine Teppiche. Dafür eine Digitaluhr mit grellgrün flackernden Großziffern.

John Grimble hockte vor dem laufenden Fernseher, als seine Frau Wexford und Hannah hereinbrachte. Der Film zeigte gerade eine heiße Liebesszene, die stumm ablief, da der Ton ausgeschaltet war. Kathleen Grimble nahm ihren Platz in dem zweiten orthopädischen Sessel ein, als hätte eine höhere Macht genau diese Positionen und diesen Blick auf den Bildschirm verordnet. Allerdings griff sie diesmal zu dem Strickzeug, das sie auf der Sitzfläche liegen gelassen hatte, und begann wie ein Automat heftig mit Nadeln und scharlachroter Wolle zu hantieren, wobei sie völlig ungerührt das umschlungen dastehende Paar betrachtete. Wie Madame Defarge, dachte Wexford. Er konnte sie sich auf den Stufen der Guillotine vorstellen, wie sie bei jedem Geköpften ihr »Ach, John, nicht doch« murmelte.

»Mr. Grimble, ich wäre Ihnen dankbar, wenn Sie uns Ihre Aufmerksamkeit schenken würden«, sagte er. »Wir müssen Ihnen einige sehr wichtige Fragen stellen.«

Gereizt drehte sich Grimble zu ihm. »Noch fünf Minuten, ja? Dann bin ich ganz Ohr.«

»Bitte, schalten Sie aus«, sagte Wexford, »sonst mache ich es.«

In dem Moment packte der Schauspieler auf dem Bildschirm ein Messer, das auf dem Nachtschränkchen lag, und rammte es seiner Partnerin in den gestreckten Hals. Daraufhin übernahm Mrs. Grimble das Kommando und meinte ruhig: »Jetzt reicht es aber. So etwas schau ich mir nicht an.« Sie schnappte sich die Fernbedienung und schaltete zuerst das Programm und dann den Fernseher aus.

Grimble wollte schon leise dagegen protestieren, wurde aber von Hannah rüde unterbrochen: »Mr. Grimble, Sie haben uns nicht erzählt, dass einer ihrer Verwandten seit Mai 1995 vermisst wird. Kurz danach hatten Sie den Bauantrag für Ihr Grundstück eingereicht. Ich spreche von Mr. Peter Darracott aus der Pestle Lane in Kingsmarkham.«

»Darf die mir Fragen stellen? Ist das in Ordnung?«, wandte sich Grimble an Wexford. »Ich meine, ist die dafür qualifiziert?«

Wexford sah, wie Hannah das Blut in die Wangen schoss, ein sicheres Zeichen, dass sie in Kürze einen Wutanfall bekommen würde. Mit einem fast unmerklichen Kopfschütteln gab er ihr ein Zeichen und meinte dann, eingedenk Hannahs Psychologieexamen: »Sogar hochqualifiziert, Mr. Grimble. Offen gestanden: mehr als ich.«

»Das muss ich Ihnen wohl glauben. Was wollen Sie wissen?« Obwohl er sich immer noch an Wexford richtete, kam die Antwort von Hannah, deren Gesicht allmählich wieder seine normale Farbe annahm.

»Mr. Grimble, wir wissen längst Bescheid. Bei unserem letzten Gespräch haben Sie Mr. Darracott nicht erwähnt.«

»Weil ich ihn nicht gekannt habe. Deshalb.«

»Aber dass er Ihr Cousin war, haben Sie gewusst.«

»Mein Cousin zweiten Grades, das wollen wir doch klarstellen. Ach, ich verstehe, worauf Sie hinauswollen. Man hat auf meinem Grundstück eine Leiche gefunden, die seit elf Jahren tot ist. Vor elf Jahren wurde mein Cousin zweiten Grades als vermisst gemeldet, also muss es sich um ein und dieselbe Person handeln. Jetzt will ich Ihnen mal was sagen. Jeder weiß, dass Peter Darracott mit einer Frau herumgemacht hat, die an der Ecke der Pestle Lane als Apothekerin gearbeitet hat, und genau mit der ist er durchgebrannt. Ich kann's ihm nicht einmal verdenken, wo er doch mit dieser Christine verheiratet war. Die hat eine Zunge wie ein Schwert und hat von früh bis spät an ihm herumgenörgelt, bis er sich verdünnisiert hat.«

»Ach, John, nicht doch«, tönte es von Kathleen.

»Wie gut haben Sie ihn denn gekannt?« Wexford klang verdächtig mild.

»Ungefähr so gut, wie die meisten Leute ihre Cousins zweiten Grades kennen. Wir sind uns bei Familienbegräbnissen begegnet, aber das war's dann schon auch. Zum letzten Mal habe ich ihn bei der Beerdigung meiner Mama gesehen, zwei Jahre bevor er verschwunden ist.«

»Es war nett, dass er gekommen ist, John«, warf Kathleen ein.

»Ja, schon. Mein Papa war sein Taufpate, und da hat er gedacht, er könnte im Testament stehen. Stimmt's? Da hat er aber Pech gehabt.«

»Vor elf Jahren haben einige Saisonarbeiter auf diesem Stück Land kampiert. Hatten Sie ihnen dazu die Erlaubnis erteilt?«

Wieder brauste Grimble auf. Bereits das Wort »Erlaubnis« schien ihn zu einem Wutanfall zu provozieren. »Machen Sie Witze? Die haben sich darauf verlassen, dass ich hier herüben wohne, knapp acht Kilometer weit weg. Das hat ihnen sicher irgendein Schwätzer gesteckt. Aber denen bin ich aufs Dach gestiegen. Ich bin mit Bill Runge rüber, um zu schauen, wo wir den Graben ziehen, und da waren sie. Ihre Wohnwagen, ihr Müll und ihr Dreck auf meinem ganzen Grundstück verteilt. Die hab ich verdammt schnell runterbefördert, das kann ich Ihnen sagen. Ich bin mit Bill rein und hab sie verjagt. Falls die Leute Ihnen weismachen, wir hätten Gewehre gehabt, dann ist das eine Lüge. Stöcke hatten wir dabei, aber die haben keinen Widerstand geleistet. Die hatten Schiss vor uns, und das mit Recht.«

Die Geschichte mit dem Widerstand hat er sicher aus

dem Fernsehen, dachte Wexford. »Mr. Grimble, können Sie sich noch genau erinnern, wann das gewesen ist?«

»Kann ich, auf den Tag genau. Am 31. Mai, und am nächsten Tag habe ich mit Bill zu graben angefangen. Am 12. Juni haben mir diese verdammten Bauheinis die Bauerlaubnis verweigert, und am 16. Juni hat Bill angefangen, den Graben wieder aufzufüllen. Hat mir fast das Herz gebrochen. Und kommen Sie jetzt bloß nicht auf den Gedanken, einer von denen könnte dieses Skelett sein. Die waren schon tagelang wieder in ihren Löchern verschwunden, bevor Bill und ich auch nur den ersten Spatenstich getan haben.«

6

Als Wexford nach Hause kam, wollte Sheila gerade gehen. Er umarmte sie und gab ihr einen Kuss. In diese Umarmung war auch die kleine Anoushka eingeschlossen, die in einem Babybeutel auf der Brust ihrer Mutter ruhte. »Opa Bussi«, rief Amy, als Wexford sie hochhob.

»Musst du genau in dem Moment gehen, in dem ich hereinkomme?«

»Ja, muss ich. In zwei Minuten holt mich hier ein Wagen ab. Außerdem kommst du zu spät, Papi.«

»Tu ich doch immer. Unpünktlichkeit ist die Unhöflichkeit der Polizisten. Klingt nicht besonders toll, aber für bessere Wortspiele bin ich zu müde. Wann kommst du denn mal wieder her?«

»Nächste Woche. Ich habe ein Projekt laufen. Mami wird's dir erzählen.«

Der Wagen – ein schnittiger schwarzer Schlitten – rollte heran. Der weißhaarige Fahrer hatte ein Gesicht wie der alte italienische Schauspieler Rossano Brazzi. Wexford winkte den Kindern zu, die ihm aus dem Heckfenster heraus zuwinkten, und sah ihnen nach, bis sie verschwunden waren. Dann drehte er sich um. In seinem Vorgarten blühten immer noch jede Menge Blumen und warteten auf den Frost, der nicht kommen wollte: Eingetopfte Fuchsien, die letzten Dahlien und in der Beetumrandung Astern. Mit ihm hatte diese Pracht nichts zu tun; er rupfte kaum einmal ein Unkraut heraus oder pflanzte einen Sämling. Alles war Doras Werk. Er bedauerte, dass er seine Frau manchmal vernachlässigte, aber umso mehr schätzte er ihrer Hände Arbeit, wenn er die blühenden Pflanzen sah. In einem Pflanztrog stand ein elegantes Etwas namens *Thunbergia*. Er hatte sich gezwungen, diesen Namen zu lernen, auch wenn er ihn bis zum Frühjahr wieder vergessen haben würde. Dazu noch eine zweite gelbe Pflanze, die eigentlich ein Strauch mit nach Orangen duftenden Blüten war, auch wenn die Blütezeit längst vorbei war.

»Hast du Sheila gesehen?«, erkundigte sich Dora, nachdem sie sich mit der einer Ehefrau gebührenden Wertschätzung hatte küssen lassen.

»Gerade noch, um alle verschwinden zu sehen. Was ist denn dieses Projekt, das sie erwähnt hat?«

»Ach, das«, meinte Dora nebenbei. »Sie hat die Hauptrolle in dem Film bekommen, der auf dem großartigen Werk deines Freundes Tredown beruht. Das waren ihre *Neuigkeiten*.«

»Er ist nicht mein Freund«, konstatierte Wexford, während er sich ein Glas Rotwein und für sie ein Glas Weißwein holte. »Ich habe ihn noch nicht einmal in Augenschein genommen. Meinst du damit *Der erste Himmel*?«

»Das wird's wohl sein. Für sie ist es ganz toll. Sie soll die Göttin der Liebe und der Schönheit spielen. Ach, Reg, du hättest sie hören sollen. ›Und diese Rolle soll ich übernehmen, ich, die jahrelang in dieser *Runway*-Serie das Mäuschen am Empfang gespielt hat! Das nennt man doch wohl eine steile Karriere!‹«

»Wäre schön gewesen, wenn sie noch ein bisschen geblieben wäre. Wollen wir auf ihren Erfolg anstoßen?« Sie taten es, doch als Wexford Tränen in ihren Augen sah, fügte er rasch hinzu: »Also, worum geht es bei diesem Projekt wirklich? Ich denke, unsere zweite Tochter macht Projekte, aber nicht Sheila.«

»Es hat etwas mit weiblicher Beschneidung zu tun. Sie spricht allerdings von Verstümmelung weiblicher Genitalien. Es klingt entsetzlich. Sie behauptet, so etwas gäbe es auch hier.«

Wexford schwieg einen Augenblick, dann sagte er: »Es ist gesetzeswidrig. Vor mehreren Jahren wurde ein Gesetz verabschiedet, um zu verhindern, dass die Leute ihre Töchter wieder nach Afrika bringen, um es dort machen zu lassen. Hoffentlich kommt hier so etwas nicht vor. Glaubt Sheila, dass es Fälle gegeben hat?«

»Sie weiß es nicht. Die Leute tun so geheimnisvoll. Es gibt doch in Kingsmarkham eine ziemlich große Gruppe Somalis, und die praktizieren so etwas. Du weißt ja, sobald jemand hier in der Gegend einen Sündenbock für sämtliche sozialen Missstände braucht, müssen immer die Somalis herhalten. Ich weiß nicht einmal genau, was eine weibliche Beschneidung ist. Du vielleicht?«

»Oh ja«, sagte Wexford und überlegte, ob er entgegen Dr. Akandes Rat nicht vielleicht doch ein zweites Glas Wein bräuchte. Und dann erklärte er es ihr.

Charlie Cummings und Peter Darracott zählten immer noch zu den ungeklärten Fällen auf Peachs Liste und kamen nach wie vor für den Fund auf Grimble's Field infrage.

»Wir müssen in Erwägung ziehen«, meinte Wexford,

»dass der Mann vielleicht gar nicht hier gewohnt hat, sondern nur in der Nachbarschaft zu Besuch gewesen ist.«

Er hatte sich mit Burden zum Mittagessen in dem neuen indischen Restaurant namens *Auf der Suche nach Indien* verabredet. Sie hatten sich hauptsächlich deshalb dafür entschieden, weil es gleich im übernächsten Haus neben dem Polizeirevier lag. Früher war hier einmal ein Handarbeitsgeschäft gewesen, aber da niemand mehr Gobelins sticken oder Stickrahmen kaufen wollte, hatte der Laden »Pleite gemacht«, wie es Barry Vine ausdrückte. Burden sah von der kunstvoll in Weinrot und Gold auf falschem Pergament gedruckten Speisekarte auf.

»Die Saisonarbeiter sind tatsächlich im Juni vor elf Jahren nach Flagford gekommen, genau wie Grimble behauptet hat. Zur Beerenernte. Nachdem er sie verjagt hatte, hat ihnen der Obsthof Morella's ein Stück Land zum Kampieren zugewiesen. Und dort haben sie sich auch aufgehalten, als sie drei Jahre später, im September, wiedergekommen sind. Ob es dieselbe Truppe war, weiß ich nicht. Einige vermutlich schon, dazu ein paar neue Leute. Offensichtlich hatte der Bauer – also Morellas Obsthof – inzwischen für sie einen richtigen Lagerplatz hergerichtet. Es ist schwierig, diese Leute im Auge zu behalten. Wir können lediglich sagen, dass man uns keinen Vermissten gemeldet hat.«

Sie bestellten bei der Kellnerin, die höflich lächelte. Sie hatte Mühe mit dem Englischen, brachte aber ein »Vielen Dank« heraus.

»Wir überprüfen sämtliche Hotels«, fuhr Burden fort, nachdem sie weg war. »Das Problem liegt darin, dass man dort natürlich keine uralten Gästelisten aufhebt. Andererseits, warum sollte man beispielsweise in Flagford einen Feriengast ermorden und begraben? Ich vermute, unser unbekannter Reisender könnte hierhergekommen sein, um einen Ortsansässigen zu erpressen.«

»Klingt wie der Sherlock-Holmes-Roman, den Conan Doyle zu schreiben vergessen hat. Behaupten wir mal, er hätte kompromittierende Fotos von der alten Mrs. McNeil und ihrem Liebhaber gehabt, dem alten Mr. Pickford, und hätte dafür zehntausend Pfund Schweigegeld haben wollen. Also haben sie ihn eingeladen und mit vergiftetem Tio Pepe um die Ecke gebracht, während gleichzeitig Grimble passenderweise einen Graben für sie hat ausheben lassen, um die Leiche darin zu begraben. Das glaube ich nicht.«

»Sollte doch nur ein Beispiel sein«, erwiderte Burden beleidigt und fügte dann höchst überraschend hinzu: »Die junge Frau, die uns bedient hat, heißt Matea und ist wahrscheinlich die schönste Frau, die ich je gesehen habe.«

Wexford musterte ihn mit hochgezogenen Augenbrauen. »Ich traue meinen Ohren nicht. So etwas sagst du doch nie.«

»Ich bin kein – na ja, kein Lustmolch, oder wie du das sonst nennen würdest. Ich stehe nicht auf sie, falls du das meinen solltest. Für mich ist sie einfach nur schön. Das würde ich selbst dann sagen, wenn ich hier mit meiner eigenen Frau zum Mittagessen wäre.«

»Ehrlich? Frauen schätzen im Allgemeinen derartige Bemerkungen über andere Frauen nicht sonderlich, auch wenn es aus noch so unschuldigen und keuschen Gründen geschieht, wie es bei dir der Fall ist.«

Bei diesem Stichwort trat Matea mit ihrem Lamm-Biryani und dem Hühnchen-Korma hinter dem rot-goldenen Perlenvorhang heraus. Sie war ungefähr achtzehn, sehr groß und sehr schlank. Man merkte irgendwie, dass sie von Natur aus schlank war und nicht deshalb, weil sie sich zu Tode hungerte. Ihre Haut hatte den zarten Goldton einer Teerose. Ihre weichen Gesichtszüge waren absolut symmetrisch. Ihre glänzenden schwarzen Haare reichten bis zur Taille, und ihre Augen …

»Ich glaube nicht, dass ich sie beschreiben könnte«, sagte Burden, der in Betrachtung eines Tellerchens mit gelbem Chutney versunken war.

»Ach, ich schon. Wie wär's mit ebenholzfarbenen Seen von unergründlicher Tiefe? Oder mit blauschwarzen Fenstern der Seele? Na los, Mike, iss. Woher stammt sie eigentlich? Aus dem Nahen Osten? Am Stadtrand von Stowerton zeugt man so etwas nicht.«

Burden wusste es nicht, oder er behauptete es wenigstens. Das politisch korrekte Verhalten seiner Frau, das zwar nicht ganz an das von Hannah Goldsmith heranreichte, hatte so weit auf ihn abgefärbt, dass er Menschen nur mit gemischten Gefühlen nach ihrer Rasse kategorisierte.

In dem Schaufenster des Geschäfts an der Ecke Pestle Lane und Queen Street stand noch immer der Name *Drogerie Robinson* eingraviert. Der jetzige Inhaber – er hieß Sharma – war ein großer schmaler Mann aus dem Fernen Osten. Sein Laden war ein Muster an Sauberkeit, Ordnung und Effizienz. Die großen verstöpselten Glasflaschen mit seltsamen kobaltblauen und malachitgrünen Flüssigkeiten waren aus dem Fenster ebenso verschwunden wie die Bruchbänder und die Schachtel mit der geheimnisvollen Aufschrift »Gummiwaren«, die Burden als Kind stets vor große Rätsel gestellt hatten. Seit fünfunddreißig Jahren habe er dieses Geschäft nicht mehr betreten, meinte er zu DC Lyn Fancourt. Eine blonde Apothekenhelferin, die zu Jeans einen kurzen rosa Arbeitskittel trug, füllte gerade die Regale nach, während eine andere im medizinischen Bereich hinter der Ladentheke tätig war.

Palab Sharma hatte vor elf Jahren das Geschäft und auch Nancy Jackson übernommen. »Sie hat geheiratet und gekündigt«, berichtete er Burden. »Das müsste zwei Jahre nach meiner Übernahme gewesen sein.«

»Wissen Sie, wen sie geheiratet hat und wo sie jetzt wohnt?«

»Meine Frau weiß es sicher.«

Nach einem Anruf in der darüberliegenden Wohnung erschien Parvati Sharma, die weder Sari noch Salwar Kameez trug, sondern eine schicke weiße Bluse, kurzen Rock und Schuhe mit hohen Absätzen.

»Ich war bei der Hochzeit«, sagte sie. »Damals war ich selbst erst kurz verheiratet gewesen. Es war meine erste englische Hochzeit. Ich fand sie sehr nett.«

Burden wollte von ihr wissen, ob das Ehepaar in Kingsmarkham wohne.

»In Sewingbury«, erwiderte sie. »Leider weiß ich nicht wo. Sie heißt jetzt Mrs. Jackson. Ich habe sie bei Marks & Spencer getroffen. Sie hatte ihre beiden kleinen Jungs dabeigehabt, und ich den meinen. Es war sehr nett. Wir meinten, wir müssten uns unbedingt auf einen Kaffee oder so treffen, aber es hat nie geklappt – also, bisher noch nicht.«

Burden bedankte sich bei ihr und scheuchte Lyn von einem Plakat mit Schlankmachern weg, in das sie sich vertieft hatte. »Sir, glauben Sie, dass diese Tabletten wirklich den Appetit zügeln?«

»Das bezweifle ich«, meinte Burden und fügte hinzu: »Sie müssen einfach weniger essen. Geht babyleicht.« Und das von ihm, der sein ganzes Leben lang kaum eine Mahlzeit ausgelassen hatte.

Nancy Jackson hatte es gut getroffen, fand Burden, auch wenn sie in seinen Augen keinem Vergleich mit Matea standhielt. Sie war eine hübsche junge Blondine mit einem klar konturierten Gesicht und trug die typische Uniform aller junger Frauen: knallenge Jeans und ein knappes Top, das gut fünf Zentimeter gebräunte Haut frei ließ. Ihr Heim, das sie mit ihrem Mann und den beiden kleinen Söhnen teilte, lag zwar nicht in der besten Gegend Sewingburys, aber doch in einer ruhigen Alleestraße, wo jedes Haus seine eigene Doppelgarage hatte. Sie war freundlich, offen und fröhlich, eine Frau, die offensichtlich nichts zu verbergen und keine Komplexe hatte. Und das war doch mal etwas zur Abwechslung.

Sie kochte Burden und Lyn eine Kanne Tee, setzte sich in ihrer hübschen Küche mit ihnen an den Esstisch aus Teakholz und reichte einen Teller mit Karottentorte und Schokoplätzchen herum. Burden nahm ein Stück Torte. Lyn kapitulierte kläglich vor einem Plätzchen, nahm dafür aber keine Milch in ihren Tee.

»Meine Zwillinge sind momentan in der Schule«, sagte Nancy. »Sie sind erst fünf, und um vierzehn Uhr dreißig muss ich sie abholen, aber eine halbe Stunde habe ich für Sie Zeit.«

»Mrs. Jackson, meines Wissens hatten Sie eine Beziehung mit Peter Darracott«, konstatierte Burden bewusst diskret, als wollte er durch seinen gedämpften Tonfall sicherstellen, dass nicht einmal die Fliegen an der Wand diese Aussage zu hören bekamen. Nancy Jackson lachte schallend los. »Bei mir müssen Sie Ihre Worte nicht auf die Goldwaage legen. Alle wissen, dass ich schon ein bisschen herumgekommen bin, vor meiner Heirat, meine ich. Dave – das ist mein Mann – weiß Bescheid und meint: ›Na ja, Schatz, ich bin auch nicht gerade die Unschuld vom Lande gewesen.‹ Sie wissen ja, was für den einen gut ist, kann dem anderen nicht schaden. Aber zurück zu Pete Darracott. Der war mit dieser Christine verheiratet gewesen, und um verheiratete Männer habe ich damals generell einen weiten Bogen gemacht, aber Pete hatte irgendetwas an sich. Er war Postbote, wissen Sie, und arm wie eine Kirchenmaus. Damals habe ich noch bei meiner Mutter gewohnt, aber sie hat bei meinen Techtelmechteln ein Auge zugedrückt. Nachmittags sind Pete und ich immer bei uns hereingeschneit. Wissen Sie, er wollte unbedingt, dass ich mit ihm fortgehe, aber ich war ein bisschen vorsichtig. Wir könnten zu seiner Schwester nach Wales ziehen, hat er gemeint, nach Cardiff. Und was sollen wir dort?, habe ich gefragt. Und er hat gemeint …«

»Wann war das, Mrs. Jackson?«

»Nehmen Sie doch noch einen Keks«, forderte sie Lyn auf. »Tja, das müsste also im Mai '95 gewesen sein, Ende Mai. Er meinte, er würde bei seiner Schwester bleiben und sich Arbeit und eine Wohnung suchen und mir dann schreiben. Es war geplant, dass ich nachkomme. Na ja, er ist dann fort. Zuvor hatten wir noch einen letzten gemeinsamen Nachmittag. In unsere Wohnung konnten wir nicht, weil Mama damals gerade eine Freundin zu Besuch hatte. Und was haben wir gemacht? Was glauben Sie? Wir sind ins Haus des alten Grimble, in den Bungalow. Grimble war so etwas wie Petes Cousin. Ich habe ihn nie gesehen, aber er war bei Pete zu Hause gewesen und hatte ihn um einen Gefallen gebeten. Deshalb wussten wir, dass der Bungalow leer stand. Das war kurz nach dem Tod des alten Mr. Grimble. War also nicht schlimm. Das Bett war frisch bezogen. Für einen Quickie war's ganz okay.« Kichernd brach sie ab. »Direkt danach ist er weg und hat gemeint, er würde mir schreiben, sobald er eine Wohnung hätte, aber das hat er nie getan. Ich habe kein Wort gehört, keinen Pieps, aber das war auch nicht weiter schlimm, offen gestanden. Inzwischen hatte ich Dave kennengelernt, und irgendwie wusste ich, dass er der Richtige für mich ist. Wenn es so weit ist, weiß man es doch, oder?«

Wenn diese Frau über Sex redete, klang es in Burdens Ohren deutlich weniger anstößig als bei Claudia Ricardo. »Und Sie haben ihn nie wieder gesehen, Mrs. Jackson? Oder etwas von ihm gehört?«

»Nie. Nur eines noch: Grimble hatte Pete gebeten, ihm beim Ausheben eines Grabens zu helfen. Die Geschichte werde ich Ihnen noch erzählen. So viel Zeit habe ich noch, bis ich meine Knirpse hole.«

Im Haus Nummer fünf in der Oswald Road kniete ein Mann und überprüfte den Grimble'schen Fernseher. Neben ihm stand ein großer rechteckiger Karton auf dem Boden, ungefähr an derselben Stelle, die normalerweise John Grimbles Sessel belegte. Als Wexford und Hannah hinter Kathleen Grimble den Raum betraten, verkündete der Elektriker wie ein Unglücksbote mit Grabesstimme, er könne die Reparatur nicht vor Ort durchführen und müsse den Fernseher mitnehmen.

»Das können Sie nicht tun. Was soll ich ohne den Kasten machen?«

»Wäre doch höchstens für ein oder zwei Tage.«

»Ein oder zwei Tage!« Grimble saß da und schüttelte ungläubig den Kopf. »Dann müssen Sie mir ein Leihgerät bringen.«

»Ich werd mal sehen«, meinte der Mann. Seine Stimme klang nicht sonderlich hoffnungsvoll. »Helfen Sie mir doch, das Ding in den Karton zu heben, ja? Mein Rücken ist auch nicht mehr so wie früher.«

Im Laufe des nun folgenden Wortwechsels bot Kathleen Grimble leise ihre Hilfe an. Nachdem sie mit dem Elektriker den Fernseher in den Karton verfrachtet hatte, half sie ihm, alles zur Haustür hinauszuzerren. Grimble rief ihnen nach: »Nicht vergessen, ich will ein Leihgerät, und zwar heute noch. Wenn es bis siebzehn Uhr nicht da ist, komme ich in den Laden. Außerdem will ich eines, das man an die Wand hängen kann.«

Wexford hatte sich nicht eingeschaltet, weil er die Szene viel zu sehr genossen hatte, aber jetzt tat er es doch: »Sie haben uns nicht erzählt, dass Sie Ihren Cousin Peter Darracott – Verzeihung, Ihren Cousin *zweiten* Grades – gebeten hatten, Ihnen beim Ausheben des Grabens im Garten Ihres verstorbenen Vaters zu helfen.«

»Nein«, rief Grimble, »warum sollte ich auch? Hat er doch nie. Der hat mir nur die Zeit gestohlen, das war alles.«

»Damit müssten Sie sich ja bestens auskennen. Jedenfalls haben Sie schon reichlich Übung darin, uns die Zeit zu stehlen. Erzählen Sie uns den genauen Ablauf. Sie haben Mr. Darracott im Mai 1995 zu Hause aufgesucht. Und was dann?«

»Na los, John«, schaltete sich Kathleen ein, »tu, was der Herr Kommissar sagt. Du hast nichts zu verbergen, das weißt du doch.«

»Deshalb will ich ja auch nicht tun, was er sagt«, meinte Grimble mürrisch.

»Wenn du nicht willst, dann mach ich's.«

Offensichtlich dachte Grimble über die Bemerkung seiner Frau nach. Vielleicht überlegte er sich, sie könnte mehr sagen, als ratsam war, wenn er ihr das Feld überließe.

»Nun machen Sie schon, Mr. Grimble«, sagte Wexford. »Wenn Sie hier nicht ins Detail gehen wollen, können wir uns immer noch auf dem Polizeirevier unterhalten.«

Dieses Versprechen, beziehungsweise diese Drohung, zeigte die übliche Wirkung. Nachdem Grimble in einem Anflug von Verzweiflung den leeren Standplatz des Fernsehers angestarrt hatte, drehte er sich plötzlich um und sprudelte los: »Ich bin zu ihm rüber, und seine Frau war da, Christine heißt sie, und ich sagte zu Pete: ›Möchtest du rüberkommen und mir zur Hand gehen? Ich will auf dem Grundstück in Flagford, das mir mein Paps hinterlassen hat, einen Graben ausheben.‹ Pete fragte: ›Und wozu das Gebuddel?‹ Und ich sagte: ›Um den Abwasserkanal für die neuen Häuser zu verlegen, die ich bauen werde.‹ Dass ich keine

Baugenehmigung hatte, habe ich nie erwähnt. Das ging ihn ja nichts an.«

»Nicht ganz so schnell bitte, Mr. Grimble«, warf Hannah ein.

Mit kaum verminderter Geschwindigkeit fuhr Grimble fort. »Sie, also die Christine, hat gemeint: ›Dafür will er aber Kohle sehen.‹ Aber er hat ihr erklärt, sie soll sich da raushalten. Und dafür war's auch höchste Zeit, wenn Sie mich fragen. Sie hatte sowieso kein Recht, dabei zu sein. Pete sagte: ›Ich muss erst mal rüber und es mir anschauen. Auf einen solchen Job lass ich mich nicht auf gut Glück ein.‹ Also hab ich gesagt: ›Okay, ich hol dich morgen Abend ab. In Ordnung?‹«

»Und haben Sie es getan?«

»Es war reine Zeitverschwendung. Er meinte, er würde es machen, aber als es so weit war, dass er anfangen sollte, war er weg und ist nie wieder aufgetaucht. Deshalb musste ich Bill Runge fragen.«

Hannah wollte von ihm wissen, ob er Peter Darracott je wieder gesehen habe. »Nein, hab ich nicht, nicht nachdem er mich im Stich gelassen hat.«

»Doch, John, hast du schon«, warf Kathleen Grimble ein. »Du hast ihn gesehen, als er auf Papas Grundstück gekommen ist und gemeint hat, er hätte es sich anders überlegt und würde aushelfen, weil er Geld bräuchte. Und du hast gemeint, nur über deine Leiche. Damals hattest du den Graben schon fertig, und die Behörde hatte dir die Baugenehmigung verweigert. Muss am sechzehnten oder siebzehnten Juni gewesen sein.«

Später sagte Wexford zu Burden: »Ich habe ihn aufs Revier beordert und eine Aussage machen lassen, wobei wir alles noch einmal durchgekaut haben. Natürlich habe ich ihm vorgeschlagen, er könne einen Anwalt einschalten, aber er wollte nicht. Das Problem ist, dass wir nicht einmal wissen, ob es sich bei unserer Leiche um Peter Darracott handelt. Doch das werden wir nach dem DNA-Abgleich wissen.«

»Du meinst, Grimble hat tatsächlich eine Probe abgegeben?«

»Ich habe ihn nicht darum gebeten. Ich weiß, wann ich gegen eine Wand rede. Darracott hatte einen Neffen, den Sohn seiner Schwester, und der hat uns gerne den Gefallen getan. Weißt du, manchen Leuten gibt so etwas einen richtigen Kick. Mike, ich wünschte, wir würden ein Motiv finden. Warum sollte Grimble Peter Darracott umbringen und im Garten seines Vaters begraben? Wenn Darracott der Chef des Bauamts gewesen wäre, dann könnte ich es verstehen.«

»Ich habe mich heute mit Nancy Jackson unterhalten. Vor ihrer Ehe hieß sie Nancy Saddler...«

»Oh nein, nicht noch mehr familiäre Verbindungen«, rief Wexford.

»Diese ganzen Leute – die Grimbles und die Darracotts und die Pages und die Pargeters – sind sozusagen Ureinwohner von Kingsmarkham. Christine Darracott ist übrigens eine geborene Pargeter. Sie leben hier seit Generationen. Waren alle mal Landarbeiter. Also die Grimbles waren Hufschmiede. Mein Großvater hatte ein Pferd, und ich weiß noch, wie er es zum Beschlagen zu einem Grimble gebracht hat.«

»Ist das der mit dem Trüffelschwein gewesen? Nein, heb dir das für später auf, wenn wir uns in der Kantine ein mieses Mittagessen gönnen. Erzähl mal, was Nancy Jackson gesagt hat. Stell dir vor, ich könnte nicht lesen.«

Sie tranken eine Tasse Tee in Wexfords Büro, wo Burden wie üblich auf einer Kante des großen Rosenholzschreibtisches hockte. Morgens war es warm gewesen – sobald die Sonne herauskam, sogar heiß –, aber jetzt war ein sehr stürmischer Wind aufgekommen, und es hatte sich merklich abgekühlt. Die ersten Tropfen eines Regenschauers prasselten gegen das Fenster. Burden trank seinen Tee aus und stellte die Tasse wieder auf die Untertasse.

»Sie behauptet, Darracott habe sie gebeten, mit ihm fortzugehen. Das war im Mai '95. Offensichtlich hatte er geplant, nach Cardiff zu ziehen, wo er Verwandtschaft hatte – seine Mutter war Waliserin –, und sich dort einen Job als Busfahrer zu suchen oder so. Nancy ist von dieser Idee ganz und gar nicht begeistert gewesen. Unsere Nancy sitzt ein bisschen auf dem hohen Ross. Ein Techtelmechtel mit Darracott sei okay gewesen, hat sie gemeint, aber zum Ehemann hätte er nicht getaugt. Die beiden sind immer zu ihr nach Hause gegangen. Sie hatte bei ihrer Mutter gewohnt …«

»Bitte, Mike, nicht noch mehr Verwandte!«

Wexford goss Wasser in die Teekanne und schenkte ihnen nach. »Sie klingt ganz schön durchtrieben.«

»Beinhart. Übrigens, Mr. Jackson besitzt in Sewingbury eine sehr profitable Tankstelle und dazu eine Werkstatt mit Sofortservice, wie er es nennt. Ihr Haus ist viel mehr wert als meines.«

»Schön für Nancy. Also, was ist passiert?«

»Vermutlich haben sie sich gestritten. Darracott hat versucht, Nancy zu überreden, und Nancy hat gemeint, er solle sich von dieser Idee verabschieden. Das Ganze gipfelte darin, dass Darracott ihr erklärt hat, er würde abhauen, sobald Christine zu ihrem Teneriffaurlaub aufgebrochen sei.«

»Hatte sie geahnt, dass Grimble ihn um Hilfe beim Ausheben dieses Grabens gebeten hatte?«

»Oh ja. Er konnte sich nicht entschließen, ob oder ob nicht, und als er sich schließlich durchgerungen hatte, war es zu spät. Man hatte die Baugenehmigung verweigert, worüber sich Darracott, laut Nancy, tierisch gefreut hatte. Bis auf den alten Grimble sind offensichtlich alle glücklich darüber gewesen. Irgendwann Ende Mai hat Nancy Darracott zum letzten Mal gesehen. Zu ihr nach Hause konnten sie nicht, weil ihre Mutter eine alte Freundin zu Besuch hatte. Und wo sind sie hingegangen? Was glaubst du? Rüber nach Flagford, in den Bungalow des verstorbenen Mr. Grimble. Das Haus heißt übrigens *Sunnybank*.«

»Was? Diese verfallene Rumpelburg auf Grimble's Field? War nicht gerade ein tolles Liebesnest, oder?«

»Die Leidenschaft wird vermutlich immer einen Weg finden. Keine Ahnung, ob das Haus damals versperrt war. Sie hat nichts darüber gesagt. Vermutlich wusste sie es nicht. Du musst bedenken, Grimble wollte es abreißen lassen, sobald er seine Baugenehmigung hatte. Jedenfalls sind sie dorthin gegangen. An das genaue Datum kann sie sich nicht mehr erinnern, aber es war, bevor Grimble mit dem Aushub begonnen hatte. Darracott hat ihr erklärt, er habe beschlossen, nach Cardiff zu fahren und bei seiner anderen Schwester – entschuldige, Reg – zu bleiben, bis er einen Job und irgendwo eine Wohnung gefunden hätte. Nancy sagt, er habe ihr die Adresse und die Telefonnummer seiner Schwester gegeben. Sie hat nie wieder einen Ton von ihm gehört.«

»Auch die Schwester käme als mögliche DNA-Spenderin infrage, aber wir brauchen sie ja nicht«, meinte Wexford. »Und das ist alles?«

»Nun ja, nein, nicht ganz. Ich werde jetzt nicht sagen, das sei eben typisch Frau, denn sonst hältst du mich wieder für sexistisch, aber eines steht fest: Sie hat den Typen nicht haben wollen, hat ihn sich aus dem Kopf geschlagen und inzwischen zufällig Jackson kennengelernt. Trotzdem hat es ihr nicht gepasst, dass Darracott ihr nach dem Motto ›Aus den Augen, aus dem Sinn‹ nicht geschrieben hat. Anscheinend hatte sie ihm nicht viel bedeutet. Deshalb hat sie bei dieser Schwester angerufen, beziehungsweise sie hat es versucht, aber diese Nummer gab es nicht. Sie hat ihm unter der angegebenen Adresse geschrieben, aber keine Antwort erhalten. Und das war's dann gewesen.«

»Wissen wir, wie die Schwester heißt?«

»Dilys Hughes. Coleman hat sie in Cardiff unter einer anderen Adresse aufgetrieben. Das Problem ist, dass sie sich an den Sommer 1995 kaum erinnert. Um diese Zeit lag sie damals wegen einer Totaloperation im Krankenhaus. Sie weiß noch, dass sie ein paar Wochen vorher einen Brief von ihrem Bruder bekommen hat, in dem er sich erkundigt hat, wie in Cardiff die Chancen für einen Job und eine Unterkunft stünden. Es sei das erste Mal gewesen, dass sie nach Jahren wieder etwas von ihm gehört habe, hat sie Coleman erzählt. Sie hat seinen Brief beantwortet und ihm abgesagt und erst wieder etwas von ihm gehört, als ihr ein Verwandter oder sonst jemand erzählt hat, dass er vermisst würde.«

»Ist Darracott jemals nach Wales gefahren? Und wenn ja, hat er dann erfahren, dass seine Schwester im Krankenhaus lag, und ist anderswo abgestiegen, vielleicht in einer Frühstückspension?«

»Vielleicht war er aber auch schon tot.«

»Allmählich sieht es danach aus«, sagte Wexford vorsichtig. »Hoffentlich dauert dieser DNA-Test nicht zu lange. Aber welches Motiv hatte Grimble, Mike? Darracott war Postbote. Er besaß kein Geld, und wenn doch, wäre es nie Grimble zugefallen. Erzähl mir nicht, Grimble wäre in Nancy Jackson verknallt gewesen; das würde ich nicht glauben. Eines fällt bei Grimble nämlich auf: Anscheinend ist er mit seiner Kathleen glücklich verheiratet. Oh ja, er ist ein jähzorniger Tropf. Ich könnte mir vorstellen, dass er auf dem Grundstück in einem Wutanfall auf Darracott losgegangen ist und ihm den Spaten über den Schädel gezogen hat, weil er ihm und Runge nicht beim Auffüllen des Grabens helfen wollte.«

»Das meinst du aber nicht im Ernst, oder?«, fragte Burden.

»Wohl nicht. Vielleicht wäre es aber klug, sich einmal in Grimbles Bungalow umzusehen.«

»Wozu? Das wird er uns nie erlauben. Wir müssten uns einen Durchsuchungsbefehl besorgen.«

»Sei's drum«, entgegnete Wexford, »dann besorgen wir uns eben einen. Irgendwie beschleicht mich gerade das Gefühl, als würden wir es bedauern, wenn wir uns nicht darin umgesehen hätten.«

7

Wexford hatte zu *Der Sohn des Nun* gegriffen, blätterte darin herum und las kleine Kostproben, die er anschließend konsterniert ein zweites Mal las. Unterdessen rief Sheila an.

»Du hast also die Hauptrolle in diesem Tredown-Epos bekommen?«

»Ist das nicht toll? Ich werde die Jossabi spielen, die Göttin der Liebe und der Schönheit. Weißt du, sie ist eine Art Helena von Troja gewesen. Ihre Entführung hat im Himmel sämtliche Kriege ausgelöst. Sicher hast du doch *Der erste Himmel* gelesen?«

»Nein, habe ich nicht«, erwiderte Wexford. »Ich habe kurz hineingeschaut, aber ich mag keine Fantasy-Bücher. Wenn ich Romane lese, möchte ich in den Figuren echte Menschen wiederfinden, die mir vielleicht bekannt vorkommen, und keine unsterblichen Götter oder Dinosaurier.«

»Aber Paps, das ist doch in *Der erste Himmel* der springende Punkt. Sämtliche Leute wirken echt. Es ist ein wunderbares Buch, das man nicht aus der Hand legen kann.«

»Ich schon. Wenn es auch nur entfernte Ähnlichkeit mit *Der Sohn des Nun* besitzt, ist es mir schleierhaft, warum jemand daraus einen Film machen möchte. Also, worum geht es denn bei dieser weiblichen Genitalverstümmelung?«

»Ihr habt doch in Kingsmarkham eine ziemlich große Zahl Somalis, und deshalb dachte ich mir, ich sollte meine Kampagne darauf abstellen. Sylvia teilt diese Ansicht. Ich habe gerade mit ihr gesprochen. Unsere Kampagne hat folgendes Ziel: Im Rahmen einer jährlichen ärztlichen Untersuchung soll bei allen Mädchen zwischen drei Monaten und zwanzig Jahren, die hier leben, aber Wurzeln am Horn von Afrika haben, sichergestellt werden, dass sie nicht verstümmelt wurden. Ihr könntet den ersten Schritt tun und dafür sorgen, dass die Hausärzte mitmachen. Und wenn man dann einen neuen Fall entdeckt, könntet ihr ein Gerichtsverfahren einleiten.«

»Wahrscheinlich würde das der Polizei eher eine Anklage wegen institutionalisiertem Rassismus eintragen«, entgegnete Wexford. »So etwas geht nur, wenn man alle Mädchen untersucht, nicht nur die Afrikanerinnen, und dazu fehlen dem staatlichen Gesundheitsdienst die Mittel. Oh, ich weiß schon, was du sagen wirst. Ich hasse dieses Ritual genauso wie du, allerdings habe ich eine realistischere Einstellung gegenüber dem, was machbar ist und was nicht.«

»Ich will dir mal was sagen«, warf Sheila ein. Jetzt war sie sauer. »Wenn es sich um weiße Mädchen handeln würde, würde das ganze Land empört aufschreien. Wetten?«

Er rief nach Dora und überließ Sheila ihrer Mutter. Unwillkürlich musste er bei der Rolle einer Göttin der Liebe und der Schönheit an das Mädchen aus dem indischen Restaurant denken – an Matea. Könnte sie eine Somali sein? Und wenn ja, war sie …? Allein der Gedanke, irgendeine alte Frau könnte ohne Betäubungsmittel mit einem scharfen Stein ihr empfindliches Fleisch abschaben, war so abscheulich, dass er alles aufbot, um ihn zu verdrängen, und dabei erneut zu *Der Sohn des Nun* griff.

Offensichtlich handelte es sich um eine Neuauflage. Der Roman war erstmals Mitte der Achtzigerjahre erschienen und gehörte zu einer ganzen Reihe, die Tredown nach Geschichten des Alten Testaments geschrieben hatte. Andere Bücher basierten auf der Geschichte von Samuel, auf Davids Triumphzügen und auf den Missetaten von Ahab und Jezebel. Die traurige Geschichte von Jephthas Tochter hatte Tredown unter dem Titel *Das erste Geschöpf vor seinen Augen* nacherzählt. Jetzt fiel es Wexford wieder ein: Jephtha hatte Gott zum Dank für den Sieg im Kampf törichterweise versprochen, er würde das erste Lebewesen opfern, dem er bei seiner Rückkehr in der Nähe seines Hauses begegnen würde. Der Idiot hätte sich doch ausrechnen können, dass es seine Tochter sein würde, dachte Wexford verächtlich. Als Dora den Telefonhörer wieder aufgelegt hatte, machte er sie darauf aufmerksam, dass er solche Themen kaum für bestsellerverdächtig hielt, da potenzielle Leser dahinter eine Sonntagspredigt vermuten würden. Und dann fügte er noch hinzu: »Aber was verstehe ich schon davon?«

»Vermutlich so viel wie jeder andere Leser auch«, erwiderte sie. »Diese Bücher sind ja auch kein großer Erfolg gewesen. Deshalb hat er ja eine andere Richtung eingeschlagen und *Der erste Himmel* geschrieben. Dieses Buch hat keinerlei Ähnlichkeit mit seinen bisherigen. Keine Geschichten aus der Bibel, sondern eher eine Mischung aus griechischer Mythologie, nordischen Heldensagen und prähistorischen Tieren. Jedenfalls behauptet das Sheila. Ich habe es nicht gelesen. Es hat Tredown sehr populär gemacht.«

Wexford war nicht überzeugt. »Und jetzt werden sich noch mal Abertausende vier Stunden lang am Bildschirm damit langweilen. Mich schüttelt es schon jetzt.«

»Du wirst noch mehr tun müssen, als dir nur deine Tochter in der Titelrolle vorzustellen. Du wirst den Film ansehen müssen – mindestens einmal.«

Am nächsten Tag lag zwischen den Akten, die auf seinem Schreibtisch landeten, eine echte Rarität: ein altmodischer handgeschriebener Brief, der mit der Post gekommen war. Der Rest bestand aus dem von Mavrikian und Laxton erstellten Obduktionsbefund und dem Bericht über eine Laboruntersuchung des lila Bettlakens, in das die männliche Leiche von Grimble's Field eingewickelt gewesen war. Kaum ist das Leben zu Ende, beginnt der Mensch zu zerfallen, während Produkte aus menschlicher Hand unter Umständen Jahrhunderte überdauern können. Im Vergleich zur Lebensdauer eines Lakens seien die elf Jahre, die dieses Laken überdauert hatte, auch wenn es jetzt teilweise zerschlissen war, wie eine Minute, lautete Wexfords leicht übertriebener Kommentar. Dieses Laken stammte aus dem Hause Marks & Spencer. Laut interner Firmenaufzeichnungen war Lila Anfang der Siebzigerjahre eine hochmodische Farbe gewesen, die man im Sortiment geführt hatte. Vermutlich war es bei seinem Einsatz als Leichentuch bereits zwanzig Jahre alt gewesen. An einem Ende, ungefähr dreißig Zentimeter oberhalb des Saums, hatte das Laken ein Loch beziehungsweise einen Riss. Vielleicht hatte man es deshalb zum Einwickeln benützt. Der Riss war ringsum ausgefranst und hatte bräunliche Flecken, die sich bei näherer Analyse als Blutflecken, mit derselben Blutgruppe wie bei dem Toten, herausstellten.

Der Obduktionsbefund lieferte ihm nur wenig neue Erkenntnisse. Dass eine der Rippen gebrochen war, wusste er schon. Keiner der Gerichtsmediziner sah darin die Todesursache, die nach wie vor nicht zu ermitteln war. Man hatte lediglich ein Skelett mit einem ganz normalen Rippenbruch gehabt, das aber genügend Material für die Prüfung lieferte, ob es sich bei der Leiche um die von Peter Darracott handelte. Wexford würde Christine Darracott hereinholen, um zu sehen, ob sie dieses Laken identifizieren konnte, aber nicht einmal das würde recht viel weiterhelfen. Von den Nachbarn schien keiner zu jener Sorte Mensch zu gehören, die lila Bettwäsche benutzte. Es handelte sich großteils um ältere Leute aus der Mittelschicht, in der die Männer irgendwelchen Berufen nachgingen, während ihre Frauen brave Hausmütterchen waren. Die würden ihre Betten weiß beziehen, oder, wenn es hoch kam, hellblau oder rosa. Eine aus dieser Gruppe hatte den Brief geschrieben, dem er sich jetzt widmete.

Bereits ein flüchtiger Blick sagte ihm, dass dieser Brief nur einen Zweck hatte: ihm eventuell eine Identifizierung der Leiche zu ermöglichen. Von dieser Sorte hatte es viele gegeben, aber alle übrigen waren per E-Mail gekommen.

Bereits vor langer Zeit hatte er für sich die Erkenntnis gewonnen, dass das Internet in vieler Hinsicht mehr Probleme aufwarf, als es wert war. Anscheinend hockte das halbe Land den ganzen Tag vor dem Bildschirm und teilte der anderen Hälfte seine Gedanken und Hoffnungen und Ambitionen mit. Man gab Ratschläge, suchte Hilfe, bot Sachen zum Verkauf an und lud förmlich zum Betrug ein, indem man die Nummern von Kreditkarten einforderte und auch erhielt. Da wurden die Ängstlichen und die Einsamen in die Irre geführt und Leuten wie ihm, die ihre Jobs erledigen mussten, die Zeit gestohlen. Natürlich hatte das Internet auch seine Vorteile. Es lieferte zum Beispiel Informationen über jeden Bürger und listete mit einem Mausklick ganze Register auf. Und doch hatte er durch die Bildschirmfüllsel, die ihn erreicht hatten, den Faktor Zeitverschwendung erst richtig gespürt. Da gab es Leute, die ihm von *weiblichen* Verwandten berichteten, die 1981 oder 2002 verschwunden waren. Andere erzählten ihm, wie sehr sie sich für diese Ermittlung interessierten, und ob er nicht einen Job für sie hätte. Wieder andere baten irrsinnigerweise um ein persönliches Treffen, darunter eine Frau, die ihre sämtlichen persönlichen Daten angab, inklusive Haar- und Augenfarbe, Alter, Ausbildung und Berufslaufbahn, und für den nächsten Donnerstag ihr erstes gemeinsames Rendezvous vorschlug.

Der Brief schien aus einer anderen Ära zu kommen als die E-Mails und bediente sich einer Sprache, die er längst für ausgestorben gehalten hatte. Er begann mit »Sehr geehrter Herr« und war mit »Hochachtungsvoll Irene McNeil« unterzeichnet. Sie schrieb ihm, »seit dem Besuch dieses farbigen jungen Mannes« sei ihr etwas eingefallen, was er ihrer Überzeugung nach unbedingt erfahren müsse, und da sie nicht wisse, wie sie sonst Kontakt zu ihm aufnehmen könne, würde sie eben schreiben. Zum Telefon habe sie kein Zutrauen, und das bereits seit ihrer Kindheit, als sich ihre Eltern 1933 »ein Telefon hatten legen lassen«. Besagtes »Etwas« aus ihrer Erinnerung betreffe »den Untermieter das alten Mr. Grimble«. Dass Arthur Grimble einen Untermieter gehabt hatte, hörte Wexford zum ersten Mal. Trotzdem schien ihm eine mögliche Verbindung zu diesem Fall unwahrscheinlich. Er las weiter.

»Ich konnte von meinen vorderen Fenstern aus alle Vorgänge beobachten«, schloss Mrs. McNeil ungeniert.

Burden und Coleman hatten einen Durchsuchungsbefehl für Sunnybank. Man hatte Grimble zwar um Erlaubnis zum Betreten gefragt, aber er hatte mit der Bemerkung abgelehnt, da er selbst seit elf Jahren keinen Fuß mehr hineingesetzt habe, sähe er nicht ein, warum es die Polizei tun sollte. Das verzögerte die Sache etwas, wenn auch nicht lange. Burden, der normalerweise keine poetische Ader hatte, meinte später zu Wexford, beim Betreten habe er an Forscher denken müssen, die sich erst durch einen Dschungel arbeiten mussten, um in den Tiefen eines Waldes ein antikes Grab zu entdecken.

»Hoffentlich hat dich der Geist des Ortes nicht mit einem Fluch belegt«, meinte Wexford.

Damon entfernte die Schrauben, mit denen man die Sperrholzplatte über der vorderen Eingangstür befestigt hatte. Eigentlich hatten sie dahinter mit der Türplatte gerechnet, aber da gähnte nur ein Loch. In dem Halbdunkel entfaltete sich die ganze Palette des Verfalls. Es roch nach Verrottetem, nach Staub, Schimmel, Moder und Fäulnis. Nicht alle Fenster waren verrammelt. Der Grund dafür entbehrte jeder erkennbaren Logik. In dem ersten Raum, den sie betraten, war es so hell, dass sie sehen konnten. Das Haus war immer noch möbliert, wirkte allerdings abstoßend wie ein Gespensterreich. Tisch und Stühle waren mit einer grauen Staubschicht bedeckt, Spinnweben verbanden wie bei einem primitiven Beleuchtungssystem aus locker verschlungenen Kabeln Lampenschirme mit Kaminsimsen und Bilderrahmen. Die Fensterscheiben waren zerborsten, und von einer zerbrochenen Stange baumelten fleckige Vorhangfetzen. Die Feuchtigkeit hatte auf der Zimmerdecke seltsame Muster hinterlassen. Einige glichen Teilen des menschlichen Körpers – hier ein Bein in einem hochhackigen Schuh, da ein Kopf ohne Körper –, während andere an die Landkarte eines Inselarchipels oder an Nahaufnahmen von der Mondoberfläche erinnerten.

Auf einem Esstisch, der mit weißen Ringen von heißen Tassen und mit schwarzen Brandspuren von vergessenen Zigaretten verunziert war, stand eine Glasvase, in der sich ein schmutzig-brauner Belag abgesetzt hatte. Sie trug noch zu Stroh vertrocknete Blumenstängel, die unter Damons Berührung zu Staub zerfielen. Hier war der Geruch noch durchdringender. Offensichtlich lag das hauptsächlich an den verschimmelten Wänden, auf denen die aufsteigende Feuchtigkeit zu braunen schorfartigen Krusten ausgeblüht war. Der durchdringende Geruch ließ sich kaum verdrängen. Damon begann zu niesen.

»Gesundheit«, rief Burden automatisch.

»Übrigens, Sir, wonach suchen wir eigentlich?«, wollte Damon wissen, nachdem sein Niesanfall vorbei war.

»Irgendetwas«, sagte Burden. »Keine Ahnung. Nach Spuren von Arthur Grimbles Untermieter? Er hatte einen Untermieter, der ausgezogen ist oder auch nicht. Ist alles ein bisschen vage. Als ich Grimble fragte, ob wir hier hereindürften, hat er diesen Untermieter mit keinem Ton erwähnt. Er hat einfach die Erlaubnis verweigert. Vermutlich aus reiner Sturheit. Er hat keine Erlaubnis bekommen, also wollte er auch uns keine erteilen.«

Bis auf einen diagonalen Sprung in der einen Fensterecke war das Glas in diesem Zimmer heil. Damon spähte in das grüne Schattenlicht hinaus, hinter dem sich das Grab samt dem Absperrband abzeichnete. Er versuchte, das Licht anzuknipsen, aber der Strom war schon längst abgeschaltet worden. Obwohl es erst vier Uhr nachmittags war, war eine Art vorzeitiger Dämmerung hereingebrochen, und sie mussten hier drinnen ihre Taschenlampen einschalten, deren Lichtkegel ihnen den Weg zur Küche wiesen. Beim Anblick dieses Raumes bemühte sich Burden gar nicht mehr um Gelassenheit. Es schüttelte ihn. Das dunkle, stinkende Zimmer glich mehr einer Höhle als einem Ort, an dem einmal gekocht worden war. Auf allen Oberflächen hatte sich Feuchtigkeit angesammelt, als hätten die Möbel geschwitzt.

Damons Taschenlampe strich über die einsame Anrichte, auf der ein Wäschehaufen lag: Jeans, ein oranger Anorak, ein abgetragenes T-Shirt mit einem aufgedruckten Tier oder Insekt, dazu Wollsocken und ein Paar schwarz-graue Turnschuhe.

»Anscheinend war unser Besuch nicht vergeblich«, konstatierte Burden.

»Sir, könnten diese Teile unserem Mr. Unbekannt gehören?«

»Wer weiß? Meiner Ansicht nach jedenfalls keinem von den beiden Grimbles.«

Plötzlich spürte Burden, wie ihn eine innere Anspannung fast wie ein Stromschlag durchzuckte, eine Anspannung, deren Ursache weder in der Feuchtigkeit noch in den Gerüchen lag. Das war etwas anderes, etwas Primitives, vielleicht ein Adrenalinschub, der ihn auf Kampf oder Flucht vorbereitete. Er ging mit Coleman zurück in den Flur und von da aus weiter in die Schlafzimmer, die beide mit billigen, schäbigen abgenutzten Möbelstücken vollgestopft waren. In dem einen stand ein Einzelbett, im anderen ein Doppelbett, dazu altmodische Waschständer – einer aus Bambus – mit Schale und Krug aus längst vergangenen Epochen sowie Deckenlampen mit Pergamentschirmchen. Und überall graue Staubwolken. Auf dem Doppelbett lagen immer noch zwei unbezogene gelbbraune Kopfkissen mit Speichel- und Schweißflecken, zu denen sich Spuren weiterer Körperflüssigkeiten gesellten, an die Burden nicht einmal denken wollte. Motten und Mäuse hatten eine graue Bettdecke heimgesucht und dabei die üblichen Spuren ihrer Anwesenheit hinterlassen.

»Darracotts Liebesnest«, murmelte Burden in sich hinein, auch wenn das Ganze vor elf Jahren, als der Vermisste Nancy Jackson hierhergebracht hatte, noch nicht so schlimm ausgesehen hatte.

Als er eine Kleiderschranktür öffnete, entfaltete sich eine neue Wolke aus Mottenkugeln und uraltem getrockneten Schweiß, der Gestank von Altmännerkleidung, die dort immer noch hing: zwei Anzüge, die vielleicht in den Vierzigerjahren neu gewesen waren, ein Sportsakko, Mäntel und Hosen. Burden klappte die Tür wieder zu. Weiter ging es ins Badezimmer, wo eine dicke graue Staubschicht den Boden bedeckte. Die Badewanne war ganz braun von Eisenflecken und die Toilettenschüssel mit Zeitungspapier voll gestopft. Am Waschbeckenrand lag ein steinhartes Stück Seife mit schwärzlichen Rissen, und auf einem durchgebogenen Holzbrett stand der Rasierpinsel eines alten Mannes, die Borsten bis auf einen kläglichen Stumpf abgenutzt.

Wieder musste Damon niesen. »Sir, nichts wie raus hier.«

»Warten Sie eine Minute. Da ist noch ein Keller.«

Eine Treppe führte ins Dunkel hinab. Burden ging voraus, schaltete dabei seine Taschenlampe ein und ließ den Lichtstrahl über die Szenerie dort unten streifen. Nach einem kleinen rechteckigen Stück Boden tauchte eine Tür auf, die als einzige im ganzen Haus geschlossen war. Alle anderen standen offen. Mit einer unguten Vorahnung rief Burden: »Diesen Türknauf fassen wir besser nicht an.«

364 Tage im Jahr hatte er nie ein Taschentuch dabei. Heute war der 365. Tag, und aus unerfindlichen Gründen hatte er sich beim Hemdanziehen ein sauberes Taschentuch eingesteckt. Dieses wickelte er sich jetzt um die rechte Hand, packte den Türgriff, zog daran und riss die Tür schließlich auf. Dahinter lag unter einer Schicht Kohlestaub ein vielleicht viereinhalb Quadratmeter kleiner Raum. In

der einen Ecke lag tatsächlich ein Kohlehaufen, worauf sich Burden prompt fragte, wann er das letzte Mal Kohlen gesehen hatte. Es musste Jahre her sein, viele Jahre. Davor stand ein meterhoher Holzstapel aus ganzen Aststücken und kleinen Scheiten.

»Damon, ziehen Sie doch ein Holzstück heraus, geht das? Aber vorsichtig.«

Damon folgte diesem Rat und rüttelte langsam an dem längsten Teil, bis es sich löste. Dabei lockerte er auch ein paar Scheite, die prompt zu Boden fielen. Dann zog er an einem zweiten schmaleren Scheit und hörte, wie der Inspector nach Luft schnappte.

»Da liegt etwas darunter«, rief Burden.

Sie legten die Taschenlampen in ein Regal und richteten die Lichtkegel auf den Holzhaufen. In ihrem Schein wurde etwas sichtbar, was vielleicht einmal ein kleiner weißer Stofffetzen gewesen war. Vorsichtig trugen sie ein Scheit nach dem anderen ab, bis zuerst Haare auftauchten. Burden musste bei dem schwarzen groben Material an Rosshaar denken, das er einmal in einem alten Sofapolster gesehen hatte. Danach zeigte sich etwas, was vielleicht ein Stück Knochen war. Als sie den Fund unter den Holzscheiten zur Hälfte freigelegt hatten, trat Damon einen Schritt zurück, packte seine Taschenlampe und richtete den Lichtstrahl direkt nach unten. Er und Burden blickten auf die skelettierten Überreste eines Mannes herab, an denen noch graue Fleischfetzen hingen. Die Tatsache, dass er noch immer ein weißliches Unterhemd und eine Unterhose trug, stand im krassen Gegensatz zu seinem Zustand. Sein Hinterkopf war mit ziemlich langen Zottelhaaren bedeckt, die Burden als Erstes gesehen hatte. Offensichtlich hatte man den Unbekannten mit dem Gesicht voraus hinuntergeworfen, denn er hatte die Arme und Beine wie ein Seestern ausgebreitet.

Der Gestank im Haus hatte einen anderen Grund. Hier roch man nur stickige Luft und ein wenig Kohlenstaub, denn die Leiche vor ihren Augen lag schon lange hier.

»Sir, ist das der Typ, der nicht fortgegangen ist?«

»Offensichtlich«, sagte Burden, »aber weiß der Himmel, wer er ist. Eines steht jedenfalls fest. Niemand gräbt sich selbst ein Grab, genauso wenig wie sich ein Toter unter einem Holzstapel versteckt.«

8

Wexfords ganzes Team war anwesend. Normalerweise hielt er solche Konferenzen morgens um neun Uhr ab; jetzt war es sieben Uhr abends und so finster wie um Mitternacht. Alle sahen müde aus, sogar die ganz Jungen. Burden, in steingrauem Leinensakko und Jeans, war wie immer wie aus dem Ei gepellt. Nur seine Stirn hatte Falten, und seine graumelierten Haare waren eine Idee zu kurz geschnitten. Manche Leute sehen jünger aus, wenn sie müde sind, so auch Hannah, die bleiche Wangen und schwere Lider hatte, während die glänzenden Gesichter von Lyn und Karen, die morgens stets geschminkt waren, ihre natürliche Blässe angenommen hatten. Schwarze Haut hieß es, würde im Zustand der Erschöpfung normalerweise zu einem gräulichen Ton ausbleichen, aber offensichtlich war Damon eine Ausnahme von dieser Regel. Er wirkte immer noch hellwach. Seine pechschwarzen Augen glänzten, die weißen Augäpfel schimmerten fast bläulich. Und genau das schätzte Wexford so an ihm.

Offensichtlich war er selbst der einzige Mann mit Krawatte. Barry trug unter einem dünnen Blouson ein fast bis zum Bund aufgeknöpftes Hemd, unter dem sich ein Speckröllchen abzeichnete. Bei Frauen nannte man das »Hüftgold«, wusste Wexford vom Hörensagen. Wie Hamlet hatte Barry wohl »zu viel Sonne« abbekommen. Der nicht enden wollende Sommer hatte ihm eine verbrannte Nase beschert, die vom Sattel bis zur Spitze so knallrot war wie sein krawattenloser Hals. Krawatten waren fast ganz verschwunden, zumindest hier draußen auf dem Land. Wexford kam ins Grübeln. Was trieb ihn nur dazu, immer noch diesen uralten abgetragenen speckigen Synthetikstoffstreifen zu tragen? Hemmungen? Oder mangelndes Selbstvertrauen?

Diese Grübeleien dauerten jedoch nur einen Moment, dann wandte er sich an seine Leute: »Heute Nachmittag wurde in dem verfallenen Bungalow auf Grimble's Field eine männliche Leiche gefunden. Mike Burden und Damon Coleman haben sie bei einer routinemäßigen Hausdurchsuchung dort im Keller entdeckt. Wir wissen nicht, um wen es sich handelt, aber Carina hat den Leichnam bereits gesehen und vermutet, dass er noch nicht so lange dort liegt wie der nicht identifizierte Tote aus dem Graben. Wir können ebenfalls noch nicht sagen, ob zwischen den beiden Leichen eine Verbindung besteht. Morgen, nach der Obduktion, werden wir mehr wissen. Bezüglich Peter Darracott warten wir auf das Ergebnis des DNA-Tests, der voraussichtlich morgen vorliegen wird. Davon hängt es ab, ob wir unsere Ermittlung eventuell ausweiten müssen. Zum Beispiel, wenn die Leiche aus dem Graben nicht Peter Darracott sein sollte. Anscheinend gibt es im Bezirk von Kingsmarkham keine weiteren Vermissten mehr beziehungsweise keine vermissten Männer, die irgendwann im Frühjahr 1995 verschwunden sind. Natürlich besteht die Möglichkeit, dass es sich bei der Leiche aus dem Keller um Darracott handelt. Ich werde John Grimble morgen früh vorladen und ihn wegen des zweiten Leichenfunds auf seinem Grundstück verhören. Da die Leiche im Keller unter einem Holzstapel versteckt lag, besteht momentan Grund zu der Vermutung, dass es sich um einen gewaltsamen Tod handelt. Bisher kennen wir weder die Todesursache, noch wissen wir, ob der Tod in diesem Keller eingetreten ist. Andererseits wurde die Leiche versteckt. Irgendjemand hat sie versteckt. Und eines steht fest: Es kommt äußerst selten vor, dass man einen Menschen versteckt, der eines natürlichen Todes gestorben ist.«

Nach einem Blick in die Runde fuhr er fort: »In der Küche lagen Kleidungsstücke, die wahrscheinlich der Tote getragen hat. Zwei Aspekte sind bei diesem Fall ungewöhnlich: Der Tote war nur mit Unterhemd und Unterhose bekleidet, und in einer Jeanstasche befanden sich tausend Pfund in Scheinen zu zehn und zwanzig Pfund. Wahrscheinlich handelt es sich um seine Jeans, aber auch dafür steht der Nachweis noch aus. Gibt es noch Fragen?«

Die gab es immer. Hannah stellte die erste: »Guv, warum haben DI Burden und Damon das Haus betreten?«

»Eine gewisse Mrs. McNeil – sie hat früher in Borodins Haus gewohnt – hat an mich geschrieben und mir eine scheinbar absurde Geschichte von dem alten Grimble erzählt, das heißt von Grimble senior. Angeblich hatte er seinen Untermieter hinausgeworfen, aber niemand hat gesehen, dass dieser tatsächlich ausgezogen ist. Anschließend wollte uns John Grimble nicht ins Haus lassen, und weil das ein wenig dubios wirkte, haben wir uns einen Hausdurchsuchungsbefehl besorgt.«

Sie nickte und strich sich seufzend ihre langen schwarzen Haare hinter die Ohren. Barry Vine wollte wissen, ob man bereits die Medien informiert habe, und Wexford meinte, das würde er morgen früh erledigen. Sobald die Obduktionsbefunde und mit etwas Glück auch die DNA-Tests vorlägen, würde er eine Pressekonferenz abhalten.

Lyn hatte keine Frage, aber eine Anmerkung. Sie habe Theodore Borodin, der übers Wochenende hergekommen sei, einen Besuch abgestattet. Das Gespräch habe nichts Interessantes ergeben. Er habe lediglich offen sein totales Desinteresse an sämtlichen Nachbarn bekundet, von denen er anscheinend noch nicht einmal die Namen kannte.

»Als ich in mein Auto stieg, kam eine von Tredowns Ehefrauen heraus.« Diese Bemerkung löste Gelächter aus. »Ich meine, eine der beiden Mrs. Tredowns. Sie ist zu mir gekommen und hat gemeint, ob es wahr sei, dass man in diesem Haus einen Kadaver gefunden habe. Genau dieses Wort hat sie benutzt: ›Kadaver‹. Aufgrund der Absperrbänder rund ums Grundstück und des Hin und Her der Polizeifahrzeuge könne sie erkennen, dass irgendetwas passiert sei. Ich wollte von ihr wissen, wie sie darauf käme, dass es sich um einen – also, um eine Leiche handle. Da hat sie in etwa gemeint: ›Ich wusste es. Man zieht kein blau-weißes Absperrband um ein Grundstück, nur weil irgendein Flegel ein Fenster eingeworfen hat.‹ Dieser Gedanke schien sie sehr glücklich zu machen, das muss ich schon sagen. ›Mann oder Frau?‹, wollte sie wissen. Selbstverständlich habe ich es ihr nicht gesagt, sondern nur gemeint, wenn es etwas gebe, das die umliegenden Anwohner wissen müssten, würden wir sie auf dem Laufenden halten. Und dann bin ich weggefahren.«

»Gut gemacht«, meinte Wexford lachend. »Also, das wär's dann momentan. Da wir heute Abend nichts mehr tun können, schlage ich vor, dass ihr alle nach Hause geht und euch ordentlich ausschlaft. Morgen früh werden wir neu ansetzen.« Nur Burden trödelte noch herum, obwohl alle anderen bereits gegangen waren. Deshalb sagte Wexford: »Na los, Mike, gehen wir etwas trinken. Im Nebenzimmer vom *Olive.* In Ordnung?«

Fast den ganzen Tag hatte es geregnet, aber jetzt hatten

sich die Wolken nach Osten verzogen. Die Nacht schien schön zu werden und so mild, dass im Garten des *Olive* die Lampen brannten. Ein paar Gäste, hauptsächlich junge Leute, saßen mit ihren Getränken an den Tischen, wobei die Sonnenschirme eventuell auch gegen Regen gute Dienste leisten würden.

»Ich sitze nicht gerne draußen«, verkündete Wexford, womit er sämtliche Gelüste Burdens auf einen Drink im Freien bereits im Keim erstickte. »Das war noch nie mein Fall. Nichts deprimiert mich an einem Feiertag mehr als die Aussicht auf ein Picknick. Diese ganzen Fliegen und Wespen. Ich erinnere mich noch an ein gemeinsames Picknick mit Dora, als die Mädchen noch klein waren. Das ganze Essen lag fein säuberlich auf einer rotkarierten Tischdecke. Komisch, dass man sich noch an diese Details erinnert. Und da kam dieser junge Hund, ein Basset oder ein Beagle oder sonst eine Rasse, angerannt, schnappte sich ein Stück Biskuitroulade und sauste damit davon. Die Mädchen waren ganz aus dem Häuschen. Sheila dachte, wir hätten die Szene tatsächlich arrangiert.« Er musste lachen. »Sie hat geglaubt, wir hätten diesen doofen Köter bestellt, damit sie ihren Spaß hatten. Wäre gar nicht so übel gewesen.«

»Klingt fast wie Weihnachten«, meinte Burden, während er ihre Getränke bestellte, »nur umgekehrt. Ich meine, den Weihnachtsmann bestellen wir doch tatsächlich. Die Kleinen glauben, er sei wirklich ein alter Mann aus Lappland, während es sich in Wirklichkeit um den verkleideten Papa handelt. Eine Weile glauben sie jedenfalls daran.«

Noch immer konnte Mike ihn mit seinen Einsichten überraschen, die er ab und zu zum Besten gab. Wexford lächelte. »Muss ein ziemlicher Schock gewesen sein, als ihr diese … äh, Überreste in Grimbles Keller gefunden habt. Dein erster Gedanke war doch sicher, dass es der Untermieter des alten Mannes war.«

»Mein zweiter und dritter auch.«

»Trotzdem, ist es nicht ein bisschen viel? Der alte Mann – wie alt war er übrigens? Achtzig? – ermordet seinen Mieter und verfrachtet die Leiche in den Keller. Oder, weil er dazu nicht genug Kraft hat, lockt er ihn in den Keller hinunter und bringt ihn dort um. Innerhalb von sechs Monaten ist der alte Mann selbst tot, und wenige Wochen nach seinem Tod ermordet sein Sohn noch einen Mann und verscharrt ihn keine hundert Meter von der anderen Leiche entfernt in einem Graben.«

»Es sind mehr als hundert Meter, Reg. Eher zweihundert.«

»Das macht doch keinen Unterschied. Ist Mord in dieser Familie erblich? In dem Fall müssen wir davon ausgehen, dass Grimble senior damit nicht erst bis zum achtzigsten Lebensjahr gewartet hat, als er selbst praktisch an der Schwelle des Todes stand. Wie viele andere ungelöste Morde gibt es dann noch in diesem Leben? Und welche Motive stecken dahinter? *Cui bono?*«

»Wir wissen nicht, wem es nützt, oder?«, meinte Burden. »Genauso wenig wie wir bisher wissen, wer die beiden Männer sind. Von des Rätsels Lösung sind wir noch weit entfernt. Vielleicht ist der alte Mann auch schon tot gewesen, bevor einer von ihnen starb. Wir wissen nicht, welche Verbindung zwischen ihnen bestanden hat, wenn es überhaupt eine gegeben hat. Ist es nicht ziemlich merkwürdig, dass dir Mrs. McNeil in einem Brief von diesem Untermieter erzählt hat? Bei Damons erster Befragung hatte sie ihn nicht erwähnt. Außerdem klingt ihre Geschichte bei näherem Nachdenken ziemlich dürftig. Ich kann verstehen, dass ihr langweilig war und sie nichts Besseres zu tun hatte, als von früh bis spät die Nachbarhäuser zu beobachten. Aber warum hat sie genau dieses Ereignis aufgegriffen? Warum hat sie aus der Tatsache, dass sie nicht gesehen hat, wie ein Mann ausgezogen ist, voreilig den Schluss gezogen, er sei verschwunden? Ein ihr unbekannter Mann, von dem sie vermutet, er heiße Chapman. Ende. Kein Vorname.«

»Glaubst du, sie weiß mehr, als sie sagt?«

»Na, du etwa nicht? Ein weiteres komisches Detail sind diese tausend Pfund. Es waren schäbige Kleidungsstücke, und die Jeans wäre ihm demnächst sowieso vom Leib gefallen.« Als Burden merkte, was er gesagt hatte, lachte er. »Trotzdem steckten in der Tasche tausend Pfund?«

»Und das schon ein ganzes Jahrzehnt.« Wexford zuckte mit den Schultern. »Ich kann nicht behaupten, dass ich mich auf das Verhör von John Grimble morgen früh freue. Und das ganz ohne seine Frau, die ihn mit ihrem ›Ach, John‹ bändigt.«

»Sei dir nicht allzu sicher«, erwiderte Burden. »Wetten, dass er sie mitbringt? Möchtest du noch ein paar Schluck von diesem roten Gesöff?«

Wexford saß in seinem Büro an dem Rosenholzschreibtisch – er war sein Eigentum und gehörte nicht der Polizei von Mid-Sussex – und betrachtete nachdenklich das T-Shirt, das man in der Küche des Grimble'schen Bungalows gefunden hatte. Eine ausführliche Laboruntersuchung war bereits abgeschlossen.

Auf einem weißen Stoff war ein schwarzer Skorpion aufgedruckt, der vom Kopf bis zum drohend gereckten, gespaltenen Stachelschwanz zwanzig Zentimeter maß. Unter dem Schwanz stand in Großbuchstaben der Name »SAM«. Die ursprünglich in Rot gedruckten Buchstaben waren inzwischen zu einem matten Rosa verblasst. Das einzige Etikett im T-Shirt war ein winziges quadratisches Stück Baumwolle mit dem Buchstaben »M« für Medium.

Als man ihm Grimble ankündigte, ließ er das Hemd auf dem Schreibtisch liegen. Burden hätte seine Wette gewonnen, wenn Wexford auf die Herausforderung mit mehr als nur einem Lächeln reagiert hätte, denn Grimble hatte tatsächlich seine Frau mitgebracht. Sie kam ohne ihr Strickzeug. Nach dem Motto »Müßiggang ist aller Laster Anfang« wanderten ihre Hände ziellos in ihrem Schoß herum, rieben über Wexfords Schreibtisch, und gelegentlich kratzte sie sich sogar an verschiedenen Körperstellen.

Völlig verblüfft und zusehends angewidert hörte sich Grimble an, was Burden über die Entdeckung im Haus seines verstorbenen Vaters zu berichten hatte. Seiner Frau klappte das Kinn herunter, und sie schlug eine ihrer rastlosen Hände über den Mund, als hätte sie selbst den Fauxpas begangen, eine solche Geschichte zu erzählen, und nicht Wexford.

»Was ist denn das?« Grimble deutete anklagend auf das T-Shirt. »Was macht denn das hier?«

»Das lag im Haus Ihres verstorbenen Vaters. In der Küche. Gehört es Ihnen?«, lautete Wexfords kühle Antwort.

»Nein, natürlich nicht.« Wexford hatte Grimble noch nie so wütend erlebt. »Würde ich so was tragen?« Er wies mit dem Daumen auf seine Frau. »Und ihr gehört es auch nicht. Ich habe Ihnen doch schon x-mal erklärt, dass ich auf dieses Grundstück keinen Fuß mehr gesetzt habe, nachdem die mir meine Baugenehmigung nicht erteilt haben.«

»Na, John«, sagte seine Frau, »ganz ruhig.«

Grimble holte tief Luft, machte kurz die Augen zu und seufzte. Entgegen jeder Erwartung hatte ihm offensichtlich irgendjemand – vermutlich Kathleen Grimble – eine Methode beigebracht, wie er seiner Wut Herr werden konnte. Allmählich wich die dunkelrote Farbe aus seinem Gesicht, und er fing an, langsam den Kopf zu schütteln.

»Ich kapier das nicht«, sagte er. »Wieso ist die Tür zu gewesen?«

»Welche Tür sollte das sein, Mr. Grimble?«

»Die Kellertür. *Er* behauptet, er hätte sie geschlossen vorgefunden. Diese Tür war nie zu. Mein alter Papa hat sie die ganzen Jahre, die er dort gewohnt hat, offen gelassen. Ich habe als kleiner Junge dort gelebt, ich bin dort aufgewachsen. Stimmt doch, Kath. Und ich hab nie gesehen, dass diese Tür zu war. Hab nicht mal gewusst, dass sie zugeht.«

Vielleicht dachte Kathleen Grimble, sie müsse irgendwie reagieren, und meinte: »Es gab keinen Anlass, diese Tür zu schließen.«

Grimble nickte. »Schätzungsweise haben sich die Leute, die unbedingt dort unten herumschnüffeln mussten« – ein böser Seitenblick auf Burden –, »geirrt. Diese Tür war nie zu.«

Burden hatte keine Lust, sich auf eine unwürdige Auseinandersetzung einzulassen, und merkte doch, wie er unfreiwillig genau darauf zusteuerte. »Die Tür war zu«, sagte er möglichst knapp und spitz. »Das werden Sie akzeptieren müssen. Ich habe sie in geschlossenem Zustand vorgefunden und eigenhändig geöffnet. Dazu bedurfte es einiger Anstrengung.«

»Ich kann nur eines sagen: Früher war sie nie zu.« Wie viele Leute, die diesen Satz von sich geben, war auch hier das genaue Gegenteil der Fall. Doch als Grimble eine nach Wochen und Monaten geordnete, detailgetreue Litanei seiner Kellerbesuche vom Stapel ließ, fiel ihm Wexford energisch ins Wort:

»Danke, das genügt. Erzählen Sie mir mal etwas über den Untermieter Ihres Vaters. War das nicht ein gewisser Mr. Chapman?«

Grimble zog eine empörte Schnute. Chapman – da brachte es doch tatsächlich jemand fertig, den Namen dieses Mannes zu verwechseln. »Chadwick, Chadwick. Wer hat Ihnen gesagt, dass er Chapman heißt? So ein Unsinn! Chadwick, so hieß er.«

»Selbstverständlich hieß er so.« Kathleen rubbelte die Fingerspitzen gegeneinander, als wollte sie Brot zerkrümeln. »Niemals Chapman. Woher haben Sie das?«

Statt einer Antwort fragte Wexford: »Hieß er mit Vornamen Sam?«

Allein dieses unschuldige dreibuchstabige Wort löste einen ähnlichen Wutanfall aus wie Chadwicks irrtümlich falscher Familienname. »*Sam?* Ihr habt eure Hausaufgaben nicht gemacht. Er hieß Douglas. Mein armer alter Papa hat Doug zu ihm gesagt.«

»Das stimmt«, bestätigte Kathleen und schenkte ihrem Mann zur Belohnung ein Lächeln. »Hat er. War zu allen freundlich, Johns Papa. Die Güte in Person.«

»Aber diesen Chadwick hat er hinausgeworfen, oder?«

»Nein, niemals. Er wollte nur seine Miete haben. Hat ihn wochenlang darauf warten lassen, dieser Chadwick.«

»Vergiss nicht das Klavier, John.«

»Tu ich nicht. Darauf kannst du dich verlassen. Rund um die Uhr hat Chadwick auf dem Klavier geklimpert. Um Mitternacht, um sechs Uhr früh – dem war alles egal. Und das war noch längst nicht alles. Im Bad hat er die nassen Handtücher auf dem Boden liegen gelassen, als hätte er einen Diener, der sie für ihn aufhebt. Das hat meinen armen alten Papa schwer mitgenommen. Damals war er doch schon krank, der Krebs hatte ihn am Wickel, obwohl er's nicht gewusst hat, der arme alte Teufel. Nein, er hätte ihn nicht rausgeworfen. Bei den ganzen Mietschulden? Chadwick ist klammheimlich abgehauen und hat sein Zeug da gelassen. Papa war ein Ehrenmann, der hat nichts behalten, was ihm nicht zustand. Also hat er den ganzen Mist vors Haus gestellt und nur das Klavier behalten. War doch sein gutes Recht, oder? Chadwicks Kumpel kam mit einem Laster an, hat geklopft und nach dem Klavier gefragt, da hat Papa gemeint…«

Damon Coleman trat ins Zimmer und sagte leise zu Wexford: »Sir, Miss Laxton hat Ihnen eine Notiz geschickt. Ich habe sie hier. Ich glaube, es ist das Ergebnis des DNA-Tests.«

»Gut. Danke, Damon.« Wexford entfaltete das Blatt und las das Ergebnis, dann blickte er auf und meinte zu Grimble: »Es wird Sie freuen zu hören, dass es sich bei der Leiche aus Ihrem Graben nicht um Ihren Cousin zweiten Grades Peter Darracott handelt.«

Das habe er auch nie geglaubt, erwiderte Grimble verächtlich. »Ist das seine DNA, die Sie da haben?«

»Ja, es ist das Ergebnis des DNA-Vergleichs zwischen der Leiche aus Ihrem Graben und Mark Page.«

Mit einem Mal war Grimble völlig verändert und wie elektrisiert. Offensichtlich war ihm buchstäblich ein Licht aufgegangen, eine Erfahrung, die ihm nicht nur tiefe Erkenntnis, sondern auch viel Spaß und ein Triumphgefühl gebracht hatte. »Von dem kleinen Scheißer haben Sie eine Dingsbums, eine Probe oder so was, genommen? Von Mark Page?« Als weder Wexford noch Burden ein Wort sagte, fuhr er fort: »Vom Jungen meiner Cousine Maureen Page?«

»Ja, Mr. Grimble. Was soll das?«

»Das werde ich euch sagen, was das soll. Mark Page ist adoptiert, das ist es!«

Sie starrten ihn beinahe so verdattert an wie er sie damals, als er von der Leiche im Haus seines Vaters erfuhr.

»Maureen konnte keine Kinder bekommen. Sie und ihr Mann, George Page, haben zuerst ein Mädchen und dann den kleinen Mark adoptiert.«

»Davon hat Mr. Page nichts erzählt«, sagte Burden.

»Nein, sicher nicht.« Jetzt kicherte Kathleen Grimble. »Er weiß natürlich Bescheid. Und das, seitdem er vier war. Wirklich. Aber es passt ihm nicht. Als würde er sich dafür schämen. Von ihm würden Sie es nie erfahren. Selbst wenn Sie ihn fragen würden.«

Damit war das Verhör abrupt beendet. Wexford hatte nur noch eine einzige Frage. Ob sie vielleicht wüssten, wo sich Douglas Chadwick derzeit aufhalte. Zu seiner Überraschung hatte Kathleen Grimble sogar eine Adresse für ihn. Gemäß dem üblichen Lauf der Dinge in einer Welt, in der Frauen für die niederen Tätigkeiten wie Hausarbeit, Aufzucht der Kinder und geistige Fingerübungen zuständig sind, hatte Kathleen auf Geheiß von Grimble senior – und natürlich auch von Grimble junior – offensichtlich sämtliche Schreibarbeiten erledigt. Sie hatte Chadwick geschrieben, als er sich auf Grimble seniors ursprüngliche Anzeige gemeldet hatte, die ebenfalls ihr Entwurf gewesen war. Da dieser Briefwechsel nun schon dreizehn Jahre zurücklag, bestand nur eine geringe Chance, dass der jetzige Inhaber dieser Adresse Näheres über Chadwicks momentanen Wohnsitz wusste.

»Wenn er überhaupt einen Wohnsitz hat«, warf Wexford ein.

»Ich könnte diesem Mark Page den Hals umdrehen.« Burden kochte immer noch vor Wut. »Warum hat er nichts gesagt? Ist ihm das nicht klar gewesen?«

»Apropos Hals … Page ist im Oberstübchen ein bisschen unterbelichtet. Wir werden Maureen Page selbst bitten, oder diese Schwester, bei der Peter Darracott trotz seiner Ankündigung nie gelandet ist. Und wenn du dich mit dieser Familie beschäftigst, dann stell sicher, dass sie auch tatsächlich seine Schwester ist und nicht eine Ehefrau oder eine Lebensgefährtin seines verstorbenen Bruders beziehungsweise ein Ziehkind seiner Eltern. Denk daran, der alte Grimble war der Stiefvater des jungen Grimble und nicht dessen leiblicher Vater. Hoffen wir außerdem, dass sie weder Adventistin noch bei den Zeugen Jehovas ist, die sich weigern, uns eine Speichelprobe zu geben.«

9

Eigentlich konnte Wexford nur mit großer Mühe um neunzehn Uhr dreißig im Gemeindesaal von Forby sein. Im Grunde genommen ging es sogar bis einundzwanzig Uhr nicht, aber als er versuchte abzusagen, löste er damit bei seiner jüngeren Tochter enttäuschte Protestrufe aus.

Ihr »Ach, Paps, du hast es aber versprochen!« erinnerte stark an die Sätze der Fünfjährigen. Und so etwas ging ihm immer noch zu Herzen. Ihre folgende Bemerkung klang ein wenig reifer. »Die Anwesenheit eines Detective Chief Inspector würde diesen Leuten ungemein viel bedeuten.«

Er versuchte, sich einen lächerlichen Tadel ganz im Stil von Hannahs übertriebener politischer Korrektheit abzuringen, und meinte: »Sheila, ich bezweifle, dass du von einer ethnischen Minorität als ›diese Leute‹ sprechen solltest.«

Über ihre indignierte Reaktion musste er lachen. »Du weißt genau, dass es nicht meine Absicht war ...«

»Ich werde mein Bestes versuchen, um pünktlich da zu sein.«

Barry Vine war mit Lyn Fancourt am Steuer nach Cardiff gefahren, um die von Dilys Hughes, geborene Darracott, versprochene DNA-Probe sicherzustellen. Wexford selbst hatte sich mit Hilfe von Hannah, die ihm bei seinen Ausflügen ins Internet assistierte, auf Douglas Chadwick konzentriert. Ohne sie hätte er nichts ausrichten können. Kathleen Grimble hatte ihm eine Adresse in Nottingham genannt. Der Straßenname klang, als sei es ein Armenviertel. Als er diesen Ausdruck benutzte, runzelte Hannah die Stirn und machte sich auf weitere verbale Ausrutscher gefasst.

»Schon gut. Ist Ihnen in einer besseren Wohngegend jemals ein Violet Grove untergekommen?«

»Nun, wenn Sie es so formulieren ...«

»Violet Grove 15. Der Familienname ist oder war Dixon.«

»›War‹ ist richtig, Guv. Jetzt gibt es dort eine Marilyn P. Williams und einen Robert A. Grenville.«

Wexford seufzte. »Da werden wir wohl hinauffahren oder die Nottinghamer Polizei hinzuziehen müssen. Vielleicht erinnert sich in der Straße noch jemand an ihn. Wissen wir, was er in Flagford gemacht hat?«

Hannah hatte mit einiger Mühe die Befragung Kathleen Grimbles fortgesetzt. »Er hat an der Universität von Myringham studiert, Guv. Ich habe mich mit denen in Verbindung gesetzt, und es hieß, er habe die Universität von 1993 bis 1996 besucht.«

Wexford musste an das Klavierspiel denken. »Als Musikstudent?«

»Maschinenbau. Mit einem Bachelor als Ingenieur.«

»Mit über vierzig wäre er ein Student im fortgeschrittenen Alter gewesen. Gibt es irgendwo ein Verzeichnis, das Leute mit diesem Abschluss auflistet?«

»Das kann ich herausfinden, Guv.«

Während ihre Finger das Internet durchkämmten, dachte er über die in dem Haus gefundenen Kleidungsstücke nach: die Unterwäsche an der Leiche, das T-Shirt mit dem Skorpion, den orangen Anorak, Jeans und Socken und die Turnschuhe. Und alles in einem Haufen auf der Küchenanrichte. Warum hatte dieser Mann, egal ob es Chadwick oder Darracott oder Charlie Cummings war, in der Küche seine Kleidung samt den Schuhen ausgezogen und war nur in der Unterwäsche barfuß in den Keller hinuntergegangen? Weil er etwas gesucht hatte? Wenn ja, warum war er dann nicht vollständig bekleidet hinuntergegangen?

»Das Engineering Council ist für die Regelung sämtlicher Ingenieurberufe zuständig«, las Hannah vom Bildschirm ab. »Es führt das landesweite Register aller staatlich geprüften Ingenieure. Aber, warten Sie mal eine Minute – nach bestandener Abschlussprüfung muss man eine Art Aufbaustudium machen, das noch einmal vier Jahre dauert, das Monitored Professional Development Scheme. Ich hatte keine Ahnung, dass ein Ingenieurstudium so lange dauert. Sie etwa, Guv?«

»Ich könnte nicht behaupten, dass ich jemals darüber nachgedacht hätte.«

»Diese Leute vom MPDS haben eine Webseite mit sämtlichen Mitgliedern. Einen Moment Geduld, ich werde sicher noch etwas finden.«

»Und ich«, warf Wexford ein, »habe jetzt einen Termin bei Carina Laxton.«

Carina glich einem Kind mit einem vorzeitig gealterten Gesicht. Ihre blassblonden Haare waren zu zwei dünnen Zöpfen geflochten, sie trug keinerlei Makeup, und ihre runde Brille hätte auch eine kurzsichtige Achtjährige tragen können. Ihr weißer Kittel hatte vorn grünliche Flecken, die irgendwie abstoßender als Blutflecken wirkten. Normalerweise zeigte sie nicht sonderlich viel Mitgefühl für zart besaitete Polizisten, aber diesmal hatte sie die Relikte auf ihrem Seziertisch zugedeckt.

»Woran ist er gestorben?«, wollte Wexford wissen.

Carina zog ihre fast unsichtbaren Augenbrauen hoch. »Woher wissen Sie, dass es sich um einen Mann handelt?«

»Aufgrund der Größe und der Kleidungsstücke aus der Küche. Die Leiche trug Männerunterwäsche.«

»Gut, gut. Ein wenig voreilige Schlüsse, oder? Trotzdem,

es war ein Mann. Woran er gestorben ist, weiß ich nicht. Wenn jemand schon so lange tot ist, wird es schwierig. Ziemlich wahrscheinlich eine natürliche Todesursache. Vielleicht das Herz oder ein Schlaganfall. Ich kann es nicht sagen. Das Herz fehlt, und am Schädel sind nicht viele Gewebereste. Eines kann ich Ihnen sagen: Er war ein großer Mann, ungewöhnlich groß. Ich weiß, das metrische System ist Ihnen egal. Sie sind ja so rückständig. Sagen wir mal zwischen sechs Fuß drei und sechs Fuß fünf, also ein Meter neunzig bis einsfünfundneunzig.«

»Wie alt war er?«

»Mitte vierzig, vielleicht fünfundvierzig. Höchstens fünfzig. Und der Todeszeitpunkt liegt zwischen sieben und zehn Jahren zurück.«

»Dann also nicht so lange wie bei dem anderen?«

»Das haben Sie gesagt, nicht ich«, wehrte Carina ab. »Fragen Sie mich noch mal, sobald ich ihn näher untersucht habe. Dann werde ich hoffentlich mehr wissen.«

Wexford stellte sich den Medien und berichtete ihnen fast alles, was er über die beiden Leichen wusste. Die irrtümlich genommene DNA-Probe von einem Menschen, der in Wirklichkeit keinerlei Verwandtschaft mit dem Toten aufweisen konnte, ließ er unerwähnt. Er informierte sie über die Kleidungsstücke, ohne diese herzuzeigen. Seiner Ansicht nach genügte eine Beschreibung: ein weißes T-Shirt mit einem aufgedruckten schwarzen Skorpion, Jeans, schwarze Turnschuhe mit grauen Diagonalstreifen, graue Socken. Außerdem sagte er, dass man das lila Bettlaken, worin die Leiche aus dem Graben eingewickelt gewesen war, erst noch identifizieren müsse.

Als er um fünf Minuten nach neunzehn Uhr das Gebäude verlassen wollte, kam ihm Hannah nachgelaufen. Er hatte gerade die automatische Türanlage erreicht, die bereits zögernd aufgehen wollte. Als er sich umdrehte, glitt sie wieder zu.

»Guv, Chadwick war nicht als staatlich geprüfter Ingenieur eingetragen und stand auch nicht im MPDS-Register. Doch dann hat es mir gedämmert. Wir sind von einem dreijährigen Studium ausgegangen, doch in Wirklichkeit dauert es vier Jahre. Da er aber nur bis 1996 auf der Universität gewesen war, sieht es so aus, als hätte er sein Studium abgebrochen.«

»Oder er wurde ermordet«, fuhr Wexford fort.

»Oder das, Guv. Damit steigt die Wahrscheinlichkeit, dass es sich um ihn handelt, nicht wahr?«

Für die Fahrt nach Forby brauchte er eine Viertelstunde. Er belegte die letzte Lücke auf dem Parkplatz vor dem Rathaus und stieg die Treppe zum Eingang hinauf, wo ihm ein Anschlag verriet, dass es sich um die Eröffnungsveranstaltung der Kingsmarkhamer Bürgerinitiative für die Gesundheit afrikanischer Frauen handelte. Eigentlich hatte er gehofft, er könnte unauffällig hineinhuschen und die Veranstaltung von einem der hinteren Plätze aus verfolgen, aber kaum war er drinnen, entdeckte ihn auch schon seine Tochter Sylvia, hakte ihn unter und bugsierte ihn schleunigst aufs Podium hinauf.

In einem Anflug von Geistesgegenwart gelangen ihm einige Bemerkungen darüber, dass die Polizei das Problem weiblicher Genitalverstümmelung sehr ernst nehme und dass man bei dieser Aufgabe, bei der es mehr um Prävention als um strafrechtliche Verfolgung gehe, stark auf die Mithilfe der somalischen Gemeinschaft angewiesen sei. Während er Plattitüden und hohle Versprechungen abspulte, die er selbst schon Dutzende Male gesagt und gehört hatte, merkte er erst, wie wenig er eigentlich über diese Form der Beschneidung wusste. Als er vom Podium abging und sich auf den leeren Platz neben seiner Frau setzte, dröhnte ihm der Beifall des Publikums hohl in den Ohren. Auf Doras Frage hin hatte er ihr die Prozedur beschrieben und gesehen, wie sie erst blass wurde und dann rief: »Aber, Reg, das kann nicht sein! Nicht bei Millionen Frauen.« Daraufhin musste er sagen, dass es so war, ohne dass er recht viel mehr als die nackten physiologischen Fakten kannte.

Inzwischen stand Sheila auf dem Podium und sprach über die frühen Einwanderungswellen von jungen Frauen vom Horn von Afrika. Als britische Ärzte und Hebammen zur Geburtsvorbereitung Untersuchungen vornehmen mussten, hätten sie anfänglich geglaubt, sie hätten es mit einer angeborenen Missbildung zu tun, und deshalb routinemäßig einen Kaiserschnitt durchgeführt. Anschließend schilderte sie einem Publikum, das mit diesem Thema größtenteils aus eigener Erfahrung vertraut war, in groben Umrissen, wie man kleinen Mädchen manchmal noch im Babyalter mit Rasierklingen oder scharfkantigen Steinen Schamlippen und Klitoris abschnitt und die Haut über der Wunde zusammennähte. Wexford beschlich allmählich ein leichtes Gefühl von Übelkeit. Bei einem Blick durch den Raum fragte er sich, wie viele dieser Frauen als Kleinkinder oder junge Mädchen genau diese soeben geschilderte Prozedur erleiden hatten müssen.

In der Reihe hinter ihm saß, fünf oder sechs Plätze entfernt, die junge Kellnerin Matea, die Burden so bewundert hatte. Schon bei dem Gedanken, dass sie das alles höchstwahrscheinlich mitgemacht hatte, schüttelte es ihn. Eigentlich hätte ihm dieser Eingriff bei einem schönen jungen Mädchen nicht schlimmer unter die Haut gehen dürfen als bei einem unscheinbaren Mauerblümchen, das wusste er genau und hatte deshalb auch Gewissensbisse. Diese Prozedur war empörend, egal wie das Opfer aussah. Es folgten noch mehr Reden. Eine Frau berichtete über eine Konferenz in Kenia zu diesem Thema, an der sie teilgenommen hatte, eine andere erörterte Möglichkeiten, wie man diesen Brauch hier unterbinden könne. Dann war der Redenteil beendet, und man bat das Publikum, Fragen zu stellen. In den hinteren Reihen hob eine ältere Frau die Hand. Angesichts ihrer blondierten Haare und der mit Bräunungscreme getönten Haut hieß ihre Heimat eindeutig eher Sewingbury als Somalia. Sie wollte wissen, ob es nicht falsch sei, sich in die uralten Traditionen einer Volksgruppe einzumischen. Sheilas Antwort gefiel Wexford.

»Hätten Sie das auch über die verkrüppelten Lotosfüße in China gesagt? Das Einmischen in uralte Traditionen hat dem ein Ende gesetzt. Vielleicht wird es dadurch eines Tages auch so weit kommen, dass man den Frauen im nördlichen Burma nicht mehr künstlich den Hals streckt.«

Einer der wenigen Männer im Publikum wollte wissen, wie seine Geschlechtsgenossen zu dieser Prozedur standen. Die Antwort hörte sich für Wexford wie Beweismaterial in Anekdotenform an. Anschließend diskutierte man die Frage nach einem Namen für den neuen Verein und einigte sich auf Kingsmarkham Association Against Mutilation, kurz KAAM genannt. Jetzt war es Zeit für einen Imbiss. Es gab Rotwein und Weißwein, was die Somalis, die hauptsächlich Moslems waren, beides ablehnten, sowie Orangensaft und Mineralwasser. Aus irgendeinem unerfindlichen Grund hatte Wexford angenommen, alle diese Frauen sprächen einigermaßen gut Englisch, wenn er denn überhaupt einen Gedanken daran verschwendet hatte. Umso überraschter war er, als ihm seine Nachbarin Iman Dirir eine Frau vorstellte, die sie »die Dolmetscherin« nannte.

»Wir haben auf Somali oder auf Englisch keine Ausdrücke für diese Körperteile«, erklärte sie ihm mit einem traurigen Lächeln. »Die Menschen brauchten jemanden, der ihnen die britischen Gesetze erklärte. Die meisten Neuankömmlinge aus Afrika wissen gar nicht, dass es ein solches Gesetz gibt. Sie wissen nicht, dass Beschneidung verboten ist.«

Die Dolmetscherin war eine hochgewachsene stattliche Frau und trotz ihres fortgeschrittenen Alters immer noch eine hinreißende Schönheit von jener Art, die man meistens mit den Indianern Nordamerikas verbindet: markante Adlernase, ausgeprägte Backenknochen, langer Hals und lange Hände. Doch als er sich erneut umschaute und sämtliche anwesenden Frauen genauer musterte, sah er, dass sie alle ausnahmslos gut oder sogar außerordentlich schön aussahen. Zu diesem Aussehen passten ihre eleganten Bewegungen und, bei den Älteren, ihr würdevolles Auftreten. Er seufzte innerlich, denn manchmal hatte er den Eindruck, dass bereits der Anblick von Schönheit im Menschen den Wunsch nach Zerstörung auszulösen schien.

Er fuhr Mrs. Dirir nach Hause. Sie trug ein langes Gewand und ein Schaltuch, aber nicht den bodenlangen Jilbab wie einige andere Frauen. Unter vier Augen war sie zurückhaltend, aber als er die Rede auf seine Töchter brachte, begann sie offen zu erzählen, wie sehr sie Sheila bewundere, die sie in einer Wiederholung der Fernsehserie gesehen hatte. Sie waren fast schon bei ihrem Haus angelangt, da sagte sie ein wenig gepresst, als hätte sie sich schon seit einigen Minuten auf diese Gelegenheit vorbereitet: »Ich habe zwei Töchter. Sie sind inzwischen erwachsen. Ich möchte, dass Sie wissen, warum wir, mein Mann und ich, hierhergekommen sind, als sie noch klein waren: Wir wollten ihnen diese Verstümmelung ersparen. Ich hatte Angst, weil ich glaubte, man würde uns zurückschicken, aber da mein Mann Wissenschaftler von der Universität Kairo ist, durften wir bleiben.«

»Das freut mich«, entgegnete er. »Das freut mich sehr.«

Eine Europäerin in einem langen Kleid hätte ihren Rock geschürzt, nicht so Iman Dirir. Sie ließ ihr Gewand einfach hängen und schwebte elegant mit hoch erhobenem Kopf den Weg hinauf. Als sie die Haustür erreicht hatte, drehte sie sich noch einmal um, hob mit einer Bewegung, die viel graziöser war als ein Winken, die Hand und verschwand im Haus.

Zahnärztliche Unterlagen nützten nur dann etwas, wenn man wenigstens eine Ahnung hatte, wessen Leiche vor einem lag, sagte Carina Laxton zu Wexford. Ferner hatte sie gemeint, den Todeszeitpunkt bei der Leiche im Keller ein wenig näher bestimmen zu können. Inzwischen glaubte sie an acht bis zehn Jahre. Im Fall der Leiche aus dem Graben wollte sie sich auf elf Jahre festlegen. Wexford war weit entfernt davon, Burdens und Hannahs Ansicht zu übernehmen, dass es sich um die Überreste von Douglas Chadwick handeln müsse, nur weil sonst niemand in Frage kam. Erstens gab es keinen Beweis dafür, dass er unter Fremdeinwirkung eines gewaltsamen Todes gestorben war, und zweitens hatten beide Grimbles, Vater und Sohn, kein ersichtliches Motiv für Chadwicks Ermordung. Seiner Ansicht nach lieferten die Kleidungsstücke den einzigen Hinweis auf die Identität des Toten, auch wenn sich drei Tage nachdem in den überregionalen Zeitungen und im *Kingsmarkham Courier* ein Foto des T-Shirts erschienen war, bisher niemand gemeldet und es wiedererkannt hatte.

Dilys Hughes hatte eine DNA-Probe zum Vergleich mit der Leiche aus dem Graben abgeliefert, und diesmal würde es ein stichhaltiger Vergleich werden. Sie und Peter Darracott waren zweifellos leibliche Geschwister. Bezüglich zahnärztlicher Unterlagen gab es ein Problem: Laut Aussage von Christine Darracott war ihr Mann seit seiner Schulzeit nicht mehr beim Zahnarzt gewesen. Ihres Wissens hatte man ihm als Halbwüchsigem zwei Plomben eingesetzt und einen Zahn gezogen. Die Leiche aus dem Graben hatte drei Plomben und mehrere Zahnlücken und das noch an anderen Stellen im Gebiss, als Christine es von Peter behauptete.

Gut gemeinte E-Mails von braven Bürgern überschwemmten Wexfords Computer. Hannah las zwar alle sorgfältig, hatte es aber aufgegeben, sie auszudrucken. Erst jetzt war Wexford wirklich klar geworden, wie viele Menschen einfach verschwanden. Die Zahlen kannte er natürlich, aber Statistiken gewinnen erst dann eine tiefere Bedeutung, wenn sie Individuen betreffen, wenn hinter Menschen, die bisher nur Nummern waren, Namen, Altersangaben und konkrete Beschreibungen auftauchen. Offensichtlich ignorierten die Absender dieser E-Mails den fixen Zeitpunkt im Frühjahr 1995 und schrieben über einen Verwandten, der seit zwanzig oder seit fünf Jahren vermisst wurde. Viele erzählten Geschichten von vermissten Ehefrauen oder Freundinnen. An einem einzigen Tag las Hannah mehr als hundert davon, eine ganze Liste von Vermissten. Doch dann traf eine E-Mail von einer Frau aus Maidstone ein, die behauptete, sie würde das T-Shirt mit dem Skorpion wiedererkennen. Hannah rief sie an und fuhr anschließend zu ihr nach Maidstone.

Janet Mabledon war um die fünfzig, eine kluge, gut gekleidete Frau, die in einem Ärztezentrum als Sekretärin und Empfangsdame arbeitete. Sie hatte Wexfords E-Mail-Adresse einem Zeugenaufruf im Fernsehen entnommen. Dort hatte man auch eine Telefonnummer angegeben, aber sie hatte gedacht, man würde die Kingsmarkhamer Polizei mit Anrufen überschwemmen, während elektronische Briefe vielleicht nur selten einträfen. Jedenfalls hatte sie Hannah das erzählt. Hannah lächelte nur stumm und zeigte ihr das Foto mit dem T-Shirt, das auch im Fernsehen in mehreren Nachrichtensendungen gezeigt worden war.

»Mein älterer Sohn heißt Samuel«, sagte Janet Mabledon. »Natürlich wurde er immer nur Sam gerufen. Dieses T-Shirt habe ich für ihn drucken lassen. Es gab einmal einen Laden in Maidstone, der individuelle T-Shirts mit jedem gewünschten Bild samt Namen druckte. Angeblich hieß es, es seien Unikate. Als Jugendliche waren meine beiden Söhne ganz wild nach … also, nach Reptilien. Schlangen, Skorpione, Krokodile und solches Zeug. Typisch Jungs. Sam und Ben waren fünfzehn und dreizehn, als ich die T-Shirts habe machen lassen.«

»Mrs. Mabledon, ist Ben ihr jüngerer Sohn?«

»Ganz genau. Inzwischen arbeitet er in der Pharmaforschung«, berichtete sie stolz, »und Sam lehrt an einer Universität in den Vereinigten Staaten. Diese T-Shirts habe ich vor zwölf Jahren machen lassen. Auf dem von Sam war dieser Skorpion abgebildet, und darunter stand ›Sam‹, und Ben hatte ein Krokodil mit der Aufschrift ›Ben‹. Ben hat seines geliebt. Aber ich hätte wissen müssen, dass Sam für solche Sachen schon viel zu alt war. Er hat sich rundweg geweigert, es zu tragen, und es nicht einmal anprobiert.«

Hannah lächelte. »Was ist damit passiert?«

»Ein Weile lang gar nichts. Dann habe ich meinen Haushalt entrümpelt. Ehrlich gesagt war ich verblüfft, dass das T-Shirt überhaupt noch da war. Bens damalige Freundin hatte einen Bruder namens Sam – ist damals wohl ein sehr beliebter Name gewesen –, und der haben wir es für ihren Bruder mitgegeben. Sie wohnte in Myringham. Das liegt doch bei Kingsmarkham, oder?«

»Mrs. Mabledon, wann wäre das denn gewesen?«

»Ach, ist lange her. Zehn Jahre? Keine Ahnung, wo diese Exfreundin jetzt steckt, aber ihren Namen kann ich Ihnen sagen. Ihr Bruder hat während ihrer Bekanntschaft mit Ben an der Universität von Myringham studiert.«

»Wo Douglas Chadwick sein Ingenieurstudium absolviert hat«, sagte Wexford an jenem Abend zu Burden, als sie wieder im Nebenzimmer vom *Olive and Dove* saßen, diesmal in Begleitung ihrer Ehefrauen. Bei einem Drink in diesem stillen kleinen Raum waren sie zu einigen ihrer wertvollsten Ergebnisse gelangt, auch wenn der *Kingsmarkham Courier* diese Besprechungen aus einem anderen Blickwinkel betrachtete. Die Zeitung nutzte jede Gelegenheit, um einen gehässigen Beitrag über das fahrlässige Verhalten und die schleppenden Ermittlungen der Polizei zu veröffentlichen. Eine Privatsphäre gab es nirgendwo mehr, denn inzwischen konnte immer einer der Reporter »aus Versehen« ins Nebenzimmer platzen und mit seinem Handy ein Foto schießen. Andererseits hatten sie etwas ziemlich Merkwürdiges entdeckt: Sobald sie in Begleitung von Dora und Jenny kamen, schien die Presse ihren Besuch als normales Freizeitvergnügen zu betrachten und ließ sie in Ruhe. Hannah vertrat selbstverständlich die Ansicht, dass es sich hierbei um eine monströse Form von Chauvinismus handelte, obwohl sie Mühe hatte, dies näher zu definieren.

Burden trank wie üblich sein Helles, Wexford einen Rotwein. Als er sich ein zweites Glas holte, spürte er die bohrenden Blicke seiner Frau im Rücken. Sie hatte ihm bereits erklärt, dass ein Glas Rotwein zwar gut für sein Herz sei, vier oder fünf aber nicht. Auf seine Bemerkung hin: »Kann man denn von etwas Gutem zu viel bekommen?«, hatte sie mit ihm geschimpft und gemeint, seine Gesundheit eigne sich nicht für Witze; jedenfalls fand sie daran nichts zum Lachen. Sie selbst trank etwas, was wie Rotwein aussah, aber in Wahrheit handelte es sich um Cranberrysaft. Sie und Jenny waren mit ihren Sesseln etwas vom Tisch abgerückt und unterhielten sich über KAAM, die jüngste Bürgerinitiative.

Wexford nahm den Faden wieder auf und wiederholte seinen Satz über die Universität von Myringham und Douglas Chadwick. »Diese Exfreundin heißt Sarah Finlay und arbeitet dort als Dozentin. Allerdings für Psychologie und nicht für Maschinenbau. Keine Ahnung, Mike, ob das ein Zufall ist. Myringham hat unglaublich viele Studenten, und sie behauptet, sie würde ihn nicht kennen. Ich habe mit ihr telefoniert.«

»Was ist aus dem T-Shirt geworden?«

»Sie hat es ihrem Bruder gegeben, der es aber auch nicht wollte. Kurz danach hat sie mit Ben Mabledon Schluss gemacht und das Shirt in den Oxfam-Laden gebracht.«

»In welchen?«

»In Myringham. Das war 1998. Ist schon lange her. Natürlich arbeiten jetzt in diesem Oxfam-Laden andere Leute. Außerdem würde sich sowieso niemand so weit zurückerinnern. Schließlich führt man dort nicht exakt Buch über die verkauften alten Klamotten.«

»Du glaubst also nicht, dass es sich um Douglas Chadwick handelt. Stimmt's?«

»Nein, glaube ich nicht«, erwiderte Wexford. »Warum sollte der alte Grimble seinen Untermieter umbringen? Und um gleich weiterzumachen: Warum hätte der junge Grimble ihn umbringen sollen? Der Alte wollte ihn loswerden und sein Geld bekommen, und genau das hätte er durch einen Mord nicht erreicht. Und was das Geld betrifft, so hatte er das Klavier zum Verkaufen. Darauf hatte man sich vermutlich geeinigt. Ich hau ab, hat der Untermieter vielleicht gesagt. Sie behalten so viel von meinen Sachen, wie Sie zur Tilgung der Schulden brauchen, den Rest stellen Sie vors Haus, und anschließend kommt mein Kumpel und holt es mit seinem Lieferwagen ab. Und genau das hat der alte Grimble gemacht. Meiner Meinung nach ist Chadwick außen vor. Ich glaube, Chadwick steckt irgendwo da draußen – in Wales, im Norden von Schottland oder auf den Scilly-Inseln, spielt in einer Hotelhalle Klavier oder arbeitet in einer Werkstatt. Oder er studiert weiter Maschinenbau an einer Universität in Nordirland.«

»Sagtest du Douglas Chadwick?«

Langsam drehte sich Wexford um und lächelte Jenny Burden an. »Ja, sagte ich«, antwortete er. »Jetzt behaupte nur noch, dass du ihn kennst, Jenny. Liefere uns doch die Erkenntnis, die wir so bitter nötig haben.«

»Also, wenn es derselbe ist, dann habe ich mal einen Douglas Chadwick gekannt. Seine Schwester war Lehrerin an der ersten Schule, an der ich unterrichtet habe. Er hat als Jazzpianist in einem Club gespielt. Ich meine, als Amateur.«

»Klingt, als wäre es derselbe. Wann war das?«

»Mal sehen. Meine erste Stelle hatte ich an einer Schule in Lewes. Das war vor meiner Zeit in Kingsmarkham, müsste also fünfzehn Jahre her sein. Helene Chadwick und ich sind oft in diesen Club gegangen, um Douglas spielen zu hören. Einmal sind wir alle zusammen essen gegangen, ich glaube in ein Pub. Anschließend habe ich meine Stelle an der Kingsmarkhamer Gesamtschule bekommen.«

»Und wo steckt er jetzt?«, wollte ihr Mann wissen.

»Keine Ahnung. Ich weiß nur, wo sie steckt. Und du übrigens auch. Genau wie ich hat sie geheiratet und heißt jetzt Helen Carver.«

»Du meinst die Frau, die uns besucht hat und dabei diese schrecklichen Kinder mitgebracht hat, die meine ganzen Dahlien geköpft haben?«

»Genau die, ja.«

Lachend warf Wexford ein: »Ich bin Feminist. Ich halte nichts davon, wenn Frauen bei der Heirat ihren Namen ändern. Das schafft nur unnötig Verwirrung. Jenny, was ist mit dem Bruder passiert?«

»Damals, als ihre Kinder Mikes Dahlien guillotiniert haben, hat sie ihn nicht erwähnt. Ich könnte sie fragen. Ich könnte sie anrufen – tja, sofort.«

»Verkneif dir jegliche Einladungen«, rief Burden.

Es war zwanzig Uhr dreißig. Jenny zog ihr Handy aus der Handtasche und trat in die feuchte Dunkelheit des Gastgartens hinaus. Drinnen im Nebenzimmer begannen Wexford, Burden und Dora über den derzeitigen Wohnsitz von Douglas Chadwick zu spekulieren, wobei Wexford halb hoffte, Helene Carver würde sagen, sie habe ihren Bruder seit April 1996 nicht mehr gesehen. Er sei wie vom Erdboden verschluckt. Damit wäre eines seiner Probleme gelöst.

Als Jenny zurückkam, sah sie ganz anders aus als die ziemlich begeisterte Frau, die mit einem optimistischen Lachen im Garten verschwunden war. »Ich habe mit ihr gesprochen und gemeint, ich hätte gehört, Douglas würde nächsten Monat bei einem Festival in einem Alternativtheater spielen, und dachte mir, wir könnten vielleicht hinfahren. Lieber Gott, hätte ich das nur nicht getan. Sie hätte fast geweint. Sie hat gesagt, er sei vor zwei Jahren bei einem Autounfall ums Leben gekommen.«

10

Helen Carver hatte den Verlust ihres Bruders beweint, im Gegensatz zu Dilys Hughes, der das negative Ergebnis des DNA-Vergleichs offensichtlich egal war. Als Barry Vine eintraf und bei ihr klingelte, hatte sie gerade die *Sunday Times* gelesen und nur widerwillig beiseitegelegt. »Ich habe ihn schon seit fünfzehn Jahren nicht mehr gesehen«, sagte sie, »und wenn ich etwas von ihm gehört habe, dann immer nur, wenn er etwas von mir gewollt hat.« Sie forderte Barry nicht auf, Platz zu nehmen. »Ehrlich gesagt hätte es mir nicht das Herz gebrochen, wenn er in diesem Graben gelegen hätte.«

»Sie haben keine Ahnung, wo er jetzt sein könnte?«

»Wie gesagt, das letzte Mal habe ich etwas gehört, als er hierherkommen wollte, und das ist elf Jahre her. Er hat sich eingebildet, er könnte irgendeine Frau mitbringen. Ganz schön dreist. Meinetwegen kann er ruhig tot sein.«

Barry bedauerte es regelrecht, dass er nach Cardiff gefahren war, noch dazu an einem Sonntag. Ein Anruf hätte denselben Zweck erfüllt, aber er hatte geglaubt, man müsste mit dieser Frau sensibel umgehen. Wexford legte sehr viel Wert auf Verständnis und Mitgefühl, auch wenn Barry dahinter eher eine Anweisung von höherer Ebene vermutete als Wexfords persönliche Meinung. Jetzt schien allerdings alles gesagt. Wenn Peter Darracott nicht jener geheimnisvolle Mann war, den man vor elf Jahren begraben hatte, dann war es auch unwichtig, wo er sich derzeit aufhielt.

»Äh, nun, das wäre dann alles, Mrs. Hughes«, sagte er. Das Ganze hatte drei Minuten gedauert, die Anfahrt zweieinhalb Stunden.

Sie hatte sich bereits wieder die *Sunday Times* geschnappt und war wenigstens noch so höflich, im Stehen weiterzulesen. »Tschüss. Passen Sie auf sich auf.«

Das ist die banalste von allen hohlen Phrasen, dachte Barry, während er die Tür hinter sich zuzog. Wer würde schon vor dem Überqueren der Straße eher nach links und rechts schauen oder sich beim Autofahren ans Tempolimit halten, nur weil jemand zu ihm gesagt hatte, er solle aufpassen? Auf dem Weg zum Bahnhof stand ein Einkaufszentrum. Barry ging hinein und entdeckte einen Musikladen. Wie immer gab es nur eine klägliche Abteilung mit klassischer Musik. Sein Lieblingskomponist war Bellini, auch wenn er sich manchmal ins Terrain von Donizetti vorwagte. Leute, die diese beiden verwechselten, verachtete er.

Zum Glück hatte der Laden zufällig »La sonnambula« vorrätig. Obwohl er diese Oper gut kannte, war er ganz froh, dass er sie sich während der langen Rückfahrt nach Paddington anhören konnte, auch wenn die anderen Passagiere durch raschelnde Chipstüten die Musik unterbrechen würden, während auf ihren eigenen Handys Popmusik ertönte. Vor einem Zeitungsstand entdeckte er die *Sunday Times*. Auf der Aufmacherseite warb ein Hinweis für jenen Artikel in der Buchbeilage, den Dilys Hughes buchstäblich verschlungen hatte: *Spurlos verschwunden. Der verlorene Vater* von Selina Hexham. Barry wurde verleitet, den Artikel selbst zu lesen, und kaufte eine Zeitung. Erst jetzt merkte er, wie schwer diese Ausgabe mit sämtlichen Beilagen war.

Kaum saß er im Zug, blätterte er den Hauptteil durch, um über die neuesten Nachrichten auf dem Laufenden zu sein, den Rest entsorgte er bis auf die Buchbeilage, die er, klein zusammengefaltet, in der Tasche seines mitgebrachten Regenmantels verstaute. Sie würde er abends zu Hause lesen. Die restliche Fahrt verbrachte er mit dem ungetrübten Genuss von Bellini.

»Wir wissen jetzt, dass die Überreste aus Grimbles Bungalow nicht Douglas Chadwick sind«, bemerkte Wexford. »Trotzdem gehört das T-Shirt mit dem Skorpion eindeutig dem Unbekannten aus dem Keller. Seine Haare befanden sich darauf, und auch Spuren seiner DNA. Dasselbe gilt für den Anorak, die Jeans und die Turnschuhe. Hat er sie im Myringhamer Oxfam-Laden gekauft, oder hat das ein anderer für ihn erledigt? Und warum hat sich niemand gemeldet und gesagt, er hätte dieses T-Shirt zu einem späteren Zeitpunkt gesehen? Hat er sich ausgezogen, bevor er in den Keller gegangen ist, oder hat jemand den Toten entkleidet? Und warum?«

»Vielleicht wollte er ein Bad nehmen«, warf Burden ein.

Es war nicht klar, ob diese Bemerkung ernst oder nur witzig gemeint war.

»Dann hättest du ihn doch im Badezimmer gefunden und nicht im Keller. Laut Grimble ist die Kellertür nie geschlossen gewesen. Er hat sie nie geschlossen gesehen. Warum sollte er in diesem Punkt lügen?«

»Falls er den Typen im Keller umgebracht hat, vielleicht schon.«

»Das sehe ich nicht«, widersprach Wexford. »Angenommen, er hat den Mann im Keller ermordet. Warum sollte er die Tür dann überhaupt erwähnen?«

Das Klingeln des Telefons setzte diesem Meinungsaustausch ein Ende. Eine gewisse Mrs. Tredown wolle ihn sprechen, meldete die Stimme des Polizisten an der Pforte und fügte dann ziemlich verlegen hinzu, eigentlich meine er damit, dass es sich um zwei Mrs. Tredowns handle.

»Lassen Sie die beiden von jemandem heraufbringen, ja?«, sagte Wexford und fügte dann für Burden hinzu: »Mike, du bleibst.«

Lyn Fancourt brachte sie herein. Claudia Ricardo trug einen langen Patchworkmantel aus unregelmäßigen roten, gelben, grünen und schwarzen Flicken und darunter ein stark zerknittertes, weißes Leinenkleid, das ebenfalls bis zum Knöchel reichte. Ihre Füße steckten in geschnürten Sandalen mit hohen Keilabsätzen. Ihre wilde Haarpracht bildete einen starken Kontrast zu Maeve Tredowns glattem blonden Pagenkopf, der mit Hilfe von Haarspray wie ein frisch bemalter, glänzender Helm am Kopf lag. Maeve trug einen wadenlangen karierten Rock und dazu eine graue Jacke, zwei ziemlich schäbige Kleidungsstücke, die aussahen, als stammten sie von einem Wohltätigkeitsbasar. Als die beiden Frauen den Mund aufmachten, war Wexford wie vom Donner gerührt. Und das lag nicht an ihrem äußerlichen Unterschied. Ihre Sprechweise und ihr Tonfall wiesen eine erstaunliche Ähnlichkeit auf. Mit geschlossenen Augen hätte man nicht sagen können, ob es Claudias Stimme war oder Maeves. Nur der Inhalt ihrer Sätze identifizierte sie. Trotz ihrer enormen äußerlichen Unterschiede schienen sie in gewisser Weise denselben Typ zu verkörpern. Hatte Tredown deshalb erst die eine und dann die andere geheiratet? Oder hatte er nach dem Verlust, beziehungsweise der bewussten Trennung von Claudia, in Maeve deren Pendant gesucht?

Sie seien gekommen, um ihm etwas mitzuteilen, sagte Maeve, was sie zuvor zu erwähnen »versäumt« hätten. »Bei meinem Gespräch mit diesem Mädchen, das Mr. Borodin aufgesucht hat. Sie hat uns gerade eben auch hier heraufgebracht.«

»Und Sie wollten wissen, ob es wahr ist, dass wir im Keller von Mr. Grimbles Haus eine Leiche gefunden haben. Und ob es ein Mann oder eine Frau ist.«

»Hast du das wirklich gefragt, Cee? Du bist einfach schrecklich.« Maeve klang wie ein Teenager.

»Niemand ist stets Herr seiner Bemerkungen«, meinte Claudia kichernd. »Natürlich wollte ich es unbedingt wissen. Wer möchte das nicht, bei den vielen Leichen nebenan. Ich habe mir überlegt, ob sie vielleicht an irgendeinem Sexritual beteiligt gewesen sind.«

»Wozu sind Sie hergekommen? Was wollten Sie uns mitteilen?«, fragte Burden. Seine gepresste Stimme verriet Wexford, dass er damit seinem äußersten Missfallen Ausdruck verlieh.

Maeve betrachtete ihn, als hätte sie eben erst bemerkt, dass noch ein zweiter Mann im Zimmer war. »Ach ja, jetzt erinnere ich mich wieder an Sie. Nicht wahr, Sie sind mit ihm zusammen bei uns zu Hause gewesen? Dürfen Sie mir überhaupt Fragen stellen?« Sie deutete mit spitzem Finger auf Wexford. »Er ist doch der Boss, oder?«

Weder Wexford noch Burden gingen auf ihre bohrenden Fragen ein, während Claudia kichernd losprustete. »Falls Sie uns etwas mitzuteilen haben, dann tun Sie es bitte. Unsere Zeit ist begrenzt.«

»Ach, wirklich?« Claudia zog ein ungläubiges Gesicht. »Na ja, wenn Sie das sagen. Was wollten Sie wissen? Ach ja, warum wir hier sind, was wir Ihnen erzählen wollen. Eigentlich zwei Dinge. Erstens, dass Mr. Chadwick – seinen Vornamen kenne ich nicht – ganz dick mit Louise Axall befreundet war. Immer wenn ihr – also, ihr Ehemann ist er ja nicht – ihr Liebhaber weg war, ist er bei ihr in der Wohnung gewesen.«

»Miss Ricardo, darf ich Sie hier unterbrechen?«, warf Wexford ein. »Miss Axall wohnt erst seit vier Jahren in diesem Bezirk, und unsere Ermittlungen gelten nicht mehr Douglas Chadwick. Er ist vor zwei Jahren gestorben.«

Auf Maeve Tredowns Gesicht legte sich der Ausdruck eines Menschen, dem eine ähnlich gewaltige Offenbarung zuteil wurde wie einst Paulus auf der Straße nach Damaskus. »Douglas! So hieß er. Das war mir völlig entfallen.«

»Und die zweite Information, Miss Ricardo?«

»Ja, also, wo war ich stehen geblieben? Wo war ich, Em?«

»Du wolltest ihnen sagen, dass wir gesehen haben, wie Irene McNeil, der alte Drache, nach dem Tod des alten Grimble sein Haus betreten hat.«

»Ganz genau. Sie und dieser zurückgebliebene Junge und die Kumpels von Grimble – das war ein ständiges Kommen und Gehen. Irene ist mit Sicherheit die neugierigste Alte im ganzen Königreich. Kaum war die Beerdigung vorbei, war sie schon drinnen. Sie hat ja damals direkt gegenüber gewohnt. Wir haben sie immer wieder dort drinnen verschwinden gesehen. Stimmt's, Em?«

»Absolut, Cee. Und Sachen hat die herausgeschleppt. Ihr Mann auch. Der Kerl hat in der ganzen Gegend das Wild dezimiert. Was sich rührte, wurde erschossen. Wirklich eine Schande.«

»Vielen Dank, Mrs. Tredown, Miss Ricardo«, meinte Wexford absolut ruhig, griff zum Telefon und sagte hinein: »Bitten Sie DC Fancourt herauf.«

Die beiden »Schwiegerweiber« begannen leise miteinander zu plaudern. Ab und zu ertönten abwechselnd plötzlich schallendes Gelächter und kleine spitze Schreie. Aus den Gesprächsfetzen reimte sich Wexford zusammen, dass Claudia Maeve einen Witz erzählte, worin es um Fellatio und eine Banane ging. Seufzend sagte er: »Wir würden uns gerne mit Mr. Tredown unterhalten. Ginge es morgen Vormittag? Um neun Uhr?«

»Das ist sehr früh«, kicherte Claudia, als hätte er einen unanständigen Vorschlag gemacht. »*Sehr* früh. Vielleicht liege ich da noch im Bett.«

»Ach, Cee, es wäre besser, wenn wir einverstanden sind, sonst lässt er uns doch keine Ruhe.«

»Danke«, sagte Wexford, als Lyn Fancourt eintrat. »Bitte, bringen Sie Mrs. Tredown und Miss Ricardo hinaus.«

Kichernd gingen beide ab. Burden meinte, sie seien wie zwei Schulmädchen, die sich einen Spaß erlaubt hatten, ohne dass es ihnen tatsächlich gelungen wäre, ihren Lehrer aus der Fassung zu bringen.

»Ich weiß nicht. Das Ganze ist ein bisschen unheimlicher. Die beiden erinnern mich mehr an ein restlos durchtriebenes Pärchen bei einem Hexensabbat.«

»Sie wollten uns hauptsächlich auf die Nerven gehen. Wahrscheinlich haben sie nicht genug zu tun. Vielleicht schickt Tredown sie aus dem Haus, damit er ungestört arbeiten kann. Andererseits – war das Ganze vielleicht als Ablenkungsmanöver gedacht?«

»Wovon sollte es ablenken, Mike?«

»Na, eindeutig von etwas, was sie uns verheimlichen

wollen. Eines haben sie uns trotzdem verraten. Ich weiß, dass es dir aufgefallen ist. Ich konnte es an deinem angewiderten Blick erkennen, den du plötzlich hattest.«

Wexford nickte. »Meinst du ihren Hinweis auf ›diesen zurückgebliebenen Jungen‹, wie Claudia ihn so charmant genannt hat? Damit ist eindeutig Charlie Cummings gemeint. Darauf hätten wir auch selbst kommen können, Mike. Handelt es sich bei der Kellerleiche um Charlie Cummings?«

»Er ist drei Jahre vor dem Tod des Mannes aus dem Keller verschwunden.«

»Selbst dann wäre es möglich«, erwiderte Wexford.

Doris Lomax, die ehemalige Nachbarin von Charlie Cummings und dessen Mutter, war inzwischen eine hochbetagte Frau. Im Laufe der letzten elf Jahre hatte sie allmählich ihr Sehvermögen eingebüßt und galt jetzt amtlich als blind. Hannah Goldsmith, die im Umgang mit Männern, besonders mit aufmüpfigen jungen Kerlen, gnadenlos hart sein konnte, zeigte sich gegenüber ihren eigenen Geschlechtsgenossinnen verständnisvoll. Ein besonderes Maß an Umsicht und Sympathie brachte sie alten Frauen entgegen, die sie als Opfer eines schweren Lebens und männlicher Unterdrückung betrachtete. Mit Doris Lomax unterhielt sie sich mit einer Stimme, die Wexford kaum wiedererkannt hätte, so sanft klang sie.

In dem kleinen, vollgestopften Zimmer, in dem sie saßen, war es unerträglich heiß, denn Mrs. Lomax hatte trotz des für die Jahreszeit milden Tages die Gasheizung voll aufgedreht. Die Fenster sahen aus, als wären sie nie geöffnet worden und würden aus Mangel an Bewegung inzwischen klemmen. Hannah ließ sich nicht anmerken, dass sie sich unwohl fühlte, obwohl sie allmählich unter den Achseln zu schwitzen begann, ein körperliches Signal, das sie nicht ausstehen konnte.

»Meine Liebe, ist Ihnen vielleicht kalt?« Das war fast der erste Satz von Mrs. Lomax.

»Kein bisschen, Mrs. Lomax, danke. Also, soweit ich weiß, können Sie nicht mehr Zeitung lesen. Meiner Ansicht nach versäumen Sie nicht viel, wenn ich das so sagen darf. Andererseits bedeutet es, dass Sie nicht in der Lage waren, das Foto von Charlie und der Kleidung zu sehen, die er getragen hat. Stimmt das?«

»Ich habe eine Pflegerin, meine Liebe. Sie kommt oft vorbei. Sie ist ein echter Schatz und liest mir kleine Artikel aus der Lokalzeitung vor, aber den Artikel hat sie nie gelesen. Was hat er getragen? Was haben Sie gesagt?«

»Ein T-Shirt, Mrs. Lomax.« Hannah erkannte genau, dass Mrs. Lomax keine Ahnung hatte, was das war. »Ein Dings ... ein Kleidungsstück. So ähnlich wie ein Pullover, aber aus Baumwolle. Es ist weiß, mit einem aufgedruckten Skorpion.«

»Ein was, meine Liebe?«

Es erwies sich als schwierig, einen Skorpion zu beschreiben. »Ein schwarzes Ding«, fing Hannah an. Handelte es sich um ein Reptil? Ein Insekt? Ein Spinnentier? »Etwas Ähnliches wie eine Spinne, mit einem langen Schwanz ...«

Doris Lomax unterbrach sie. »Oh nein, meine Liebe. Einen Pullover habe ich ihm gestrickt, aber der war einfarbig blau. Vielleicht hat er so ein Ding gehabt, aber das weiß ich nicht.« Doch dann fiel ihr etwas Unerfreuliches ein: »Sie meinen doch nicht, ach, nein, damit wollen Sie doch nicht sagen, dass man etwas gefunden ...«

»Noch sind wir uns nicht sicher, Mrs. Lomax. Wir können es wirklich nicht behaupten, aber möglich ist es.« Um diesen Satz kam sie nicht herum.

»Ach, armer Charlie, armer Charlie. Wissen Sie, er war nicht ganz richtig im Kopf, aber so ein netter Junge. So ein *braver* Junge.« Jetzt kam ihr noch ein unglückseliger Gedanke. »Wollen Sie vielleicht, dass ich mitkomme und ihn anschaue? Ein bisschen kann ich noch sehen – also, irgendwelche Umrisse. Trotzdem möchte ich nicht – könnte ich nicht …«

»Nein, natürlich nicht«, sagte Hannah. »Natürlich nicht.« Sie fügte nicht hinzu, dass es außer dem nackten Knochengerüst eines Mannes, wie es alle Menschen besitzen, nichts zu sehen gab. »Noch etwas … Können Sie mir sagen, welche Haarfarbe Charlie hatte?«

»Seine Mutter war blond, aber von der Cummings-Seite waren alle dunkel. Charlie ist ziemlich dunkel gewesen.« Sie musterte Hannah intensiv. »Nicht ganz so dunkel wie Sie, meine Liebe, aber in diese Richtung.«

Hannah spürte einen verzweifelten Wunsch in sich aufkeimen: *Hoffentlich handelt es sich bei der Leiche aus Grimbles Keller nicht um Charlie Cummings.* So ein Wunsch sah ihr gar nicht ähnlich, aber sie wollte einfach nicht, dass diese alte Frau noch mehr Leid ertragen müsste. Jetzt kam ihr eine Idee: »Mrs. Lomax, wie groß war denn Charlie?«

»Nicht sehr groß für einen Mann, meine Liebe. Vielleicht fünf Fuß fünf oder sechs.«

Mrs. Lomax hätte zwar Hannahs erleichterte Miene nicht sehen können, aber ihren leisen Stoßseufzer hörte sie. »Danke, Mrs. Lomax, Sie haben uns sehr geholfen. Meiner Ansicht nach können Sie sicher sein, dass es sich nicht um Charlie Cummings handelt.«

»Wirklich, meine Liebe? Aber irgendwo liegt er doch und ist tot, oder?«

Im Restaurant *Auf der Suche nach Indien* herrschte dunkle Kühle. Ein Deckenventilator zerteilte gemächlich die Luft und ließ die mit rot-blau-goldenen Figuren bemalten Fähnchen an den Wänden sachte flattern. Ob es sich dabei um typisch indisches Dekor oder um verfrühten Weihnachtsschmuck handelte, konnte man nicht erkennen. Wexford und Burden wurden zu dem Tisch begleitet, den Rao, der Eigentümer, allmählich als »ihren« Tisch bezeichnete.

Burden trug einen anthrazitfarbenen Seidenanzug mit messerscharfen Bügelfalten und langem Revers. Sehr distinguiert, trotzdem war und blieb es *Seide*, was Wexford ein wenig übertrieben fand, auch wenn er das für sich behielt. Dazu hatte Burden ein schlichtes weißes Hemd samt einer hellgrauen Krawatte mit senkrechten, leicht versetzten schwarzen Streifen kombiniert. Anscheinend wollte er damit den Effekt des Anzugs ein wenig überspielen. Vielleicht war es ihm auch selbst bewusst, dass er übertrieben hatte. Matea, die schöne junge Somali, brachte die Speisekarten und fragte sie leise mit ihrem schweren Akzent, was sie trinken wollten. Selbstverständlich Wasser, etwas anderes käme nicht in Frage. Wexford fragte sie, ob man den Ventilator ausschalten könne, und sie meinte, sie würde es Rao sagen.

Kaum war sie hinter dem Perlenvorhang verschwunden, meinte er zu Burden: »Wenn ich nicht wüsste, dass du ein treuer Ehemann bist, hätte ich dich in Verdacht, dass deine elegante Aufmachung nur darauf abzielt, Matea zu beeindrucken oder sogar anzumachen.«

»Völliger Blödsinn.« Burden wurde nie rot. Sein Gesicht behielt stets den ebenmäßigen hellen Teint, egal, wie peinlich etwas war. »Heute Morgen habe ich beim Anziehen noch nicht einmal gewusst, dass wir hierherkommen würden. Es war deine Idee, falls du dich erinnerst. Apropos, da wir schon mal Tacheles reden: Ich hege gegenüber Matea Gefühle wie ein Vater, vielleicht auch wie ein Onkel.«

»Tatsächlich? Hoffentlich fängst du nicht an, den Leuten den alten Witz zu erzählen, dass sie deine Nichte ist. Bei deinem Teint würde dir das niemand glauben.«

Burden lachte. »Bezüglich der Kellerleiche und Charlie Cummings hast du dich geirrt. Unser Unbekannter ist dazu viel zu groß gewesen.«

»Ja.« Wexford zögerte. »Weiß Gott, wer es ist. Wir wissen lediglich, dass es sich um die Überreste eines Mannes handelt, der zum Zeitpunkt seines Todes zwischen vierzig und fünfzig gewesen ist. Carina behauptet inzwischen, er sei seit acht Jahren tot. Wir haben keine Kandidaten mehr, die für ihn in Frage kommen.«

»Könnten wir es nicht bei der nationalen DNA-Datenbank versuchen?«

»Womit denn, Mike? Die DNA des Kellermanns wird darin nicht registriert sein, dafür ist er schon zu lange tot.«

Matea kam mit einem großen Krug Eiswasser wieder und nahm ihre Bestellung auf. Als Wexford sie beim Gründungstreffen von KAAM gesehen hatte, hatte sie ihre langen schwarzen Haare offen getragen. Jetzt hatte sie sie oben auf dem Kopf verknotet und mit langen glitzernden Haarnadeln festgesteckt. Er bemerkte, dass sie keinen Hijab trug. Es wäre eine Schande gewesen, dachte er, wenn sie ihre Haarkrone unter einem Schal versteckt hätte. Vielleicht war sie eine jener modernen progressiven Muslimas, die mit den alten Traditionen gebrochen hatte, vielleicht aber auch gar keine. Vom Hörensagen wusste er, dass einige Somalis Christen waren, einige auch Animisten. Matea wirkte mit ihrer Frisur majestätisch. Sie bewege sich wie eine afrikanische Königin, merkte Burden an, mit hoch erhobenem Kopf und kerzengeradem Rücken.

»Hast du denn schon viele gesehen?« Wexford schnitt eine Grimasse. »In Wirklichkeit wissen wir nur eines: Die Kleidungsstücke in der Küche gehören dem Mann aus dem Keller. Warum er sie ausgezogen hat, wissen wir so wenig wie den Grund, weshalb er nur mit der Unterwäsche in den verdreckten Keller hinuntergestiegen ist. Oder hat man ihn an einer anderen Stelle umgebracht? Es gab keine Schlüssel, keinerlei Ausweise. Hat sein Mörder diese Gegenstände mitgenommen?«

Wexford brach ab. Ihr Essen kam: Scharfwürzige Gerichte, die herrlich dufteten, eine große Schale mit parfümiertem Reis, kleine Steintöpfe mit grünem und purpurrotem Chutney und ein Korb Naan-Brot. Matea erkundigte sich, ob alles in Ordnung sei.

»Danke, wunderbar«, meinte Burden. »Köstlich.«

Aber ihre Augen wanderten verstohlen zu Wexford hinüber, ja, sogar mehr als das. Ein paar Sekunden ließ sie ihren Blick zögernd auf ihm ruhen, als wollte sie etwas sagen, tat es aber doch nicht, lächelte nur ein wenig scheu und verlegen und entfernte sich dann rasch. Zum ersten Mal hatte man bei ihr einen Hauch von Verlegenheit gespürt.

»Der Auftritt der Damen Tredown war wirklich ein wenig seltsam«, sagte Burden. »Ich behaupte, sie wollten uns damit ablenken, und das gleich doppelt. Erstens, als sie dachten, wir wären immer noch an Douglas Chadwick interessiert. Da haben sie versucht, uns weiszumachen, er hätte eine Affäre mit Louise Axall gehabt. Ein äußerst plumpes Manöver. Diese Frau hatte damals noch nicht einmal dort gewohnt.«

»Und danach haben sie sich auf Irene McNeil verlegt. Wieder eine vage Unterstellung. Mrs. McNeil sei im Hause Grimble ein und aus gegangen. Als uns das nicht zu beeindrucken schien, haben sie behauptet, sie hätte Sachen gestohlen und Dinge aus dem Haus geschafft. Das war ihnen nachträglich eingefallen, man konnte es klar erkennen. Aber warum, Mike? Warum das alles?«

»Wie gesagt, um uns von etwas abzulenken, worin wir nicht herumschnüffeln sollen.«

»Ja, aber was? Es gibt nur eine Sache, besser gesagt, eine Person, von der sie uns möglicherweise ablenken möchten, die einzige Person unter allen Leuten in diesem Teil von Flagford, die wir noch nicht befragt haben, geschweige denn gesehen haben.«

»Tredown«, konstatierte Burden.

»Genau. Der große Autor. Da sitzt er nun, eingesperrt in seinem Elfenbeinturm, und schreibt sich die Seele aus dem Leib, damit es die zwei schön gemütlich haben. Sie halten ihn eindeutig zum Arbeiten an, beschützen ihn gleichzeitig aber auch. Interessant, findest du nicht?«

Matea brachte die Rechnung, und Wexford gab ihr seine Kreditkarte. Burden ging auf die Herrentoilette. Als sie wiederkam, war er immer noch dort. »Mr. Wexford?«, sagte sie mit ihrer leisen sanften Stimme.

Woher kannte sie seinen Namen? Natürlich von der Kreditkarte, oder weil sie ihn sich aus der Versammlung gemerkt hatte. Er lächelte sie an.

»Ich möchte fragen …«

Rao, der Eigentümer, unterbrach sie mitten im Satz. Sie solle bitte zwei weitere Gäste an einen Tisch bringen. Burden kam zurück und wollte wissen, was sie zu ihm gesagt hatte. »Sie wollte mich irgendetwas fragen, aber was, hat sie nicht gesagt.«

»Vielleicht ging es um Asyl- oder Immigrationsrecht oder sonst etwas.«

»Vielleicht«, sagte Wexford.

Heute war Halloween, ein Brauch, der ihm zuwider war. In jedem Fenster, das er auf dem Heimweg passierte, besser gesagt, in jedem Fenster, hinter dem Kinder wohnten, hing entweder ein Mobile mit einem Wackelskelett, oder es stand ein grinsender hohler Kürbiskopf darin. Auch die Guy Fawkes Night gehörte nicht zu seinen Lieblingsbräuchen, war aber immer noch besser als dieser neumodische Mummenschanz. War der alte englische Brauch ein Auslaufmodell, das in Kürze von dieser seichten schwarzen Magie abgelöst werden würde? An seiner eigenen Straßenecke kam er an einer Gruppe schwarz gekleideter Halbwüchsiger vorbei, die sich unter einer Straßenlampe getroffen hatten. Sie hatten sich Wangen und Stirn mit grünen und lila Flecken bemalt, die im künstlichen Licht aufglommen. Nur einer hatte sein Gesicht zu einer Art Totenschädel geschminkt. Trotz ihrer Forderung, »Gib uns Süßes, sonst gibt's Saures« gelang es ihnen nicht, sein Schweigen zu durchbrechen. Ohne einen zweiten Blick an sie zu verschwenden ging er weiter.

Dora war nicht da. Sie war zu Sylvia hinübergefahren, um bei Mary Babysitter zu spielen. Das Haus war leer. Er schenkte sich ein Glas Rotwein ein und stellte sich an eines der Vorderfenster mit Blick auf die Straße, bis seine Anwesenheit zuerst eine Gruppe von den Süß-Sauren anzog und danach zwei Jungs, die Halloween mit Guy Fawkes Night vermischten und ein selbst gebasteltes Skelett im Rollstuhl den Vorgartenweg hinaufkarrten. Als in einem der Nachbargärten die ersten Feuerwerkskörper knallten, zog er die Vorhänge vor und sich selbst ins Innere des Hauses zurück. Zuerst gab es eine Reihe von Explosionen, dann zischte mit einem schrillen Pfeifton eine Rakete ab. Im Haus nebenan begann der Hund zu jaulen.

Er ging in die Küche, holte aus dem Ofen die Lasagne, die ihm Dora hergerichtet hatte, und setzte sich zum Essen an den Küchentisch. Es klingelte, und jemand betätigte den Türklopfer. Er achtete nicht darauf. Als er fertig gegessen hatte, schenkte er sich ein zweites Glas Wein ein und trat an das schmale Fenster rechts neben der Haustür. Da bei ihm kein Licht brannte, konnte er von hier aus ungesehen die Straße beobachten. Bald würde Dora zurückkommen. Wenn er diese Süß-Sauer-Bande nicht bremste, würden sie Dora belästigen, sobald sie in die Einfahrt einbog.

Das Telefon läutete und rief ihn fort. Es war Sheila, die unbedingt über die Planungen für den Film *Der erste Himmel* reden wollte. Das Feuerwerk machte auch vor Sheilas Haus in Hampstead einen ohrenbetäubenden Krach, und nicht nur hier. »Entschuldige, mein Schatz, wir werden diese Unterhaltung ein andermal fortsetzen müssen«, sagte er gerade, da knatterte eine Serie Kracher wie ein Maschinengewehrfeuer los und machte jedes weitere Gespräch zunichte. Unmittelbar nach den Explosionen klopfte es wieder an der Haustür. Er hatte gerade den Hörer aufgelegt. Eigentlich klopfte es sogar mehrmals. Es klang wie ein Echo des Feuerwerksgeknatters, als hätte sein Besucher zuvor schon vergeblich zu klingeln versucht.

Selbstverständlich würde er darauf nicht reagieren. Vielleicht war es ja nur ein unschuldiges harmloses Halloweengespenst, das auf eigene Faust durch die Gegend streifte und nicht wusste, dass in dieser Straße kein Hausbewohner so unklug war, am 31. Oktober die Haustür zu öffnen. Trotzdem würde er nicht aufmachen. Es klingelte erneut. Diesmal klang es wie eine ziemlich ängstliche und unsichere Aufforderung. Ihm war nicht klar gewesen, dass man von dieser Stelle aus nur die Seitenwand des Vorbaus sehen konnte. Gerade wollte er aufgeben, da drehte er noch im Weggehen den Kopf zurück.

Der Besucher, der geklopft und geklingelt hatte, hatte es ein letztes Mal versucht und zog gerade die Gartentür hinter sich zu. Das war kein Halbwüchsiger, kein Junge, kein Mädchen, sondern eine Frau. Sie trug eine Kopfbedeckung und hatte sich in einen dicken dunklen Mantel gewickelt. War es vielleicht Matea? Dem aufrechten Gang und dem leichten Schritt nach hätte sie es sein können. Nebenan explodierte ohne Vorwarnung eine Feuerwerksrakete und blendete ihn vorübergehend. Als er wieder sehen konnte, war die Frau verschwunden.

Er brauchte einen Moment, um seine Schlüssel zu finden. Er fischte sie aus der Tasche seines Regenmantels, schloss hinter sich ab und rannte hinter ihr her, die Straße hinauf. Sie musste nach links oder rechts abgebogen sein. Aber es war nichts mehr von ihr zu sehen.

11

Trotz des morgendlichen Sonnenscheins meldete der Wetterbericht heftige Regenschauer. Barry Vine hatte seinen Regenmantel seit jener ominösen Fahrt nach Wales nicht mehr vom Haken genommen. Im Gegensatz zu den meisten Gleichaltrigen, die mit Vorliebe wasserdichte Jacken aus unterschiedlichen Materialien trugen, besaß er einen Regenmantel. Er fand, darin mache er mehr Eindruck. Mit einem Regenmantel wirke er wie einer jener berühmten Detektive aus den Filmen der Vierzigerjahre. Und das lag wiederum an einem einzigen Accessoire: am Gürtel, der ihm besonders gut stand, weil er dahinter seine allmählich leicht dicker werdende Taille verstecken konnte. Als Barry ins Auto stieg, tastete er in der Manteltasche nach seinen Schlüsseln, fand aber nur eine gefaltete Zeitungsseite. Da fiel ihm wieder ein, dass seine Schlüssel in der Hosentasche steckten.

Beinahe hätte er die Seite weggeworfen. Wenn er eine Papiertonne gefunden hätte, wäre es längst passiert, so aber legte er sie in dem Büro, das er mit Hannah Goldsmith und Damon Coleman teilte, ungeöffnet auf seinen Schreibtisch. Warum hatte er diesen Zeitungsartikel überhaupt einmal lesen wollen? Nur weil ihn diese ungehobelte Frau gelesen hatte, diese Dilys Hughes? Sicher nicht. Er hatte nur einen flüchtigen Blick auf die Überschrift – *Spurlos verschwunden: Der verlorene Vater* von Selina Hexham, Erster Teil – werfen können, da musste er auch schon zu Wexfords Morgenkonferenz. Mit Sicherheit hatten ihm einzelne Wörter ins Auge gestochen, dieses »spurlos verschwunden« und dann noch »der verlorene«. Jeder Konferenzteilnehmer führte diese Wörter ständig im Mund. Man lebte, aß, trank und schlief damit, ohne dass es sie bisher recht weit gebracht hatte.

Wexford sagte den mit Maeve Tredown und Claudia Ricardo vereinbarten Termin ab. Stattdessen beschloss er, die Bewohner von Athelstan House zu überraschen. Wie hatte er zu Burden gesagt? – Er habe keinen Grund, Tredown zu verhören, geschweige denn, ihn zu verhaften und aufs Revier mitzunehmen. Er sei lediglich überzeugt, dass Tredown eindeutig unter der Fuchtel von Claudia und Maeve stand, die ihn beschützten und versteckten. Und diese innere Überzeugung wolle nicht weichen.

Er hatte sich für einen Besuch mit Burden mitten am Nachmittag entschieden. »Um diese Zeit kann er wohl kaum arbeiten«, meinte Wexford. »Wenn er schon jeden Vormittag und teilweise auch noch nachmittags schreibt, braucht er unbedingt etwas Erholung. Jetzt müsste eigentlich ein guter Zeitpunkt sein.«

Sie rechneten damit, dass sie die Schutzwälle der beiden Frauen unterminieren müssten. Maeve würde die Haustür öffnen, während Claudia sie wenige Meter weiter drinnen erwarten würde. Gemeinsam würden sie eine Entschuldigung nach der anderen vorbringen, warum Tredown nicht zu sprechen sei. Er ruhe sich gerade aus. Er schlafe. Er sitze bereits wieder an seiner Arbeit. Und das alles würden sie auf ihre typisch witzige Art frank und frei vorbringen und sich dabei doch dumm stellen, in einer Mischung aus schrägem Humor und Gekicher, von Claudia mit jeder

Menge schlüpfriger Bemerkungen gewürzt… Doch es kam ganz anders.

Die vorhergesagten heftigen Regenfälle waren ausgeblieben. Es war einer jener frühen Novembertage, an denen die Sonne vom blauen Himmel strahlte und fast perfekte Sicht herrschte. Von der Straße zwischen Kingsmarkham und Flagford aus konnte man der Länge nach den ganzen Cheriton Forest sehen, der immer noch Blätter in allen Farben trug, von Dunkelgrün bis Zartgelb, und in der klaren reinen Luft zeichneten sich am nebelfreien Horizont weich, aber deutlich die Downs ab. Auf dem Weg ins Dorf passierte Donaldson Morellas Obstfarm, die Kirche und die lange Reihe von Cottages in Flagford, die zwar pittoresk aussahen, aber schrecklich unbequem waren. Für einen höchstens einssechzig großen Menschen mochten diese Häuschen ja angehen, meinte Wexford zu Burden, aber für Leute von normaler Statur seien sie viel zu niedrig, wie er selbst schmerzhaft hatte erfahren müssen.

Im klaren hellen Licht wirkte selbst Athelstan House attraktiv, dieses bunte Kuriosum aus viktorianischer Zeit. Als sie sich der Auffahrt näherten, entdeckte Wexford eine große, ziemlich gebeugte Gestalt, die soeben am Haus vorbei auf die Rückseite ging. Er ließ Donaldson an Ort und Stelle anhalten und parken. Er wollte mit Burden diesem Mann folgen, bei dem es sich mit Sicherheit um Owen Tredown handelte. Immer wieder sah man zwischen dem schwarzen Schattenriss der Bäume die tief stehende Sonne auffunkeln. In einem der Bäume sang eine Amsel süß wie eine Nachtigall. Einen Augenblick lang schien nicht einmal das Laub mehr zu fallen, so windstill war es, doch dann schwebte ein einsames Kastanienblatt wie ein Fächer sachte an Burdens Gesicht vorbei in die Tiefe.

Es war tatsächlich Tredown. Inzwischen konnte man ihn klar sehen. Wexford erkannte den Schriftsteller von einem

Foto auf einem Buchumschlag wieder. Tredown hatte die breite Rasenfläche überquert und setzte sich am Rand eines Gebüschs, in dem zwischen verblassenden Grüntönen Ebereschen und Hartriegel rötlich schimmerten, auf eine Holzbank. Diesen Teil hatte man weitgehend sich selbst überlassen, nichts war gestutzt, nichts extra gepflanzt worden. Man hatte lediglich das Gras gepflegt und kurz heruntergemäht. Immer längere Schatten legten sich über den Rasen, darunter auch die Schatten der beiden Polizisten, die Tredown nicht entgangen waren, denn er drehte sich um und sah ihnen zu, wie sie näher kamen. Er wirkte nicht überrascht, sondern lächelte.

Ohne zu fragen, wer sie denn seien – konnte er das bereits vom bloßen Anschauen erkennen? –, sagte er in einer der angenehmsten Stimmen, die Wexford je gehört hatte: »Sie sehen mich wie den Herrgott in der Kühle des Tages im Garten lustwandeln.«

Er rauchte eine Pfeife. Schon lange hatte Wexford niemanden mehr erlebt, der diesem Genuss frönte. Es roch stechend scharf. Das war kein Tabak, sondern irgendein Kraut, ein *Küchenkraut*.

Er stellte sich und Burden vor. Tredown stand zwar nicht auf, aber er schüttelte ihnen die Hand, was Wexford unter diesen Umständen etwas missfiel. Es war peinlich, jemanden vielleicht schon bald verhaften und auf seine Rechte hinweisen zu müssen, mit dem man freundlichen Umgang gepflegt hatte. »Meine Herren, was kann ich für Sie tun?«

»Könnten wir uns vielleicht setzen?«

»Selbstverständlich.« Tredown machte auf der Bank Platz. »Wie nachlässig von mir. Hoffentlich stört es Sie nicht, wenn ich rauche.«

»Überhaupt nicht«, erwiderte Wexford. »Trotzdem wüsste ich gern, was das ist. Es riecht wie Salbei.«

»Das ist es auch. *Salvia divinorum*, ein starkes Halluzinogen.« Tredowns Blicke wanderten zwischen ihnen hin und her. Vielleicht erwartete er eine Reaktion, begegnete aber nur ausdruckslosen Mienen. »Das ist heute meine zweite Pfeife. Meinen körperlosen Schwebezustand hatte ich bereits heute Morgen erreicht. Diese Pfeife erweitert mein Bewusstsein und bringt mich zum Schwitzen, aber das wäre es dann auch schon.«

»Ihren körperlosen Schwebezustand?« Wexford zog die Augenbrauen hoch.

»Aber ja. Überrascht Sie das? Salbei vermittelt Transzendenz, um nicht zu sagen höchst interessante Halluzinationen.«

Owen Tredown überragte sogar Wexford und war um Einiges dünner, ja fast ausgemergelt. Jetzt fiel es Wexford wieder ein: Dieser Mann hatte Krebs. Seine Haut war grünlich-gelb verfärbt. Er hatte ein eingefallenes Gesicht mit hohen Brauenbögen, kurzer Nase, markantem Kinn und einem Mund wie ein Strich. Seine Haare, die ihm quer über die bleiche Stirn fielen, wuchsen zwar immer noch üppig, aber die ehemals flachsblonde Farbe war einem strähnigen Graubraun gewichen. Den Rest hatte er hinter die Ohren zurückgestrichen. Tredown trug eine khakifarbene Cargohose und dazu ein Jeanshemd mit offenem Kragen. An jedem Mittelfinger seiner langen knochigen Hände glänzte ein schlichter Goldring. Einer für jede Ehefrau? Wexford grübelte kurz darüber nach, dann meinte er:

»Mr. Tredown, wir haben hier bisher mit allen Leuten aus der unmittelbaren Nachbarschaft gesprochen, nur mit Ihnen nicht. Jetzt wollen wir das Versäumte nachholen.«

»Ich bezweifle, dass ich Ihnen viel erzählen kann.« Er klang wie einer, der eben aus einem Traum erwacht. Seine Bemerkung schien mehr an die Pfeife gerichtet, die er inzwischen am ausgestreckten Arm von sich hielt, als an die beiden Polizisten. »Ich kann mich nicht erinnern, mit dem älteren Mr. Grimble je ein Wort gewechselt zu haben. Natürlich waren wir über die Baupläne des jüngeren Mr. Grimble für vier Häuser in unserer unmittelbaren Nachbarschaft alles andere als glücklich. Wie Sie sehen«, sagte er zu der Pfeife, »sind unsere Wohnräume derzeit völlig uneinsehbar. Aber das haben Ihnen vermutlich bereits meine Frau und Miss Ricardo erzählt.«

So also ging er mit dem Problem der zwei Ehefrauen um. Andererseits – wie hätte er sonst damit umgehen sollen?

»Eigentlich haben sie Ihnen alles erzählt, was wir wissen, zum Beispiel wie dieser Graben entstanden ist, dass damals bei uns eingebrochen wurde und … ach ja, natürlich auch, wie man diesen Graben wieder aufgefüllt hat, als die Baugenehmigung nicht erteilt wurde. Wissen Sie, die beiden tun nichts lieber, als mir Probleme zu ersparen. Sie schützen mich vor der Schlechtigkeit der Welt.«

Tredown lachte. Sein schrilles Gewieher kam unerwartet und bildete einen Kontrast zu seiner weichen melodiösen Stimme. Nachsichtig lauschten sie seinem Gelächter, bis es verebbte, obwohl kein Wort gefallen war, das auch nur einen Hauch amüsant gewesen wäre. Wexfords Verdacht hatte sich lediglich bestätigt. Er warf Burden einen Blick zu, und Burden fragte: »Welcher Einbruch ist das denn gewesen, Mr. Tredown?«

Tredown steckte sich die Pfeife zwischen die Lippen und sog daran. Dabei zitterte er ein bisschen. »Ach, haben die beiden Ihnen das nicht erzählt? Man hat nicht viel entwendet. Ich habe eigentlich gar nichts davon mitbekommen. Ich lag im Bett und schlief. Erst geraume Zeit später hat mir Miss Ricardo erzählt, dass *tatsächlich* eingebrochen wurde. Sie und meine Frau sind ja so nett. Sie möchten mir stets Sorgen ersparen.«

»Sir, wann genau ist das gewesen?«, wollte Wexford wissen.

»Lassen Sie mich mal nachdenken. Ich würde sagen, es müsste irgendwann in den Wochen zwischen dem Tod des älteren Mr. Grimble und dem Grabenbau des jüngeren Mr. Grimble gewesen sein. Aber meine Frau und Miss Ricardo müssten es genau wissen.«

Burden erkundigte sich, was man gestohlen hatte.

»Ach, nur ein paar Besteckteile, nichts Wertvolles, nicht einmal Silber, und dann noch irgendwelche Bettwäsche, was mir damals ziemlich seltsam vorkam.«

Irgendetwas lenkte Wexfords Blick auf die Terrassentüren. An einem sonnigen Tag – die Sonne war noch nicht untergegangen – konnte man durch Glasscheiben unmöglich erkennen, was sich dahinter tat. Er konnte lediglich zwei Gestalten ausmachen, die sie beobachteten, und dann ging eine davon weg.

»Hier kommt gerade Miss Ricardo«, rief Tredown. »Sie kann es Ihnen besser erzählen als ich.«

Claudia spazierte über den Rasen, ihr langer schwarzer Spitzenrock schleifte durchs Gras. Welcher Ring an Tredowns langen Fingern war für sie bestimmt? Oder gab es gar keine Beziehung zwischen den Ringen und den zwei Frauen?

»Cee, ich denke, du kennst die beiden Herren bereits. Ich habe Ihnen gerade von unserem Einbruch berichtet.«

»Einbruch? Ich dachte, man müsste ein Fenster einschlagen, damit es als Einbruch gilt. Irgendein Obdachloser hat sich Zutritt verschafft. Ich hatte im Erdgeschoss ein Fenster gekippt gelassen. Er hat ein paar Messer und Gabeln mitgehen lassen und ein Bettlaken.«

»Könnte das ein lilafarbenes Bettlaken gewesen sein, Miss Ricardo?«

»Um alles in der Welt, woher wissen Sie das?« Ihre Stimme schraubte sich eine Oktave höher. »Es hat tatsächlich mir gehört. Bei meinem Einzug hatte ich ein bisschen alte Bettwäsche mitgebracht. Wissen Sie, ich war ein Hippie, das werden Sie mir sicher glauben, und ein wenig bin ich es immer noch. Dieses ganze, wunderbar freie Liebesleben. Wie Sie sich denken können, habe ich ein bisschen Erfahrung gesammelt.« Jetzt fiel ihr offenbar wieder ein, dass man ihr eine Frage gestellt hatte. »Ach ja, solches Zeug hatten wir eben, schwarze und rote und lila Bettlaken, ziemlich verrückt.«

»Dann lesen Sie also keine Zeitung?«, warf Burden ein.

»Nein, wahrlich nicht. Da stehen immer nur Horrorgeschichten drin. Krieg und Mord und Folter – ach ja, und natürlich Vergewaltigungen.« Diese Litanei menschlichen Leids rief bei ihr sogleich einen Kicheranfall hervor. »Ach, ich bitte um Verzeihung. Das ist nicht spaßig, nicht wahr?«

»Ich habe deshalb gefragt, weil wir zur Identifizierung eines lila Bettlakens die Öffentlichkeit um Mithilfe gebeten hatten«, sagte Burden so dröge, humorlos und schwerfällig wie nur möglich. Dieses Verhalten hatte er sich angewöhnt, um dahinter seinen Ärger zu verbergen.

Maeve tauchte auf. Geräuschlos. Anscheinend setzte sie nicht einmal die reglose Luft in Bewegung. Als Wexford den Kopf wandte, sah er sie direkt hinter sich stehen, so dicht, dass ihm unbehaglich wurde. Die sinkende Sonne beschien ihre gelben Haare. Sie duftete nach Vanille. Ihr starkes Parfüm konnte es tatsächlich mit dem immer noch vorhandenen Salbeiaroma in der Luft aufnehmen und es überlagern. »Sind Sie immer noch böse auf uns, Chief Inspector?«, flüsterte sie ihm fast ins Ohr.

Er ignorierte sie. »Haben Sie diesen Einbruch der Polizei gemeldet? Nein? Die Leiche aus dem Graben war nämlich in ein lila Bettlaken gewickelt!«

Claudia stieß einen schrillen Schrei aus, der so laut war, dass die Amsel Reißaus nahm. »Wie schrecklich! Mein altes Bettlaken als Leichentuch missbraucht!«

»Mr. Tredown, wir werden Sie jetzt wieder verlassen«, sagte Wexford. »Sagen Sie, schreiben Sie momentan an etwas?«

Claudia übernahm für ihn die Antwort. »*Momentan* nicht, wie Sie sehen. *Momentan* sitzt er hier und raucht *Salvia.*« Wieder begann sie zu lachen. »Sind Sie nicht schockiert? Mag sein, dass es sich um ein Suchtmittel handelt, aber eben um ein strikt legales. Ein bisschen unanständig, aber legal.«

Zum ersten Mal machte ihr Exehemann den Eindruck, als geniere er sich ihretwegen, denn er meinte lahm: »Also wirklich, Cee, lass das.« Und fuhr dann, zu Wexford gewandt, fort: »Eigentlich widme ich mich zur Abwechslung wieder einmal meinem alten Thema und schöpfe aus der reichen Fundgrube biblischer Geschichten. Haben Sie eines meiner Bücher gelesen?«

»Ja, *Die Königin von Babylon.*« *Fragen Sie mich bitte nicht, ob es mir gefallen hat.*

Er fragte nicht. »Ach ja, Esther. Sie war dafür verantwortlich, dass man Haman gehängt hat. Diesmal verwende ich die Geschichte von Judith und Holofernes.«

Beim Aufstehen taumelte er ein wenig und legte sich eine Hand ins Kreuz. Lag es am Krebs oder am Salbei? Wexford wusste es nicht so recht. Sie begleiteten ihn zum Haus zurück, gefolgt von den kichernden Frauen. Als sich Wexford von Maeve Tredown verabschiedete, wurde ihm eines klar: Nie hätte er sich träumen lassen, dass eine kleine Blondine mit Pullover und Rock auf ihn einen unheimlichen Eindruck machen könnte. Sie gingen zum Wagen.

»Spinnen die denn alle?«, fragte Burden.

»Weiß der Himmel. Wenigstens ist er höflich und kichert nicht hämisch bei jedem Wort, das fällt. Züchten die den Salbei selbst? Oder kaufen sie ihn? Hilft er gegen Schmerzen? Aber in einem hat Claudia recht: Es ist völlig legal.«

Burden umging die Frage nach der *Salvia*. »Auf mich wirkt er wie ein Sterbender. Du bist der Bücherwurm. Du kannst mir sagen, ob die Leute tatsächlich Bücher – Romane – über Bibelgeschichten lesen. Ich meine, kommt so etwas an?«

»Ich denke, nicht. Mir hat dieses Buch über Babylon nicht viel gebracht. Ich habe es nicht mal ausgelesen. Aber der Roman, der die Vorlage für den Film bildet, in dem Sheila mitspielen wird, der dreht sich nicht um die Bibel. Das ist Fantasy, mit antiken Göttern und Göttinnen und Fabelwesen, mit Himmel und Hölle. Das war ein enormer Bestseller.«

»Solche Sachen werde ich nie kapieren«, konstatierte Burden.

Wexford berichtete seinen Konferenzteilnehmern über das lila Bettlaken. »Jedenfalls wurde der Einbruch nicht gemeldet. Allerdings bezweifle ich, ob wir andernfalls noch einen Bericht darüber hätten. Noch Fragen?«

Hannah hob die Hand. »Guv, gibt es Überlegungen, ob der Einbrecher unser Täter ist?«

»Möglicherweise. Maeve Tredown würde uns gerne auf diese Spur lenken.«

»Aber das ist irre, Guv. Stiehlt ein Schurke wirklich ein Bettlaken, damit er ein Tuch parat hat, um eine Leiche einzuwickeln? Und obendrein noch aus dem Nachbarhaus? Versucht er damit die Tredowns zu belasten? Kennt er die Tredowns überhaupt?«

»Keine Ahnung, Hannah. Falls Ihnen irgendwelche Antworten einfallen, würde ich sie gern hören.«

Damon Coleman hatte nichts beizutragen. Es war Freitag, und er war mit Burden unterwegs. Zuerst wollten sie Irene McNeil befragen und danach dem Haus auf Grimble's Field noch einmal einen Besuch abstatten. Barry wollte schon etwas zu dem Buchauszug anmerken, den er in der *Sunday Times* gelesen hatte, überlegte es sich dann aber anders. Die Geschichte trug nicht recht und war viel zu weit hergeholt. Erneut faltete er die Zeitungsseite zusammen und steckte sie in seine Manteltasche.

Mrs. McNeils Putzfrau bat sie herein. Ihre Chefin saß in einem Lehnstuhl und hatte die Füße auf einen Schemel gelegt. Ihre geschwollenen Knöchel quollen über die Schuhränder. Mit Sicherheit trug sie nicht nur zu enge Schuhe, sondern hatte auch Schmerzen.

»Mrs. McNeil, wir möchten Ihnen gern noch ein paar Fragen bezüglich Ihrer Besuche im Haus von Mr. Grimble stellen«, sagte Burden, wobei er bewusst nicht auf diese Knöchel schaute.

»Ich habe dieses Haus nie betreten. Wie kommen Sie darauf?«, rief Irene McNeil eine Idee zu schnell.

»Nie? Nicht einmal nach dem Tod von Mr. Grimble? Hat vielleicht sein Sohn Sie gebeten, ob Sie oder Ihr Mann sich dort nicht umsehen und sich zur Erinnerung an Mr. Grimble irgendeine Kleinigkeit aussuchen möchten? Schließlich sind Sie ja lange Nachbarn gewesen.«

»Das soll mich Grimble fragen?« Sie klang ehrlich empört. »Dieser Mann ist durch und durch ein Rüpel. So ein Angebot hätte er mir nie und nimmer gemacht, genauso wenig, wie er für mich ein freundliches Wort übrig gehabt hätte. Wie gesagt, ich habe dieses Haus nie betreten, und dabei bleibe ich auch. Ich bin äußerst müde. Ich hoffe, diese Streitereien dauern nicht noch länger.«

»Ich bedauere, Mrs. McNeil, dass Sie es als Streiterei betrachten«, meinte Burden. »Wir wollen schlicht und einfach zum Kern der Wahrheit vordringen, und dazu müssen wir Ihnen leider Fragen stellen. Wir werden versuchen, Sie nicht unter Druck zu setzen.«

»Dann sollten Sie mir wirklich glauben, wenn ich sage, dass ich dieses Haus nie betreten habe. Ich hätte keinen Grund dazu gehabt. Es wäre mir nie eingefallen, dort hineinzugehen. Außerdem hatte ich gar keinen Schlüssel. Weshalb hätte ich hineingehen sollen?«

Burden fiel auf, dass sie zu stark protestierte. »Mrs. McNeil, was würden Sie sagen, wenn ich Ihnen erzählte, dass man Sie beim Betreten dieses Hauses beobachtet hat?«

»Dass derjenige, der Ihnen das erzählt hat, gelogen hat. Das würde ich sagen.« Für diese Antwort hatte sie ihren massigen Körper mühsam im Sessel aufgerichtet. Erschöpft sackte sie nach hinten und sagte: »Ich fühle mich gar nicht wohl. Bitte, geben Sie mir einen Schluck Wasser.«

Damon goss aus einer Karaffe auf einem Beistelltischchen Wasser ein und reichte es ihr. Ohne ein Wort des Dankes starrte sie ihn an, als hätten sie sich noch nie gesehen. Die Putzfrau kam herein und schwang sich geschäftig zu Mrs. McNeils persönlicher Betreuerin auf, fühlte ihrer Chefin die Stirn, verkündete, sie würde frisches Wasser holen, und funkelte die beiden Polizisten drohend an. Sie gingen.

»Warum ist sie hineingegangen?« Burden warf einen Blick auf das Haus zurück, als könnte es ihm die Antwort liefern.

»*Falls* sie hineingegangen ist, Sir«, widersprach Damon.

»Sie ist garantiert hineingegangen.«

Vincenzo Bellini, einer der vier Großen der Italienischen Oper, war Barry Vines Lieblingskomponist. Oft machte Barry sich Gedanken, welche großartige Musik die Welt verloren hatte, weil dieser Komponist bereits im Alter von dreiunddreißig Jahren an Gastroenteritis gestorben war. An einem schönen Samstagabend – seine Frau weilte zu Besuch bei ihren Eltern – schwelgte er im Genuss der Oper *I puri-*

tani. Doch kaum waren die letzten zart-pathetischen Töne verklungen, kaum war Riccardo begnadigt worden, fiel ihm wieder jener Zeitungsartikel ein, den er in seinen Schreibtisch verbannt hatte. Wie war er ihm vorgekommen? Als viel zu weit hergeholt? Doch plötzlich erschien er ihm ungemein wichtig. Wie hatte er ihn nur so lange vernachlässigen können? Fast eine ganze Woche. War er wirklich so verantwortungslos?

Seine Schwiegereltern wohnten nur eine Straße weiter, und seine Frau war nicht mit dem Auto gefahren. Gott sei Dank. Ohne eine Transportmöglichkeit zum Polizeirevier hätte er die ganze Nacht wach gelegen und hätte sich über *Spurlos verschwunden* den Kopf zerbrochen. Zu seiner großen Erleichterung fand er das ominöse Blatt Papier genau dort, wo er es hingelegt hatte. Sofort machte er es sich zum Lesen in dem leeren Büro bequem.

12

The Sunday Times, Buchbeilage
29. Oktober 2006
Spurlos verschwunden: Der verlorene Vater
Der Tag, an dem er fortging, wird mir für immer in Erinnerung bleiben, und das nicht nur, weil ich an jenem Tag meinen Vater verlor. Jener Tag zog auch einen Strich zwischen meiner glücklichen und sorglosen Kindheit und dem Rest meines Lebens. Ein präziser Einschnitt, genau in der Mitte. Ich war zwölf, und jetzt bin ich dreiundzwanzig. Und wegen dieses Teilungsstrichs schreibe ich mein Buch, aber auch weil mein Vater in meinen Augen ein Denkmal verdient, wo auch immer er sich jetzt befindet, egal was ihm zugestoßen ist.

Mit zwölf hat man ein Alter erreicht, in dem man die innere Verfassung anderer Menschen ziemlich genau einschätzen kann und weiß, wie glücklich oder unglücklich sie sind. Meine Eltern waren zusammen glücklich. Sie zeigten es. Sie liebten Berührungen und waren offen. Immer wenn Papa von der Schule – er war Lehrer an einer Gesamtschule – heimkam, gab er meiner Mutter einen Kuss. Und manchmal, wenn er einen besonders guten Tag gehabt oder das Gefühl hatte, die Welt sei rundum in Ordnung, drückte er sie ganz fest an sich. Vielleicht tat er das aber auch nur, weil er sie liebte. Mit meiner Schwester und mir führte er Gespräche. So etwas ist nur scheinbar selbstverständlich. Die Papas meiner Freundinnen haben sich nie richtig mit ihnen unterhalten. Ich bin bei ihnen zu Hause gewesen und habe gesehen, dass ihre Papas nett und umgänglich und so waren, aber meistens sagten sie zu ihren Kindern nur Sätze wie: »Ja, gut, aber nicht, während ich mir das anschaue«, oder »Ich hatte einen schweren Tag und möchte einfach nur ausspannen, ja?« Mein Papa schien unsere Fragen gern zu beantworten, besonders Fragen über Tiere, Naturkunde und Evolution. Er hatte ein Biologieexamen, und während andere Väter wegen dieses oder jenes Fußballers aus dem Häuschen gerieten, oder wegen der Rolling Stones oder wegen irgendeines Politikers, hieß sein Held Charles Darwin. Am Wochenende ging er mit uns aus. Deshalb kannte ich mich auch beim Erreichen dieser Schicksalslinie im Naturkundemuseum genauso aus wie einige Leute auf dem Sportplatz.

Er hat uns immer Geschichten erzählt, nicht vorgelesen, sondern erzählt. Und das hat er auch dann noch getan, als wir schon zehn und zwölf Jahre alt waren. Mit Naturwissenschaft, Evolution und dem Verhalten von Tieren hatten diese Geschichten nicht das Geringste zu tun. Wahrscheinlich könnte man sie als Nacherzählungen griechischer

Mythen bezeichnen, Geschichten über den ganzen griechischen Götterhimmel, von denen die meisten von Ovid stammten, wie ich später herausfand. Aber am liebsten mochte ich die Geschichte vom Trojanischen Krieg, angefangen mit dem Schönheitswettbewerb, den Paris entschieden hatte, wie er als Belohnung dafür Helena gewann, und wie der Krieg ausbrach, weil Helena die Frau von Menelaos gewesen war, der es übel nahm, dass man sie ihm gestohlen hatte. Seitdem muss ich jedes Mal an meinen Papa denken, wenn ich etwas über diesen Krieg höre, oder wenn die Namen Homer oder Achill fallen, vor allem aber der von Helena. Und dann wünsche ich mir, er wäre nie fortgegangen und hätte uns nie verlassen, oder was er sonst in Wirklichkeit getan haben mag.

Bei uns zu Hause hatte man voreinander Respekt; so waren meine Schwester Vivien und ich erzogen worden. Wir begriffen, dass Mama und Papa unsere Privatsphäre und unser Recht auf Gehör respektierten, und dass ihnen dasselbe zustand. Wenn ich bei meinen Eltern Fehler suchen müsste – sie hatten ihre Schwächen wie jeder andere Mensch auch –, dann würde ich sagen, dass Mama ein bisschen zu sehr das Heimchen am Herd spielte und herumpusselte, dass sie das Motto »Zurückhaltung ist das beste Lebensprinzip« ein wenig übertrieb und in ihrer reservierten Art fast schon scheu war. Mein Papa hingegen stopfte uns vielleicht zu sehr mit Wissen voll, vielleicht mehr, als wir verdauen konnten. Ansonsten war er ein verschlossener Mensch. Ich weiß nicht, ob das der richtige Ausdruck dafür ist, aber damit meine ich, dass er sich manchmal von uns absonderte und in das kleine Zimmer, das ihm als Büro diente, zurückzog, um dort zu arbeiten. Irgendetwas. Nicht am Wochenende, das gehörte uns. Bei den Mahlzeiten verwickelte er uns liebend gern in Gespräche – angesichts unseres Alters in ziemlich intellektuelle Themen. Er war bereit, uns bei den Hausaufgaben zu helfen, was er auch möglichst gut tat. Aber sobald wir ins Bett gingen, ging er in sein Büro, wo er bis Mitternacht blieb.

Ich weiß immer noch nicht richtig, was er dort gemacht hat. »Er arbeitet für einen Magisterabschluss«, sagte meine Mutter, und später, er recherchiere für eine wissenschaftliche Arbeit. Das mussten wir akzeptieren. Viele unserer Bekannten hatten auf die eine oder andere Weise mit der akademischen Welt zu tun. Aber jede Nacht? Nicht an den Wochenenden, aber unter der Woche täglich zwei, drei Stunden? Meine nächsten Bemerkungen werden mich als sehr egoistisches, kleines Mädchen abstempeln, und meine Schwester auch, denn Vivien teilte meine Ansicht. Wir hatten ein Reiheneckhaus, und darin gab es außer dem Wohnzimmer ein Schlafzimmer für Mama und Papa, ein gemeinsames Zimmer für Vivien und mich, und dann hatte mein Vater noch ein Arbeitszimmer. Wir konnten nicht verstehen, warum er es brauchte. Warum konnte er seine ominöse Tätigkeit nicht in unserem Wohnzimmer, das gleichzeitig als Esszimmer diente, erledigen oder im Elternschlafzimmer? Dann hätte ich unser gemeinsames Zimmer für mich allein behalten können, und Vivien hätte als die Jüngere von uns beiden das Arbeitszimmer bekommen. Wir bettelten und nörgelten sogar ein bisschen, aber Papa gab nicht nach, und Mama unterstützte ihn selbstverständlich darin. Weil ich aber immer bereit bin, Gerechtigkeit walten zu lassen, muss ich gestehen, dass er lange Zeit Geduld hatte. Doch eines Tages sagte er auf seine ruhige entschiedene Art, die keinen Widerspruch duldete: »Jetzt reicht es, ihr zwei. Ich möchte nichts mehr davon hören. Schluss. Aus. Ende. Verstanden?«

Vivien widersprach ein bisschen und maulte herum. Heute würde sie das vermutlich sogar zugeben. Da verhängte Papa die einzige Strafe, die wir je bekommen hatten: »Na schön, Vivien, du gehst jetzt in das Zimmer, das du unbequemerweise mit Selina teilen musst, und bleibst dort, bis ich sage, dass du wieder herunterkommen kannst.« Und damit war die Sache erledigt. Bis zum Einreichen seiner Magisterarbeit kann es nicht gekommen sein, denn wenn er einen Magister bekommen hätte, hätten wir es erfahren und sicher gemeinsam gefeiert. Das alles erwähne ich, weil wir nie genau herausgefunden haben, was er in diesem Arbeitszimmer gemacht hat, obwohl wir alle überzeugt waren, dass es mit ein Grund für seine Abreise gewesen ist. Sonst teilte niemand diese Ansicht, weder die Polizei, die sowieso kein Interesse zeigte, noch seine Freunde oder unsere Großeltern. Alle glaubten, er sei mit einer anderen Frau durchgebrannt, aber das war unmöglich. Und das wussten wir auch.

Es war Donnerstag, der 15. Juni 1995. Papas Schule wurde als Wahllokal für die Gemeindewahl benötigt und war deshalb geschlossen. Zufällig sollte an diesem Tag ein alter Freund meines Vaters beerdigt werden. Da die Schule geschlossen war, konnte er an der Beerdigung teilnehmen, was er unbedingt wollte. Mama hätte ihn gern begleitet, aber das kam nicht in Frage, weil wir beide um fünfzehn Uhr dreißig nach Hause kamen. Meine Mutter gehörte nicht zu jener Sorte, die ihre Töchter mit zehn und zwölf Jahren in ein leeres Haus kommen ließ.

Die Beerdigung fand in Lewes, Sussex, statt. Das liegt an der Strecke nach Brighton. Ich habe gesagt, dass ich mich an diesen Tag noch deutlich erinnere, und so ist es auch. In der Früh war es nass und um acht Uhr morgens noch ungewöhnlich dunkel; deshalb hatten Vivien und ich verschlafen. Mama musste uns zweimal wecken kommen, und als wir endlich aufstanden, mussten wir uns hetzen. Hetzen war etwas, was sie in ihrer geordneten und organisierten Art hasste, und ich weiß noch genau, wie sie uns beim

Frühstück ziemlich gereizt erklärte, es sei lächerlich, dass wir unbedingt noch einen Toast haben wollten, wo wir doch bereits Weetabix und Orangensaft bekommen hätten. Bildeten wir uns etwa ein, wir würden vom Fleisch fallen, wenn wir einmal ohne eine Scheibe Marmeladebrot gehen müssten? Papa aß nichts. Daran erinnere ich mich noch, weil es so ungewöhnlich war. Zwischen den Mahlzeiten aß er nie etwas, aber er ließ auch keine aus. An diesem Morgen tat er es und trank nur eine Tasse Kaffee. Als dann später Angst und Schrecken über uns hereinbrachen, meinte Mama, sie habe geglaubt, er sei wegen Maurice Davidsons Beerdigung so aufgeregt gewesen, dass er nichts hatte essen können.

Martin und Mark Saunders, die Nachbarjungen, kamen uns abholen, und man verfrachtete uns schleunigst in die Schule. Wir gaben Papa einen Kuss, was wir nicht immer machten. Vermutlich auch damals nicht, aber während die Jungs warteten, kam er nacheinander zu jeder von uns und umarmte uns. Bis zum heutigen Tag spüre ich noch seine Hände auf meinen Schultern und seine Lippen auf meiner Wange. Dieser kurze kostbare Körperkontakt wird mich stets begleiten. Die letzte Berührung unseres geliebten Vaters, den wir nie wieder sehen sollten. Vivien sagt, ihr gehe es genauso.

An diesem Vormittag hatte ich zuerst Mathematik, dann Musik und zum Schluss Sport. Nachmittags gab es eine Doppelstunde Naturwissenschaften, in der wir eine Schulaufgabe schrieben. Wegen unserer Gespräche mit Papa beim Tee und wegen unserer Besuche im Naturkundemuseum weiß ich, dass ich die meisten Fragen richtig beantworten konnte. Aus demselben Grund bin ich heute auch Biologin. Wir gingen nach Hause, diesmal nicht mit den Jungs, sondern mit einer ganzen Horde. Erst an unserer Straßenecke verteilten sich die anderen in verschiedene Richtungen. Es hatte fast den ganzen Tag geregnet, doch jetzt klarte es auf, und zwischen den schweren Wolken schien matt die Sonne hervor. Wie so oft erwartete uns Mama schon am Gartentor. Sie meinte, sie sei herausgekommen, weil sie schauen wollte, ob es zu regnen aufgehört hätte, aber meiner Meinung nach wollte sie uns einfach heimkommen sehen.

Papa wurde erst am frühen Abend zu Hause erwartet. Lehrerkinder sind gewohnt, dass ihr Vater zur Teestunde daheim ist, wenn seine Schule einigermaßen in der Nähe liegt. Wir vermissten ihn. Ich weiß noch genau, dass ich ihm unbedingt von meiner Biologieschulaufgabe berichten wollte, bei der ich vermutlich gut abgeschnitten hatte. Bis heute erinnere ich mich noch, was es zum Tee gab. Ist das nicht komisch? Brot und Butter und Marmite, dazu selbstgebackene Scones und für jede von uns einen Riegel Kit-Kat. Heutzutage gibt es in den Familien angeblich keine gemeinsamen Mahlzeiten mehr, während das bei uns die Regel war. Wahrscheinlich waren wir altmodisch. Papa hatte kein Handy, obwohl sie damals schon ziemlich weit verbreitet waren; deshalb erwartete meine Mutter auch keinen Anruf von ihm. Als es aber kurz vor achtzehn Uhr dreißig war, wurde sie allmählich doch ein wenig unruhig. Wir hatten den Fernseher eingeschaltet, denn inzwischen bildete sie sich ein, in den Nachrichten käme vielleicht eine Meldung über eine Verspätung auf der Strecke nach Brighton. Aber es kam keine. So wurde es neunzehn Uhr, neunzehn Uhr dreißig… Es hatte wieder zu regnen begonnen, und zwar heftig. Um zwanzig Uhr rief Mama bei Carol Davidson in Lewes an, der Witwe von Maurice. Eigentlich wollte sie es nicht tun und meinte, es sei schrecklich, eine Witwe anzurufen, deren Mann nie wieder heimkommen würde, nur weil sich der eigene Mann ein wenig verspätet habe. Die Ahnungslose. Carol Davidson war ganz reizend und sagte lediglich, sie wisse es zu schätzen, dass Papa »die weite Fahrt« auf sich genommen hatte. Man habe sehr nett über Maurice und die alten Zeiten geplaudert. Papa sei noch zum Essen geblieben, aber gegen vierzehn Uhr sei er gegangen. Mama wollte von Carol wissen, ob mit Papa alles in Ordnung gewesen sei, als er ging, was Carol bejahte. Selbstverständlich sei er aufgewühlt gewesen, aber das sei ja natürlich.

Das war vor sechs Stunden gewesen. Ab jetzt begann Mama, sich ernsthaft Sorgen zu machen. Sie war überzeugt, er habe einen Unfall gehabt und liege irgendwo im Krankenhaus. Es musste ein schwerer Unfall gewesen sein, und sicher war er bewusstlos, sonst hätte er angerufen oder jemanden anrufen lassen. Eine halbe Stunde später rief sie bei der Polizei an. Dort war man sehr nett und wollte wissen, ob sie ihn als vermisst melden wolle. Dazu müsse sie aufs Revier kommen und ein Formular ausfüllen. Andererseits meinte der Polizist am Telefon, dazu sei es noch viel zu früh. Es bestehe gute Aussicht, dass er wieder zurück sei, sobald sie das Formular ausgefüllt hätte. Er gab ihr die Telefonnummern von zwei Krankenhäusern in der Gegend von Brighton und schlug ihr vor, sie solle dort anrufen und nachfragen. Das tat sie auch, aber Papa lag in keinem der Krankenhäuser. Nach diesem ersten Schritt wollte sie unbedingt weitermachen, und gegen zweiundzwanzig Uhr hatte sie dort unten in sämtlichen Krankenhäusern angerufen, die sie im Telefonbuch gefunden hatte.

Es kam nicht in Frage, dass Vivien und ich ins Bett gingen. Wir blieben gemeinsam mit Mama auf und warteten und hofften. Manchmal taten wir auch etwas Unsinniges: Wir rannten zur Haustür hinaus bis ans Gartentor und schauten nach links und rechts die Straße hinunter. Viv und ich machten das vier- oder fünfmal, bis Mama meinte, wir sollten damit aufhören, weil es so stark regnete und wir klatschnass hereinkamen. Immer wieder sagte sie: »Wenn doch nur der Regen aufhören würde, wenn er doch nur aufhören würde.« Als würde alles nur noch schlimmer werden, weil Papa bei Regen draußen war.

Irgendwann gingen wir dann doch ins Bett, konnten aber nicht schlafen und hörten, wie Mama wieder nach unten ging, herumrannte, wieder hochkam und wieder hinunterging. Am Morgen kam sie in unser Zimmer und sagte, wir müssten zur Schule gehen, denn letztlich würde sich herausstellen, dass es eine ganz einfache Erklärung dafür gab, dass Papa nicht heimgekommen war. Doch daran glaubte sie selbst nicht, das merkten wir, und nach einer Weile meinte sie, wir müssten nicht gehen. Es sei für uns besser, wenn wir hier bei ihr wären, sie bräuchte uns hier. Und dann schluchzte sie auf. Es klang schrecklich, als wollte ihr das Herz brechen.

Gegen neun Uhr ging sie mit uns aufs Polizeirevier. Sie hatte nicht gelogen, sie wollte nirgendwo ohne uns sein. Sie füllte die Vermisstenanzeige aus, und der Polizist, der sich um uns kümmerte, meinte, sie solle sich keine Sorgen machen, Papa käme sicher heute noch zurück. Eigentlich, meinte er, würde die Polizei gar nicht ernsthaft suchen, wenn gesunde kräftige Männer in seinem Alter verschwänden. Papa war vierundvierzig. Bei Kindern, jungen Mädchen oder alten Leuten sei das etwas ganz anderes. In seinem Alter kämen die meisten Männer – er sprach von »der überwiegenden Mehrheit« – binnen zweiundsiebzig Stunden wieder zurück. Meine Mutter bedankte sich bei ihm für seine Freundlichkeit, aber schon zu diesem frühen Zeitpunkt war ihr klar, dass mein Papa nichts von dem gemacht hatte, was die anderen Leute unterstellten: Er war mit keiner anderen Frau durchgebrannt, er war nicht abgehauen, um irgendwo ein neues Leben anzufangen, er hatte keine Sauftour unternommen, nach der er in einem fremden Bett aufgewacht war und dann Angst gehabt hatte, heimzukommen. Schon damals behauptete sie ständig, er müsse tot sein.

Nächste Woche: Selina versucht, die Geheimnisse im Leben ihres Vaters Alan Hexham zu ergründen. Ein Ausschnitt aus Spurlos verschwunden: Der verlorene Vater *von Selina Hexham. Erscheint im Januar 2007 im Verlag Lawrence Busoni Hill.*

13

Zuerst hatte Damon Coleman sie befragt, später auch Burden. Beide schilderten sie in ihren Berichten als schwierig, leicht reizbar und altmodisch. Wexfords einziger Berührungspunkt mit Mrs. Irene McNeil war jener Brief gewesen, den sie ihm geschrieben hatte. Daraufhin hatte er eine zutiefst konservative, snobistische Frau erwartet, deren Ethos in einem anderen, längst vergangenen Zeitalter wurzelte. Trotzdem dachte er, er würde mit einem Menschen ein Gespräch führen, der mehr Gespür und Würde besaß als die Damen Tredown.

Mit einem hatte er allerdings nicht gerechnet: Diese Frau tat ihm leid. Nein, nicht ihr plumper massiger Leib erregte sein Mitleid, und auch nicht die Tatsache, dass sie am Stock gehen musste und demnächst zwei benötigen würde. Es lag auch nicht an ihrer offen gezeigten Verzweiflung, weil sie weder mit ihrer Behinderung noch mit ihrer schmerzhaften Arthrose fertig wurde. Der Auslöser war ein verwirrter Ausdruck in ihren Augen, weil sie sich am Ende ihres Lebens allein, ohne Kinder, Freunde und Gefährten, in einem Haus wiederfand, das auf sie immer noch neu und fremd wirkte. Er müsse behutsam und rücksichtsvoll sein, sagte er sich, egal was sie ihm erzählen würde, egal was er und Burden aus ihr herausbekämen.

Das Haus, das sie und ihr Mann gekauft hatten, weil es in der Nähe von Geschäften und an einer Buslinie lag – der Bus fuhr täglich zweimal – und »pflegeleicht« war, war eindeutig für ein junges berufstätiges Paar gedacht gewesen. Es war nüchtern eingerichtet, hatte Einbauschränke, Punktstrahler an den Zimmerdecken und Laminatböden. Mrs. McNeils üppig gepolsterte und mit Ziernägeln versehene Samtmöbel wirkten in dieser minimalistischen Umgebung leicht pathetisch. Ihre vielen Schemel, die Kissen und ihr Nippes schienen sich gegenseitig den Platz streitig zu machen.

Vor acht Jahren hatte ihr Mann seinen ersten Schlaganfall erlitten und war sechs Monate nach dem Umzug verstorben. Damals hatten sie sich laut Mrs. McNeil immer noch in dem Stadium befunden, in dem sie sich gegenseitig versicherten, sie würden schon noch Fuß fassen und sich eingewöhnen. Sie hatte sich allein daran gewöhnen müssen. Wexfords Fragen nach Flagford Hall, dem Haus, das sie zurückgelassen hatte, löste eine wahre Erinnerungsflut aus. Mrs. McNeil kannte nur einen Tonfall, einen gleichmäßigen Jammerton. Es war die Stimme einer Frau, deren ganze Lebensfreude in der Vergangenheit begraben war und der die Gegenwart nur Mühsal und Plage bedeutete.

»Dort hatten wir es gemütlich und friedlich, auch wenn gegenüber dieser schreckliche Mensch wohnte, dieser Grimble.« Schweißtropfen perlten über ihre Wangen. »Die Familie meines Mannes war dort zu Hause gewesen. Man könnte das Haus als seinen Stammsitz bezeichnen. Seine Familie hat seit Generationen dort gelebt. Das Haus ist reinster Queen-Anne-Stil, wissen Sie, und die Gärten sind hinreißend, jedenfalls waren sie es. Jetzt sind sie's vermutlich nicht mehr. Doch das hier … Man möchte nicht glauben, wie laut es nachts hier ist. Saufbolde, betrunkene junge Mädchen, die auf der Straße herumschreien. Selbst der Tag, an dem Mr. Grimble diesen jungen Mann vor die Tür gesetzt und seine Möbel in den Vorgarten hinausbefördert hat, war nichts im Vergleich zu dem, was ich hier mitmache.«

»Mrs. McNeil, darf ich Sie bitten, sich einmal in die damalige Zeit zurückzuversetzen?«

»Wenn ich das doch nur könnte«, rief Mrs. McNeil verbittert.

»So wie ich es sehe, haben Sie auf Mr. Grimbles Haus nach dessen Tod ein Auge gehabt, damals, als es bereits seinem Sohn gehörte. Daran ist nichts verwerflich. Eigentlich ist es sogar etwas sehr Lobenswertes. Man könnte es direkt als Nachbarschaftswache bezeichnen.« Wexford mied Burdens zynischen Blick. »Haben Sie gesehen, dass viele Leute das Haus betraten, natürlich abgesehen von Mr. John Grimble selbst?«

»Er ist nie viel dort gewesen. Ihn hat es nicht interessiert. Zu Mrs. Hunter hat er gesagt – und Mrs. Hunter hat es wiederum mir erzählt –, es sei nur ein alter Misthaufen. Wortwörtlich. Am besten würde man es verbrennen, und genau das habe er vor, sobald er seine Baugenehmigung bekäme. Auf den Scheiterhaufen mit dem ganzen Zeug, hat er gemeint, und danach abreißen. Wir haben gegen seinen Antrag auf Baugenehmigung Einspruch erhoben, hat Mrs. Hunter gesagt, und ich habe gemeint, wir auch.«

In ihrem einsamen Alter genoss sie es förmlich, einer mitfühlenden Seele ihr Herz, und damit ihre Erinnerungen, auszuschütten. Wenn Wexford wollte, konnte er etwas ausstrahlen, was Menschen, die kaum Gelegenheit hatten, ihren Sorgen und Kümmernissen Luft zu machen, zu intimen Bekenntnissen förmlich einlud. Im Laufe einer Auseinandersetzung über ihrer beider persönlichen Lebensstil hatte seine Tochter Sylvia einmal zu ihm gemeint: »Eigentlich hättest du so ein dämlicher Psychotherapeut werden sollen.«

»Nun, offensichtlich hatten Sie Erfolg. Die Genehmigung wurde verweigert«, sagte er. »Hat sonst noch jemand das Haus betreten? Nicht nur unmittelbar nach dem Tod von Mr. Grimble senior, sondern im Laufe der nächsten Monate und Jahre? Sicher haben Sie auch weiterhin Ihre Beobachtungen gemacht.«

»O ja, ich bin meiner Nachbarschaftswache treu geblieben, wie Sie es nannten.« Offensichtlich sonnte sie sich in ihrer Rolle als örtliche Wachtmeisterin mit Sonderaufgaben. »Zurück zu Ihrer Frage: Mehrere Leute haben das Haus betreten. Eines Abends habe ich dort eine Frau, die in der Apotheke gearbeitet hat, mit einem mir völlig unbekannten Mann verschwinden sehen. Sie können sich ja denken, was die beiden vorhatten.« Als Wexford keinen Kommentar abgab, fuhr sie fort: »Mein Mann hat eines Tages Mrs. Tredown dort hineingehen sehen; damit meine ich die zweite Mrs. Tredown, die mit den gelben Haaren. Natürlich hat keiner von denen die Haustür benutzt, die hatte Mr. Grimble vernagelt. Alle sind heimlich durch die Hintertür geschlichen.«

»Mrs. McNeil, Sie helfen uns sehr.« Sie log. Wexford wusste es. Ihr Tonfall verriet ihm mehr als ihre Körpersprache, denn zu der war sie kaum fähig. Sie verharrte in der für sie einzig möglichen Position und hing wie ein nasser Sack zwischen Kissen und Schultertüchern. Sie gehörte zu jener seltenen Sorte Mensch, die beim Sprechen die Hände ganz ruhig halten. »Können Sie mir sagen, wie diese Leute ins Haus gekommen sind? Alle können doch nicht einen Schlüssel gehabt haben, oder?«

Sofort wurde aus der Lüge Wahrheit. »Ach, er hatte seinen Schlüssel zum Hintereingang immer unter einem Stein vor der Hintertür versteckt.«

»Und das wussten die Leute? Alle?« Jetzt meldete sich Burden. Wexford wäre es lieber gewesen, wenn er sich nicht eingemischt hätte. Er klang barsch und ungläubig, was Mrs. McNeil eindeutig zuwider war.

»Ich mag Ihren Ton nicht, egal wer Sie sind.« Anscheinend hatte sie vergessen, dass sie ihm schon mal begegnet war. »Ich unterhalte mich gerade mit diesem Herrn hier.« Sie wandte sich wieder Wexford zu. »So muss es aber gewesen sein, nicht wahr?«, sagte sie wie das kleine Mädchen, das sie vor langer, langer Zeit gewesen war. »Wahrscheinlich haben es sich die Leute erzählt. Ja, so müsste es gewesen sein.«

Sie war wieder pathetisch geworden und suchte verzweifelt ihre Lügen zu kaschieren. Wexford wusste selbstverständlich, was das alles zu bedeuten hatte: Sie hatte das Schlüsselversteck höchstpersönlich entdeckt und es niemandem verraten, höchstens ihrem Mann. Die nächste Frage ließ sich nicht umgehen. Und das Resultat? Würde sie jetzt keinen Ton mehr sagen und sich in beleidigtes Schweigen flüchten?

»Mrs. McNeil«, hob er in einem liebenswürdig-interessierten Tonfall an. So erkundigte sich vielleicht ein Gelehrter nach der Meinung eines Fachexperten. »Sie wussten also, wo der Schlüssel lag. Waren Sie nie versucht, sich einmal selbst dort drinnen umzusehen? Ich meine, im Rahmen Ihrer Beobachtertätigkeit. Ich stelle mir vor, dass Sie sich vielleicht vergewissern wollten, ob Mr. John Grimbles Eigentum nach wie vor unversehrt war.«

Sie lächelte – zum ersten Mal. »Na, selbstverständlich. Sie haben absolut recht. Genauso habe ich es empfunden. Ich bin hinein, und mein Mann auch. Bisher habe ich das nicht erwähnt, weil sich die Leute bei solchen Dingen immer das

Schlimmste zusammenreimen. Mein Mann und ich – wir haben sogar überlegt, ob wir nicht den Schlüssel mitnehmen und ihn bei uns sicher aufbewahren sollten, haben dann aber nach sorgfältigem Abwägen entschieden, dass man damit die gute nachbarschaftliche Beziehung überstrapazieren würde.«

Er musste sie unbedingt nach dem Keller fragen, aber vorher musste er ihr noch ein wenig schmeicheln. Es gibt Menschen, die jedes Maß an Schmeichelei vertragen. Politiker gehören angeblich dazu, und auch kleine Landadelige, besonders solche, die eine Stellung in der Grafschaft verloren haben, die ihre Ahnen noch genießen konnten, und die außer dem verzweifelten Festklammern am Rand der oberen Mittelschicht keine Stellung mehr haben. Seiner Ansicht nach konnte er Irene McNeil ruhig noch ein wenig Honig um den Mund schmieren, ohne ihren Argwohn zu erregen. Burdens insistierenden Blick ignorierte er. »Mrs. McNeil, in unserer unbelehrbaren Zeit begegnet man höchst selten einem solchen Maß an Rechtschaffenheit. Haben Sie in diesem Haus je etwas gefunden, was Ihnen das Gefühl gab, ihre … äh, Nachforschungen wären berechtigt gewesen?«

Dieser Hieb saß, auch wenn er nur sehr sachte geführt worden war. Er erkannte, dass er sich dem springenden Punkt näherte, denn Irene McNeil bat: »Würde es Ihnen etwas ausmachen, mir ein Glas Wasser zu holen?«

Wexford und Burden überließen sie sich selbst und gingen in die winterweiße Theaterbühne in Form einer Küche. Wer hier einmal gewesen war, mochte gerne glauben, dass Irene McNeil nie etwas Warmes aß. Ein Gaskochfeld sah immer noch so aus wie einst im Küchenstudio. Burden öffnete den Wasserhahn und füllte ein Glas.

»Mike, lässt du uns bitte allein?«, bat Wexford. »Das ist nicht gegen dich persönlich gerichtet, aber vielleicht komme ich weiter, wenn wir unter vier Augen sind, nur sie und ich.«

»Ist mir ein Vergnügen. Soll ich im Haus bleiben?«

»Kannst du gern.«

Wexford nahm das Glas mit und gab es ihr. Als sie es nahm, merkte er, wie ihre große gichtige Hand zitterte. »Mrs. McNeil, sind Sie zufällig jemals dort im Keller gewesen?« Wie sehr doch dieses »zufällig« die Frage abfederte und daraus ein beiläufiges Sich-Erkundigen machte.

Ihr schlechtes Gewissen machte sie gereizt. »Gibt es irgendeinen Grund, warum ich das nicht hätte tun sollen?«

Einen einzigen: Weil Sie sich eigentlich gar nicht in diesem Haus hätten aufhalten dürfen. »Ich wundere mich einfach nur, warum Sie die Kellertür zugemacht haben.«

»Weil ich …« Als ihr dämmerte, was sie damit eingestanden hatte, schlug sie die Hand vor den Mund, starrte ihn einen Moment entsetzt an und fing dann an zu heulen. Ihr ganzer Körper bebte vor Schluchzen. Endlich bewegten sich ihre Hände. Sie hob sie, als wollte sie um Gnade bitten.

Er hielt ihr das Wasser an die Lippen, aber sie stieß es wie ein zorniges Kind so heftig von sich, dass sich alles über sein Jackett und sein Hemd ergoss. Nur mit äußerster Willenskraft gelang es ihm, sich nicht anmerken zu lassen, wie sehr ihn das eiskalte Wasser geschockt hatte. »Mrs. McNeil«, sagte er, »das ist doch nicht nötig. Sie müssen sich keine Sorgen machen.« Vielleicht aber doch. Woraus konnte er schließen, ob es sich um einen hysterischen Anfall handelte oder um die Beichte einer Todunglücklichen? Da er in der Küche keine Küchenrolle finden konnte, brachte er ihr stattdessen ein von ihrer Putzfrau frisch gewaschenes Geschirrtuch, in das sie ihr Gesicht vergrub. Kaum eine Minute später richtete sie sich mit trocken getupftem Gesicht auf und setzte sie sich gerader hin als während des ganzen Gesprächs. Ihre Haltung erinnerte ihn daran, dass sie letztlich doch zur »alten Schule« gehörte, wie es Leute aus ihrer Schicht zu nennen pflegten. Noch immer sagte sie keinen Ton.

Er lieferte ihr das Stichwort: »Weil Sie was waren, Mrs. McNeil?« Dann kam ihm ein Gedanke, und er riet einfach drauflos: »Weil Sie Angst hatten?«

»Ja!«

»Wovor hatten Sie denn Angst? Mrs. McNeil, Ihnen wird nichts passieren, wenn Sie mir die Wahrheit sagen.«

War er sich da wirklich sicher?

Sie rückte mit der ganzen Geschichte heraus. Kaum hatte sie angefangen, schien sie nichts mehr bremsen zu können. Die Schleusen hatten sich geöffnet, ganze Wortkaskaden schossen heraus. Doch nicht einmal jetzt wagte es Burden, der wieder ins Zimmer gekommen war, sich Notizen zu machen. Er hatte ein wenig abseits von Wexford und ihr Platz genommen. Eines konnte er klar erkennen: Sie hatte Wexford zu einem mitfühlenden Freund erklärt, egal was sie von ihm, Burden, halten mochte.

»Dieser Mann«, begann sie, »ich weiß nicht, woran er gestorben ist. Vielleicht hatte er es am Herzen. Ronald, mein Mann, war ins Haus gegangen … Ach, das war im September acht Jahre her. Er ist hinein, weil er sah, wie sich etwas bewegt hat; durchs Vorderfenster konnte er das sehen. Dieses Fenster hatte man nie verrammelt. Ich weiß nicht, warum. Wir haben es beide gesehen. Da hat sich eine Gestalt bewegt. Ich erinnere mich noch daran, als wäre es gestern gewesen. Es war ein Mann in einem roten Mantel – also, in einem orangen Mantel. Ein großer Mann. Unter dem Türstock musste er den Kopf einziehen. Ronald hat gemeint, er würde mal nachschauen gehen, was da los sei. Er dachte an Kinder. Manchmal haben wir Kinder ins Haus gehen sehen, aber dieser Mann war zu groß, um ein Kind zu sein. Roland wollte mich nicht mitgehen lassen. Er blieb lange weg. Es war schon spät am Nachmittag – also, eigentlich schon abends, aber immer noch ziemlich hell. Als er wiederkam, war es schon Abend.« Inzwischen kamen ihr nur noch vereinzelt Tränen, bis sie schließlich ganz versiegten. Als sie weiter sprach, weinte sie zwar nicht mehr, dafür brach ihr jetzt auf dem Gesicht und am Hals der Schweiß aus.

»Er kam ins Haus und war so bleich, dass ich dachte, er sei krank. Also, krank ist er ja wirklich gewesen. ›Was ist los? Was ist passiert?‹, rief ich ihm zu, und er hat gesagt… mit einer mir ganz fremden Stimme hat er gesagt: ›Reeny, dort drinnen ist ein Mann, und der ist tot. Kannst du bitte kommen?‹ Ich bin mit ihm über die Straße gegangen. Man konnte noch sehen, es war noch hell genug. In dem Haus gab es keinen Strom mehr. Wir sind zur Hintertür hinein.«

Sie sah Wexford ins Gesicht. »Damals wog ich noch nicht so viel wie jetzt. Ich konnte mich schneller bewegen und hatte ziemlich Kraft. Musste ich ja auch haben.«

Sie griff nach dem Glas, aber den Inhalt hatte sie größtenteils über Wexford gekippt. Burden schenkte ihr nach, und sie trank. »Wir sind ins Bad gegangen. Dort war *er*, der Mann. Er lag auf dem Boden, und da war… eine Blutlache.«

An dieser Stelle musste Wexford sie unterbrechen, wobei er sich bemühte, seiner Stimme jeden strengen Unterton zu nehmen. »Mrs. McNeil, bedenken Sie genau, was Sie sagen. Sie haben uns erzählt, Sie hätten geglaubt, der Mann sei möglicherweise an einem Herzanfall gestorben.«

»Nein, ist er nicht. Das hätte ich nicht sagen sollen. Ronald… Ach, es war so schrecklich, er hatte eine Schusswaffe. Er hatte einen Waffenschein, es hatte alles seine Ordnung. Als er ins Haus ging, hat er sein Gewehr mitgenommen.«

Wexford ließ sie nicht weiterreden. Seine Stimme war tiefernst geworden.

»Wollen Sie damit sagen, dass Ihr Ehemann diesen Mann erschossen hat? Das ist eine schwerwiegende Anschuldigung, Mrs. McNeil.«

»›Hast du ihn erschossen?‹, habe ich ihn gefragt, und Ronald hat gesagt: ›Er ist mit dem Messer auf mich losgegangen. Ich bin zurückgewichen, aber er ist hinter mir her, da musste ich mich verteidigen.‹«

»Na schön. Was ist dann passiert?«

»Mein Mann hat gemeint, wir müssten ihn fortschaffen. Hier könnten wir ihn nicht liegen lassen. Verstehen Sie, Ronald hatte ihn erschossen. Niemand hätte geglaubt, dass es Notwehr gewesen ist.«

Sie hätten es darauf ankommen lassen können, dachte Wexford. Sie hätten, wenn auch spät, einfach zu dem Schluss kommen können, dass Ehrlichkeit das beste Prinzip ist. Was war das alles nur! Eine einzige Litanei von Torheiten – und doch glaubte er sie. Diese beiden selbsternannten Bürgerwächter hatten sich irgendwie überzeugend eingeredet, die Überwachung des Hauses sei ihre Aufgabe. Oder war alles schlicht und einfach nur unersättliche Neugier gewesen? Hatte ein fast kindischer Drang zum unerlaubten Betreten fremder Grundstücke, zum Überschreiten von Regeln, ihr langweiliges Leben bestimmt?

»Haben Sie ihn fortgeschafft?«, fragte er.

»Allein hätte es Ronald nicht gekonnt. Er war auf meine Hilfe angewiesen.« Es war ein Jammer, aber anscheinend war sie stolz darauf. »Wegen all der anderen Leute, die ins Haus gekommen sind, haben wir es nicht gewagt, ihn dort liegen zu lassen.«

»Sie haben ihn also in den Keller hinuntergeschafft?«, warf Burden ein.

»Er hatte ja nichts an … na ja, nur seine Unterwäsche.

Deshalb war er ja ins Bad gegangen, hat Ronald gemeint. Vielleicht dachte er, er könne ein Bad nehmen, oder sich einfach nur waschen.«

Sie fing an, gespenstisch zu kichern. Es klang fast wie ihr Schluchzen, aber ganz anders als das Gegacker der Damen Tredown. »Um ihn nach unten zu bringen, haben wir ihn in Zeitungspapier eingewickelt. Im Keller lagen Zeitungen herum. Ich bin hinunter und habe Papier geholt, und darin haben wir ihn dann eingewickelt. Wir haben ihn in den Keller gelegt, und mein Mann hat Holzscheite und Bretter und Schachteln über ihm aufgetürmt, und dann haben wir ihn liegen gelassen. Ronald hat gemeint, das müsse reichen, bis er eine Idee hätte, wie man ihn beseitigen könnte. Vielleicht könnte man ihn verbrennen oder begraben. Leider wusste er nicht, wo.«

»Aber das haben Sie nie getan?«

»Nein, haben wir nicht.« Bekümmert blickte sie zu ihnen auf. »Am nächsten Tag hatte Ronald seinen ersten Schlaganfall. Danach hätte er niemanden mehr verbrennen oder begraben können.«

»Mrs. McNeil, haben Sie beim Weggehen die Kellertür zugemacht?«

Sie schüttelte den Kopf. »Damals nicht. Erst, als ich wiederkam.«

Das Zentrum von Kingsmarkham war am Samstagabend kein erstrebenswerter Aufenthaltsort, schon gar nicht für über Vierzigjährige. Kingsmarkham war einmal ein ruhiges Landstädtchen gewesen, verschlafen und friedlich, aber heutzutage hätte man genauso gut auf dem Picadilly Circus sein können. Massen von Säufern waren unterwegs und drängten wegen des ungewöhnlich warmen Novembers aus den Pubs und Clubs auf die Gehsteige hinaus. Wexford bat Donaldson, sie zum *Gooseberry Bush* zu fahren, einem kleinen Pub am Kingsbrook, und meinte, er müsse nicht auf sie warten, sie würden von dort aus zu Fuß heimgehen. Das Lokal war weder überfüllt noch menschenleer. Junge Leute ohne Auto hatten keine Lust auf einen halbstündigen Spaziergang aus der Stadt heraus, auf schmalen Wegen am Rande von Feuchtwiesen entlang. Auf dem Parkplatz standen Fahrzeuge, wie sie Leute mittleren Alters bevorzugten. Wenn man dem Parkplatz den Rücken zudrehte, konnte man vom Tisch aus direkt in einen klaren Sternenhimmel blicken und auf einen Mond, dessen bleiches Licht die von dunklen Hecken umrahmten Wiesen und die Weiden am Ufer das Kingsbrook beschien.

»Das war schrecklich«, erklärte er unumwunden. »Eigentlich hätte ich härter vorgehen müssen, aber sie hat mir so leidgetan.«

»Hat sie noch mehr gesagt, nachdem ich gegangen war?« Burden hatte das Haus verlassen und sich draußen ins Auto gesetzt.

»Nur dass sie die Leiche nie bewegt haben. Sie haben ihren ursprünglichen Plan nie durchgeführt, ihn zu verbrennen oder zu begraben. Na ja, dass es so war, wissen wir. Sie sind umgezogen und haben die Leiche dort drinnen liegen gelassen, unter all den Holzscheiten.«

Burden bestellte für sie etwas zu trinken, ohne Wexford nach seinen Wünschen zu fragen. Er kannte sich aus. »Und genauso sah es noch aus, als Damon und ich die Leiche fanden.«

»Ihr Mann ist gestorben. Vermutlich hat das schockierende Bewusstsein, dass er einen Mann getötet hatte, den ersten Schlaganfall ausgelöst. Sie hatte immer noch geglaubt, sie würde noch einmal in den Bungalow gehen und nachsehen, ob die Leiche dort bleiben könne, hat es aber nicht getan. Jedenfalls nicht bis vor zwei Jahren. Mrs. Pickford hatte sie zum Tee eingeladen. Sie behauptet, sie sei mit dem Bus hinübergefahren und ein bisschen zu früh dran gewesen. Grimbles Schlüssel habe noch immer neben der Hintertür unter dem Stein gelegen. Sie ist hineingegangen und die Treppe hinunter.«

»Es muss ziemlich gestunken haben.«

»Ich weiß. Sie meinte nur, im Keller habe es leicht faulig gerochen, als sei etwas ›schlecht geworden‹, wie sie es nannte. Sie hat ein paar Scheite weggezogen – weiß der Kuckuck, was sie sich dabei gedacht hat –, doch als sie sah, was darunter lag, ist sie einfach geflohen. Na ja, du weißt, wie es vor zwei Jahren ausgesehen haben muss. ›Es hat mir Angst eingejagt‹, hat sie gesagt. ›Schreckliche Angst.‹ Das arme alte Ding ist hinausgerannt. Vermutlich eher schwerfällig hinausgetapst. Und dabei hat sie hinter sich die Tür zugeworfen.«

»Kein Wunder, dass ich sie nur mühsam aufbekommen habe.«

»Sie ist die Treppe hinaufgetaumelt, ist nach Hause gegangen und hat vermutlich versucht, die Sache zu vergessen.« Wexford hob sein Glas und kostete mit einem leisen Seufzer genüsslich den Rotwein. »Morgen fahre ich wieder hin.«

»Morgen ist Sonntag.«

»Geht nicht anders. Wie hat mein Opa immer gesagt? Was du heute kannst besorgen, das verschiebe nicht auf morgen. Und wenn er's nicht gesagt hat, dann hätte es jedenfalls gut zu ihm gepasst.«

»Werden wir wenigstens Anklage erheben, weil sie einen Todesfall verschwiegen hat?«

»Ich weiß nicht, ob ich das übers Herz bringe«, sagte Wexford, »aber eines Tages werde ich es müssen. Ich habe ihr das Foto von dem T-Shirt gezeigt, aber das hat sie eindeutig nicht wiedererkannt. Sie hatte durchs Fenster lediglich seinen orangen Anorak gesehen.«

»Was ist aus dem Messer geworden?«, wollte Burden wissen.

Bei dem verlorenen Vater konnte es nicht um den von ihnen gesuchten Mann handeln – oder doch? Die Zeit stimmte: Vor elf Jahren war im Juni ein Mann verschwunden. Und er hatte das richtige Alter, so weit Carina Laxton es feststellen konnte. Wenn jetzt auch noch die DNA übereinstimmen würde, der letzte todsichere Beweis ... Zwei Menschen lebten noch für einen DNA-Vergleich, die beiden Töchter. Nachdem Barry Vine den Artikel in der Buchbeilage gelesen hatte, war sein erster Gedanke gewesen, das müsse er sofort Wexford erzählen, aber es war Samstagabend, und morgen würde der zweite Teil von Selina Hexhams Memoiren erscheinen. Vielleicht würde eine Bemerkung in der morgigen Folge ausschließen, dass Alan Hexham ihr Mann war.

Er fuhr heim und las den Artikel noch mal. Nirgendwo schrieb die Autorin, sie wisse eindeutig, dass ihr Vater tot sei, oder wie er gestorben sei. Nirgendwo stand, ob sie und ihre Schwester in der Zwischenzeit jemals etwas von ihm gehört hatten. Vielleicht würde sie sich in der nächsten Folge dazu äußern. Wäre es gerechtfertigt, Wexford um diese Uhrzeit den Artikel zu zeigen, obwohl Barry nicht wusste, ob sich im weiteren Verlauf der Geschichte herausstellen würde, dass Alan Hexham gar nicht die Leiche aus Grimbles Graben sein konnte? Vielleicht würde Selina schreiben, ihr Vater habe ein Jahr später zu Hause angerufen, ohne seinen Aufenthaltsort preiszugeben, oder dass sie eine Postkarte aus Australien bekommen hätten. Einen Moment ging die Fantasie mit Barry durch, und er vergaß, dass Selina Hexham bereits alles geschrieben hatte, egal was morgen erscheinen würde. Vielleicht schon vor einem Jahr, und dass sie sich derzeit nicht fieberhaft das Gehirn wegen ihrer Memoiren zermarterte, nur weil eine Zeitung sie in ein paar Stunden veröffentlichen wollte. Schließlich kam er wieder zur Besinnung. Er schalt sich, er solle sich nicht lächerlich machen und bis morgen warten, und dann machte er es sich bequem und lauschte seiner CD-Einspielung von Linda di Chamonix.

14

The Sunday Times, Buchbeilage
5. November 2006
Spurlos verschwunden: Der verlorene Vater – Teil 2
Er war tot. Meine Mutter wusste es. Sie wusste es vom ersten Tag an, als wir alle gemeinsam zur Polizei gegangen waren. Natürlich hatte sie es weder der Polizei gesagt noch uns, aber Jahre später hat sie mir erzählt, sie habe es von Anfang an gewusst. Es habe keine andere Erklärung dafür gegeben, dass er vierundzwanzig Stunden fortgeblieben sei, ohne Kontakt mit ihr aufzunehmen. Sie wisse, wann sie geliebt würde. Außerdem sei sie eine sensible und aufmerksame Frau, die schnell bemerkt hätte, ob ihr Mann sich mit einer anderen Frau traf. Vielleicht machte diese Selbsterkenntnis alles noch schlimmer, als in unserem Viertel, an unserer Schule und sogar in der Kirche, die Mama manchmal besuchte, das Gerücht umging, Papa sei mit Denise Cole durchgebrannt. Natürlich kursierten auch andere Theorien über sein Verschwinden: Er sei hoch verschuldet gewesen – er, der nie bei jemandem auch nur einen Penny Schulden gehabt hatte; er habe an Depressionen gelitten, weil er sich für einen gescheiterten Lehrer hielt – er, der brillante und ungemein beliebte Lehrer; er habe in Lewes – auf einer Beerdigung! – jemanden getroffen, der

ihm einen wunderbaren Job mit dem doppelten Gehalt angeboten habe, wenn er auf der Stelle mitkäme. Aber die Lieblingstheorie war und blieb, dass er durchgebrannt sei.

Denise Cole heißt in Wirklichkeit anders. Es wäre unfair, ihren wahren Namen preiszugeben. Ich bin von ihrer Unschuld ziemlich überzeugt. Weder hatte sie ein Auge auf meinen Vater geworfen noch förderte sie dieses Gerücht. Sie war um die fünfundzwanzig, hatte in der nächsten Straße ein Zimmer gemietet und arbeitete als Kassenaufsicht in einem Supermarkt in der Leyton High Road. Mit sechzehn war sie mit einigen sehr guten Noten von der Schule abgegangen und wollte jetzt unbedingt auf die Universität und Psychologie studieren, um als Sozialarbeiterin tätig zu werden. Ob sie ihren Abschluss gemacht hat und Sozialarbeiterin geworden ist, weiß ich nicht. Ich weiß nur, dass sie verheiratet ist und irgendwo im Norden wohnt.

Papa hatte ihr regelmäßig Nachhilfe erteilt. Meistens ist sie für Biologienachhilfe zu uns gekommen, aber manchmal waren sie auch bei ihr, wo aber immer eine ihrer Freundinnen dabei war. Damals geriet ein Lehrer noch nicht so schnell in Gefahr, beschuldigt zu werden, er hätte eine Schülerin belästigt, mit der er allein gewesen war. Trotzdem hielten es Denise und mein Papa vermutlich für das Beste, auf Nummer sicher zu gehen. Da auch die Freundin für einen Gymnasialabschluss paukte, hatte Papa zwei Schülerinnen zu unterrichten. Niemand hat ihm je ein Verhältnis mit Megan Lloyd unterstellt. Immer war nur von Denise die Rede, weil sie zufällig zwei Tage vor ihm verschwunden ist.

Ich erinnere mich noch, wie er zu dem Haus ging, wo sie ihr Zimmer hatte, und ziemlich verärgert wiederkam. Einer der anderen Mieter habe ihm erzählt, sie sei »bei Nacht und Nebel« abgehauen, sagte er. Auch Megan war nicht erschienen, auch wenn sie keineswegs verschwunden war. Sie war einfach nicht gekommen, weil Denise ihr erzählt hatte, sie habe auf ihrer Visa-Karte dreitausend Pfund Schulden und wolle irgendwo eine Zeit lang untertauchen, »bis sich der Sturm gelegt hätte«, was auch immer damit gemeint gewesen war.

Danach haben allmählich alle geglaubt, mein Papa und Denise Cole wären gemeinsam getürmt. Also, wir nicht, und unsere Freunde auch nicht. Wir haben es nicht geglaubt, selbst wenn mein Papa zu jenen Männern gehört hätte, die ihre Frauen mit einem fast zwanzig Jahre jüngeren Mädchen betrogen. Denn wir wussten, dass er nie mit ihr allein gewesen war. Hier im Haus waren immer Mama, Vivien und ich anwesend, und wenn er zu Denise gegangen ist, ist Megan immer dabei gewesen.

Hat dieses Gerücht, das sich zu mehr als nur einem Gerücht auswuchs, die Polizei beeinflusst? Hat man deshalb nicht nach ihm gesucht? Vielleicht hätte man es sowieso nicht getan. Vielleicht passte er einfach nicht in die Kategorie schwacher Leute. Bis zu einem gewissen Punkt haben wir nach ihm gesucht. Mama hat bei sämtlichen Verwandten angerufen und alle verfügbaren Adressen angeschrieben, wenn auch ohne große Überzeugung. Wie gesagt, sie wusste, dass er tot war. Es war die einzig mögliche Erklärung.

Ganz im Gegensatz zur Versicherungsgesellschaft; die wusste es nicht. Meine Eltern hatten mit der Baugesellschaft eine jener typischen Vereinbarungen getroffen, wodurch sichergestellt ist, dass beim Tod eines Partners der andere alleiniger Eigentümer der Immobilie wird. Diese Gesellschaft wusste es nicht. Unser Haus würde uns nur gehören, wenn Mama weiterhin die Hypothek abzahlen konnte. Papas Pension bekäme sie nur, wenn sie nachweisen konnte, dass er tot war. Natürlich hätte sie Sozialhilfe beantragen können, aber das kam für sie nicht infrage. Vor ihrer Ehe mit Papa war sie Bibliothekarin gewesen. Sie schaffte es, einen Job in einer Buchhandlung zu bekommen.

Das alles geschah erst Monate später. Inzwischen lebten wir von ihrem gemeinsamen Konto und von Mamas Ersparnissen. Es wäre klug gewesen, unser Haus zu verkaufen und dafür eine Wohnung zu erwerben, die für uns drei gereicht hätte, das wusste sie. Trotzdem konnte sie das Haus nicht verkaufen. Es gehörte ihr nicht, oder besser gesagt, es gehörte ihr und Papa gemeinsam, und Papa war nicht da und konnte sich nicht mit dem Verkauf einverstanden erklären. Um über die Runden zu kommen, vermietete sie eines der Zimmer im oberen Stockwerk, ihr eigenes Schlafzimmer: Wir behielten unsere Zimmer, während sie in Papas Arbeitszimmer zog.

Zuvor musste man dieses Zimmer aber noch ausräumen. Ich muss hier betonen, wie schrecklich das alles für sie war, und wie sehr wir alle darunter litten, besonders aber sie. Ihr eheliches Schlafzimmer einer Fremden zu überlassen, war schon schlimm genug, aber Papas Arbeitszimmer zu betreten, das sie immer irgendwie als sein unantastbares und absolut privates Heiligtum betrachtet hatte, dieses Zimmer in seine Bestandteile zu zerlegen und auszuräumen, bereitete ihr tiefste Qualen. Ein größeres Sakrileg gab es nicht. Und doch hat sie es getan. Es blieb ihr nichts anderes übrig. Und wir haben sie dabei begleitet. Nicht wir hatten gebettelt, dabei sein zu dürfen, sondern *sie* hatte *uns* gefragt. Meiner Ansicht nach wollte sie dort drinnen nicht allein sein, oder sie hatte Angst, sie könnte die Fassung verlieren und mit einem Weinkampf zusammenbrechen.

Wir, Vivien und ich, waren noch nie vorher in diesem Zimmer gewesen, auch wenn es seltsam klingt. Mama natürlich schon, wahrscheinlich als wir noch klein waren und sie dieses Zimmer mit ihm gemeinsam als sein zukünftiges Allerheiligstes hergerichtet hat. Später haben wir auf dem Weg ins Bett einen Blick hineinwerfen können, zum Beispiel wenn Papa herauskam, um uns gute Nacht zu sagen, und dabei die Tür offen ließ. Eigentlich haben wir uns überhaupt nicht dafür interessiert. Es war nur ein ganz normales kleines Zimmer, eine Art Abstellkammer, wie man das in Häusern wie unserem nannte. Dort hatte man nach dem Bau des Hauses, als der Platz noch nicht knapp war, vermutlich Kartons und Koffer aufbewahrt. Beim Hineinschauen entdeckten wir ein Zimmer, das kaum größer war als ein Schrank, mit Schreibtisch und Stuhl, Aktenschrank, überquellenden Bücherregalen und jeder Menge Papier. Mehr hatte darin nicht Platz. Sechs Monate nachdem Mama ihren Mann und wir unseren Vater verloren hatten, betraten wir es zum ersten Mal. Mit Mühe hatten wir alle gerade noch Platz darin, und das auch nur, weil wir klein und schlank waren.

Einen Computer gab es nicht. Vivien und ich hatten uns an Computer gewöhnt, obwohl wir selbst keinen hatten, aber in der Schule gab es welche. Noch nie hatten wir eine elektrische Schreibmaschine gesehen. Mama musste uns erst erklären, was das war. In unseren Augen handelte es sich um etwas Uraltes, was genauso *vorsintflutlich* war wie ein Füllfederhalter oder ein Ein-Pfund-Schein. Uns interessierte, wozu Papa so etwas gebraucht hatte. »Für den Abschluss seines Aufbaustudiums«, war die einzige Antwort, die Mama einfiel, und dann sagte sie: »Um seine Diplomarbeit zu schreiben.« Angenommen, das war die Wahrheit. Was war dann mit der Diplomarbeit passiert? Hatte er schon damit begonnen? War sie halb fertig?

Was es auch gewesen sein mochte, jedenfalls fand sich nicht der kleinste Hinweis mehr darauf. In Anbetracht unserer Fundstücke hätte Papa ebenso gut hier drinnen sitzen und zum wiederholten Mal die Bücher aus dem Regal lesen können. Die Bücher selbst lieferten keinen Hinweis: *The Oxford Dictionary*, *Roget's Thesaurus* und *Brewers Lexikon des guten Schreibstils*, ein Lexikon der Antike, Ovids *Metamorphosen* in einer Neuübersetzung, Isländische Sagen, Romane von J. R. R. Tolkien, Ursula Le Giun und Terry Pratchett, Darwins *Über die Entstehung der Arten* und *Die Fahrt mit der Beagle* sowie Bücher von Stephen Jay Gouls und Richard Dawkins.

Wir trugen die Bücher hinunter und stapelten sie aus Platzmangel oben auf den Bücherregalen. Die Zeitungen verfrachteten wir auf den Speicher, die leeren Blätter behielten wir zum Briefeschreiben. Leider schrieben wir kaum Briefe. Wir hatten keine Brieffreunde, und so liegt das Papier immer noch in dem Haus, in dem ich seit Mamas Tod allein wohne. Wir fanden nur ein einziges Stück Papier, das uns vielleicht einen Hinweis darauf hätte liefern können, wohin Papa nach Maurice Davidsons Begräbnis gegangen war, aber leider vergeblich. Warum hatte ich mir eingebildet, es hätte eine Spur sein können? Ich weiß es nicht. Vielleicht weil es die einzige handschriftliche Aufzeichnung war. Natürlich fanden wir Scheckbelege. Schließlich erledigte er in diesem Zimmer ja auch Geschäftliches, bezahlte Rechnungen, füllte Formulare aus und solche Dinge. Und doch war dieser Zettel von der Größe einer DIN-A5-Seite das einzige Handschriftliche, was er hinterlassen hatte. Es ließ sich kaum vermeiden, dass wir daraus schlossen, er habe bewusst alles aus diesem Zimmer entfernt, was auch nur den leisesten Hinweis auf Ziel und Sinn seiner Reise hätte liefern können. Genau das habe ich auch zu Mama gesagt, aber sie wollte davon nichts hören und meinte: »Er wusste nicht, dass er sterben würde, während ich weiß, dass er tot ist. Ich weiß es einfach.«

Und der Zettel? Was stand auf diesem einzigen handschriftlichen Dokument? Eine Namensliste zeitgenössischer Autoren, hauptsächlich von Science-Fiction-Autoren, die alle noch lebten, und dazu eine Liste von Verlagen. Darunter hatte er geschrieben: »Recherchieren? Korrekturlesen? Redigieren?«

Mama meinte, der Zettel würde uns bei der Suche nach seinem Ziel an jenem Nachmittag nicht weiterhelfen, doch dann fiel ihr etwas ein: Als sie vor Jahren unseretwegen keinen Job annehmen konnte, hatte Papa überlegt, ob er nicht versuchen sollte, Arbeit als Gutachter für einen Verlag zu finden. Dass es so etwas gab, wusste er, denn Verleger beschäftigten Leute zum Lesen von Manuskripten. Aber er hat es nie gemacht. Sein Aufwand hätte in keinem Verhältnis zu dem geringen Honorar gestanden. Anschließend haben wir tatsächlich die Verlage auf der Liste angerufen, aber keiner hatte je etwas von ihm gehört. Auch das brachte uns also nicht weiter.

Inzwischen war sein Arbeitszimmer leer – schließlich war er zu diesem Zeitpunkt schon über ein Jahr fort –, und Mama zog ein. Ihr Schlafzimmer überließ sie der Untermieterin. Vera war eine ruhige und ordentliche Frau. Vivien und ich konnten sie trotzdem nicht leiden. Wir hassten es, dass wir mit ihr ein Badezimmer teilen mussten, obwohl uns das bei Papa nie etwas ausgemacht hatte. Vermutlich ist es für Vera viel härter gewesen, mit uns ein Bad zu teilen. Inzwischen kamen wir in das Alter, in dem Mädchen das Bad blockieren, Handtücher auf den Fußboden werfen und ein heilloses Durcheinander hinterlassen. Vera aß fast nur Gebratenes, deshalb stank unsere Küche ständig nach Bratfett, was Mama am meisten störte. Mehr als die Tatsache, dass sie in diesem winzigen Zimmer schlafen musste, das sie sicher stündlich an die Zeit erinnerte, als Papa hier still und glücklich gesessen hatte. Mehr als die

Tatsache, dass sie das Auto verkaufen und auf Sommerurlaub verzichten musste.

Man kann sich an alles gewöhnen. Oder doch nicht? Trotz der radikalen Veränderung in unserem Leben hatten Vivien und ich immer noch die Schule, die wir beide mochten, und unsere Freunde und die Großeltern, die uns unendlich viel Gutes taten, auch wenn wir das damals nicht wussten. Kinder interessieren sich für so etwas nicht. Aber später hat uns Mama erzählt, dass Papas Eltern zwei Jahre lang die Hypothek und sämtliche Handwerkerrechnungen bezahlt haben. Als ich fünfzehn und Vivien dreizehn war, starb unsere Omi, und Großpapa zog bei uns ein. Das war das Ende von Vera mit ihrer Bratpfanne und der stinkenden billigen Parfümwolke, die sie im Bad hinterließ. Danach mussten wir auch nicht mehr jeden Penny umdrehen und uns neue Sachen restlos verkneifen. Seit drei Jahren hatte sich meine Mutter nicht einmal einen Pullover gekauft, geschweige denn ein Paar Schuhe. Mit Großpapa im Haus wurde alles anders. Laut Mama hatte er sein eigenes Haus für eine erstaunliche Summe verkaufen können. Außerdem hatte er noch eine sehr gute Rente und brachte sein Auto mit.

Wir beide liebten Großpapa. Er war großzügig, unkompliziert und nie aufdringlich, aber das Beste an ihm war in meinen Augen, dass er uns an Papa erinnerte. Mama muss das wehgetan haben, ganz im Gegensatz zu mir, und Vivien sah es vermutlich ähnlich. Seine Stimme klang wie die von Papa, und er ähnelte ihm auch physisch, obwohl Papa ein bisschen größer gewesen war. Großpapa hatte immer noch volle Haare, die obendrein noch ziemlich dunkel waren. Wenn ich manchmal von der Schule heimkam und in unser Wohnzimmer lief, saß Großpapa in einem Lehnstuhl und las. Er war ein Vielleser – genau wie Papa. Dann drehte er sich um, sagte Hallo, streckte eine Hand aus und gab mir einen Kuss. Und einen Augenblick lang war er mein Papa. Die Hand fühlte sich genauso an, und es waren die gleichen trockenen, kräftigen Lippen. Damit besserte sich also unsere Lage, jedenfalls für Vivien und mich. Mama war ganz schmal geworden und hatte immer einen traurigen Gesichtsausdruck. Eines Abends – Großpapa war schon schlafen gegangen, und Vivien machte in unserem gemeinsamen Zimmer Hausaufgaben – sagte Mama nüchtern: »Am liebsten würde ich sterben.« Sicher hätte sie das zu einer Sechzehnjährigen nicht sagen sollen, aber sie hatte wohl das Bedürfnis, es irgendwo loszuwerden. Wahrscheinlich wollte sie mit diesem »am liebsten« die Wucht ein wenig abmildern. »Vier Jahre lebe ich nun schon ohne ihn«, sagte sie, »aber es ist nicht besser geworden. Mitten in einer Menschenmenge sehe ich ihn und bin mir einen Moment lang sicher, dass er es ist, obwohl es natürlich nicht wahr ist. Gestern stand ich in der U-Bahn-Station und habe ihn die Rolltreppe herunterkommen sehen. Ich entdecke ihn auf Zeitungsfotos und in Menschenansammlungen im Fernsehen. Ich möchte sterben, damit das aufhört.«

Ich wusste nicht, was ich sagen sollte. Im Gegensatz zu ihr musste ich weinen. Sie saß nur da und starrte mit leerem Blick durchs Zimmer. »Es hat mir nicht viel ausgemacht, dass ich das Auto verkaufen und Veras Gegenwart ertragen musste, und auch nicht, dass ich mir einen Job suchen musste. Und so weiter. Im Vergleich zu der Tatsache, dass ich ihn verloren habe, war das alles nichts.«

Daraufhin wollte ich wissen, ob es für sie leichter wäre, wenn wir wüssten, was Papa zugestoßen sei, aber sie meinte nur, sie glaube, nein. Sie habe immer gewusst, dass er tot sei. Gerne hätte ich sie gefragt, wie er ihrer Meinung nach gestorben sein könnte, ich meine, was die Todesursache gewesen sei; aber ich wagte nicht, etwas zu sagen, was ihr vielleicht noch mehr Schmerzen bereiten konnte.

Vivien und ich hatten unsere eigenen Ideen, was ihm vielleicht zugestoßen war. Vivien neigte zu der Theorie, er sei ertrunken, weil Lewes in der Nähe der Südküste liegt. Sie stellte sich vor, er sei nach Brighton oder an sonst einen Ort da unten gefahren, wo die Kreideklippen stehen, und sei ins Meer gestürzt. In Anbetracht der Tatsache, dass es an jenem Tag wie aus Eimern geschüttet hatte, konnte ich mir keinen Grund denken, warum jemand freiwillig ans Meer fahren würde. Ich stellte mir vor, Papa habe nach der Beerdigung auf dem Weg zum Bahnhof an einem einsamen Platz einen Herzinfarkt bekommen. Wenn er in einem Wald gestorben wäre, würde man seine Leiche vielleicht nie finden.

Wir schmiedeten Pläne für eine Fahrt nach Lewes. Wir würden zum Haus von Carol Davidson gehen und die Route nachvollziehen, die Papa auf dem Weg zum Bahnhof genommen haben musste. Dazu kam es nie. Das Ganze war mehr ein Hirngespinst als ein Plan, den man in die Wirklichkeit umsetzen konnte. Außerdem war die Situation für uns anders als für Mama. Ich stand vor dem Abitur und Vivien vor dem Abschluss der Sekundarstufe. Ich hatte einen Freund. Vivien war in der Schultennismannschaft und spielte Geige im Orchester. Allmählich war unser Leben restlos mit Hobbys ausgefüllt. Wir beide lernten viel für die Schule, vielleicht mehr, als wenn Papa noch bei uns gewesen wäre. Eines Tages würden wir unbedingt gute Jobs brauchen, das war uns klar, und vorher mussten wir noch studieren.

Auch uns begleitete ständig ein Gefühl des Verlusts, das manchmal sehr wehtat, aber das war nichts im Vergleich zu Mamas Leid. Mit Papas Fortgehen verschwand alles aus ihrem Leben, was ihr je etwas bedeutet hatte. Nun, sie hatte uns, was ihr vermutlich guttat, aber ein echter Trost war es nicht. Die ganze Zeit liege ein tiefes Gefühl der Einsamkeit wie ein Schatten über ihr, sagte sie. Als sie krank wurde, war ich achtzehn und im ersten Jahr auf der Universität in York. Mir fiel auf, wie dünn sie geworden war, obwohl sie sich noch mehr Gewichtsverlust eigentlich nicht leisten konnte. Als ich in den Semesterferien heimkam, riet ich ihr zu einem Besuch bei ihrem Hausarzt. So abzumagern, sei nicht normal. Aber sie meinte, bis auf leichte Kreuzschmerzen gehe es ihr gut. Im Oktober fuhr ich wieder nach York, aber schon im nächsten Monat trieb mich ein panischer Anruf von Vivien übers Wochenende wieder nach Hause. Man hatte bei Mama Brustkrebs festgestellt, der sich bereits im Rückenmark ausgebreitet hatte.

Entgegen meinem Vorschlag war sie nicht zum Hausarzt gegangen. Als sie es wegen der starken Schmerzen schließlich doch tat, hatte man sofort mit Chemotherapie begonnen. Im Krankenhaus sagte man mir, dass es zu spät sei. Jetzt könne man sie nur noch palliativ versorgen, um die Schmerzen zu lindern. Sie war so dünn, dass ihr die Ringe vom Finger fielen. Mit dem Lächeln eines Totenschädels gab sie mir ihren Ehering und den Verlobungsring und bat mich, sie aufzuheben, einen für mich und einen für Vivien, falls wir sie eines Tages tragen möchten. Sie wusste, dass es für sie keine Hoffnung mehr gab. »Papas Ehering sah genauso aus wie meiner«, sagte sie, »mit der gleichen Gravur auf der Innenseite.«

Ich sagte nichts. Ich saß nur da und hielt ihre unberingte Hand.

»Ich denke dauernd an ihn«, sagte sie. »Wenn ich doch nur glauben könnte, dass wir uns wiedersehen werden, aber das tu ich nicht, wirklich nicht.«

Zu Hause las ich die Inschrift in dem Ehering. Es war ein mit Blättern ziselierter Ring aus Gold. »Für immer« stand darin. Nun, es war ja auch für immer, so wie sie es eben vermocht hatten. Mama starb im darauffolgenden

Jahr, Mitte Januar. Ich fuhr so oft wie möglich heim, während Vivien in ihren letzten Lebensmonaten immer bei ihr war und sie täglich besuchte. »Sie hat genau gewusst, was ihr fehlte«, sagte Vivien zu mir. »Das weiß ich, obwohl sie es nie gesagt hat. Ungefähr vor einem Jahr hatte sie einen Knoten in der linken Brust entdeckt, hat aber nichts dagegen unternommen. Zum Arzt ist sie erst gegangen, als ihre Kreuzschmerzen unerträglich wurden.«

Ich wollte von ihr wissen, wovor Mama Angst gehabt hatte.

»Vor gar nichts«, meinte sie. »Sie fürchtete sich nur davor, weiterleben zu müssen. Sie unternahm nichts gegen den Knoten, weil sie unbedingt sterben wollte. Selbstmord kam für sie nicht in Frage, aber sie wusste, diese Krankheit würde sie töten, und genau das wollte sie.«

Und so lebten wir dort allein weiter, zusammen mit Großpapa, der seine Frau und seinen einzigen Sohn verloren hatte. Auch er starb ein paar Jahre später, aber mit zweiundachtzig ist der Tod keine Tragödie, nicht wie mit vierundvierzig und mit neunundvierzig. Trotzdem hatten wir mit ihm wieder einen Menschen verloren, den wir vermissten. Großpapa hatte uns sein ganzes Hab und Gut vermacht. Es genügte, um die Hypothek abzubezahlen, und danach blieb für jede von uns immer noch einiges übrig. Weil Vivien mit ihrem Freund in eine gemeinsame Wohnung ziehen wollte, habe ich sie ausbezahlt, und jetzt lebe ich allein im Haus. Trotzdem möchte ich es nicht verkaufen. Ich bin nicht wie Mama, ich glaube nicht, dass Papa tot ist. Eines Tages wird er wiederkommen, und dann werde ich ihn hier erwarten, mit allem, was einmal ihm gehört hat: dem Ehering, den er Mama an den Finger gesteckt hat, und jenem Stück Papier mit seiner Handschrift. Mit allem, was mir von ihm geblieben ist.

Selina Hexhams Erinnerungen an ihren Vater, Spurlos

verschwunden: Der verlorene Vater, *erscheinen im Januar 2007 bei Lawrence Busoni Hill.*

Barry steckte die Zeitungsausschnitte aus den beiden letzten Sonntagsausgaben in einen Umschlag und fuhr damit nach Kingsmarkham hinüber. Für den Fall, dass Wexford nicht da wäre, hatte er ein Begleitschreiben beigefügt, in dem lediglich stand, dass die Ausschnitte aus der *Sunday Times* von ihm stammten. Wexford würde Bescheid wissen. Seine Tochter Sheila öffnete mit einem Baby im Arm. Barry war für sie ein Unbekannter, während er sie wie jeder Fernsehzuschauer und Zeitungsleser selbstverständlich kannte. Ihr Gesicht war allen vertraut. Sie meinte, ihr Vater sei nicht da, sie wisse auch nicht, wo er sei, aber vielleicht möchte Barry hereinkommen. Sie säßen gerade beim Kaffee.

Barry lehnte dankend ab und meinte, das sei sehr freundlich von ihr. Angenommen, dieser Hexham wäre die Leiche aus dem Graben, und er hätte es herausgefunden – das wäre doch etwas. Mit diesem Gedanken fuhr er nach Stowerton zurück. Er war genauso zornig, wie es vielleicht auch Wexford sein würde. Irgendjemand hatte diesen Mann umgebracht und seine Leiche wie ein verendetes Stück Vieh in einen Graben geworfen. Vielleicht gehörte er zu den Leuten, die Barry befragt hatte, vielleicht auch nicht. Er dachte an die Mädchen, an deren Mutter, an die Eltern des Toten. Sie mussten nicht nur um einen geliebten Menschen trauern, sondern auch noch wirtschaftliche Entbehrungen ertragen, wie sie bei unvermittelten Todesfällen immer auftreten. Das alles hatte einer dieser Leute auf dem Gewissen, und als Motiv kam vermutlich nur Habgier oder Feigheit in Frage.

Wenn es denn Hexham wäre.

15

»Soll ich meinen Anwalt hinzuziehen?«

Wexford war überrascht. Woher wusste sie, dass man einen benötigte? Doch dann fielen ihm wieder die vielen Gerichts- und Polizeiserien im Fernsehen ein, die sich Menschen anschauten, die ans Haus gefesselt waren. Stumm schüttelte er den Kopf. »Noch nicht«, hätte er beinahe gesagt. Würde er sie eines schönen Tages verhaften müssen?

An diesem Sonntagvormittag wirkte sie unverändert mitleiderregend. Als er sie am Abend zuvor verlassen hatte, war sie nicht allein gewesen. Er hatte darauf bestanden, dass sie jemanden zu sich holte, ehe er ging. Sie hatte ihre Putzfrau angerufen, die sich bereit erklärte zu kommen. Er fand es schrecklich, dass sie keine andere Gesellschaft auftreiben konnte als eine Frau, die nicht sonderlich viel Sympathie für sie empfand und die sie obendrein bezahlen musste. Selbstverständlich hätte sie ihrer Putzfrau nie gesagt, warum sie sie bei sich haben wollte. Sie meinte nur, sie fühle sich nicht wohl und sei unruhig, weil sie allein sei.

Sie lehnte auf ihrem wulstigen Plüschsofa und hatte die geschwollenen Beine auf ein Kissen gelegt. Ihr Gesicht war mit einer weißen Puderschicht überkrustet. Da die Heizkörper unsinnigerweise förmlich glühten, obwohl anscheinend niemand Wert darauf legte, fächelte sie sich mit einer Werbebeilage aus einer Zeitung Luft zu. Er wurde das hilflos-zornige Gefühl nicht los, dass man für Leute ihres Schlags etwas tun müsste, ihnen helfen und ihr Los erleichtern müsste, auch wenn er nicht gewusst hätte, wie. Sie war weder arm noch bedürftig. Sie erinnerte an die Frau aus dem Gedicht: »Sag, warum gehst du mit Handschuhen durchs Feld… Sag, dicke Madam, die keiner liebt auf der

Welt.« Gewiss, sie war selbst daran schuld, dass niemand sie liebte, aber dafür war es jetzt zu spät.

»Haben Sie eine Ahnung, wer dieser Mann gewesen ist?«, fragte er sie.

»Natürlich nicht.« Ihre Antwort kam viel zu schnell. »Solche Leute kenne ich nicht. Ich weiß nur, dass ich ihn vorher noch nie gesehen hatte.«

»Mrs. McNeil, im Haus lagen Kleidungsstücke herum«, hob er an, »in der Küche. Sie haben ihm gehört.«

»Wie gesagt, ich habe ihn durchs Fenster gesehen, und da hat er dieses orange Zeug getragen. Danach habe ich ihn erst wieder als Toten gesehen.«

Nachdem Ihr Mann ihn erschossen hatte, korrigierte Wexford sie insgeheim. Dieser Mensch war am helllichten Tag mit einem Gewehr über die Straße spaziert. Aber warum nicht? Wer hätte dazu etwas sagen wollen? Wer hätte sich aufgeregt, wenn er Schüsse gehört hätte? Hier draußen wurde das ganze Jahr über Jagd auf Kaninchen und Tauben gemacht. Eine Schonzeit gab es nicht.

»Und außerdem hing noch im Schlafzimmer ein ganzer Schrank voller Kleidung«, ergänzte sie. »Alles vom alten Mr. Grimble. Der Sohn hat es nie weggebracht, sondern einfach dort hängen lassen. Heutzutage fehlt den Leuten jeder Respekt. Ich bin froh, dass ich keine Kinder hatte.«

Er verkniff sich die Bemerkung, dass diese andernfalls bereits auf die sechzig zugehen würden. »Haben Sie die Kleidungsstücke auf der Küchenanrichte gesehen?«

»Sie haben ihm gehört, diesem Mann, der auf Ronald mit dem Messer losgegangen ist. Er hat sie ausgezogen, als er ins Bad ging.«

»Mrs. McNeil, ich möchte, dass Sie jetzt genau überlegen, bevor Sie antworten. Haben Sie und Ihr Mann aus den Kleidungsstücken etwas an sich genommen, nachdem der Mann ... tot war?«

Statt genau zu überlegen, antwortete sie sofort.

»Was denn?«

Dinge, die er mit Sicherheit bei sich hatte, dachte Wexford, *Dinge, die jeder hat, und wenn er noch so arm ist.* »Kleingeld, Führerschein, Schlüssel?«

In ihrem Gesicht spiegelte sich eine Mischung aus Verachtung und Ungeduld. Diese Miene kannte Wexford nur zu gut. Darin drückte sich die Geringschätzung für eine Sorte Mensch aus, von denen Mrs. McNeils Eltern behauptet hätten, sie würden die Badewanne als Kohlenlager missbrauchen, während sie selbst gesagt hätte, heutzutage täten sie das nur nicht mehr, weil sie in Sozialwohnungen mit Zentralheizung säßen.

»Leute von der Sorte haben so etwas nicht«, behauptete sie.

»Leute von welcher Sorte, Mrs. McNeil?«

»Leute aus der Arbeiterschaft, auch wenn sie nicht sonderlich viel arbeiten.«

Wexford musste sich sehr bemühen, dass ihm das mitleidige Gefühl, das er für sie empfand, nicht abhandenkam. »Nicht einmal einen Schlüssel?«

Zögernd blickte sie wie auf der Suche nach einem Fluchtweg nach rechts und links. »Mein Mann hat die Kleidungsstücke durchsucht.« Sie hielt mit verkniffenen Lippen inne und meinte dann gewissenhaft: »Da war ein bisschen Geld.«

Ihre Augen hatten einen neuen Ausdruck angenommen, den Wexford bisher noch nicht gesehen hatte. Selbstgerechtigkeit? Diesen Blick hatten weder Mord oder zumindest Totschlag noch das Verstecken einer Leiche und das unerlaubte Betreten eines fremden Grundstücks hervorrufen können, aber wenn es um Eigentum, Besitz und Geld ging, war das etwas ganz anderes. Das schlimmste Verbrechen war, wenn man selbst diese Dinge verlor beziehungsweise andere darum brachte.

»Wo lag es?«

»In der Hosentasche. In so einem blauen Zeug, das alle tragen.«

»Wie viel Geld, Mrs. McNeil?«

»Ziemlich viel. Ich weiß es nicht, ich habe es nicht gezählt.« Sie wirkte empört. »Unterstellen Sie etwa, wir hätten es gestohlen? Wie können Sie es wagen! Diebstahl ist eine *Sünde.*«

»Mrs. McNeil, ich weiß ganz genau, dass Sie das nicht getan haben.«

»Was wollen Sie dann noch? Ich habe Ihnen erzählt, dass der Mann tot war. Mein Mann hat ihn aus Notwehr erschossen.«

Aus welcher Entfernung? Drei Meter? Vier Meter?

Die Putzfrau kam und bot an, für Irene McNeil ein Mittagessen herzurichten und den ganzen Nachmittag bei ihr zu bleiben. Mrs. McNeil hatte niemanden. Ihre Freundinnen mussten inzwischen tot sein, falls sie je welche gehabt hatte. Trotzdem war Wexfords Mitgefühl wie weggeblasen. Laut Maeve Tredown und der deutlich zuverlässigeren Aussage der Putzfrau war Irene McNeil vierundachtzig. Würde er es übers Herz bringen, gegen eine Frau ihres Alters in irgendeinem Punkt Anklage zu erheben? Vielleicht war er dazu gezwungen. Wieder befragte er sie nach dem Schusswechsel und dem Messer.

»Ich war nicht dabei.« Bald würde sie nur noch wimmern. »Ich habe es nicht gesehen. Ronald hat gesagt, er sei mit dem Messer auf ihn losgegangen, und Ronald hätte nie gelogen.«

»Haben Sie das Messer gesehen?«

»Ich weiß nicht. Ich glaube schon, ich erinnere mich nicht. Es war ein Schock, als Ronald zurückkam und sagte, er habe einen Mann getötet. Auch wenn es aus Notwehr geschah. Ich war verstört, ich habe ihn nicht sehr viel gefragt.«

»Mrs. McNeil, wollen Sie damit sagen, dass dieser Mann, der seine Kleidung in der Küche liegen gelassen hatte, ein Messer mitnahm, als er, nur mit der Unterwäsche bekleidet, ins Bad ging?«

»Ich weiß es nicht«, sagte sie. »Mein Mann hat gesagt, es sei so gewesen. Ronald hat nie gelogen.«

»Dann müsste das Messer ja noch dort liegen, oder? Der Mann hätte es fallen lassen, also läge es immer noch im Bad.«

»Ich weiß es nicht. Ich erinnere mich nicht. Ich bin so müde.« Sie fing zu weinen an. »Ich weiß nicht, was ich tun soll.«

Die Putzfrau machte den Eindruck, als wäre mit ihr nicht zu spaßen. Sie rief: »Sie haben sie ganz schön aufgeregt. Hoffentlich sind Sie jetzt zufrieden.«

Dora, Sheila und die kleinen Mädchen hatten schon zu Mittag gegessen. Paul wollte Sheila am späteren Nachmittag abholen. Wexford aß, was sie ihm übrig gelassen hatten: kaltes Huhn mit Salat – nicht gerade sein Lieblingsessen. Da ihm nur die Wahl zwischen Mineralwasser und Cranberrysaft blieb, trank er nichts und lauschte stattdessen dem Gespräch zwischen Mutter und Tochter über Sheilas bevorstehende Hochzeit. In ihrer großen Erleichterung darüber, dass Sheila endlich heiraten würde, erhob Dora keinerlei Einwände gegen die Zeremonie, die am Strand einer Insel vor der schottischen Westküste geplant war. Nur der Vorschlag, Amulet und Anoushka als Brautjungfern zu nehmen, rief bei ihr Protest hervor. Wexford überlegte, dass er das Fest vermutlich in vollen Zügen genießen würde, da man von ihm nicht einmal die Bezahlung der Rechnung erwartete, ganz im Gegensatz zur ersten Trauung in St. Peter, in Kingsmarkham.

Sie hatten ihm neben seinen Teller einen an ihn adressierten Umschlag gelegt. Als er das Hühnchen verspeist und genug Salat gegessen hatte, um seine Frau milde zu stimmen, öffnete er ihn. In Gedanken zitierte er Wexfords Siebtes Erfahrungsgesetz: Im Gegensatz zu Männern essen Frauen gerne kalt und lieben Rohkost. Er entfaltete die beiden Zeitungsausschnitte, von denen einer das heutige Datum trug, und las. Bevor er den zweiten Artikel in Angriff nahm, vertauschte er seinen Sitzplatz mit einem Sessel. Sheila kam herüber und setzte sich, mit Anoushka auf den Knien, neben ihn.

»Paps, bist du müde? Du siehst ein bisschen schläfrig aus.«

»Schon möglich.« In letzter Zeit hatte er reichlich Erfahrung mit der Interpretation von Gesichtsausdrücken gewonnen. »Du willst etwas, das sehe ich. Was denn?«

»Während du weg warst, kam Mrs. Dirir vorbei und wollte mich sprechen. Sie wusste, dass ich da bin. Mami hatte es ihr gesagt. Sie wollte wissen, ob sie dich heute Abend sprechen könnte. Sie möchte dir unbedingt jemanden vorstellen – ein Mädchen.«

Er stöhnte leise. »Sheila, es ist Sonntag.« Aber sogar in seinen Ohren klang eine solche Klage absurd. Warum machte er sich überhaupt die Mühe? Bei ihrer Generation und bei allen Jüngeren zog das nicht mehr als gewichtige Entschuldigung. Der Sonntag war kein Ruhetag mehr, an dem die Geschäfte geschlossen waren und es kein Freizeitvergnügen gab. Heutzutage blieben die Leute sonntags nicht mehr still und friedlich zu Hause.

»Paps, ich glaube, es ist wichtig. Es hat etwas mit Genitalverstümmelung zu tun.«

»Wann kommt sie denn?«

Sie lächelte. Er hatte eingelenkt, sie wusste es.

»Gegen neunzehn Uhr, hat sie gemeint.«

Nachdem Paul gekommen war, um sie mit seinen kleinen Töchtern abzuholen, las Wexford zum zweiten Mal die Zeitungsausschnitte, die ihm Barry Vine geschickt hatte. *Möglich wäre es*, dachte er. Vielleicht sogar wahrscheinlich. Die Daten stimmten: Hexham war am Donnerstag, 15. Juni 1995, verschwunden, zwei Tage, bevor man den Graben auf Grimble's Field endgültig verfüllt hatte. Der Mann hatte das richtige Alter. Zwischen vierzig und fünfzig hatte Carina Laxton gemeint, und Alan Hexham war vierundvierzig gewesen. Im Laufe der bisherigen Ermittlungen hatte sich abgezeichnet, dass der erste der nicht identifizierten Männer hier zu Besuch gewesen sein musste. Auch wenn in diesem Buch kein Hinweis darauf stand, dass Hexham je in der Nähe von Kingsmarkham gewesen war, beziehungsweise dass er Flagford besucht hatte, so sprach auch nichts dagegen oder schloss es von vornherein aus. Bis vierzehn Uhr hatte er sich in Lewes aufgehalten, und danach schien er wie vom Erdboden verschluckt zu sein. Er hätte genauso gut mit dem Zug nach Kingsmarkham fahren können, anstatt nach Brighton, oder auch zurück nach London und dort einen Zug oder einen Bus mit anderem Ziel nehmen können.

Selbstverständlich musste man in diese Richtung ermitteln. Man musste die junge Frau befragen, diese Selina Hexham, und zwar er höchstpersönlich. Eines stand fest: Diese Sache konnte man nicht einfach auf Eis legen. Bei diesem Vergleich fragte er sich, ob das heute wohl noch jemand machte. Gab es noch Firmen, die Eisblöcke herstellten und lieferten? Jetzt, da in jedem Haushalt elektrische Kühlschränke standen? Vermutlich nicht. Aber noch während er über diese Frage nachgrübelte, schlief er ein.

Das Mädchen, das in Begleitung von Iman Dirir kam, war Matea. Deshalb hatte sie also bei seinem letzten gemeinsamen Besuch mit Burden im indischen Lokal mit ihm sprechen wollen. Deshalb hatte sie an Halloween bei ihm geläutet.

Sie trug eine Kleidung, die im Westen ebenso verbreitet war wie im Orient: eine weite Baumwollhose und darüber eine bestickte und mit Pailletten verzierte Tunika mit langen Ärmeln, die in London genauso modern war wie in Amman oder in Mogadischu. In Wexfords Augen glich sie einem Mädchen aus den Gedichten von Omar Khayyam, neben dem jeder Mann gerne in der Wildnis bei einem Laib Brot und einem Becher Wein sitzen würde. Ihre langen schwarzen Haare strömten wie ein Fluss über ihren Rücken. Sie saßen vor einem Kaminfeuer, das Dora eben erst in dem Glauben angezündet hatte, Einwanderer aus warmen Gefilden müssten in ihrer Wahlheimat ständig frieren.

Draußen war alles von einer dichten Laubschicht bedeckt. In dem Licht, das durch die Terrassentüren auf den Rasen fiel, zeichnete sich kein Quadratzentimeter grünes Gras ab. Nichts regte sich, nur ein Eichhörnchen durchstöberte systematisch den gelben Teppich. Der Wind war eingeschlafen. Matea saß mit ihren im Schoß gefalteten Händen unbewegt da wie die Luft. Leise sagte Mrs. Dirir, die Matea so ähnlich sah, dass sie ihre Mutter hätte sein können, zu Wexford: »In unserer Gesellschaft werden wir dazu erzogen, über dieses Thema nicht zu sprechen. Es wäre besser, wenn wir es täten, aber das tut niemand. Das Äußerste, was wir je wagen, ist die gegenseitige Frage von jungen Mädchen: ›Hat man dich geschnitten?‹«

Wexford sah das Mädchen zittern. Es war nur eine ganz leichte Bewegung, weniger als ein Schauer. Die andere Frau fuhr fort: »Man sagt, man würde nur dann zur Frau, wenn man das hinter sich hat. Es handelt sich um ein … um ein … wie heißt das Wort? … um ein Statussymbol.«

»Ja, ich verstehe«, warf Dora rasch ein, stand auf und zog

die Vorhänge zu, als wollte sie etwaige Bedrohungen ausschließen.

»Sie wissen, dass mein Mann und ich unsere Töchter hierhergebracht haben, um sie davor zu bewahren«, sagte Iman Dirir zu Wexford. Mit einer eleganten Bewegung deutete sie auf das Mächen. »Matea wurde es nicht erspart. Sie hat es erlebt. Man hat sie noch als ganz kleines Mädchen beschnitten.«

Das Mädchen errötete. Die Erinnerung schmerzte. »Drei Jahre war ich alt.«

»Mr. Wexford, es fällt ihr schwer, darüber zu sprechen. Außer mit mir und ein paar anderen Frauen, die … die dagegen sind, hat sie noch nie darüber gesprochen.«

»Ich weiß«, erwiderte er, »oder, besser gesagt, ich kann es mir vorstellen.« Er hörte, wie Dora neben ihm leise gequält aufstöhnte.

»Sie hat mir erzählt, für sie wäre es nicht so schlimm gewesen wie für einige andere«, berichtete Mrs. Dirir. »Sie hatte nicht viele Probleme. Nicht wie viele andere, die Zysten und Fisteln haben und nicht … schon gut, Matea, ich sage nichts mehr.«

»Was ist mit den Männern?«, wollte Dora wissen. »Wie denken sie darüber? Ich meine, die Ehemänner und Väter.«

»Sie sagen, das sei Frauensache. Da dürften sie sich nicht einmischen, auch wenn einige es für gut halten, weil es die Frauen … weil es sie ›rein‹ hält. ›Rein‹, wäre das der richtige Ausdruck?«

»Rein, keusch, etwas in der Richtung«, sagte Wexford.

»Es heißt, eine beschnittene Frau würde nie untreu werden.« Plötzlich lief Iman Dirir knallrot an. »Es fällt mir schwer, das auszusprechen. Beschnittene Frauen genießen nicht, was Männer und Frauen zusammen tun … Können Sie verstehen, was ich meine?«

»Natürlich«, sagte Wexford. »Selbstverständlich können wir das.«

Iman Dirir hielt inne. Langsam nahm ihr Gesicht wieder seinen Milchkaffeeton an. »Matea ist nicht wegen sich selbst zu Ihnen gekommen. Für sie ist es zu spät. Es geht um ihre Schwester. Deshalb ist sie da.«

Mateas Englisch war besser. Sie sprach zwar immer noch mit starkem Akzent, aber deutlich flüssiger. »Es ist für meine Schwester Shamis. Sie ist fünf, aber noch nicht in der Schule. Meine Eltern machen bald Ferien in unserer somalischen Heimat. Meinen Bruder Adel und meine Schwester nehmen sie mit.«

Wexford beschloss, ihr zu helfen. »Befürchten Sie, dass Ihre Eltern Ihre Schwester während des Aufenthalts in Somalia beschneiden lassen wollen?«

»Ich weiß es«, entgegnete Matea.

»Das ist ein Gesetzesverstoß«, sagte er, obwohl er wusste, dass diese Bemerkung sinnlos war. Seit vier Jahren galt es als Verbrechen, das mit bis zu vierzehn Jahren Gefängnis bestraft wurde, wenn man ein weibliches Wesen außer Landes schaffte, um seine Genitalien verstümmeln zu lassen. Zu Gerichtsverfahren war es bisher trotzdem nicht gekommen. Den Grund dafür hatte Mrs. Dirir bereits umrissen. Die Leute breiteten einen Mantel des Schweigens über dieses Thema. Niemand würde den Behörden einen Gesetzesverstoß »verraten«, keiner würde zur Polizei oder zum Arzt gehen. »Sie sollten Ihre Eltern über das Strafmaß aufklären – ich meine, sie könnten für lange Zeit ins Gefängnis kommen.«

Sie schüttelte den Kopf. »Mrs. Dirir hat es getan. Wir machen nur Ferien, sagen sie. Immer wieder sagen sie es.«

»Ich werde jemanden schicken, der mit ihnen redet«, erklärte er und dachte dabei an Karen Malahyde, die Kinderschutzbeauftragte. »Ich werde mein Bestes tun.«

»Vielen Dank«, sagte Matea, in deren Augen plötzlich Hoffnung aufkeimte.

In jener Nacht schlief er schlecht. Immer wieder sah er im Traum und im halbwachen Zustand ein fünfjähriges Mädchen im Kreis von Frauen vor sich, die zusahen, wie man es mit gespreizten Beinen und wild rudernden Armen auf den Boden presste, während eine andere Frau mit einem scharfen Stein sein Fleisch zerschnitt. Er würde sein Bestes tun. Würde es genügen, um eine Gräueltat an einem hilflosen Kind zu verhüten, das noch nicht einmal in die Grundschule ging?

16

Vielleicht war alles nur eine Erfindung von Selina Hexham. *Spurlos verschwunden* klang wie ein Tatsachenbericht, war aber vielleicht nur ein Roman. Mit diesen Gedanken nach seiner gestörten Nachtruhe ließ Wexford Hannah beim Wetterdienst das Wetter vom 15. Juni 1995 überprüfen, und auch den Zugverkehr an jenem Tag zwischen London und Lewes sowie zwischen Lewes und Kingsmarkham. Sie fand heraus, dass es den ganzen Tag geregnet hatte, wie Selina Hexham gesagt hatte. Vormittags, um 9.25 Uhr, war vom Londoner Bahnhof Victoria ein Zug nach Lewes abgefahren, der um 10.12 Uhr dort ankam, während nachmittags der Zug um 14.20 Uhr aus Lewes um 14.42 Uhr in Kingsmarkham eingetroffen war.

Die dritte Carol Davidson, bei der es Hannah versuchte, war die richtige. Sie war immer noch Witwe, war aber von Lewes nach Uckfield gezogen. Hannah hatte Schwierigkeiten mit ihr. Carol hatte weder die gestrige Ausgabe der *Sunday Times* gelesen noch die vom letzten Sonntag.

Nähere Erläuterungen führten letztlich dazu, dass sie zuerst empört war. Die meisten Leute reagierten so, wenn sie erfuhren, dass sie in einer Zeitung standen, ohne dass man sie vorher um Erlaubnis gefragt hatte. Das wusste Hannah. Carol Davidson vermutete, man hätte abfällig über sie und ihren verstorbenen Ehemann geschrieben. Da diese Art von Einbildung weit verbreitet war, ließ es Hannah eine geschlagene Minute zu, dass Carol ihrem Ärger Luft machte. Schließlich versicherte sie ihr, Selina Hexham habe nur Gutes über die Freundschaft ihrer Eltern mit den Davidsons geschrieben, und allmählich beruhigte sich Carol Davidson.

»Wozu haben Sie mich eigentlich angerufen?«, fragte sie mürrisch. »Nur damit ich mich gründlich aufrege?«

»Das tut mir sehr leid, Mrs. Davidson.« Hannah hatte eine ausgesprochene Abneigung dagegen, Frauen mit ihrem Ehenamen anzusprechen, und Entschuldigungen gingen ihr fast genauso gegen den Strich. Trotzdem nahm sie sich zusammen. »Ich möchte lediglich einige Details von Ihnen bestätigt bekommen.«

»Nun ja, er ist verschwunden. Alan Hexham, meine ich. Angeblich soll er mit einer anderen Frau durchgebrannt sein, obwohl ihm das gar nicht ähnlich sieht. Aber man weiß ja nie. Vermutlich hat sich Selina Hexham dazu gar nicht geäußert.«

»Ganz im Gegenteil. Darf ich Ihnen einige detaillierte Fragen stellen?«

»Meinetwegen. Machen Sie.«

»Mr. Hexham hat Ihr Haus anscheinend um vierzehn Uhr verlassen. Ist das korrekt?«

»Auf die Minute kann ich's Ihnen nicht sagen. Ungefähr um die Zeit ist es gewesen. An dem Tag wurde mein Mann beerdigt; das sollten Sie nicht vergessen.«

Hannah beherrschte sich. Dieser Ehemann war nun schon

elf Jahre tot, und wie die meisten, wenn nicht sogar alle, Ehen war auch diese wohl kein Honigschlecken gewesen. »Können Sie mir sagen, wie weit Ihr Haus vom Bahnhaltepunkt in Lewes entfernt war?«

»Es geht mir wirklich gegen den Strich, dass jeder heutzutage von ›Haltepunkt‹ spricht. Früher hieß das mal ›Bahnhof‹. Wie weit es war? Nicht weit. Zu Fuß vielleicht zehn Minuten.«

»Ist Mr. Hexham zu Fuß gegangen?«

»Das weiß ich wirklich nicht mehr. Das ist so lange her. Ich weiß nur, dass er zum Bahnhof wollte.«

»Um 14.20 Uhr ging ein Zug.«

»Na, warum fragen Sie mich dann, wenn Sie es wissen? Mir hatte er nicht gesagt, wohin er wollte. Ich nehme an, nach Hause.«

Hannah hatte keine weiteren Fragen mehr. Als sie einen Online-Stadtplan zu Rate zog, fand sie heraus, dass das Haus der Davidsons ganz in der Nähe des Bahnhaltepunkts von Lewes gelegen hatte. Der Weg dorthin hätte keine zwanzig Minuten gedauert. Trotzdem wusste Hannah nur allzu gut, dass einige Leute gerne reichlich lange vor der Abfahrt ihres Zuges auf dem Bahnsteig sein wollen. Ihre eigene Mutter gehörte auch dazu. Hannah hatte als Kind mit ihren Eltern auf dem Flugplatz mehrmals drei langweilige Stunden im Abflugbereich totschlagen müssen. Angenommen, für Hexham wäre das Ziel seiner Fahrt oder das, was ihn nach der Ankunft dort erwartete, wichtig gewesen. In dem Fall hätte er sehr darauf geachtet, den Zug nicht zu verpassen.

Wexford rief persönlich bei der *Sunday Times* an. Der Redakteur der Buchseite verwies ihn an Selina Hexhams Verlag, Lawrence Busoni Hill, eine Adresse im westlichen Teil Londons. Er sprach mit ihrer Lektorin. Als er sie um Miss Hexhams Adresse oder Telefonnummer bat, zögerte sie. Bei ihnen sei es nicht üblich, Adressen weiterzugeben. *Nicht einmal der Polizei?* Das gehe schon in Ordnung, meinte sie, wenn sie sich vorher absichern und ihn dann zurückrufen könne. Er traute ihrem Versprechen zwar nicht sonderlich, aber sie rief ihn tatsächlich zurück. Danach hatte er eine Telefonnummer und eine E-Mail-Adresse.

Am Apparat meldete sich ein Anrufbeantworter. Selina – einen Familiennamen nannte sie nicht – sei momentan nicht zu sprechen, aber auf ihrem Handy erreichbar, wenn es wichtig wäre. Dann folgte eine Nummer. Vermutlich war sie bei der Arbeit, irgendwo in einem Labor. Er zögerte, diese Nummer anzurufen, aber inzwischen war es fast dreizehn Uhr, und vielleicht würde sie zum Mittagessen gehen. Wieder nahm sie nicht ab. Erst bei seinem dritten Versuch meldete sie sich.

»Selina am Apparat. Bleiben Sie bitte dran?« Er tat es. Familiennamen seien wohl vom Aussterben bedroht, dachte er. Bald würden wieder mittelalterliche Zustände herrschen, und die Leute hießen wieder John aus London oder Jane von den Grünen. Und weil man dann nur mit Mühe wüsste, von wem die Rede sei, würden Vornamen immer fremdländischer und seltsamer werden, damit man den einen vom anderen würde unterscheiden können, und dann … Sie war wieder am Apparat. »Entschuldigung. Was kann ich für Sie tun?«

Er erklärte, wer er sei.

»Sie haben meinen Papa gefunden?« Im Nu war sie Feuer und Flamme.

»Nein, nein, Miss Hexham. Das nicht. Ich habe die Auszüge Ihres Buchs gelesen und würde mich gerne mit Ihnen unterhalten. Mehr kann ich momentan dazu nicht sagen. Vielleicht könnte ich zu Ihnen kommen?«

»Ich werde Sie aufsuchen«, sagte sie. »Ich kann es nicht glauben. Man hat mir gesagt, wenn ich über den Vorfall schriebe, und es gäbe einen Vorabdruck in einer Zeitung, dann wäre das ein Weg, um ihn zu finden, aber ich habe nicht daran geglaubt. Wann soll ich kommen?«

Möglichst noch heute Nachmittag, meinte er. Selbstverständlich komme sie. Sie könne sich frei nehmen und wolle auf keinen Fall warten. Wenn sie eine Nacht darüber schlafen würde, brächte sie kein Auge zu. »Na gut«, meinte er, »wann Sie möchten.« Jede Stunde gingen drei Züge vom Victoria-Bahnhof. Wexford war schockiert. In ihrem Buch hatte sie erzählt, dass sie befürchte, ihr Vater sei vielleicht tot, und dass ihre Mutter davon überzeugt gewesen sei, und doch war sie jetzt aufgekratzt und begeistert wie ein Kind, das sich auf ein versprochenes Geschenk freut.

Früher einmal hatte jede Stadt in Großbritannien eine oder vielleicht zwei Straßen, die in den Augen der Bewohner der angeseheneren Stadtteile die letzten Straßen waren, in denen man wohnen wollte. Ebenso gab es ein, zwei Straßen, in denen jeder wohnen wollte, und die im Volksmund als »Millionärsmeile« bekannt waren. Mit dem wild wuchernden Bau von Wohnsiedlungen, neuen Reihenhauszeilen und freistehenden Häuschen hatte sich das geändert. Trotzdem versteckte sich auch dahinter immer noch die schlechteste und die beste Wohngegend, und es waren immer noch dieselben. In Kingsmarkham war die Ploughman's Lane immer die beste Lage gewesen, und die schlechteste die Glebe Road. Wexford empfand es als Widerspruch, dass der einfachste Landmann, der hinter dem Pflug herging, der Namenspatron einer Prachtstraße mit eleganten Villen wurde, die fast schon an Herrenhäuser erinnerten und die sich nur die Reichsten leisten konnten. Dagegen hatte man die Glebe Road teilsaniert und mit einigen nicht sonderlich hohen Wohnblöcken bebaut, die man nach zehn Stockwerken abgeschnitten hatte, als hätte den Architekten der Mut verlassen.

Im ansehnlichsten Hochhaus wohnten Mateas Eltern, die Imrans, in einer jener Wohnungen, die man vor fünf Jahren erfolgreichen Asylbewerbern zugeteilt hatte. Als Karen mit Lyn die Treppen hinaufstieg, fühlte sie sich wie kurz vor einem Herzanfall; in Cremorne House war der Lift kaputt.

Mit strikter politischer Korrektheit hatte Karen kein Problem, aber Feingefühl war doch etwas anderes, und genau das würde hier nötig sein. Damit hatte sie nicht viel Erfahrung. Es öffnete eine Frau mittleren Alters. Sie trug ein langes schwarzes Gewand und hatte sich hastig ein Kopftuch umgebunden, das sie sofort wieder herunterzog, nachdem Karen und Lyn die Wohnung betreten hatten. Vermutlich hatte sie es nur aufgesetzt für den Fall, dass ein Mann vor der Tür gestanden hätte. Sorgfältig prüfte Mrs. Imran ihre Ausweise und bedeutete ihnen dann mit einer eleganten Bewegung der rechten Hand, sie sollten ins Wohnzimmer kommen.

Vom zehnten Stock aus – die Gemeinde Kingsmarkham war tatsächlich so dreist, von einem Penthouse zu sprechen, wie Karen einmal gelesen hatte – bot sich durch ein schäbiges Fenster ein prächtiger Blick auf Hügel und Wiesen und den Cheriton Forest. Auf dem Sofa saß Rashid Imran neben einem Zehnjährigen und spielte Monopoly mit seinem Sohn und einem kleinen Mädchen, das auf dem Boden kniete.

Karen konnte Kinder ganz allgemein nicht leiden. Als Grund dafür hatte man ihr erklärt, sie hätte Angst vor ihnen, aber in Wexfords Augen war diese Gleichgültigkeit von Vorteil. Dadurch konnte sie sich distanzieren und geriet nicht in emotionale Verwicklungen. Lyn dagegen liebte Kinder und wollte unbedingt heiraten, damit sie selbst ein halbes Dutzend haben konnte – na ja, wenigstens drei. Sie kauerte sich sofort neben die Kleine und fragte, ob sie mitspielen dürfe. Man merkte deutlich, dass Mrs. Imran kaum Englisch sprach, wenn überhaupt. Aber ihr Mann beherrschte die Sprache gut, und sein Sohn hatte es offensichtlich in der Schule gelernt. Die kleine Shamis konnte genug, um zu Lyn zu sagen: »Setzen, bitte. Du spielen.«

Als Adel Imran ihr genauso rudimentär antwortete, erkannte Karen, dass beide Kinder einen Schnellkurs in Englisch gemacht hatten. Sie wusste nicht recht, ob sie diese Methode für gut halten sollte oder nicht. Ein ehemaliger Innenminister hatte verkündet, es sei für alle Immigranten zwingend nötig, die englische Sprache zu beherrschen. Anfangs hatte sie dem zugestimmt, doch dann waren ihr Fragen gekommen. War diese Voraussetzung für eine Aufenthaltserlaubnis ein gefährlicher Eingriff in die Menschenrechte dieser Leute? Nach einem Blick auf Lyn, die bereits wunderbar mit den Kindern zurechtkam, sagte sie zu deren Vater: »Denken Sie, DC Fancourt könnte mit den Kindern eine Weile in ein anderes Zimmer gehen? Ich möchte Ihnen und Ihrer Frau etwas mitteilen.«

Sofort scheuchte Mrs. Imran den kleinen Jungen und das Mädchen auf. Lyn meinte: »Wir könnten doch das Monopoly mitnehmen, und ich spiele dann für euren Vater weiter. Wie wäre das?«

Beinahe wäre Karen, die sich manchmal ihres steinernen Herzens rühmte, der Anblick Shamis' zu Herzen gegangen, wie sie zu Lyn hinaufsah und sie dann scheu bei der Hand nahm. Schönheit wusste Karen zu schätzen, und sie fand, sie habe noch selten ein hübscheres Kind gesehen. Shamis' goldene Haut war einen Hauch dunkler als die ihres Bruders, und ihre Augen glänzten schwarz wie Basalt. Nachdem Mrs. Imran die Tür hinter ihnen geschlossen hatte, begann für Karen die seit Langem schwierigste Konfrontation mit Bürgern. Sie wünschte sich sehnlichst, sie könnte sich ihr entziehen. Andererseits konnte sie verstehen, dass *sie* es tun musste, eine Frau, und nicht Barry Vine oder Damon.

»Mr. Imran, ich bin überzeugt, Sie und Ihre Frau wollen nicht gegen die Gesetze dieses Landes verstoßen, das inzwischen Ihre Heimat ist.« War das rassistisch? Sicher nicht. Karen wäre wohler gewesen, wenn sie sich an die Ehefrau dieses Mannes hätte wenden können. Sie hätte es auch als politisch korrekter empfunden, aber wie sinnvoll wäre das angesichts Mrs. Imrans beschränkter Englischkenntnisse gewesen? »Das Problem liegt darin, dass wir den Inhalt der Gesetze nicht immer kennen. Heutzutage gibt es in Großbritannien ein Gesetz, wonach die Beschneidung einer Frau oder eines Mädchens eine Straftat ist, sogar eine schwere Straftat. Wenn man sie ›schneidet‹, meine ich. Verstehen Sie?«

Die Frau sah sie reglos an, offensichtlich verstand sie nichts. Ihr Mann, der die Augen niedergeschlagen hatte, begann mit ihr in seiner Muttersprache zu reden, eine Sprache, die Karen zu ihrem Bedauern nicht identifizieren konnte. Gab es tatsächlich so etwas wie Somali?

Mrs. Imran nickte wortlos.

»Mr. Imran, verstehen Sie mich?«

»Natürlich. Aber warum zu uns kommen?«

»Mr. Imran, wir haben Grund zu der Annahme, dass Sie beabsichtigen, Ihre Ferien in Somalia zu verbringen und während Ihres Aufenthalts Shamis … äh, schneiden zu lassen.«

»O nein«, rief er sehr rasch. Zu rasch. »Wir machen nur Ferien.« Wieder flüsterte er mit seiner Frau. Diesmal schüttelte sie den Kopf.

»Nein, nein. Sind Ferien.« Sie stolperte ein wenig über dieses Wort. »Kinder sollen Tanten sehen.«

Beinahe hätte Karen sich geschüttelt, denn sie sah alte Frauen mit Rasierklingen, Glasscherben oder Steinen in den Händen vor sich. »Sie müssen mir glauben, ich möchte Ihnen keine Angst machen.« Klang das herablassend? »Trotzdem muss ich Ihnen mitteilen, dass die Höchststrafe …« Das würden sie nicht verstehen, davon hatten sie nicht die geringste Ahnung. »Die größte Strafe – verstehen Sie? – sind vierzehn Jahre im Gefängnis für alle, die dieses Gesetz brechen.«

Sie waren stumm. Plötzlich drang aus dem Nebenzimmer herzhaftes Kinderlachen. Rashid Imran blickte auf und sagte: »Wir können davon nicht sprechen. Es ist nicht richtig, davon zu sprechen. Sie müssen wissen, dass wir die Kinder nur in Ferien mitnehmen, sonst nichts. Sie sollten jetzt gehen.«

Sie hatte keine Wahl. Shamis begleitete sie zum Abschied bis an die Wohnungstür. Lyn bückte sich hinunter und gab ihr einen Kuss. Kaum waren sie im Treppenhaus, sagte sie: »Nun?« Karen zuckte die Achseln.

»Keine Ahnung. Sie haben kein Wort dazu gesagt; weder dass sie gegen noch dass sie für weibliche Genitalverstümmelung sind. Ich muss erst mal sehen, was der Guv dazu meint.«

Kaum waren sie zurück, testete sie, wie weit sie bei ihm gehen konnte: »Wir könnten Shamis vor der Abreise untersuchen lassen und dann wieder nach ihrer Rückkehr.«

Wexford schüttelte den Kopf. »So einfach ist das alles nicht, Karen, und das wissen Sie. Mit welcher Begründung sollten wir sie untersuchen lassen? Außer der *Vermutung* ihrer älteren Schwester haben wir nichts in der Hand. Wird sie misshandelt, wird sie missbraucht? Mit Sicherheit nicht. Es klingt nach einem fröhlichen Zuhause, nach braven fürsorglichen Eltern und glücklichen Kindern. Es besteht das Risiko, dass man sie in naher Zukunft schwer misshandeln wird, aber bisher droht ihr nichts, und wir haben keinen Beweis.«

»Und wenn man sie verstümmelt zurückbringt? ›Beschnitten‹ möchte ich es nicht nennen. Das klingt nach dem, was man mit neugeborenen Jungs macht, und das ist es eben *nicht*.«

»Karen«, sagte er zu ihr wie zu einer seiner Töchter, »es tut mir sehr leid, dass ich Ihnen das sagen muss. Glauben Sie mir, mir ist diese Angelegenheit genauso verhasst wie Ihnen. Aber nur wenn das Kind eindeutig verstümmelt hierher zurückkommt, wenn die Eltern es wegen Blutungen oder Blutvergiftung ins Krankenhaus bringen müssen, nur dann können wir handeln.«

»Und wenn es nicht so ist? Wenn man unter hygienischen Bedingungen arbeitet, was dann?«

»Nichts. Wir würden es nicht erfahren.«

»Matea wird es uns sagen«, widersprach Karen.

»Wirklich? Wenn es bedeuten würde, dass ihr Vater oder ihre Mutter oder beide Eltern für bis zu vierzehn Jahre ins Gefängnis wandern? Mateas Aussage war eine Sache, als das Ganze nur drohend im Raum stand, aber sobald das Kind verstümmelt wurde und man daran nichts mehr ändern kann, sieht es ganz anders an. Momentan können wir lediglich abwarten.«

Beide Schwestern kamen, Selina und Vivien. Sie hätten Zwillinge sein können, so ähnlich sahen sie sich: große schlanke junge Frauen mit ungeschminkten Gesichtern und kurzen Fingernägeln. Aber während die dunkelbraune Selina einen Bob mit Pony trug, hatte Vivien ihre langen Haare am Hinterkopf zu einem Knoten geschlungen. Selina trug ein Hemd zu Jeans, Vivien einen langen Rock mit einer Seidenjacke. Sie setzten sich auf die beiden Stühle, die man auf die andere Seite von Wexfords Schreibtisch gestellt hatte, und er bat um Tee.

»Nett von Ihnen, dass Sie gekommen sind«, sagte er.

»O nein, mit Nettigkeit hat das gar nichts zu tun«, rief Selina mit tiefer melodiöser Stimme. »Ich kann Ihnen gar nicht sagen, wie wunderbar es ist, unseren Vater zu finden.«

Er war sprachlos, tat aber sein Bestes, um sich nichts anmerken zu lassen. Für diese Vermutung hatte sie sich kühn über ein Dutzend Hindernisse und Fallen hinweggesetzt. »Miss Hexham, Sie dürfen es nicht als erwiesen ansehen, dass es sich um Ihren Vater handelt. Bisher haben wir nur sehr wenige Anhaltspunkte. Wir wissen lediglich, dass wir eine männliche Leiche gefunden haben, die ungefähr dem Alter Ihres Vaters entspricht und vermutlich am 15. oder 16. Juni 1995 gestorben ist, beziehungsweise kurz zuvor oder danach.«

»Bitte, nennen Sie mich Selina«, sagte sie. Es klang ganz und gar nicht niedergeschlagen.

»Vivien«, ergänzte Vivien.

»Wir möchten gern, dass eine von Ihnen uns eine DNA-Probe zur Verfügung stellt. Es geht ganz einfach: Man nimmt einen Abstrich aus Ihrer Mundhöhle. Das muss nur eine von Ihnen tun.«

»Und dann weiß man es sofort?«

»Leider nein, Vivien. Es wird ein paar Tage dauern. Außerdem wüssten wir gern, wie der Zahnarzt Ihres Vaters hieß, falls Sie uns das sagen können. Elf Jahre sind eine ziemlich lange Zeit, und vielleicht wissen Sie es gar nicht.«

»Doch, tun wir«, rief Selina eifrig. »Sie lebt immer noch in Barnes. Dort wohnen wir, in Barnes. Das habe ich Ihnen noch nicht gesagt, glaube ich. Wir gehen immer noch zu ihr.«

Mit kräftiger gerader Schrift notierte sie Name und Adresse der Zahnärztin. Ein junger Mann mit rosigem Gesicht brachte eine Kanne Tee und drei Tassen. Bal Bhattacharyas Nachfolger hieß Adam Thayer und benahm sich absolut respektvoll. Trotzdem musterte er beide Mädchen mit begehrlichen Blicken, während er den Tee einschenkte. Wexford überlegte sich, dass er gut daran täte, Thayer beizubringen, seine Blicke im Zaum zu halten. Weder Selina noch Vivien nahm Milch. Wie er festgestellt hatte, hatten sich offensichtlich fast alle jungen Leute von dieser Gewohnheit verabschiedet. Vivien beäugte die Flüssigkeit in ihrer Tasse, als würde sie aus reiner Höflichkeit trinken, auch wenn ihr Roibusch- oder Matetee sehr viel lieber gewesen wäre.

»Ich habe Ihnen ein Leseexemplar meines Buches mitgebracht«, sagte Selina. »Das heißt, falls Sie den Rest davon lesen möchten. In der *Sunday Times* standen nur sehr kurze Ausschnitte, auch wenn ich darüber natürlich überglücklich gewesen bin. Ich war richtig aus dem Häuschen. Es ist eine wunderbare Vorabwerbung für mein Buch.«

Sie reichte Wexford ein Leseexemplar von *Spurlos verschwunden* über den Schreibtisch. Er würde sich die Zeit dafür nehmen müssen, dachte er mit einem stummen Seufzer, auch wenn er sich deshalb die Nächte um die Ohren schlagen musste. »Zuvor würde ich Ihnen noch gern einige Fragen stellen«, sagte er. »Fühlen Sie sich dazu momentan in der Lage?«

»Natürlich«, rief Vivien. »*Selbstverständlich.* Wir wollen helfen, wo es nur geht.«

»Nun denn: Haben Sie trotz der langen Zeitspanne inzwischen eine bessere Vorstellung davon, womit sich Ihr Vater in seinem Arbeitszimmer beschäftigt hat? In den Buchauzügen streifen Sie dieses Thema ziemlich kurz, ohne zu einer Schlussfolgerung zu kommen. Steht vielleicht im restlichen Teil Ihres Buches mehr darüber?«

»Nein«, antwortete Selina, »nicht wirklich. Wir haben versucht, ihn zu finden, das heißt, wir haben versucht herauszufinden, was ihm zugestoßen ist – darum geht es hauptsächlich im Rest meines Buches. Wir haben mit allen Leuten geredet, die ihn gekannt haben, mit sämtlichen Lehrern an seiner Schule, das heißt, mit allen, die dazu bereit gewesen sind. Und das war nicht jeder. Wir haben uns sogar mit einigen seiner Schüler unterhalten. Sie waren in unserem Alter. Deshalb hat es ihnen nicht so viel ausgemacht, mit uns zu reden, wie es vielleicht bei Älteren der Fall gewesen wäre. Niemand konnte uns viel erzählen. Alle dachten nur, er würde für ein Aufbaustudium lernen. Steht alles in meinem Buch.«

»Ja, allerdings in dem Teil, den ich noch nicht gelesen habe.«

»Stimmt. Entschuldigung. In dem Fall hätte er an der Universität ein Magisterstudium belegen müssen, aber wir konnten ihn nirgends finden, obwohl wir jeder Spur in dieser Richtung nachgegangen sind. Eine Möglichkeit wäre gewesen, dass er so etwas beim Fernstudium gemacht hatte, also nur schriftlich, aber dafür haben wir keinerlei Belege gefunden. Zu Hause hatte er keinen Internetzugang, nur in der Schule, während wir doch wissen wollten, was er zu Hause gemacht hatte. Einer seiner Schüler aus der Kollegstufe meinte, vielleicht hätte er irgendwelche biologischen Experimente durchgeführt, aber dazu fehlten ihm die Räumlichkeiten. Außerdem, wissen Sie, braucht man für biologische Experimente Lebewesen. Vielleicht nur Pflanzen, aber auch die würden Platz und Wasser benötigen. Und davon war keine Spur zu finden. Papa war ein ausgesprochener Darwin-Fan und strikt gegen diese Fundamentalisten, die an das Buch Genesis glauben und daran, dass Gott in sechs Tagen die Welt erschaffen hat, und solchen Sch … – solchen Schrott.«

»Hat er vielleicht an etwas geschrieben?« Wexford beobachtete ihre Gesichter, aber daran ließ sich nur ablesen, dass beide Schwestern einen einzigen Wunsch hatten: Gewissheit. »Könnte er beispielsweise eine Biografie über Darwin geschrieben haben?«

»In dem Fall«, wandte Vivien ein, »hätte er Bücher über Darwin besitzen müssen, jede Menge sogar, frühere Biografien, aber die hatte er nicht. Er besaß nur ›Die Entstehung der Arten‹.«

»Er hatte eine elektrische Schreibmaschine, die schon damals altmodisch war, als er... verschwand. Keine Ahnung, warum er keinen Computer benutzt hat, aber das kann doch nicht wichtig sein, oder?«

Allmählich wurde Wexford klar, dass er nichts Neues erfuhr und es höchstwahrscheinlich auch in Zukunft nichts Neues geben würde. Nachdenklich saß er da und meinte: »Wer von Ihnen würde uns denn gern eine DNA-Probe geben?«

»Ich, bitte«, rief Selina.

»DC Thayer wird Sie für den Abstrich ins Prinzessin-Diana-Krankenhaus fahren.«

Kaum war sie in Begleitung von Adam Thayer verschwunden, der anscheinend sein Glück nicht fassen konnte, sagte Vivien: »Ich habe Mamas Ehering mitgebracht. Wissen Sie, beide trugen die gleichen Ringe mit der gleichen Gravur auf der Innenseite.«

In einem kleinen, wiederverschließbaren Plastikbeutel lag ein goldener Ring, der mit einem fortlaufenden Blattmuster ziseliert war und auf der Innenseite die Inschrift »Für immer« trug.

»Ihr Vater hatte seinen Ring natürlich getragen, oder?«

»Aber ja. Beide haben ihre Ringe meiner Meinung nach nie abgenommen, nicht einmal unter der Dusche oder zum Händewaschen.«

Bei den Überresten aus dem Graben hatte man keinen Ring gefunden. *Möglicherweise ist er ins Erdreich gefallen, nachdem das Fleisch am Ringfinger verwest war,* dachte Wexford. Andererseits hatte man die Erde beim Bergen der Leiche sorgfältig durchsiebt. Er wusste noch, wie er die maskierten Männer in ihren weißen Anzügen beim Hantieren mit Sieben beobachtet hatte. Vivien schien seine Gedanken zu lesen.

»Wir würden gern die … den Leichnam sehen. Geht das?«

Beinahe hätte es ihn geschüttelt. »Ich glaube, nein, Miss … äh, Vivien. Wenn Sie es wünschen, kann ich Sie nicht daran hindern, allerdings würde ich Ihnen davon abraten. Es ist« – er musste es aussprechen – »fast nur noch ein Skelett übrig.«

Sie war weiß geworden. »In Ordnung. Ich verstehe.«

Sie hatte nichts begriffen, natürlich nicht. »Meiner Ansicht nach würde Sie dieser Anblick vielleicht nie mehr loslassen, und außerdem wäre es sinnlos. Sie kämen der Identifizierung Ihres Vaters keinen Schritt näher. Dabei wird uns die DNA-Probe helfen. Trotzdem dürfen Sie nicht vergessen, dass es sich vielleicht gar nicht um ihn handelt. Bitte, gehen Sie hier nicht in dem Glauben weg, man hätte Ihren Vater gefunden.«

Vivien stand auf. »Soll ich hier auf meine Schwester warten?«

»Wir können Ihnen einen gemütlicheren Warteraum zur Verfügung stellen. Später müsste ich mir vielleicht den Ring ausborgen. Wäre das möglich?«

»Selbstverständlich.«

Wenn die Probe positiv ausfiele, würde er noch manche Frage haben.

17

Noch in derselben Nacht begann er mit der Lektüre von *Spurlos verschwunden*. Selina hatte den Inhalt korrekt zusammengefasst: die Gespräche, die sie und Vivien mit den Lehrerkollegen von Alan Hexham und mit Schülern aus seiner Kollegstufe geführt hatten, die sorgfältige Durchsuchung seines Arbeitszimmers, ihre Spekulationen über ein Aufbaustudium, wofür er eventuell gelernt hatte. In ihrem Buch fanden sich auch einige Originalzitate aus dem Gespräch mit Denis Cole, das sie aufgezeichnet hatte, sowie ihre Nachforschung wegen des Gerüchts, ihr Vater hätte Schulden gehabt. Inzwischen war der Chief Inspector müde, aber es reichte immer noch nicht, um auf der Stelle einzuschlafen. Beim Weiterlesen wurde ihm allmählich klar, dass die beiden Mädchen gründliche Detektivarbeit geleistet hatten, die selbst der von Profis kaum nachstand. Und trotzdem – was war dabei herausgekommen? Was hatten sie gefunden? Nichts.

Um zehn Minuten vor ein Uhr war er mit dem Buch fertig. Trotzdem konnte er noch geraume Zeit nicht einschlafen, so aufgekratzt war er. Als es dann doch so weit war, träumte er nicht von einem vermissten Mann im mittleren Alter, sondern von einem kleinen Somalimädchen, das verschwunden war, während Familie und Freunde bestritten, dass es je gelebt hatte. Am Morgen merkte er, dass sich seine Gedanken nicht mehr in erster Linie um Alan Hexham und dessen Töchter drehten, sondern dass sich Irene McNeil anschickte, mit tatterigen Schritten deren Platz einzunehmen. Im Schlaf hatte er eine Entscheidung getroffen. Trotz ihres Alters und ihrer Behinderung musste er Irene McNeil verhaften lassen und sie auf dem Revier verhören. Und dann würde es zur Anklage kommen. Weshalb?

Mit Sicherheit wegen Verschleierung eines Todesfalls. Der schießwütige Ronald McNeil hatte sich ja durch seinen Tod jeder Verantwortung entzogen.

Früher einmal hatte es im Keller des Kingsmarkhamer Polizeireviers eine einsame Arrestzelle gegeben. Inzwischen waren es zwei. Doch trotz der schweren Straftaten, um die es hier ging, konnte man sich Mrs. McNeil nicht darin vorstellen, nicht einmal für eine Nacht. Man musste sie verhaften, unter Anklage stellen und ihr gestatten, wieder nach Hause zu fahren. Sie traf sowieso schon ziemlich geknickt neben Wexford im Wagen – am Steuer saß Donaldson – auf dem Revier ein. Als er sie in Gegenwart ihres Anwalts und Burdens verhörte, gab sie in etwa die gleichen Antworten wie zu Hause. Offensichtlich hatte sie den Seniorpartner der alteingesessenen Kingsmarkhamer Kanzlei erwartet, die sie und ihren Mann seit vierzig Jahren vertreten hatte. Aber der war vor einiger Zeit in den Ruhestand gegangen, und an seiner Stelle erschien eine junge Frau. Mrs. McNeil weigerte sich, von Helen Parker auch nur den geringsten Rat anzunehmen, und zog es vor, sie zu ignorieren, als diese meinte, ihre Mandantin sei nicht verpflichtet, auf die eine oder andere Frage zu antworten.

Wexfords Fragen konzentrierten sich nachdrücklich auf das Messer, von dem Mrs. McNeil behauptet hatte, der Eindringling hätte damit ihren Mann bedroht. »Aber Mrs. McNeil, Sie sind doch gar nicht dabei gewesen, oder?«, sagte er, erfuhr aber lediglich, Ronald hätte nie gelogen. Als er immer wieder nachbohrte, sah sich Helen Parker zu der Bemerkung veranlasst, ihre Mandantin habe ihre Abwesenheit bereits bestätigt. Daraufhin fuhr Mrs. McNeil aus der Haut. Ihr Zorn galt allerdings nicht Wexford, sondern »diesem dreisten jungen Ding«, das ihrer Ansicht nach hier gar nichts zu suchen hatte. Als Wexford sie fragte, wie sie es sich erklären könne, dass ein Mann in Unterwäsche ein

Messer bei sich trug, und Helen Parker ihrer Mandantin von einer Antwort abriet, schrie Mrs. McNeil sie an, sie solle sich heraushalten. Helen Parker packte ihre Kostümjacke und ihre Aktentasche und ging.

Am Ende brach Mrs. McNeil heulend zusammen. Für diesen Tag war an eine Fortsetzung des Verhörs nicht mehr zu denken. Während Adam Thayer sie heimfuhr, fasste Wexford einen Entschluss: Er würde noch keine Anklage gegen sie erheben, denn danach würde er sie nicht mehr weiter verhören dürfen. Es hieß zwar, man wolle dieses Gesetz ändern, aber bisher hatte sich noch nichts getan.

Nach dieser Entscheidung vertiefte er sich in die Vermisstenliste der letzten acht Jahre sowie in Peachs Liste, die viel weiter zurückreichte. Ronald McNeil hatte den Mann in Grimbles Haus im September 1998 erschossen, aber laut beiden Listen war zwischen Juni 1998 und Januar 1999 kein Mann mehr verschwunden. Im selben Monat war lediglich eine Achtzehnjährige verschwunden, die man aber zwei Wochen später gefunden hatte. Bisher hatten sie nur eine einzige Gruppe noch nicht überprüft – die Saisonarbeiter.

Die hatten im Juni 1995 auf Grimble's Field kampiert, während sie drei Jahre später, im September, auf einem Platz gehaust hatten, den ihnen der Bauer auf der anderen Seite von Flagford reserviert hatte. Solche Leute hatte man früher »Zigeuner« genannt, egal ob es sich um Roma handelte oder nicht. Während der Wintermonate hatten sie vermutlich feste Quartiere bezogen, aber während der wärmeren Jahreszeit waren sie von Landkreis zu Landkreis gezogen, hatten kampiert, wo es gerade ging, und sich bei der Obst- oder Gemüseernte als ungelernte Landarbeiter verdingt. Das hatte sich in der Zwischenzeit geändert. Man hatte sie durch Asylbewerber oder einfach durch Saisonarbeiter aus Osteuropa ersetzt, die arbeiten und Geld verdienen wollten, das sie am Saisonende in ihre Heimat brachten.

Als Burden hereinkam, wollte Wexford von ihm wissen, was er von der Theorie halte, dass es sich bei dem Mann, den Ronald McNeil erschossen hatte, um einen aus dieser Gruppe gehandelt hatte.

»Tausend Pfund sind reichlich viel Geld für einen von denen. Die schleppt so jemand nicht einfach mit sich herum«, meinte Burden.

»Tja, vom Äpfelpflücken hätte er diesen Betrag nicht ansparen können, nicht bei den Löhnen, die diese Obstbauern zahlen. Bei einem früheren Gespräch hast du gemeint, vielleicht sei einer der Wanderarbeiter wegen einer Erpressung zurückgekommen. Wie steht's denn damit?«

»Meinst du, er hätte schon drei Jahre vorher bei seinem Aufenthalt etwas herausgefunden, was ein Flagforder Bürger nicht an die Öffentlichkeit dringen lassen wollte? Und als er wiederkam, hätte er für sein Schweigen Geld erpresst? Gut, so weit kann ich noch folgen. Aber warum schleppt er das Geld in Grimbles Haus? Warum geht er überhaupt dort hinein? Vermutlich war er doch mit einem Wohnwagen oder in einem Wohnmobil gekommen. Warum ist er nicht dorthin zurück?«

»Und wenn er zum Obstpflücken keine Lust mehr gehabt hatte, nachdem er das Geld bekommen hat? Dann ist er in Grimbles Haus eingedrungen, wo er höchstwahrscheinlich schon früher gewesen war. Man kam ganz leicht hinein. Ganz Flagford scheint dort ein und aus gegangen zu sein. Ich habe keine Ahnung, warum er sich nicht in seinem Wohnmobil waschen konnte, oder auch in einer Dusche auf dem Campingplatz. Leider haben wir nur einen einzigen Beweis dafür, dass er dieses Bad je betreten hat. Und der stammt von Mrs. McNeil. Vielleicht ist es ja so gewesen. Vielleicht wollte er sich gründlich waschen und hat sich gedacht, dort gäbe es reichlich fließend Wasser. Seine abgelegte Kleidung war ziemlich abgetragen. Meines Erachtens wollte er sich an den Sachen aus dem Kleiderschrank des alten Grimble bedienen.«

Anscheinend war Burden von dieser Theorie begeistert. »Was? Vielleicht einen Anzug? Wahrscheinlich aber eher eine Hose und das Sportsakko, das wir dort gesehen haben.«

»Vermutlich. Aber bevor es dazu kam, bevor er sich noch waschen konnte, erscheint Ronald McNeil mit einem Gewehr auf der Bildfläche.«

»Und auf dem Campingplatz hat ihn keiner vermisst?«

»Hängt ganz von seinen Plänen ab. Vielleicht hat er seinen Kumpels erzählt, er wolle nicht mehr länger dort bleiben. Er sei ein bisschen zu Geld gekommen – wie und woher hätte er ja nicht unbedingt sagen müssen –, er wisse, woher er ordentliche Kleidung bekäme, und sobald er die hätte, würde er abhauen.«

»Wäre denen nicht aufgefallen, dass er seinen Wohnwagen oder vielleicht sein Auto stehen gelassen hat?«

Wexford schüttelte den Kopf. »Nicht zwangsläufig. Bei diesen Leuten hat nicht jeder ein Auto oder eine Art Wohnwagen. Manchmal sitzen sie zu dritt oder zu viert in einem Auto. Vielleicht haben sie gemerkt, dass er zum Beispiel einen Rucksack vergessen hat, in dem aber wohl kaum viel Brauchbares gewesen sein dürfte. Da die meisten von ihnen keinen festen Wohnsitz haben, würden sie niemanden als vermisst melden. Mike, meiner Ansicht nach handelt es sich um einen dieser Obstpflücker. Gehen wir mal bei unseren weiteren Ermittlungen davon aus.«

Auf dem Heimweg hielt er noch bei Iman Dirir. Er wusste, dass sie zu Hause war. Er hatte ihren Schatten durchs Vorderfenster gesehen. Auf den ersten flüchtigen Blick hatte er sie für ihre eigene Tochter gehalten, denn diese Frau trug ihre langen schwarzen Haare offen, fast bis zur Taille. Es dauerte eine Weile, bis sie öffnete. Beinahe hätte er zum zweiten Mal geklingelt. Sie trug einen weltweit verbreiteten Einheitslook: schwarze Hose und eine lange Bluse. Sie gingen ins Wohnzimmer, in dem es haargenau so aussah wie bei einem in Turnbridge geborenen Akademikerpaar: weiße Wände, eine geblümte Couchgarnitur und ein gut gefülltes Bücherregal. Der Plasmafernseher hätte John Grimble neidisch gemacht.

»Kann ich Ihnen etwas anbieten? Ein Glas Wein? Für Freunde haben wir Wein, auch wenn wir keinen trinken.«

Er lächelte. »Danke, aber ich kann nicht bleiben. Ich wollte Ihnen nur sagen, dass meine Kinderschutzbeamtin, die ihren Job ausgezeichnet macht, bei Mateas Eltern gewesen ist und ihnen dringend abgeraten hat, ihre fünfjährige Tochter in die Heimat mitzunehmen. Sie ist taktvoll vorgegangen und hat ihnen erklärt, dass es ein Verbrechen ist, ein Kind ins Ausland zu bringen und dort beschneiden zu lassen, und dass die Höchststrafe vierzehn Jahre Gefängnis beträgt.«

»Wahrscheinlich haben sie es abgestritten«, sagte Iman Dirir.

»Sie meinten, sie würden nur Ferien machen. Wie gut kennen Sie die Familie?«

»Gut genug, um anzurufen und mit ihnen zu reden. Möchten Sie, dass ich das mache?«

»Ja«, sagte er, »unbedingt. Außerdem sollte es bald geschehen. Sie reisen in wenigen Tagen ab.«

Sie streckte ihm ihre lange hellbraune Hand mit den dunkelrot lackierten Nägeln hin. Es war mehr als nur ein Händeschütteln. Diese Geste war ein Versprechen, beziehungsweise eine Verpflichtung. »Ich werde mein Bestes tun«, sagte sie.

Ein ehemals weißes T-Shirt, auf dem ein Skorpion und der Name »Sam« aufgedruckt waren. Eigentlich ziemlich auffällig, dachte Damon Coleman, auch wenn er so etwas nicht einmal im Traum anziehen würde, selbst wenn er Sam hieße und von Skorpionen begeistert wäre. Er bevorzugte Farben, die zu seiner dunklen Haut passten, Farben, die vielleicht nur ein Schwarzer gut tragen konnte: Rot, Orange, Gelb, leuchtendes Grün. Schwarz kam gar nicht in Frage. Doch das waren nur beiläufige Gedanken, während er mit diesem T-Shirt bei den Pickfords, den Hunters, bei Louise Axall und Theodore Borodin die Runde machte. Aber zu seinem großen Erstaunen bestritt jeder von ihnen, dieses T-Shirt zu kennen. Meistens hieß es nur unter Kopfschütteln: »Das ist lange her.« Er hatte nur noch wenig Hoffnung. Nachdem er Grimbles wüste Schimpftiraden ertragen hatte, hätte er bei Bill Runge beinahe aufgegeben. Der Mann war nicht zu Hause; lohnte es sich überhaupt, später noch einmal wiederzukommen? Damon war schon auf dem Weg von der Eingangstür zurück zum Gartentor, da sah er ihn mit einer Einkaufstüte die Straße herunterkommen. Aus der Tüte duftete es verlockend nach paniertem Fisch mit Pommes frites. Auf Damons Frage, ob er ihn kurz sprechen könne, meinte Runge, nur wenn es ihm nichts ausmache, dass er dabei sein Essen verspeise.

Einladend ruhten Fisch und Pommes auf dem Wachspapier. Damon, der den Appetit eines großen kräftigen Mannes hatte, schaute weg und wünschte sich, er hätte auch seine Nase wegdrehen können. Eines war sicher: Sobald er wieder draußen wäre, würde er sofort das Fischgeschäft an der Ecke ansteuern und sich sein Mittagessen besorgen.

Das T-Shirt wurde präsentiert, doch statt eines Kopfschüttelns und der Bemerkung, das alles sei lange her, sagte Bill Runge mit vollem Mund, er glaube, er hätte es schon mal gesehen. »Lassen Sie mich kurz nachdenken«, meinte er, wobei er Tomatenketchup über sein Kabeljaufilet schüttete, als wäre es eine unerlässliche Gehirnnahrung beim Graben im Gedächtnis.

»Im September vor acht Jahren?«, versuchte Damon ihm zu soufflieren.

»Schon möglich. Während ich diesen Graben für meinen Kumpel Grimble aushob, war ich viel in Flagford, aber damals ist es nicht gewesen. So lange ist das noch nicht her. Und normalerweise habe ich ja keinen Grund, dort hinzufahren.«

»Waren Sie vielleicht jemals auf diesem Obsthof? Bei Morella's?«

»Ganz genau! Ich hab meine Frau zu Morella's Hofladen gefahren. Für Obst aus den Supermärkten hat sie nichts übrig. Es war Samstag. Muss es ja gewesen sein. Unter der Woche gehe ich nie einkaufen. Und mit den acht Jahren liegen Sie völlig richtig. Genau damals war es. Wir hatten unser Mädel dabei, und die war damals fünfzehn. Komisch, dass ich das noch weiß, aber nur, weil sie damals so heikel war und eine Apfeldiät gemacht hat. Wie Teenager eben so sind. Damals hat sie nur Äpfel und Müsli gegessen. Die Obstpflücker waren draußen. Dieser Typ kam mit dem Traktor an. Damit wurden die Kisten vom Feld geholt und zum Laden gebracht. Er kam mit einer Apfelkiste herein und hatte dieses T-Shirt an. Meine Tochter rief: ›Papa, schau mal, was der anhat. Schau dir das Bild an, das ist ein Skorpion. So was würde ich nie anziehen‹, meinte sie. ›Ist ja krass.‹ Ein junger Kerl – na ja, wenigstens damals. Meine Tochter hatte im Fernsehen eine Sendung über Skorpione gesehen, wissen Sie?«

»Mr. Runge, Sie sind ein Ass«, rief Damon. »Sie haben Ihren Beruf verfehlt. Sie sollten bei der Polizei arbeiten.«

Damon war zufrieden – fast. Sollte man nicht trotzdem eine zweite Bestätigung einholen? Er kaufte sich in dem

Laden, aus dem Runge eben gekommen war, eine Portion Kabeljau mit Pommes frites und dazu eine Essiggurke und verspeiste alles im Auto. Vielleicht sollte er versuchen, in den Flagforder Geschäften nachzufragen, von denen es nur noch ganze zwei gab. Früher waren es einmal zehn gewesen. Im Gemüseladen, der sich hochtrabend Supermarkt nannte und auch die Postfiliale beherbergte, zeigte er dem Mann an der Briefmarkenausgabe und der Frau an der Kasse das Foto. Keiner erkannte das T-Shirt mit dem Skorpion wieder, obwohl beide auch schon vor acht Jahren denselben Job gehabt hatten. Der andere Laden gehörte zu jener Sorte, bei der sich Passanten regelmäßig fragen, wie so etwas überleben kann. Er verkaufte Schwangerschafts- und Babykleidung, oder besser gesagt, er versuchte es. Eine uralte Frau hinter dem Ladentisch lächelte ihn zwar hoffnungsvoll an, schien aber nicht in der Lage zu sein, seine Frage zu verstehen. Immer wieder betonte sie, Kleidungsstücke wie auf seinem Foto würde ihr Geschäft nicht führen und hätte es auch nie getan. So etwas Hässliches, meinte sie, würde der Kundschaft nicht gefallen.

Er gab auf und konzentrierte sich auf die letzten Namen auf seiner Liste, die Tredowns. Sie wohnten unmittelbar neben Grimble's Field. Auf der Westseite von Athelstan House musste man im oberen Stockwerk von allen Fenstern aus einen Blick auf das Nachbargrundstück haben. Während der Rückfahrt nach Flagford dachte er darüber nach, was Bill Runge gesehen hatte, und was es bedeutete. Der Mann aus dem Keller hatte dieses T-Shirt getragen. Deshalb stand fast hundertprozentig fest, dass der Mann aus dem Keller ein Saisonarbeiter gewesen war, der noch kurz vorher in Flagford gesehen worden war. Nur fast? Es war unerlässlich, sich noch einmal zu vergewissern. Er fuhr vor Owen Tredowns Haus vor und parkte direkt vor dem Eingang.

Burden befand sich mit Lyn Fancourt in dem Bungalow namens *Sunnybank*. Sie waren ins Schlafzimmer gegangen und musterten nachdenklich den Inhalt des Kleiderschranks. Lyn nahm jedes Stück einzeln heraus und legte es aufs Bett. Als sie zu dem Sportsakko aus braunem Tweed mit Lederflicken am Ellbogen kam, bremste Burden sie, stülpte einen Handschuh über seine rechte Hand und tastete in den Taschen herum. Dabei förderte er eine Uhr aus Weißmetall mit einem abgetragenen Lederband, eine genauso abgeschabte Brieftasche und zwei Schlüssel an einem Ring zutage.

»Deshalb haben die McNeils beim Durchsuchen seiner Kleidung nichts gefunden«, stellte Burden fest.

»Nur tausend Pfund, Sir.«

»Ja, in seiner Jeanstasche. Sieht aus, als hätte er das Geld gerade erst bekommen und in seine Jeanstasche gestopft. Vielleicht bildete er sich ein, nahe an seinem Körper wäre es sicherer als in den Anoraktaschen, wo er mit Sicherheit die Brieftasche und die Schlüssel transportiert hatte.«

»Aber warum hat er das ganze Zeug in fremder Leute Taschen gesteckt?«

»Eigentlich wollte er sich doch waschen. Deshalb hat er seine Uhr abgelegt. Meiner Ansicht nach ist Folgendes passiert: Er hat sich bis auf die Unterwäsche ausgezogen und seine Jeans mit den tausend Pfund – hatte er momentan *vergessen*, dass sie drinsteckten? –, seinen Anorak, das T-Shirt und seine Turnschuhe auf die Küchenanrichte gelegt. Anschließend nahm er seine Brieftasche – vielleicht hat er sich eingebildet, er hätte das Geld schon hineingelegt – und die Schlüssel mit ins Schlafzimmer und öffnete den Schrank. Als einziges Kleidungsstück gefiel ihm dieses Sportsakko, obwohl der ganze Schrankinhalt vermutlich besser in Schuss war als alles, was er am Leib trug. Vielleicht hätte er auch noch einen Regenmantel mitgenommen. Er zog seine Uhr aus und steckte sie zusammen mit der Brieftasche und den Schlüsseln in eine der Taschen des Sakkos, das er nach dem Waschen anziehen wollte. Wahrscheinlich wollte er auch das T-Shirt wieder anziehen und mit Sicherheit auch die Jeans mit dem Geld. Die Hosen des alten Grimble wären ihm zu kurz gewesen. Noch ehe er dazu kam, spazierte der noble McNeil herein und erschoss ihn.«

»Kein Messer, Sir.«

»Kein Messer«, wiederholte Burden.

Owen Tredown persönlich bat ihn herein. Damon hatte noch nie einen so krank aussehenden Menschen getroffen, der sich trotzdem immer noch auf den Beinen hielt. Tredown wirkte gespenstisch, ein ausgemergeltes Geschöpf, das die Hälfte seiner Substanz eingebüßt hatte. Er war bis aufs Skelett abgemagert. Unter seinem dünnen Hemd zeichneten sich deutlich die Rippen ab. Seine Gesichtsfarbe erinnerte an altes vergilbtes Papier. Zur Begrüßung reichte er Damon eine Hand wie eine Vogelklaue.

»Nicht wahr, ich biete einen netten Anblick?«, sagte Tredown zu dem ihm gänzlich Unbekannten. »Wer mir im Finstern begegnet, rennt davon, als sei der Teufel hinter ihm her.«

Damon nickte, rang sich ein Lächeln ab. »Offensichtlich geht es Ihnen nicht gut, Sir.« Konnte man noch mehr untertreiben? »Wäre es nicht besser, wenn Sie sich setzten?«

»In einer Minute werde ich das auch tun. Ich will nicht aufgeben, bevor ich wirklich muss.« Sie betraten einen großen, schäbigen Raum. Die langen braunen Samtvorhänge sahen aus, als hätte sie jemand fieberhaft aufgerissen. »Ich habe das Schreiben aufgeben müssen«, sagte Tredown. »Das ist das Schlimmste. Wenn ich nicht schreiben kann, kann ich genauso gut tot sein.«

Damon wusste nicht, was er sagen sollte. »Wie du wieder übertreibst, Owen«, tönte es hinter der hohen Rückenlehne eines Sofas hervor. Damon zuckte zusammen. Nach der Stimme tauchte an derselben Stelle eine schwer beringte Hand auf und wackelte zur Begrüßung mit langen Fingern.

Tredown hatte in einem Sessel Platz genommen und wies Damon einen anderen zu. Jetzt tauchte die Besitzerin der Stimme auf, eine große Frau mit mädchenhaft langen dunklen Haaren und dem faltigen Gesicht einer alten Frau. Sie musterte ihn von Kopf bis Fuß. »Hallo, wir kennen uns nicht. Ich bin Claudia Ricardo. Sagen Sie, finden Sie es eigentlich schwierig, in einer Umgebung wie dieser schwarz zu sein?«

»Claudia, lass das«, tadelte Tredown milde.

Damon antwortete ihr nicht. Selbst wenn es ihn seinen Job kosten sollte, würde er sich eine Antwort verkneifen. Er zog das Foto mit dem T-Shirt aus seiner Brieftasche. In dem Moment betrat eine kleine rundliche Frau in einem grauen Wollkleid den Raum. Beim Anblick des Fotos blieb sie stehen – weil sie es erkannt hatte?

»Wie scheußlich«, rief sie verächtlich.

Die andere Frau, die kaum ihr Kichern unterdrücken konnte, sagte: »Das ist Maeve, mein Schwiegerweib. Die *derzeitige* Mrs. Tredown.« Als bestünde auch nur die entfernte Möglichkeit, dass das fragile Wrack im zweiten Sessel wieder heiraten könnte. »Er ist Polizist, auch wenn man ihm das nicht ansieht. Findest du nicht auch?«

»Hat jemand von Ihnen dieses Kleidungsstück schon einmal gesehen?« Langsam verließ Damon der Wille zur Höflichkeit.

»Was ist das?« Dieser Satz kam von Claudia Ricardo. »Würde ein vernünftiger Mensch tatsächlich so etwas anziehen?«

»Jemand, der keinen Geschmack hat, vielleicht schon«, erwiderte Maeve.

Damon fand diese Bemerkung ziemlich stark, noch dazu von einer Frau, die für die Einrichtung dieses tristen Zimmers verantwortlich war, dessen Kombination aus Braun- und Rottönen an Bratensaft, Ketchup und Spaghettisoße erinnerte. »Haben Sie es schon mal gesehen?«

»Wo sollten wir das?«, erkundigte sich Tredown höflich. »Vielleicht könnten Sie unserem Gedächtnis auf die Sprünge helfen.«

Dazu war Damon natürlich nicht bereit. Trotzdem ging er so weit zu sagen, sie hätten vielleicht jemanden damit auf Grimble's Field gesehen haben können. »Vor einigen Jahren«, ergänzte er.

Er beobachtete die Miene der Frauen und bildete sich ein, er könnte bei Claudia Verachtung und bei Maeve Vorsicht ablesen, auch wenn er das höchstens vermuten konnte. Wahrscheinlich war alles nur geraten. Mit Sicherheit hatte er sich geirrt, als er sich einbildete, er hätte in Maeve Tredowns Augen ein Wiedererkennen aufblitzen gesehen, als sie ins Zimmer gekommen war. Gerade als er dachte, er könne hier nichts mehr erreichen, überraschte ihn Tredown mit dem Satz: »Vielleicht habe ich es schon mal gesehen. Ja, ich glaube schon. Es ist ziemlich ungewöhnlich, oder? Lassen Sie mich nachdenken. Vor acht oder neun Jahren. Ich hatte droben gearbeitet. Ich habe diesen Mann vom Fenster aus gesehen. Auf der Straße, glaube ich, vielleicht auch im Garten.«

»So weit zurück kannst du dich unmöglich erinnern. Du weißt doch, dass dein Gedächtnis kaputt ist. Das ist lächerlich.« Claudia Ricardo warf ihm einen Blick voll eisiger Verachtung zu.

»Vielleicht kann ich es nicht«, sagte er. »Keine Ahnung. Ich bin so hundemüde.« Er schloss die Augen. Auf Damon wirkte er wie ein Toter. Sein wächsernes Gesicht erinnerte an einen Totenschädel. »Sie sagen, ich müsste zum Sterben nach Pomfret ins Hospiz«, sagte er, ohne die Augen zu öffnen.

Beide Frauen standen offensichtlich ungerührt und stumm da.

18

Wexford wählte seine Worte sorgfältig. »Machen Sie sich innerlich gefasst, wollte ich Ihnen sagen, obwohl ich mir nicht sicher bin, ob man sich auf so etwas gefasst machen kann. Der Tote, von dem ich Ihnen erzählt habe, ist Ihr Vater.« Er sah ihr in die Augen. »Es tut mir sehr leid. Viel mehr kann ich Ihnen nicht erzählen, nur dass sein Leichnam auf einem Grundstück in einem Dorf namens Flagford begraben wurde, an einem schönen ruhigen Platz, wenn Sie das irgendwie tröstet.«

Selina Hexham stieß einen leisen Schrei aus. So schreit man vielleicht bei einem Stich. Sie saßen im Wohnzimmer von Haus in Barnes, jenes Hauses, das in der Kindheit ihr Zuhause gewesen war. Wexford vermutete ganz intuitiv, dass sich hier seit dem Tod ihrer Mutter nichts verändert hatte. Die Inneneinrichtung orientierte sich weniger an Stilfragen, sondern tat dem Auge gut und tröstete die Sinne: Bücher, ein CD-Spieler und kleine Gemälde, die sicher Originale waren.

»Wie ist er gestorben?«

»Das wissen wir nicht. Möglicherweise werden wir es nie wissen.«

»Könnte es sein – ist es möglich – ich meine, steht absolut sicher fest, dass es sich um einen – einen *gewaltsamen*

Tod gehandelt hat? Könnte es auch ein Herzanfall gewesen sein? Könnte er nicht auf diesem Grundstück einfach nur tot zusammengebrochen sein?«

Wexford seufzte. »Selina, Sie ahnen gar nicht, wie gern ich Sie in diesem Glauben lassen würde, aber das kann ich nicht. Man hat seinen Leichnam begraben. Warum hätte man das getan, wenn er eines natürlichen Todes gestorben wäre?«

»Nein, ich verstehe.«

»Es tut Ihnen weh, ich weiß. Etwas anderes wäre für eine Tochter auch höchst unnatürlich. Wenn Sie möchten, kann ich es momentan dabei bewenden lassen und Sie allein lassen, damit Sie es Ihrer Schwester sagen können. Ich kann auch morgen oder übermorgen wiederkommen. Leider muss ich Ihnen nach der Identifikation der Leiche Ihres Vaters noch einige Fragen stellen. Je eher das geschieht, umso schneller werden wir den... werden wir herausfinden, wie Ihr Vater zu Tode gekommen ist.«

»Selbstverständlich müssen Sie mir Fragen stellen. Vivien wird nicht vor siebzehn Uhr hier sein. Wir haben dann noch den ganzen Abend zusammen.«

»Wenn ich darf«, sagte Wexford, »würde ich als Erstes gern das ehemalige Arbeitszimmer Ihres Vaters sehen.«

Sie gingen nach oben. Im Laufe seiner Arbeit hatte er viele solche Häuser gesehen: zwei Zimmer im Erdgeschoss, die man meistens zu einem größeren verbunden hatte, zwei einigermaßen große Schlafzimmer und eine »Abstellkammer«. Solche Doppelhaushälften waren überall in England kurz vor und nach dem Zweiten Weltkrieg aus dem Boden geschossen, bequeme, bescheidene und damals auch bezahlbare Häuser für ein Elternpaar mit zwei Kindern. Hier war die Abstellkammer noch winziger als üblich. Wahrscheinlich sah sie immer noch so aus wie damals, als Diana Hexham hier ihr Zimmer gehabt hatte. Noch immer befand sich hier ihr Einzelbett, dazu ein hoher Wandspiegel und ein kaum dreißig Zentimeter tiefer Kleiderschrank. Für mehr war nicht Platz, außer auf dem Fensterbrett. Dort stand zwischen hölzernen Buchstützen eine Reihe Bücher: eine Taschenbuchausgabe der gesammelten Werke von Jane Austen, *Wer die Nachtigall stört*, eine Übersetzung von *Madame Bovary* und die Gedichte von Wilfried Owen.

»Hatte bei Ihrem Vater hier ein Schreibtisch mit einer elektrischen Schreibmaschine gestanden?«, wollte er wissen.

»Außerdem ein Schreibtischstuhl und jede Menge Bücher.«

»Ja. Was ist damit passiert?«

»Mit seinen Büchern? Wir haben alle behalten, auch als Mama hier eingezogen ist. Sie stehen unten.«

Noch einmal sah er sich in dem winzigen Zimmer um, aber hier konnte man keine neuen Erkenntnisse gewinnen. Als sie wieder im Wohnzimmer waren, wo sie schon einmal gesessen hatten, führte sie ihn zu dem links von der Terrassentür eingebauten Bücherregal, das fast die ganze sich daran anschließende Wand ausfüllte.

»Hier, die Bücher in diesem Teil, die standen früher in seinem Arbeitszimmer«, erklärte Selina. »Ach ja, bis auf das *Oxford Dictionary* und *Brewers Lexikon des guten Schreibstils*. Die stehen dort drüben bei den anderen Lexika.«

Er las die Titel: Darwins *Über die Entstehung der Arten* und *Die Fahrt mit der Beagle*, *Roget's Thesaurus*, Ovids *Metamorphosen*, *Griechische Mythologie* von Robert von Ranke-Graves, eine Sammlung isländischer Sagen sowie ein halbes Dutzend Bücher von Stephen Jay Gould und Richard Dawkins. Mittlerweile kam es ihm wie ein Hirngespinst vor, er könnte ein Bindeglied zwischen diesen Büchern finden, das ihn auf der Suche nach jener unbekannten Tätigkeit weiterbrächte, mit der sich Alan Hexham damals in diesem winzigen Kämmerchen beschäftigt hatte.

»Hilft das?«, wollte Selina wissen.

»Ich glaube nicht.«

Sein Blick schweifte über die anderen Regale, wo er die Romane verschiedener Autoren entdeckte, die vor einem Dutzend Jahren bekannt gewesen und es zum Teil auch heute noch waren. Darunter auch Owen Tredowns *Der Sohn des Nun* und *Die Königin von Babylon*.

»Sie hatten in Ihrem Buch dieses halbe DIN-A4-Blatt erwähnt«, sagte er, »mit einer handschriftlichen Liste Ihres Vaters. Dürfte ich es sehen?«

»Selbstverständlich«, erwiderte sie. Als sie unter dem Bücherregal eine Schublade öffnete und ihm einen Umschlag reichte, sah er, dass sie Tränen in den Augen hatte.

Hexham war einer jener immer seltener werdenden Menschen mit einer schönen Handschrift gewesen. Er hatte die Kunst beherrscht, ganz einfach schön zu schreiben, ohne überflüssige Schnörkel. Auf seiner Liste standen sieben Science-Fiction-Autoren und zwei Autoren von historischen Romanen, von denen mehrere vermutlich nicht mehr sonderlich bekannt waren. In zwei Fällen hatte er neben den Namen Zahlenreihen notiert, bei denen es sich wahrscheinlich um Telefonnummern handelte, und darunter: »Recherchieren? Korrekturlesen? Redigieren?«

»Mr. Wexford«, meinte Selina, während sie wieder ihre früheren Sitzplätze einnahmen, »es ist mir wirklich nicht wichtig, ob Sie den… den Menschen finden, der meinem Vater das angetan hat. Das ist jetzt nicht mehr wichtig, stimmt's?«

Er schüttelte den Kopf. »In diesem Punkt irren Sie sich. Es ist wichtig. Bisher haben wir es noch nicht ausgesprochen, aber jetzt werde ich es tun. Irgendjemand hat Ihren

Vater ermordet, und es wäre falsch, wenn diese Person damit durchkäme und Nutzen aus diesem Verbrechen ziehen würde. Genau das ist meine Aufgabe, hinter der ich voll und ganz stehen muss, so lange es auch dauert. Erstens könnte dieser Mensch erneut zuschlagen, und zweitens ist Mord die schlimmste Untat. Die Gesellschaft muss den Täter schon deshalb bestrafen, damit es ihr... gut geht.«

»Vermutlich haben Sie recht. Was wollten Sie mich fragen?«

»Erstens: Können Sie sich denken, warum Ihr Vater nach Flagford gefahren ist? Hatte er dort einen Bekannten?«

»Lewes war der einzige Ort, den er in Sussex je betreten hat, mit Ausnahme von Worthing, wo wir alle zusammen einmal Ferien gemacht haben. Und das auch nur wegen Maurice Davidson. Sie hatten sich auf der Universität angefreundet, obwohl Mr. Davidson schon in den höheren Semestern war. Er war viel älter als Papa. Sie haben sich nicht oft gesehen. Meistens nur, wenn Mr. Davidson nach London kam, glaube ich. Einmal sind wir alle gemeinsam zum Mittagessen hinausgefahren. Das war im Sommer, und ich glaube, es sollte ein Picknick werden. Davon weiß ich nicht mehr viel. Ich war damals erst vier.«

»Lewes liegt von Flagford ziemlich weit weg«, konstatierte Wexford. »Ich werde jetzt einige Namen aufzählen und Sie bitten, mir zu sagen, ob Ihr Vater sie jemals erwähnt hat. Falls Sie sich noch daran erinnern können.«

»Das wüsste ich noch.«

»Gut.« Langsam und deutlich nannte er die Namen, wobei er dazwischen immer eine Pause machte und ihr Gesicht beobachtete: »McNeil. Hunter. Pickford. Grimble. Tredown.«

»Tredown«, rief sie. »So heißt der Schriftsteller, der den Roman *Der erste Himmel* geschrieben hat.«

»Ganz genau«, sagte Wexford. »Sein Name steht nicht auf dieser Liste. Hat Ihr Vater nie von ihm gesprochen?«

»Meiner Meinung nach war *Der erste Himmel* damals noch gar nicht erschienen.«

»Mir sind zwei seiner früheren Bücher in Ihrem Regal aufgefallen. Haben sie Ihrem Vater gehört?«

»Ja, entweder ihm, oder meiner Mutter.«

»Und bei McNeil, Grimble, Pickford oder Hunter klingelt es nicht? Louise Axall? Theodore Borodin?«

»Ich glaube nicht. Ich kann mir einfach nicht vorstellen, warum mein Vater ein Dorf mitten in Sussex besucht haben sollte. Gibt es dort einen Bahnhof?«

»Nicht in Flagford. Erst ein paar Kilometer weiter weg, in Kingsmarkham. Wer nach Flagford wollte, hätte ein Taxi nehmen müssen, wenn er nicht ein begeisterter Spaziergänger gewesen wäre. War er denn das?«

»Mr. Wexford, damals hat es geschüttet. Da hätte er gewiss nicht versucht, zu Fuß zu gehen.«

Wexford dachte nach. »Hatte er etwas mitgenommen? Auf solche Sachen achtet ein Kind nicht allzu sehr, das ist mir klar.«

»Vivien und ich waren schon unterwegs zur Schule, bevor er aufgebrochen ist.« Ihre Stimme zitterte ein wenig, und sie räusperte sich, um den Hals frei zu bekommen. »Seinen Regenmantel hatte er bereits an. Er hatte keinen Schirm; so etwas trug er nie bei sich. Dass er seine Aktentasche mitnehmen wollte, weiß ich, weil er sie noch wenige Minuten zuvor geöffnet und hineingeschaut hatte. Damals habe ich mir nicht viel dabei gedacht, aber ist es nicht seltsam, wenn man auf eine Beerdigung eine Aktentasche mitnimmt?«

»So seltsam vielleicht auch wieder nicht. Als begeisterter Leser hatte er vielleicht ein Buch zum Lesen während der Zugfahrt dabei. Oder eine Zeitschrift? Eine Zeitung?

Vielleicht etwas von Mr. Davidson, das er dessen Witwe zur Erinnerung geben wollte, ein Stück aus Studententagen?«

»Sie haben recht. Das alles hätte sein können. Wenn ich doch nur mehr helfen könnte.«

Hatten seine Worte bei ihr eine Gesinnungsänderung bewirkt? Wollte sie jetzt den Mörder ihres Vaters vor Gericht bringen? Er wusste es nicht. Vielleicht. Er verabschiedete sich mit der Ankündigung, dass er sicher noch mal mit ihr würde sprechen müssen, und machte sich dann zu Fuß auf den Weg zum Bahnhof. Unterwegs traf er Vivien Hexham.

»Ihre Schwester wird Ihnen alles erzählen«, sagte er, »besser, als ich es kann.«

Während er mit Burden in ihrem gewohnten indischen Lokal zu Mittag aß, kam Matea ziemlich schüchtern auf ihn zu und erzählte ihm, ihre Eltern seien über die Ferien nach Mogadischu geflogen und hätten Adel und Shamis mitgenommen.

»Ich kann sie nicht daran hindern«, sagte sie.

Wexford schüttelte den Kopf. »Ich leider auch nicht.«

Burden blickte ihr nach, während sie hinter dem Perlenvorhang verschwand, und meinte: »Sieht sie nicht hinreißend aus? Einfach vollkommen!«

In Wexford keimte Wut auf. »Lass dir eines gesagt sein: Mit ihr zu schlafen, würde weder dir noch ihr viel Spaß machen.«

Burden zuckte zusammen. Er war schockiert, allerdings weniger über diesen Satz, sondern über den, der ihn ausgesprochen hatte. »Das geht zu weit!«

»Wirklich? Na gut, doch hat der Ingrimm einen Freibrief, wie einer so schön bei Shakespeare sagt.«

»Ich nehme an, damit willst du andeuten, dass sie beschnitten wurde?«

»Man hat ihre Genitalien verstümmelt. Ihnen allen, all diesen wunderschönen Frauen. Neunundneunzig Prozent aller Somalis. Und jetzt sollten wir das Thema wechseln.« Wexford schenkte ihnen beiden stilles Wasser nach. »Wahrscheinlich hatte Hexham in Lewes um 14.20 Uhr den Zug genommen, der um 14.42 in Kingsmarkham ankam. Wir wissen, dass der arme Kerl auf Grimble's Field sein Ende gefunden hat. Außerdem liegt die Vermutung auf der Hand, dass er mit einem der Bahnhoftaxis nach Flagford gefahren ist – ein Ort, an dem er zuvor vielleicht noch nie gewesen war.«

»Warum sagst du das?«

»Laut Selina Hexham sind ihre Eltern nur zweimal in Sussex gewesen: zu Besuch bei den Davidsons in Lewes und einmal zu einem Familienurlaub in Worthing. Alan Hexham scheint ziemlich verschlossen gewesen zu sein. Vielleicht war er schon manchmal hierhergekommen, ohne es seiner Frau oder den Kindern zu sagen, aber irgendwie glaube ich nicht daran.«

»Er war nur in einem einzigen Punkt verschlossen: was seine Tätigkeit in diesem Arbeitszimmer betraf.«

Matea kam mit ihren Biryanis, einem Teller Naan-Brot und einer Platte mit Gewürzen und Chutneys. Eine Frau mit so langen schlanken Händen hatte Wexford noch nie gesehen. Auch Burden waren Mateas Hände aufgefallen. »Ihre Handgelenke sind so zierlich wie bei manchen Frauen die Finger«, sagte er prompt.

»Halt doch die Klappe«, sagte Wexford in scharfem Tonfall. »Aber zurück zu deiner Bemerkung vor dieser kitschigen Übertreibung. Vermutlich hast du recht. Im Übrigen scheint er ein ziemlich offener Mensch gewesen zu sein, ein guter Vater, ein guter Lehrer und mit Sicherheit ein guter Ehemann. Aufgrund dessen, was ich mittlerweile über ihn weiß, würde es mich sehr überraschen, wenn es in seinem Leben jemals eine andere Frau gegeben hätte. Wahrscheinlich hat er nicht einmal eine angeschaut.« Der letzte Satz war mit einem bedeutungsvollen Seitenblick auf Burden gemünzt.

»Egal was er in diesem Zimmer getrieben hat, ich bin ziemlich sicher, dass es nichts – Unehrenhaftes gewesen ist, falls dieses Wort heutzutage nicht zu altmodisch klingt.«

»Ich frage mich eines«, warf Burden nachdenklich ein. »Könnte er nicht etwas gemacht oder versucht haben, was seine Familie erst erfahren sollte, nachdem er damit … *Erfolg* gehabt hatte?«

»Interessant. Weiter.«

»Vielleicht war er dabei, ein Geschäft aufzubauen. Vielleicht hatte er etwas erfunden, eine Kleinigkeit, etwas Praktisches. Schließlich war er Naturwissenschaftler.«

»Ja, allerdings Biologe und kein Ingenieur. Egal was es war, es muss etwas gewesen sein, wozu man nur sehr wenig Geräte benötigte, und das wahrscheinlich auch kaum Kosten verursacht hat.«

»Wollte er damit Geld verdienen? Was glaubst du?«

»Keine Ahnung«, erwiderte Wexford. »Geld brauchten sie mit Sicherheit. Ein größeres Haus hätte ihnen gut getan. Trotzdem habe ich nicht den Eindruck, dass der Drang nach mehr Geld in seinem Dasein eine große Rolle gespielt hat. Meiner Ansicht nach verlieh diese unbekannte Tätigkeit seinem Leben eine gewisse Bedeutung, ganz egal ob damit ein finanzieller Gewinn verbunden gewesen wäre oder nicht.«

Burden, der auf seine Vorstellung von Hexham als Erfinder fixiert war, meinte: »Du hast betont, er sei Biologe gewesen und kein Ingenieur. Douglas Chadwick war Ingenieur und hat in Flagford gewohnt, obendrein in Grimbles Haus.«

»Aber Mike, Chadwick war doch schon vor dem Sommer 1995 verschwunden. Trotzdem gefällt mir deine Idee. Eventuell hatte Hexham nicht gewusst, dass Chadwick nicht mehr dort wohnte, beziehungsweise dass der alte Grimble tot war. Dass Chadwick zwei Jahre vorher gestorben ist, wissen wir, aber nicht, wohin er nach seinem Auszug bei Grimble gegangen war. Vielleicht hatte er mit Hexham korrespondiert. Vielleicht war er nach Flagford zurückgekommen, um sich dort mit Hexham zu treffen. Aber das sind alles Spekulationen. Und ich habe nicht die leiseste Ahnung, wie wir das beweisen könnten, beziehungsweise was es uns bringen würde, wenn es uns gelänge.«

»Wie gesagt, Hexham muss mit einem Taxi nach Flagford gekommen sein. Damals hat es wie aus Kübeln geschüttet. Ein Spaziergang kam für ihn sicher nicht in Frage, außerdem wäre es viel zu weit gewesen.«

»Willst du damit sagen, wir könnten uns erst mal alle Taxiunternehmen vornehmen beziehungsweise diejenigen, die vor elf Jahren im Geschäft waren?« Beim Gedanken an frühere Ermittlungen mit Befragungen von Taxifahrern und Fahrzeitvergleichen hätte Wexford beinahe aufgestöhnt. »Vielleicht könnte Damon das übernehmen oder der Neue. Trotzdem, wie wahrscheinlich ist es, dass sich ein Fahrer so weit zurückerinnern kann? Besteht eine Chance? Würdest du dich an das Gesicht eines Taxifahrers erinnern, der dich 1995 vor dem Bahnhof in Kingsmarkham mitgenommen hat?«

»Vermutlich nicht, aber das ist auch etwas anderes. Wie viele Leute schauen einem Taxifahrer ins Gesicht? Aber die Fahrer schauen uns an. Ich glaube, wir sollten es versuchen.«

Flagford lag, mitten zwischen auf Milchwirtschaft spezialisierten Bauernhöfen, am Rand eines Obstanbaugebiets, das aus irgendeinem Grund besonders gute Äpfel, Birnen, Pflaumen und Beeren hervorbrachte. Morella's war der größere der beiden Obsthöfe und verfügte, neben hektargroßen Streuobstwiesen und Erdbeerfeldern, über einen gut gehenden Hofladen und eine eigene Entsaftungsanlage. In den letzten Jahren hatte man die Erdbeerfelder unter glitzernden Plastiktunnels versteckt, die im Hochsommer wie in der Sonne geschmolzene Eisstangen aussahen. Inzwischen lagen sie brach und unbebaut da. Auf den Streuobstwiesen hatte man schon vor Wochen alle Äpfel und Birnen abgeerntet. Nach und nach wurden jetzt die Baumreihen zurückgeschnitten. Damon fuhr mit Barry eine Erlenallee entlang, die zu einem Gebäude mit den Büros des Geschäftsführers und der Angestellten führte.

Morella's hatte es offensichtlich seit dem Tag, als Bill Runge mit Frau und Tochter hier gewesen war, weit gebracht. Der Geschäftsführer – er hieß Graham Bailey – meinte, inzwischen würden sie von Juni bis Oktober Leute aus Osteuropa beschäftigen, hauptsächlich Rumänen und Bulgaren. Ihre Unterkünfte bezeichnete er als »Wohnheime« und deutete dabei aus dem Fenster. Inzwischen standen auf dem ehemaligen Campingplatz der Obstpflücker sechs ordentliche Gebäude, die untereinander sowie mit dem Vorhof und dem Laden durch Asphaltwege verbunden waren. Stolz verkündete Bailey, jedes Gebäude verfüge über »Sanitäranlagen«, Duschen und eigene Waschmaschinen.

»Haben Sie je Wanderarbeiter beschäftigt?«

»Zigeuner?«, meinte Graham Bailey. »Zu meiner Zeit nicht. Ich bin erst drei Jahre hier. Früher kamen regelmäßig welche her und haben dort drüben kampiert. Das war vor dem Bau unserer Wohnheime.« Er brachte Barry und Damon in den Hofladen und rief einen Helfer herbei, der laut seiner Aussage schon seit fünfzehn Jahren hier arbeitete, zuerst draußen und seit der Eröffnung des ersten, noch kleinen Hofladens hier drinnen.

Der Laden verkaufte nicht nur Obst und Gemüse, sondern auch Kuchen, Pasteten und Tiefkühlprodukte, Eiscreme und feine Desserts. Alles war tipptopp in Ordnung und pieksauber. Der stets hungrige Damon erkundigte sich, ob er einen Schwarze-Johannisbeer-Kuchen kaufen könne, was ihm von Seiten Barrys ein Stirnrunzeln und die scharfe Aufforderung eintrug, sie sollten weitermachen. Man brachte sie in ein Verwaltungsbüro, wo ihnen Bailey mit Stolz erklärte, man würde über sämtliche Mitarbeiter mit Name und Heimatadresse Buch führen, selbst wenn es sich, wie in jüngster Zeit, um Adressen in Sofia, Krakau oder an der Schwarzmeerküste handle.

Eine der Frauen am Computer erbot sich, für September 1998 eine Liste mit sämtlichen Namen und Adressen auszudrucken, und übergab Barry ein Blatt mit einer imposanten Liste von Arbeitern. Schon der erste flüchtige Blick darauf verriet ihm, dass man keinen dieser Leute aus Osteuropa geholt hatte. Nun ja, in den dazwischenliegenden acht Jahren war viel passiert.

»Von diesen Leuten haben ziemlich viele keine Heimatadresse«, konstatierte er.

»Na ja, wie sollten sie auch? Nicht wenn es sich um fahrendes Volk gehandelt hat.«

Barry zählte zweiundzwanzig Namen, darunter zwölf Frauen. Soweit er erkennen konnte, ließ sich daraus nicht schließen, wer sein Mann gewesen war – selbst wenn man davon ausging, dass er für Morella's gearbeitet hatte.

»Mir ist klar, dass ich auf diese Frage keine Antwort erwarten kann«, sagte Damon, »aber erinnert sich vielleicht jemand von Ihnen an einen Mann in einem T-Shirt mit einem schwarzen Skorpion und dem Namen ›Sam‹ darauf?«

»Komisches Haustier«, rief die Frau, die die Liste ausgedruckt hatte, »aber der Herrgott hat nun mal einen großen Tiergarten.«

Als das Gelächter verebbt war, erklärte Damon, es handle sich nicht um einen lebenden Skorpion, sondern nur um einen Aufdruck auf dem Stoff, und zeigte ihnen das Foto. Alle betrachteten es, Bailey noch konzentrierter als die anderen, aber dann hieß es: »Nein.« Und damit sprach er für alle. »Nein, da klingelt nichts bei mir.«

Ein Anruf seiner Tochter Sheila entschied über Wexfords Abendbeschäftigung. »Paps, hast du schon das Buch gelesen, das ich dir gegeben habe?«

»*Der erste Himmel*? Nein, hab ich nicht.« Und dann fügte er wie früher als kleiner Junge hinzu: »Muss ich denn?«

»Na ja, ich dachte, in Anbetracht der Tatsache, dass ich in dem Film die Hauptrolle spiele, würde es dich interessieren.«

»Ich werde es versuchen«, sagte er reichlich niedergeschlagen. Komisch, irgendwann einmal kam die Zeit, da begannen die eigenen Kinder mit einem zu reden, wie man selbst mit seinen Eltern geredet hatte. Und man gab ihnen fast dieselben Antworten wie damals den Eltern. Die Spanne zwischen der Zeit, in der man sich den Einschränkungen durch Mama und Papa fügte, und jener, in der man die eigenen Kinder beschwichtigte und ihnen gehorchte, war nicht sonderlich groß. Er hatte gehofft, er könnte diesen seltenen freien Abend damit zubringen, neben Dora zu sitzen und sich eine DVD des Films *Wenn die Gondeln Trauer tragen* anzusehen. Stattdessen gönnte er sich das obligatorische Glas Rotwein und schlug *Der erste Himmel* auf.

Burdens Schwager war ein sehr guter Bekannter von ihm, auch wenn er nicht so weit gehen wollte, ihn als Freund zu bezeichnen, und Verleger, oder korrekter gesagt, Lektor in einem Verlag. Schon oft hatte sich Wexford überlegt, wie langweilig und lästig es für solche Leute sein musste, weil sie nicht aus freien Stücken Bücher lesen konnten, wie er es durfte, wenn er dazu Zeit hatte, sondern sich gezwungenermaßen immer nur mit den Manuskripten von Autoren beschäftigen mussten, deren Bücher sie veröffentlichten. Amyas, Burdens Schwager, hatte ihm gestanden, er hätte nur im Urlaub eine Chance, wieder einmal seinen Lieblingsautor zu lesen, Anthony Powell.

Dabei musste Wexford an Selina Hexhams Buch *Spurlos verschwunden* denken, das auch er sich nicht freiwillig als Lektüre ausgesucht hatte. Bei ihm war es also ebenfalls schon bald so weit. Er fing zu lesen an. Am Ende der ersten Seite fiel ihm noch ein Satz von Amyas ein: Ein erfahrener Lektor wisse bereits auf der ersten Seite, ob ein Roman etwas tauge oder nicht. Nun ja, er war kein Lektor, geschweige denn ein erfahrener, und er konnte das nicht erkennen. Vielleicht lag es auch nur daran, dass er Fantasy nicht sonderlich mochte. Und dass es sich hier um Fantasy handelte, merkte man bereits auf der ersten halben Seite. Am Ende des ersten Kapitels zeigte Tredown deutlich seine Vorliebe für eine biblische Sprache, auch wenn es diesmal nicht um Figuren aus der Genesis und dem Buch der Könige ging. Es wimmelte nur so von »allhier« und »woher kommet«, und im zweiten Kapitel redeten sogar die Tiere in diesem Stil miteinander.

Einige Schilderungen von einer prähistorischen Erde fand er durchaus gelungen. Es waren grandiose Bilder, denen man anmerkte, dass sich hier eine ungeheuer fruchtbare Fantasie ausgetobt hatte. Leider fanden diese Szenen kein Ende und verzettelten sich manchmal bis ins kleinste Detail. Immer wieder ertappte er sich dabei, wie er ganze Abschnitte übersprang. Als Tredown begann, Baal, Astaroth und Dagon zu beschreiben, holte der Chief Inspector sich ein zweites Glas Wein und gesellte sich zu Dora. Er hatte erst eine Viertelstunde von *Wenn die Gondeln Trauer tragen* verpasst. Weil er aber den Film schon kannte, war das nicht weiter schlimm.

Gegen zwei Uhr morgens wachte er vom ersten Ansatz eines Gedankens auf, der im wachen Zustand immer weiter gedieh und üppige Formen annahm. Was wäre, wenn Hexhams Ziel an jenem verregneten Nachmittag Athelstan House gewesen wäre? Wenn er sich mit Tredown hätte treffen wollen, um für ihn zu recherchieren? Vielleicht hatte Tredown für zwei Themen einen Berater gesucht: für mythische Gottheiten und prähistorische Kreaturen. Vielleicht auch noch für mehr. Und obendrein benötigte er ein Grundwissen in Biologie und über die Entstehung des Lebens.

Wexford hatte Hexhams handschriftliche Notiz so oft gelesen, dass er sie inzwischen auswendig konnte. »Recherchieren? Korrekturlesen? Redigieren?« Und darüber eine Namensliste von Verlagen und Autoren. Tredown war nicht darunter gewesen, aber das hieß nicht viel. Als Hexham diese Liste erstellt hatte, hatte er vielleicht noch nie etwas von Tredown gelesen. Und wenn doch? Angenommen, er hätte bei Tredown Unstimmigkeiten und Anachronismen entdeckt? Vielleicht hatte er sich gedacht, dass gerade dieser Autor unbedingt Beratung bräuchte, und hatte ihm seine Dienste angeboten. Diese Theorie hatte nur einen Haken: Hexham wäre zwar der ideale Berater für prähistorische Fauna und die Gottheiten in *Der erste Himmel* gewesen, aber ein Experte in biblischer Geschichte war er nach Wexfords bisherigen Erkenntnissen nicht. Das Bild, das seine Tochter von ihm gezeichnet hatte, ließ dies höchst unwahrscheinlich erscheinen.

Ganz anders sah es allerdings aus, wenn Hexham in einem Brief an Tredown Korrekturvorschläge für dessen

Schilderung des Baalkults oder der Dagonrituale gemacht hätte, zwei Figuren aus *Die Königin von Babylon,* und ihm Unterstützung bei diesen Themen angeboten hätte. Vielleicht hatte Tredown diesen Brief beantwortet und Hexham von seinem ehrgeizigen Romanprojekt erzählt, in dem er die Evolutionstheorie mit der Mythologie des Zweistromlandes verknüpfen wollte. Und dass er dabei die Dienste eines Rechercheurs sehr schätzen würde. Diese Rekonstruktion gefiel Wexford, auch wenn sie Lücken aufwies. Mit Recherchen ließe sich zwar Hexhams Tätigkeit in dieser winzigen Abstellkammer erklären, aber nicht seine Geheimniskrämerei. Einige Menschen liebten allerdings Geheimnisse, auch wenn es sich nur schwer rechtfertigen ließ, dass man eine derart unschuldige Tätigkeit vor einer geliebten Ehefrau geheim hielt.

Vielleicht kannte Selina oder Vivien die Antworten.

19

Jeder Mensch hat ein Telefon, sagte Lyn sich vor, *egal was ihm sonst fehlt.* Ein Telefon hatten alle. Heutzutage besaßen selbst Dauercamper Handys. Nach einer Marathonsitzung vor ihrem Computer, bei der sie sich zerstreut aus einer Tüte mit zuckerfreien Süßigkeiten auf ihrem Schoß bediente, hatte Lyn unter den Männern auf der Liste gerade mal zwei Telefonnummern gefunden. Die eine gehörte zu einer Adresse in Stockton-on-Tees, die andere zu einer in Penzance. Inzwischen war sie nicht mehr sehr überrascht, als sich beide Male eine Frau meldete. Im ersten Fall – es handelte sich um einen gewissen William Green – entpuppte sich die Frau mit der uralten Stimme als seine Tante. Natürlich – diese Männer waren entweder ständig unterwegs gewesen oder hatten irgendwo kampiert. Als Adresse würden sie höchstens Verwandte angeben und auch dabei garantiert nur weibliche, dachte Lyn. Männer neigten zu einem wilden ungebundenen Vagabundenleben, während sich Frauen an ihr Zuhause klammerten. Das war keine sexistische Ansicht; in diese Falle tappte Lyn nicht, dazu hatte Hannah sie viel zu gründlich geimpft. Der Wunsch nach einem eigenen Platz, nach einem Nest, einem Zufluchtsort, war gut, klug und vernünftig.

William Greens Tante, die Witwe seines Onkels, die ebenfalls Green hieß, konnte ihr nur sehr wenig über ihren Neffen erzählen. Mit zittriger Stimme meinte sie, sie würde ihn fast nie sehen und wüsste nicht, wo »der Junge« momentan sei. Das letzte Mal habe sie ihn vor sechs Jahren gesehen. Diese Auskunft genügte Lyn. Vor sechs Jahren war der Mann aus Grimbles Keller bereits zwei Jahre tot gewesen. Der andere Mann, Frank Maniora, hatte die Adresse einer engeren Verwandten angegeben, seiner Schwester. Diesmal war Lyn überrascht. Fernanda Maniora sprach mit einem karibischen Akzent. Ohne viel nachzudenken, war Lyn aus irgendeinem unbestimmten Grund davon ausgegangen, dass jeder auf der Liste ein Weißer war.

Miss Maniora nannte sie in jedem Satz »Liebes« und plauderte ausführlich über ihren Bruder, worauf Lyn gut hätte verzichten können. Wenn der Mann aus dem Keller *ein Schwarzer* gewesen wäre, wäre er allen Leuten in Flagford aufgefallen, und jeder hätte sich an ihn erinnert. Um wenigstens etwas zu sagen, erkundigte sie sich, ob Fernanda Maniora ihren Bruder in letzter Zeit gesehen habe. Liebes, erst letzte Woche sei er vorbeigekommen, hieß es, und sie hätte sich ja so darüber gefreut.

Wüsste ihr Bruder vielleicht etwas über die anderen Männer, mit denen er bei Morella's zusammengearbeitet hatte? Dort sei er nachweislich vor acht Jahren gewesen. »Wo ist er jetzt, Miss Maniora?«

»Er hat gemeint, er hätte viel Geld verdient, Liebes. Gott segne ihn. Er wollte in Spanien Urlaub machen. Wissen Sie, dort müsste er jetzt sein.«

»Haben Sie eine Adresse?«

Doch die hatte Frank Manioras Schwester nicht.

Trotzdem hatten die Gespräche mit diesen Frauen Lyn auf eine Idee gebracht. Sie sollte sich mit den Arbeiterinnen bei Morella's in Verbindung setzen. Erstens hatten Frauen Augen für Männer, und zweitens waren sie schlicht und einfach die besseren Beobachter. Außerdem ließen sich ihre Telefonnummern leichter auftreiben. Lyns Gedanke erwies sich als richtig: Einige hatten sogar Handynummern angegeben, allerdings – vor acht Jahren. Ob die noch gültig waren? Sie konnte es nur versuchen.

Wexfords Erwartungen hatten sich hundertprozentig erfüllt. Schon vor der Lektüre dieses Buchs hatte er mit einer lästigen und mühsamen Strafarbeit gerechnet. Es war so dick, über fünfhundert Seiten! Und es wurde tatsächlich eine Schinderei. Lange vor Seite fünfhundertsechzehn legte er es weg und sollte es nie wieder in die Hand nehmen.

Nötigenfalls hätte er die Geschichte zusammenfassen können. Die Lektüre der letzten fünf Kapitel war überflüssig. *Der erste Himmel* spielte auf der Erde vor dem Erscheinen der Menschen. Es gab keine Menschen, keine Tiere und keine Vögel, nur Meeresgeschöpfe und Insekten, beherrscht von Göttern und Göttinnen, deren Namen teils bekannt waren und teilweise reine Erfindung. Und das Ganze im Stil des Alten Testaments. Diese Gottheiten benahmen sich wie menschliche Wesen, sie liebten und hassten, begingen Verbrechen und Heldentaten, waren aber offenbar unsterblich. Deshalb konnten sie den Verlauf der Evolution beobachten, die langsame Verwandlung von winzigen schwimmenden Lebewesen in Kreaturen an Land und in der Luft. Während die Jahrtausende verstrichen, erkannten die Götter ohnmächtig, dass im Zuge der Evolution der Mensch die Erde betreten würde, ohne dass sie es verhindern konnten. Gleichzeitig wussten sie, dass damit ihre Unsterblichkeit ein Ende hätte. Eine Götterdämmerung zog herauf.

Inzwischen hatte Wexford längst vergessen, dass er Owen Tredowns Buch nur Sheila zuliebe angefangen hatte. Sie dagegen ließ das nicht zu und meldete sich am nächsten Tag schon ganz früh am Telefon.

»Toll, Paps, nicht wahr?«

»Finde ich nicht. Ich habe gesagt, es würde mir nicht gefallen, und so war's auch. Ich weiß nicht, wie oft ich dir schon erklärt habe, dass mir Fantasy nicht liegt.«

»Du hast dich darauf eingeschossen, dass es dir nicht gefallen würde, und deshalb war es auch so.«

»Du weißt doch, wie es so schön heißt: Gute Bücher ergeben schlechte Filme, und schlechte Bücher gute. Ich schätze, dass der Film weltweit Millionen in die Kinos treiben wird.«

Sheila begann, sämtliche Bekannten aufzuzählen, die *Der erste Himmel* »hinreißend« gefunden hatten: natürlich Paul, ihre Schwester Sylvia, der Produzent des Films, der Regisseur. Wexford legte sich die Hand auf den Mund, um nicht laut zu gähnen.

Als sie eine Atempause machte, meinte er: »Dieser Produzent, nutzt er Berater und Rechercheure?«

»Also, Paps, *selbstverständlich.*«

Also hatte Tredown das mit Sicherheit auch getan, doch das sagte Wexford nicht laut. Kaum hatte sie aufgelegt, schnappte er sich *Der Sohn des Nun* – dabei merkte er, dass die Leihfrist bereits abgelaufen war – und *Die Köni-*

gin von Babylon und blätterte beide durch. Er suchte nach Ähnlichkeiten, aber hier irrte er sich. Die Themen waren grundverschieden, jedenfalls scheinbar auf den ersten Blick. Trotzdem bestätigte sich sein Verdacht. Tredown interessierte sich offensichtlich ungemein für fremde Götter und ihre Verehrung in Ritualen und Opfern, für Baal und Dagon und Astaroth, Gottheiten, die er schon in *Der erste Himmel* erwähnt hatte. Eines erkannte Wexford: Für die Liebhaber solcher Geschichten war dieses Buch aufregender und spannender als Tredowns sämtliche Bibelepen, die er gelesen hatte. Trotzdem erkannte man an der eigenwilligen Note, an der Atmosphäre, Tredowns Handschrift wieder. Vielleicht lag es an seinem Schreibstil, bei dem sich gewisse Lieblingswörter wiederholten, ja, sogar an der Art, wie er seine Hauptfiguren schilderte.

»*Der erste Himmel* erschien Mitte der Neunzigerjahre«, meinte er zu Dora. »Hast du später noch etwas von ihm gelesen?«

Nein, hatte sie nicht. »Wenn du willst, kann ich dir morgen eines aus der Leihbücherei holen.«

»Ich möchte nur wissen, ob er seine alten Lieblingsthemen wieder aufgegriffen hat oder ob *Der erste Himmel* eine Art Wendepunkt in seiner Karriere darstellt. Gibt es zum Beispiel irgendwelche Fortsetzungen?«

»Ich werde dir das ganze Paket besorgen«, sagte Dora mit hochgezogenen Augenbrauen.

Insgeheim hielt Barry Vine die namentliche Identifizierung der Leiche aus Grimbles Keller für unwichtig. Der Mann hatte zum fahrenden Volk gehört, ein Zigeuner, ein Wanderarbeiter oder wie man solche Leute auch nennen mochte. Er hatte unbefugt fremden Grund und Boden betreten und war von einem alten Irren erschossen worden. Für die Polizeiarbeit war Letzeres jedoch entscheidend, und bei Wexford stand es an oberster Stelle. Deshalb waren Barry und Lyn zu einer Frau in Maidstone unterwegs, die vielleicht eine Frau gekannt hatte, deren Freund im September 1998 mit ihr Schluss gemacht hatte und der unter Umständen …

»Einen Versuch ist's doch wert, Sarge, oder?«, meinte Lyn, die bei ihren Recherchen auf Lily Riley gestoßen war.

»Sie war eine Bekannte meiner Tochter«, sagte Lily Reily, während sie ihnen im Wohnzimmer ihres Häuschens einen Tee servierte, der an indische Gemüsesuppe erinnerte. »Sie und diese Bridget sind immer zusammen zum Obstpflücken gegangen. Meistens droben in der Nähe von Colchester, aber in einem Jahr sind sie hier heruntergekommen. Deshalb konnte Michelle bei mir wohnen. Bridget natürlich nicht. Sie hatte ihren eigenen Wohnwagen.«

Nach einem Blick in ihre Liste wollte Lyn wissen: »Handelt es sich dabei um Bridget Cook und Michelle Riley?«

»Ganz genau. Michelle hat sie mitgebracht, zusammen mit ihrem Freund – ich meine, mit Bridgets Freund. Den hab ich nur einmal gesehen. Zuvor ist er in Flagford gewesen, hat Michelle gemeint, vor drei oder vier Jahren, für die Erdbeeren. Diesmal haben sie Pflaumen gepflückt, Victoria-Pflaumen.«

»Mrs. Riley, erinnern Sie sich noch an seinen Namen?«

»Dusty haben sie ihn gerufen. Na ja, Bridget nicht, die hat ihn anders genannt, aber wie, das weiß ich nicht mehr. Die zwei, Dusty und Bridget, blieben im Wagen. Michelle war hier drin bei mir.«

»Mrs. Riley, Sie haben gesagt, Sie hätten ihn gesehen. Wie hat er denn ausgesehen?«

»Gut«, meinte sie. »Na ja, wahrscheinlich könnte man ihn als gut aussehenden Mann bezeichnen. Wissen Sie, auf mich hat er immer schmutzig gewirkt, aber ich behaupte mal, dass ich pingelig bin. Bridget hat ihm immer in den

Ohren gelegen, er solle sich waschen. Eines erzähle ich Ihnen noch: Im Wohnwagen ist er ständig mit dem Kopf an die Decke gestoßen, so groß war er, wissen Sie?«

Mrs. Riley bestand auf einer zweiten Teerunde und ging, um ihnen nachzuschenken.

»Das ist er, Sarge«, rief Lyn aufgeregt. »Der Typ aus dem Keller war einen Meter neunzig groß.«

»Sieht so aus«, schränkte der eher vorsichtige Barry ein. »Trotzdem sollten wir einstweilen noch keine voreiligen Schlüsse ziehen.«

Als das Tablett zum zweiten Mal auf dem Tisch stand, kam Lily Riley richtig in Fahrt. »Er und Bridget haben vom Heiraten geredet. Eines weiß ich noch: Bridget hat zu Michelle gesagt, er sei wirklich zu jung für sie, weil er erst vierzig war, während sie auf die fünfzig zuging. Komischerweise hat sie behauptet, dass er ihr Gedichte geschrieben habe. Das sei romantisch, hat sie gesagt. Jedenfalls sind sie ein paar Tage geblieben, und dann sind sie in dieses Flagford gefahren, alle drei.«

Lyn traute der Sache nicht. »Mrs. Riley, wieso erinnern Sie sich noch an all das?«

Lily Riley klang beleidigt. Lyns Tonfall hatte ihr etwas unterstellt, was ihr gar nicht gepasst hatte. »Ich werde Ihnen sagen, *wieso*. Er hat Bridget verlassen, dieser Dusty. Sie wollten heiraten, das Datum stand schon fest und alles. Zu mir haben sie gesagt, Lily, du musst unbedingt zu unserer Hochzeit kommen, und ich hab ja gesagt, ich würde kommen. Also, sie hatten auf Morella's den ganzen Tag Pflaumen gepflückt, hat Michelle gesagt, und als sie zum Wohnwagen gekommen sind, hat Dusty gesagt, er müsste noch weg. Es würde höchstens eine Stunde dauern, und fort war er. Aber *er ist nie wiedergekommen*. Michelle hat sich so aufgeregt. Hat ein weiches Herz, mein Mädel, und hat geheult. Der Mann hat der armen Bridget das Herz gebrochen.«

Barry kam zur entscheidenden Frage: »Mrs. Riley, wissen Sie, wie er sonst noch hieß? Könnte er Sam geheißen haben?«

»Dusty haben sie ihn gerufen. Keine Ahnung, wie er sonst hieß. Ich hab den Namen nie gehört. Ich weiß, dass er irgendwo aus London stammte. Genau wie Bridget, irgendwo aus London.«

»Das hat uns nicht viel weitergeholfen, Sarge«, meinte Lyn draußen vor dem Haus.

»Lyn, es war toll von Ihnen, dass Sie diese Mrs. Riley aufgetrieben haben«, widersprach Barry, »aber jetzt liegen Sie falsch. Wenn man einen Mann Dusty nennt, dann heißt er mit Nachnamen Miller. So wie ein Mensch namens Grey meistens Smoky heißt, und einer namens White Chalky oder Snowy gerufen wird. Aber ein Mensch namens Miller heißt immer Dusty. Jetzt wissen Sie's.«

»Wenn Sie meinen, Sarge. Ich dachte, es könnte damit zu tun haben, weil er, laut Aussage von Mrs. Riley, schmutzig ausgesehen hat.«

Das Zentralregister der Standesämter wies eine stattliche Anzahl von Millers auf, da es sich aber um einen Vierzigjährigen handelte, ließ sich der Kreis auf die Geburten zwischen Ende der Fünfziger- und Anfang der Sechzigerjahre beschränken.

»Vermutlich kann ich jeden davon ins Web eingeben«, sagte Lyn, »und ihn durch eine Suchmaschine ermitteln lassen. Wenn es sich aber um den von uns Vermuteten handelt, dann ist unser Mann *tot*. Und das seit acht Jahren. Damit wird er in keinem Wahlregister mehr auftauchen. Vielleicht wäre es besser, nach toten Millers zu suchen.«

»Suchen wir nach einer Verbindung zwischen diesen beiden Männern?«, wollte Burden wissen. »Ich meine, gehen wir von der Voraussetzung aus, dass der Typ aus dem Keller nicht das einzige Mordopfer von Ronald McNeil gewesen ist? Dass er auch Alan Hexham erschossen hat?«

»Genau deshalb werde ich Irene McNeil noch einmal einen Besuch abstatten, denn jetzt ist sie wieder zu Hause«, sagte Wexford. »Aber eigentlich glaube ich nicht daran, du etwa? Hexham hat ganz sicher nirgendwo unerlaubt fremden Grund und Boden betreten.«

»Adam hat mit sämtlichen Taxifirmen gesprochen, die vor elf Jahren hier waren. Er hat ganze Arbeit geleistet, muss ich sagen. Aber das war immer schon eine aussichtslose Schiene. Wer kann sich schon so weit zurückerinnern? Der Mensch müsste ja ein Gedächtnisgenie sein.«

»Keine Ahnung. Ich sehe da keine Verbindung; meines Erachtens wäre das ein viel zu großer Zufall. Von einem bin ich allerdings überzeugt: Hexham kam hierher, um sich mit Tredown zu treffen. Zum Beispiel, weil er für Tredowns Buch *Der erste Himmel* recherchieren wollte. Ich habe Selina Hexham eine Nachricht auf ihre Mailbox gesprochen« – Wexford war ganz stolz, dass er diesen Ausdruck kannte und ihn so beiläufig einflechten konnte –, »aber bisher hat sie mich nicht zurückgerufen.«

Irene McNeil hatte nach ihrem »Martyrium auf dem Kingsmarkhamer Polizeirevier«, wie sie es nannte, zwei Tage in einem privaten Pflegeheim verbracht. Seit sie wieder zu Hause war, wollte sie beweisen, dass sie nicht nur ein hilfloses Wesen war, das offensichtlich zu nahe am Wasser gebaut hatte, und hatte sich eine Vollzeitpflegekraft organisiert, einen beängstigend tüchtigen jungen Mann, der das seelenlose Haus mit den Einbauschränken durch Vasen voller Blumen und Zimmerpflanzenständer verwandelt hatte. Einen jungen Mann in Jeans und T-Shirt, der sich um sie kümmerte, hätte Wexford Mrs. McNeil als Letztes zugetraut, aber allmählich sah er ein, dass er bei seiner Charakteranalyse weit daneben gezielt hatte. Sie mochte zwar eine altmodische, prüde und snobistische Dame sein, die peinlichst Wert auf Umgangsformen legte, aber trotzdem war und blieb sie durch und durch eine Frau aus der oberen Mittelschicht, die, wie in ihrer Generation üblich, immer einen Mann im Haus gehabt hatte – zuerst ihren Vater, dann ihren Ehemann – und die die Anwesenheit eines männlichen Wesens bitter vermisste. Mit Sicherheit hätte sie gern einen Sohn gehabt, auch wenn sie etwas anderes behauptete. Der Pfleger Greg befriedigte ein tief sitzendes Bedürfnis. Vermutlich war er es gewesen, der ihre Fingernägel mit einem zartrosa Perlmuttlack verziert hatte. Trotzdem war Wexford überrascht, dass sich Mrs. McNeil von ihm »Reeny« nennen ließ.

Noch immer hatte sie die Füße hochgelegt, aber inzwischen ruhte sie auf einem Sofa, und eine Decke verhüllte diskret ihre Beine. Zu Wexfords Überraschung ging sie mit keiner Silbe auf ihre früheren Begegnungen ein, sondern erging sich in glühenden Lobeshymnen auf Greg, auf seine herausragenden Qualitäten und seinen Charme.

»Selbstverständlich wäre in meiner Jugendzeit seine Anwesenheit hier im Haus nicht in Frage gekommen«, sagte sie. »Mag sein, dass ich älter bin als er« – als könnten daran Zweifel bestehen –, »aber das hätte keinen Unterschied gemacht. Eine alleinstehende Frau durfte unter keinen Umständen einen Mann bei sich übernachten lassen, und mehr gab es dazu nicht zu sagen. Dabei wäre man ins Gerede gekommen. Ach, vielen herzlichen Dank, Greg.«

Der Pfleger hatte anstatt Tee ein Glas gebracht, dessen Inhalt wie Eiskaffee aussah, und dazu einen Teller mit

Plätzchen, wie man sie nur in Feinkostgeschäften kaufen kann. »Und was darf ich Ihnen bringen, Sir?«

Für Wexford war es schon lange her, dass ihn außer den Mitarbeitern seines Teams jemand mit »Sir« angesprochen hatte, und auch die nannten ihn, dank Hannah, inzwischen hauptsächlich »Guv«. »Eine Tasse Tee wäre gut«, sagte er, denn er bildete sich ein, Greg würde »gut« besser verstehen als »nett«.

»Ist er nicht perfekt?« Wie eine verliebte Frau blickte Mrs. McNeil Greg nach, während er in der Küche verschwand. Dann wollte sie in einem deutlich profaneren Ton von Wexford wissen, was sie für ihn tun könne: »Kann ich Ihnen auf die Sprünge helfen?« Eine solche Frage hätte sie in der Zeit vor Greg nie gestellt.

»Jener Mann, den Ihr Gatte erschossen hat …«, brachte Wexford noch heraus, ehe Irene McNeil ihn unterbrach.

»Zur Selbstverteidigung!«

»Ja, also … sicher konnten Sie ihn genau ansehen.«

»Nachdem er tot war. Allzu genau habe ich nicht hingesehen, das kann ich Ihnen verraten. Er bot keinen hübschen Anblick.«

»Mrs. McNeil, was meinen Sie damit genau? Wollen Sie sagen, dass er schmutzig war oder irgendwie verletzt?«

»Keine Ahnung. Alt war er nicht, vermutlich nicht viel älter als Greg, nur dass Greg immer so tipptopp sauber und ordentlich ist.«

»Wenn ich Ihnen sagen würde, dass dieser Mann vierzig gewesen ist, käme das hin?«

Noch ehe sie antworten konnte, kam Greg mit Wexfords Tee zurück. Die dazu gehörenden Plätzchen waren ein bisschen billiger als die auf Mrs. McNeils Teller. Greg schenkte seiner Arbeitgeberein ein derart strahlendes Lächeln, dass sich Wexford zu fragen begann, was er eigentlich im Schilde führte.

»Um die vierzig, Mrs. McNeil?«

»Nein, nein, Greg ist erst vierzig – ach, meinen Sie diese Kreatur, die unbefugt Mr. Grimbles Haus betreten hat? Keine Ahnung. Möglich. Vielleicht war er in dem Alter.«

Als Nächstes befragte er sie nach dem Messer, von dem ihr Mann behauptet hatte, er wäre damit angegriffen worden. Prompt fühlte sich Irene McNeil zu einer zornigen Tirade auf die junge Anwältin Helen Parker veranlasst. Wexford lenkte sie wieder zu dem Messer zurück.

»Mrs. McNeil, das Problem liegt darin, dass man in dem Haus kein Messer gefunden hat.«

»Sie wissen doch, dass John Grimble Sachen fortgeschafft hat. Sie sollten ihm nicht glauben, wenn er behauptet, er hätte nichts weggenommen und alles einfach dort stehen und liegen gelassen.«

»Könnte es nicht sein, dass Ihr Mann das Messer mit nach Hause gebracht hat?«

Ihre Augen blitzten beunruhigt auf. »Warum sollte er das?«

Es war wohl kaum Wexfords Aufgabe, Erklärungen für das Verhalten eines Menschen wie Ronald McNeil zu finden. »Falls Ihr Mann dieses Messer weggeschafft hat, hat er es Ihnen vielleicht erzählt.«

»Vielleicht habe ja auch ich es getan.« Sie wählte ihre Worte mit Bedacht. »Vielleicht habe ich es weggegeben. Vielleicht hat er es mit nach Hause genommen, ich meine, als wir noch in der Villa gewohnt haben.«

»Ist es so gewesen, Mrs. McNeil?«

»Bekomme ich jetzt Schwierigkeiten?« Sie klang wie ein kleines unfolgsames Mädchen. »Es kann doch kein Schwerverbrechen sein, wenn man ein Messer entsorgt, oder? Wissen Sie, es hat mir nicht gehört. Wäre das Diebstahl? Es hat mir nicht gehört, sondern diesem Mann.«

Wexford wusste fast nicht mehr weiter. Anscheinend

war er in ein Irrenhaus geraten. Allmählich begriff er, was mit Menschen – hauptsächlich mit Frauen – passierte, die ihr ganzes Leben behütet und beschützt worden waren und plötzlich allein dastanden.

»Mrs. McNeil, haben Sie es entsorgt?«

»Es wurde gestohlen«, sagte sie. »Die Putzfrau hat es gestohlen.« Sie starrte ihn an. »Ich sage Ihnen nichts als die Wahrheit.«

Beinahe wäre ihm der Kragen geplatzt. Er wechselte das Thema.

»Mrs. McNeil, hatten Sie diesen Mann schon früher einmal gesehen? Denken Sie gründlich nach, bevor Sie antworten.«

»Ich weiß, dass ich ihn vorher noch nie gesehen hatte.«

»Vielleicht hieß er Miller. Man nannte ihn Dusty.«

Über den Namen dachte sie diesmal nach. »Die Tredowns hatten mal einen ... na ja, ein Faktotum, das sie Dusty nannten. Manchmal hat er auch ihren Wagen gefahren. Ich habe ihn nie gesehen. Diese Ricardo hat es mir erzählt.«

»Wann war das?«

»Ach du meine Güte, ich weiß wirklich nicht, warum Sie von mir erwarten, dass ich mich noch an solche Sachen erinnere.«

»Sie machen das aber sehr gut«, warf er rasch ein.

Diese Bemerkung gefiel ihr anscheinend. Für Schmeichelei war sie empfänglich. Sie lächelte. Vielleicht hing es aber auch mit Greg zusammen, der mit einem Tablett erschien, auf dem zusammengerollt ein heißes Tuch lag, wie man es in chinesischen Restaurants bekommt, dazu ein Fläschchen Kölnisch Wasser mit Veilchenduft und eine Tube Handcreme.

»Er ist so aufmerksam«, meinte sie, nachdem sie sich die Hände eingecremt hatte. »Ich weiß gar nicht, wie ich ohne ihn zurechtgekommen bin. Wann ist dieser Dusty bei ihnen gewesen? Ach, das ist mindestens zehn Jahre her, eher vielleicht sogar zwölf.« Jetzt wurde sie beinahe redselig. »Mr. Tredown kann Auto fahren, tut es aber nicht. Offensichtlich hat er einmal einen schrecklichen Unfall verursacht. Jemand kam dabei ums Leben, und seither ist er nie mehr gefahren. Diese Ricardo kann nicht fahren, Mrs. Tredown schon, aber sie hatte damals ihre Prüfung noch nicht bestanden. Sie bekam ihren Führerschein erst ein paar Jahre vor unserem Umzug. Als Ronald das gehört hat, hat er gemeint, sie hätte auf der Straße nichts zu suchen.«

Das alles war an und für sich durchaus interessant, auch wenn es ihm augenscheinlich wenig nützte. Mrs. McNeil hatte nur eine wichtige Bemerkung gemacht, vielleicht die einzig wertvolle: Ein Mann namens Dusty hatte für die Tredowns gearbeitet. Jetzt konnten nur sie ihm mehr erzählen.

»Ich werde Sie erneut wegen des Messers befragen«, sagte er.

Achselzuckend machte sie eine ungewöhnliche Handbewegung: Sie wackelte ungeduldig mit den Fingern. Er war schon auf dem Weg nach draußen, wo Donaldson wartete, da läutete sein Telefon. Es war Selina Hexham.

20

Im Auto nahm er den Anruf entgegen. Er hatte mit einer negativen Antwort gerechnet, denn inzwischen traute er seiner Idee aus den frühen Morgenstunden deutlich weniger. Am Tag wirken Einfälle aus der Nacht oft bizarr oder dumm.

Stattdessen sagte sie: »Damit würde das Stück Papier mit seiner Handschrift einen Sinn ergeben. Trotzdem, ich weiß nicht recht... Da wäre allerdings noch eine Kleinigkeit. Sie ist so winzig, dass sie mir nicht wichtig genug erschienen war, um sie in mein Buch aufzunehmen. Ich erinnere mich noch an eine Zeitschrift, die in unserem Haus auf einem Tisch lag. Na ja, wahrscheinlich müsste man sie als Fachzeitschrift bezeichnen. Sie hieß *Der Autor*. Keine Ahnung, woher sie stammte, aber darin standen einige Anzeigen von Leuten, die sich anboten, für Autoren zu recherchieren. Ansonsten weiß ich nur noch, dass Mami gemeint hat, das sei eine schöne Aufgabe.«

Er bedankte sich bei ihr. Dann begann sie unerwarteterweise zu erzählen, sie hätte ihre Meinung über die Suche nach dem Mörder ihres Vaters geändert. Inzwischen teile sie seine Ansicht. Man müsse diesen Mann unbedingt finden; allerdings sei sie trotzdem froh, dass man die Todesstrafe für immer abgeschafft hatte. Später fragte er sich, wie sehr er ihrer Aussage glauben sollte, dass sie sich an die Fachzeitschrift und den Kommentar ihrer Mutter erinnerte. Konnte jemand tatsächlich so ein gutes Gedächtnis haben? Wahrscheinlich hatte Selina alles nur erfunden, vielleicht unbewusst, um ihn bei der Suche nach einem Verbrecher zu unterstützen.

Sie folgten ihrem Wagen die kurze Auffahrt unter den tropfenden Bäumen hinauf. Maeve Tredown war keine gute Autofahrerin und saß unsicher und eindeutig nervös am Steuer. Beinahe wäre sie mit ihrem alten Volvo seitlich am Stamm einer mächtigen Kiefer entlanggeschrammt. Vor der Eingangstür würgte sie den Wagen ab, dass es nur so ruckelte. Die merkwürdigen Hausfarben, die schrägen Gelb- und Rottöne, wirkten im strömenden Regen heller. Sie öffnete die Fahrertür und beugte sich hinaus, um zu sehen, wer zu Besuch gekommen war.

»Guten Morgen, Mrs. Tredown«, rief Wexford. »Vielleicht

sollten wir am besten gleich hineingehen.« Er hatte irgendein fadenscheiniges Argument erwartet, aber sie stieg rasch aus, knallte die Tür zu und ließ sie ins Haus. »Wie geht es Ihrem Mann?«, erkundigte er sich, als sie drinnen waren.

»Morgen bringt man ihn in ein Hospiz«, sagte sie. »Es besteht keine Hoffnung mehr.« Dabei klang sie ganz fröhlich. Genauso gut hätte sie sagen können, es gäbe keinen Grund zur Besorgnis. »Ich dachte, ein Hospiz sei ein Ort, wo Mönche mit Bernhardinerhunden leben, aber das hat sich offensichtlich geändert.«

Während sie vor ihnen durch den dunklen Gang ging, vorbei an dem Durcheinander aus Mänteln und Schuhen, konnte Wexford ihr Vanilleparfüm riechen. Im Vorübergehen warf sie ihren Regenmantel auf einen Haken. Diesmal empfing man sie nicht in dem düsteren Wohnzimmer. Stattdessen betraten sie eine Art Landhausküche, wo Tredown mit der Pfeife im Mund in einem Lehnstuhl vor einem offenen Feuer lag. Die Füße hatte er auf einen zweiten Sessel gelegt. Trotz der unerträglichen Hitze war er in Decken eingewickelt. Am anderen Ende des Raums, im Kochbereich, stand Claudia Ricardo vor einem Aga. Offensichtlich kochte sie Lemon Curd. Der ganze Raum roch nach einer Mischung aus Zitronen und brennendem Salbei.

»Hier drinnen ist es bestimmt sehr heiß«, sagte Tredown, wobei er die Pfeife aus dem Mund nahm, aber nicht den Kopf hob. »Leider friere ich derzeit ständig. Vielleicht solltest du die Herren in den Salon bitten, Em.«

»Bitte, Mr. Tredown, machen Sie sich wegen der Hitze keine Gedanken«, wandte Wexford ein. »Wir würden uns gerne auch mit Ihnen unterhalten.«

»Dann nehmen Sie eben Platz.« Maeve Tredown war so barsch wie ihr Mann höflich.

»Cee, würdest du uns Kaffee oder Tee machen?« Anscheinend hielt es Tredown für sicherer, diese Bitte an seine Exfrau zu richten anstatt an seine jetzige. Vielleicht tat er es aber auch nur, weil Claudia sowieso gerade kochte. Als Zeichen der Zustimmung winkte sie mit einem Holzlöffel. »Mr. Wexford, was wollten Sie mich fragen?«

»Soweit ich weiß, haben Sie einmal einen Mann namens Dusty beschäftigt.«

Tredown legte die Pfeife in eine Untertasse und wandte Wexford seinen gelben ausgemergelten Schädel zu, während er die Hände nach den Flammen ausstreckte. »Ich vergesse so vieles«, sagte er. »Lassen Sie mich nachdenken. Em, haben wir das?«

Maeve Tredown antwortete mit steinerner Miene: »Er hat *dich* gefragt. Warum antwortest du nicht? Du weißt ganz genau, dass es so war.«

Ganz langsam sagte Tredown: »Vermutlich habe ich ihn nie zu Gesicht bekommen.« Er rang sich ein Lächeln ab, das Grinsen eines Totenschädels. An seinem Gesicht war kein bisschen Fleisch mehr, nur noch die Haut spannte sich über den Schädel. »Wissen Sie, ich habe immer nur gearbeitet. Oben. Gearbeitet.«

»Du meinst, geschrieben hast du, Owen. Warum sagst du nicht ›geschrieben‹?«

»Weil das Arbeit ist. Es ist meine Beschäftigung.« Er gab einen Laut von sich. Wexford konnte nicht unterscheiden, ob er geseufzt oder eingeatmet hatte. »*War* meine Beschäftigung.«

Das nicht zu identifizierende warme Gebräu, das ihnen Claudia Ricardo in dicken Keramikbechern servierte, hatte keinerlei Ähnlichkeit mit dem Getränk von Mrs. McNeils Greg. Wexford konnte nicht erkennen, ob es sich um Tee oder Kaffee handelte. Bei einem flüchtigen Blick auf Burdens Gesicht sah er, dass dieser dankend darauf verzichten wollte. Claudia trank ihre Portion genüsslich aus, stellte den Becher klappernd auf die Untertasse und meinte: »Ich kann mich an Dusty noch ganz genau erinnern. Er sah ziemlich attraktiv aus. Ich habe ihn ziemlich toll gefunden. Du bist zwar schrecklich gewöhnlich, habe ich mir gedacht, aber ich hatte ja schon immer einen Hang fürs Derbe.«

»Ach, Cee, du bist *schrecklich*«, prustete Maeve in ihren Becher.

Tredown hatte die Augen geschlossen, ob vor Müdigkeit oder vor Abscheu ließ sich nicht erkennen. »Sie hatten ihn als Chauffeur engagiert?« Wexford ließ sich nicht beirren.

»Ein- oder zweimal. Hauptsächlich ging es darum, den Wagen zu *reparieren*. Das arme alte Auto stand schon seit ewig und drei Tagen herum. Em konnte damals nicht fahren. Das ist … ach, ganz lange her. Em, wann hast du deine Fahrprüfung bestanden?«

»Im Dezember 97«, antwortete Maeve.

»Ich hab's nie gelernt. Wissen Sie, mein Kopf steckt immer in den Wolken. Das wäre nicht gut gegangen. Owen ist früher gefahren, ich meine, er *kann* fahren, allerdings hat er bei einem Unfall jemanden getötet. Er ist rechts abgebogen, ohne zu schauen, und hat jemanden umgefahren, und die Person ist gestorben. Damals ist er mit mir verheiratet gewesen. Vielleicht hatte es etwas damit zu tun.«

Tredown gelang es, sich aufzusetzen und so laut zu sprechen, dass er danach fertig war, auch emotional. »Claudia, sei still. Wenn du nur Unsinn reden kannst, dann geh.« Restlos erschöpft legte er sich zurück. Schweißperlen standen ihm im Gesicht.

Burden fragte ungerührt: »Können wir wieder auf Dusty zurückkommen? Wo kam er her?«

Anscheinend war Maeve zu der Erkenntnis gekommen, dass sie und Claudia weit genug gegangen waren. »Er war einer von den Erntehelfern gewesen, die auf Grimble's Field…«

»Moment mal, Mrs. Tredown«, warf Wexford ein, »sprechen wir von der Zeit vor acht oder vor elf Jahren?«

»Natürlich vor elf Jahren. Vor acht Jahren sind sie nicht auf dem Grundstück gewesen. Das war 95. Eines Tages kam Dusty durch unseren Garten, als ich draußen war, und hat gefragt, ob wir für ihn Arbeit hätten. Ich habe zurückgefragt, ob er Erfahrung als Mechaniker hätte, weil wir dieses Auto hatten, das seit Jahren niemand mehr bewegt hat, und ob er es für uns richten und fahren könnte. Na ja, das hat er gemacht, und wir haben ihn bezahlt. Und, stellt Sie das zufrieden?«

»Nicht ganz, Mrs. Tredown. Sie sagen, das sei vor elf Jahren gewesen. War das, bevor Mr. Grimble und Mr. Runge die Pflücker vom Grundstück verjagt hatten, oder danach?«

»Natürlich danach, Dummchen«, antwortete Claudia an ihrer Stelle. »Er wollte einen Job, weil er seinen als Erdbeerpflücker verloren hatte. Was sonst?« Sie wandte sich wieder ihrem Curd zu, das inzwischen so weit war, dass sie einen Löffel von der gelben Masse in eine Untertasse gießen konnte, um zu sehen, ob sie geliert sei. Sie musterte sie prüfend, schnüffelte daran, nickte und meinte dann zu Wexford: »Mögen Sie Lemon Curd?«

»Sehr«, sagte er und fügte dann rasch hinzu, »aber nicht jetzt. Ist Dusty für Sie gefahren, nachdem er den Wagen gerichtet hatte?«

»Er hat uns ein paarmal zum Einkaufen gefahren und ein bisschen im Garten gearbeitet. Und eine Waschmaschine hat er angeschlossen.« Maeve zuckte die Achseln. »Sie können sich doch nicht wirklich für diese Kleinigkeiten im Haushalt interessieren. Er ist nur zwei oder drei Wochen bei uns gewesen.«

»Aber drei Jahre später ist er wiedergekommen?«

Endlich hatten Wexford und Burden sichtbar einen empfindlichen Nerv getroffen. Claudia hielt ihren Löffel ein paar Sekunden starr in die Luft, während Maeve, die in einer ungewöhnlich fürsorglichen Geste ihrem Mann die Stirn gefühlt hatte, reglos verharrte. Ihre Hand lag auf der feuchten ockerfarbenen Haut. Die Exfrau erholte sich als Erste.

»Dusty ist herübergekommen, um Hallo zu sagen, das ist alles. Er meinte, er würde demnächst eine Frau namens Bridget heiraten.«

Vermutlich waren das die ersten ernsten Sätze, die Wexford jemals aus dem Mund von Claudia Ricardo vernommen hatte. »Haben Sie ihm Geld gegeben?«

»In der Tat.« Maeve nahm ihre Hand von Tredowns Braue. Er war eingeschlafen. »Damals ist es uns sehr gut gegangen. *Der erste Himmel* hatte lange Zeit auf der Bestsellerliste gestanden. Das war einmal.« Sie warf einen Blick auf den Schlafenden. »Er konnte nie eine adäquate Fortsetzung schreiben. Weiß der Himmel, warum nicht. Ich habe Dusty hundert Pfund als Hochzeitgeschenk gegeben.«

»Das war alles?«

»*Verzeihung*? Er konnte sich verdammt glücklich schätzen, dass er das bekommen hat.«

»Woher kam der Rest?«

Wexford sah den Regenrinnsalen zu, die an seinem großen Bürofenster herunterliefen. Die Wasserschlieren verzerrten die Bäume draußen zu einer goldbraunen Mischung. Der dicht bewölkte Himmel war blass und farblos. »Vielleicht lügt sie, Mike, aber ich frage mich, warum. Ist dir klar, dass wir nicht einmal seinen Vornamen kennen? Aus seinem Spitznamen schließen wir, dass er Miller hieß, und auf Grund des T-Shirts mit Vornamen Sam. Aber das ist reine Vermutung. Wir wissen nur, dass er tot ist, ermordet von Ronald McNeil. Oder um auch das zu korrigieren: Irene McNeil *behauptet,* er habe ihn getötet und dann auch noch in Notwehr. Wir müssen uns unbedingt mit Bridget Cook treffen. Das kann Hannah übernehmen. Sie soll ihr ein Loch in den Bauch fragen. Vielleicht weiß sie etwas über die tausend Pfund. Eines wird sie mit Sicherheit wissen: Dustys wirklichen Namen.«

»Ich habe nie viel von dem Tee gehalten, den wir hier drinnen bekommen«, stellte Burden fest. Der Rest des Satzes geriet zu einer beinahe poetischen Übertreibung, was sonst nicht sein Stil war. »Aber im Vergleich zu der Brühe, die uns Claudia vorgesetzt hat, ist das Himmelsnektar.« Er hob die Tasse an die Lippen und trank genießerisch. »Ausgezeichnet. Maeves Bemerkung, Tredowns spätere Romane seien nicht sonderlich gut gewesen, war ein bisschen brutal.«

»Sie *ist* brutal. Trotzdem hat sie leider recht.«

Burden zog die Augenbrauen hoch.

»Dora hat mir zwei seiner Bücher aus der Leihbücherei geholt, seine beiden letzten, meine ich. Sie können *Der erste Himmel* nicht das Wasser reichen. *Der erste Himmel* hat mir nicht gefallen, ich mag keine Fantasy. Trotzdem konnte ich erkennen, dass es ein gutes Buch war. Die anderen konnte ich nicht einmal zu Ende lesen. Eines habe ich bis zur Hälfte geschafft und beim anderen nur ein Kapitel. *Der erste Himmel* endet mit der Ankunft des Menschen auf Erden, des Menschen, wie wir ihn kennen, und nicht als halber Affe. Im ersten Fortsetzungsroman – er heißt *Nach Seinem Bilde,* und das sagt alles – schreibt er über Adam und Eva im Garten Eden und über die Vertreibung aus dem Paradies, während sich in *Der erste Himmel* alles um die Evolution und den Tod der Götter dreht. Der Mann hat ein Problem: Er ist von der Bibel wie besessen.«

Sobald von Literatur die Rede war, bekam Burden immer einen verschleierten Blick. So auch jetzt wieder. »Und warum das? Ich meine, sind die anderen deshalb nicht so gut?«

»Wahrscheinlich hat er es nicht lange fertig gebracht, auf biblische Themen zu verzichten. Und Bibelthemen interessieren die Leute nicht mehr sonderlich. Mich auch nicht, ganz im Gegensatz zu Evolution und klassischer Mythologie. Er hat nicht nur einen Fehler gemacht, weil er sein altes Thema wieder aufgegriffen hat, sondern weil er eines gewählt hat, das wie ein Widerspruch zu seinem neuen Thema erschien. Verstehst du, was ich meine?«

»Vermutlich, aber leider verstehe ich davon nichts. Ist das denn wichtig?«

»Ich weiß es nicht«, sagte Wexford. »Keine Ahnung, was in diesem Fall wichtig ist oder nicht.«

Bridget Cook zu finden, war nicht schwierig, aber ein Besuch bei ihr zu Hause schon. »Sie wird sich mit Ihnen nicht in ihrer Wohnung treffen wollen«, meinte Michelle Riley. »Ihr Kerl ist die ganze Zeit daheim, und wenn Sie ein Wort über einen Mann sagen, den sie vor ihm gekannt hat, dreht er durch. Und dann bekommt sie ordentlich Prügel, das steht fest.«

Hannah hatte Glück. Als sie anrief, war Bridget Cooks Partner nicht daheim. »Ist bei der Stütze«, hieß es. »Hier kann ich mich nicht mit Ihnen treffen«, meinte Bridget, »nicht wenn Sie über Samuel reden wollen.«

»Über wen?«, fragte Hannah.

»Samuel. So heißt er. Samuel Miller. Ich habe nie Dusty zu ihm gesagt, auch wenn es alle anderen taten.«

Sie verabredeten sich in einem Café in Norbury, einen halben Kilometer von Hannahs gemeinsamer Wohnung mit Bal Bhattacharya entfernt. Hannahs Mutter hatte einen speziellen Ausdruck für weibliche Wesen gehabt, die äußerlich nicht sehr gepflegt aussahen. Damit belegte sie allgemein Frauen, die das Fernsehen in Glasscherbenvierteln oder in 08/15-Schulen, wie sie es nannte, interviewte. »Sie sieht ein bisschen verzupft aus« – mit diesem Satz war Hannah aufgewachsen. Sie selbst hatte diesen unmöglichen Ausdruck immer weit von sich gewiesen, aber als Bridget Cook mit einer Viertelstunde Verspätung im La Capuccella auftauchte, fiel er ihr wieder ein.

Bridget war eine große kräftige Frau, der man gern abnahm, dass sie auch schwerere körperliche Arbeit in der Landwirtschaft hatte leisten können als nur Obstpflücken. Früher hatte sie einmal ein hübsches Gesicht gehabt, das einem klassisch-strengen Schönheitsideal entsprach, aber inzwischen hatten die Zeit und vielleicht auch menschliche Misshandlungen tiefe Spuren darauf hinterlassen. Es war das beschädigte Gesicht einer antiken griechischen Statue, die lange Wind und Wetter ausgesetzt gewesen war. Hannah fühlte sich an eine amerikanische Ureinwohnerin erinnert, die man früher, laut ihrer Mutter, als Rothaut bezeichnet hätte. Bei diesem Ausdruck hatte sich ihre politisch korrekte Seele geschüttelt.

Bridget Cook ging auf die sechzig zu, sah aber trotz ihrer verblichenen Schönheit älter aus. Und doch war ihr Lebensgefährte eifersüchtig auf einen ehemaligen Liebhaber, den sie seit acht Jahren nicht mehr gesehen hatte. Hannah konnte nur noch staunen. Zu ihrer Überraschung streckte ihr Bridget die rechte Hand hin und schüttelte sie heftig. »Hallo. Wie geht's? Ich bin Bridget Cook – oder Williams, wie mein Freund will, dass ich sage.«

Sie musste sich nicht auch noch ihrerseits der Eitelkeit dieses Mannes fügen, dachte Hannah. »Miss Cook, ich möchte gern mit Ihnen über Samuel Miller sprechen, wenn es Ihnen nichts ausmacht.«

»Sicher. Warum nicht? Eigentlich wollten wir beide heiraten, er und ich, aber er hat mich sitzen lassen. Schätze, er hat kalte Füße bekommen. Ich bin vorher schon mal verheiratet gewesen, aber er noch nie. Na ja, das ist jetzt alles Schnee von gestern.«

Nicht ganz, dachte Hannah. »Miss Cook, bevor wir weiterreden, muss ich Ihnen mitteilen, dass Samuel Miller tot ist. Mein Beileid.«

Sie schwieg. Ihre klaren maskulinen Gesichtszüge blieben starr. Sie strich sich mit der Hand über die Stirn und sagte: »Wissen Sie, er hat Gedichte geschrieben, und sogar ein ganzes Buch. Sam war nicht blöd.«

Hannah registrierte den abgeschwächten Ausdruck. »Das wusste ich nicht.«

»Nein, das wussten die Leute nicht. Für mich hat er ein Gedicht geschrieben, aber Williams hat es gefunden und zerrissen. Möchten Sie 'nen Kaffee?«

»Ich hole einen«, sagte Hannah.

An der Theke warf sie einen Blick nach hinten und sah, wie die große Frau den Kopf in die Hände legte. Am Mittelfinger ihrer linken Hand trug sie einen Ehering. Hatte der eifersüchtige Liebhaber auch dagegen etwas? Hannah trug die zwei Kaffeetassen zu ihrem Tisch zurück.

»Warum hat er damals die Tredowns besucht, als sie alle in Flagford waren?«

»Keine Ahnung. Hat er?«

»Er hatte drei Jahre vorher bei ihnen gearbeitet, als er zum letzten Mal zur Obsternte nach Flagford gekommen war. Ein Mann namens Grimble hatte die Pflücker von seinem Grundstück vertrieben, und Samuel Miller ist zu den Tredowns gegangen. Sie haben ihm einen Job gegeben. Er hat ihr Auto repariert und es anschließend gefahren.«

»Meinen Sie den, der Bücher schreibt? Der mit dem Buch, das irgendwie Himmel und noch was heißt? Das gerade verfilmt wird?«

»Genau den.«

»Der hat in Flagford gewohnt?«

»Tut er immer noch«, meinte Hannah. »Samuel...« Mit diesem Namen hatte sie Probleme. Er passte nicht zu dem, was sie hinter Dusty vermutet hatte, aber für einen Schriftsteller und Dichter klang es nicht so merkwürdig. »Samuel – hat er gewusst, dass es sich um *diesen* Tredown gehandelt hat? Ich meine, wenn er Schriftsteller war, hat er *deshalb* Tredown aufgesucht?«

»Fragen Sie mich nicht. Ich habe nie gewusst, dass Tredown dort wohnt. Sam hat nie etwas gesagt.«

»Ich frage mich, ob er etwas mitgenommen hat, was er selbst geschrieben hatte. Wollte er es Tredown zeigen?«

Bridget zeigte wenig Interesse an diesen möglichen Zusammenhängen. »Wenn ja, dann hab ich's nie gesehen. Wie ist er gestorben?«

Wie gern hätte Hannah gesagt, das sei etwas, was Bridget Cook nicht wissen müsse, aber das konnte sie nicht machen. »Man hat ihn umgebracht. Er wurde erschossen.« Rasch fügte sie hinzu: »Der Mann, der ihn erschossen hat, ist tot.« Sie ließ die Worte einsickern und meinte dann: »Miss Cook, wissen Sie, ob Sam ein Messer bei sich getragen hat?«

»Nur um sich zu schützen. Die Typen, mit denen er herumhing – bei denen brauchte man ein Messer. Er hat es nie benutzt, da bin ich mir ganz sicher.«

»Können Sie sich noch an das letzte Mal erinnern, als Sie ihn gesehen haben?«

»Das werde ich nie vergessen«, sagte Bridget Cook. »Drei Wochen danach wollten wir heiraten, alles war arrangiert. Das ging nicht nur von mir aus; er hat es wirklich gewollt. Das sage ich Ihnen nur, weil die Leute... na ja, sie haben Sachen erzählt, es hinge damit zusammen, dass Sam so viel jünger war als ich. Egal. Jedenfalls waren wir an dem

Tag mit dem Pflücken fertig. Wir hatten im Wohnwagen eine Dusche, aber die war kaputt, und Sam wollte sie eigentlich richten, aber er hat es nie gemacht. Er kam rein und meinte, er hätte was gefunden, wo er sich ein bisschen waschen könnte. Ein leeres Haus auf einem Grundstück, wo er vor drei Jahren kampiert hatte. Wenn er wiederkäme, hat er gemeint, würden wir ins Pub gehen, und dann hat er gesagt: ›Tatatata, das ist für dich!‹, und hat mir diesen Ring gegeben.«

»Den Ring, den Sie tragen?«

Bridget nickte. »Ich hatte ihm auch etwas geschenkt. Ich hatte ihm ein T-Shirt mit seinem Namen drauf gekauft.«

Endlich! Hannah spürte, wie sich ihre Schultern entspannten. Sie zog das Foto aus ihrer Handtasche. »War es das?«

Das verunstaltete Gesicht erbleichte. Bridget Cook reagierte noch heftiger als zuvor auf die Nachricht von Millers Tod. »O Gott.« Mit einem schwieligen Zeigefinger berührte sie die glänzende Oberfläche des Fotos.

»Es tut mir leid, Miss Cook, wenn ich Sie damit schockiert habe.«

»Nein, nein. Alles okay. Ich habe es – das T-Shirt mit seinem Namen drauf – im Oxfam-Laden in Myringham gesehen. Michelle und ich hatten einen Tag frei gehabt. ›Schau dir das an‹, hab ich zu ihr gesagt, ›das muss ich unbedingt für Sam haben.‹ Und sie hat gemeint: ›Meinst du, dass er das Ding da drauf mag?‹ Sie meinte den Skorpion, aber ich hab gesagt: ›Er hat sich einen Skorpion auf die Schulter tätowieren lassen, aber vor allem wird ihm sein Name auf dem Shirt gefallen.‹ Und ich hatte recht, so war es. Er hat es angezogen, als er wegging, um sich zu waschen. Ich habe ihn nie wieder gesehen.« Ihre Stimme war vom unterdrückten Weinen ganz rau geworden. Sie blickte auf ihre linke Hand. »Komisch, dass er mir den gab, als er mich verlassen hat.« Doch dann dämmerte es ihr. »Aber das hat er ja gar nicht, stimmt's? Er hat sich umbringen lassen.« Sie schüttelte den Kopf. »William meint, es sei mein Ehering, sonst hätte er ihn mir schon weggenommen.«

Nachdenklich ging Hannah heim, zu Bal. Wie lange würde diese Frau noch bei einem Mann bleiben, der sie schlug und das Gedicht zerstörte, das ein anderer Mann für sie geschrieben hatte? Als sie dann Bal in den Armen hielt, sah sie zufällig ihr Bild im Spiegel, ein junges, gut aussehendes Paar. *Alles nur eine Sache der Umstände,* dachte sie.

21

Das Hospiz, Owen Tredowns künftiges Zuhause bis zu seiner letzten Ruhestätte, lag in Pomfret. Zwischen dem von Bäumen umrahmten Gebäude und der Pomfret High Street befand sich ein ziemlich großer, künstlicher Teich, auf dem Stockenten und ein Paar Moorhühner schwammen. Binsen und blaublättrige üppige Hostas säumten das Ufer. Donaldson fuhr am Hospiz vorbei, wendete und parkte vor dem Eingangstor. Dadurch hatte Wexford fünf Minuten Zeit, um die großzügigen Fenster, den sorgfältig geplanten Garten und die unterschiedlichsten Zugangsmöglichkeiten für behinderte Besucher zu bewundern.

Ihm gefiel das Konzept, beziehungsweise die Idee eines Hospizes. Vor der Fahrt hier heraus hatte er das Wort im Lexikon nachgeschlagen. In der ersten Definition, die er dafür gefunden hatte, stand, es sei »ein Haus, das Pilgern Herberge und Bewirtung bot.« Die Vorstellung einer Herberge fand er ansprechend. Trotzdem blieb die Frage, wie man sich fühlen musste, wenn man ein Haus betrat, von dem man genau wusste, dass man es nie mehr lebendig verlassen würde. Man wüsste, hier sei nun der letzte Ort auf der Welt, an dem man sein Haupt zur Ruhe betten würde, das Vorzimmer zum Krematorium. Er ließ Donaldson weiterfahren.

Gewiss hatten die Zeitungen längst die Nachrufe auf Tredown vorbereitet. Ein paar von ihnen würden auf diese vorgefertigten Artikel zugunsten der Abschiedsworte eines persönlichen Freundes verzichten. Man würde ein Foto von Tredown abdrucken, das vermutlich ein Vierteljahrhundert alt war und den Autor zeigte, als er noch jung war und gut aussah. In der letzten Zeile hieße es dann: »Er hinterlässt seine Frau Maeve.«

Der Regen hatte aufgehört. Wieder einmal war es ein schöner und klarer Tag geworden, wenn auch kalt, aber das musste es im November nun mal sein. Die Sonne schien wie im Sommer, nur der Dunst fehlte. Greg stand im Vorgarten von Mrs. McNeils Haus und fegte Laub vom Weg. Kaum sah er Wexford kommen, zog er seine meergrünen Gummihandschuhe aus und lief herbei, um die Wagentür zu öffnen. Wie ein Türsteher in einem Luxushotel, dachte Wexford. Gregs weißes T-Shirt hätte jeder Waschpulverwerbung Ehre gemacht. Es war strahlend weiß wie frisch gefallener Schnee, und seine Jeans waren so eng, dass seine Aussicht auf eine Vaterschaft dadurch vielleicht für immer dahin war. Er geleitete den Chief Inspector ziemlich förmlich ins Haus, rief laut: »Reeny, Schatz, dein Gast ist da«, und erkundigte sich bei Wexford, was er trinken wolle.

Irene McNeil war wie verwandelt. Wexford hätte sie nicht wiedererkannt, wenn er sie außerhalb ihrer gewohnten Umgebung getroffen hätte. Obwohl sie mit einem Gerichtsverfahren wegen verschiedener schwerer Vergehen rechnen musste, sah sie zehn Jahre jünger und glücklicher aus als bisher. Noch immer hatte sie die Beine auf einen

Hocker gebettet, aber sie trug feine Strümpfe, und ihre Füße steckten in Pumps. Sie war frisch frisiert – hatte Greg auch noch dafür eine Begabung? – und trug einen hübschen schwarzen Rock zu einer Seidenbluse. Sie schenkte Wexford ein Lächeln, wie er es noch selten von ihr bekommen hatte, und hielt ihm eine Hand mit frisch lackierten Nägeln hin.

»Mrs. McNeil, ich möchte mich mit Ihnen erneut über den … äh, den Eindringling unterhalten, der sich in Mr. Grimbles Haus zu schaffen gemacht hat«, sagte er, nachdem Greg ihm Tee und für Irene McNeil ein Glas gebracht hatte, dessen Inhalt wie Wasser auf Eis mit einer Scheibe Zitrone aussah, aber vermutlich eher ein Gin Tonic war. »Er hieß Samuel Miller, das wissen wir jetzt. Ich möchte, dass Sie sich gedanklich in den September vor acht Jahren zurückbegeben und mir etwas erklären. Sie und Ihr Mann hatten seine Leiche vom Bad in den Keller geschafft. Haben Sie in den darauffolgenden Tagen darüber gesprochen? Haben Sie über die Situation diskutiert? Hat sonst jemand aus der Nachbarschaft diesen Mann erwähnt? Oder nach ihm gefragt?«

Sie nahm von dem Teller, den Greg gebracht hatte, einen Schokokeks, legte ihn wieder hin und entschied sich stattdessen für einen Keks mit Kokosglasur. »Kein Wort habe ich darüber verloren. Ich habe mir gedacht, je weniger man darüber spricht, umso besser. Man sollte das Ganze am besten vergessen.«

Wexford konnte nur noch staunen, allerdings weniger über sie, sondern über die Gesellschaftsschicht, in der sie sich bewegt hatte, eine Schicht, die eine derart gleichgültig-geringschätzige Haltung gegenüber dem Tod eines Menschen hervorbringen konnte. »Hat Ihr Mann mit Ihnen darüber gesprochen?«

»Ronald wollte unbedingt die Leiche begraben. Er meinte,

es sei nicht sicher, wenn man sie dort liegen ließe. John Grimble, oder wie der Mann eben heißt, könnte sie finden. Ich habe nur gesagt, das solle er aber nicht allein versuchen – die Leiche herumheben und begraben, meine ich. Er hat mich nicht noch einmal um Hilfe gebeten. Das wäre zu viel von mir erwartet gewesen.«

»Hat er denn versucht, die Leiche zu begraben?«

»Selbstverständlich nicht«, sagte Mrs. McNeil. »Sie lag doch noch im Keller, als Sie sie gefunden haben, oder nicht? Dafür hatte Ronald nicht genug Kraft. Er war fast achtzig und nicht ganz gesund. Als wir die Leiche die Treppe hinunterschleppen mussten, hat er sich das Kreuz verrenkt. Ich behaupte bis heute, dass er sich dabei seine Hüfte kaputt gemacht hat. Dass er tags darauf einen Schlaganfall hatte, habe ich Ihnen erzählt. Für eine neue Hüfte fehlte ihm die Kraft. Er hätte die Narkose nicht überstanden.«

Das von ihr entworfene Bild glich einem grotesken Albtraum: Zwei alte und sicher unförmige Menschlein, die schlecht zu Fuß und kurzatmig sind, zerren keuchend einen Toten über eine schmale Treppe in ein unterirdisches Verlies. »Warum hatte sich Miller in diesem Haus aufgehalten? Was meinen Sie?«, wollte Wexford wissen.

»Weil er etwas zum Stehlen gesucht hat«, lautete prompt die Antwort. »Und danach wollte er sich waschen gehen. Das wäre doch auch Diebstahl gewesen, oder? Er hätte Mr. Grimbles Wasser gestohlen.«

Wexford verließ sie und fuhr wieder nach Flagford. Gegen das grelle Licht der tief stehenden Sonne konnte nicht einmal die Sonnenblende hinter der Windschutzscheibe viel ausrichten. Grimble's Field hatte sich zum Kaninchenparadies entwickelt. Als Wexford den Weg hinaufspazierte, huschten sie schutzsuchend unter die Bäume. Obwohl man den Bungalow schon zweimal durchsucht hatte, fand er, ein dritter Blick könne nichts schaden. Zuerst probierte er die Kaltwasserhähne im Bad, einen über der Badewanne, den anderen über dem Waschbecken. Zu seiner Überraschung – er hatte nie ganz an die These geglaubt, Miller sei hier eingedrungen, um sich zu waschen oder ein Bad zu nehmen – kam aus beiden Wasser. Kein Schwall und auch kein gleichmäßiger Strahl, aber doch deutlich mehr als nur ein Getröpfel. Man hätte leicht das Becken damit füllen können, und im September wäre es zum Waschen auch noch nicht zu frisch gewesen. Der Seifenrest lag ebenfalls noch da, wenn auch inzwischen rissig und schwarz. Und sogar den Rasierpinsel und den grauen Handtuchfetzen gab es noch. Aber das Messer…?

Garantiert war beiden McNeils bewusst gewesen, dass man die Leiche im Keller mit hoher Wahrscheinlichkeit entdecken würde. Also musste Ronald McNeil sehr daran gelegen gewesen sein, das Messer direkt neben der Leiche zu platzieren. Aber hatte es je ein Messer gegeben? Bridget Cook hatte Hannah erzählt, Miller habe eines »zur Selbstverteidigung« bei sich getragen. Wie oft hatte Wexford diese Entschuldigung schon gehört. Wexford musterte das Bad. Es war mit Sicherheit schon zu der Zeit verwahrlost gewesen, als der alte Grimble es noch täglich benutzt hatte. Kalkflecken und Rostbeulen verunzierten Wasserhähne und Abläufe. Sämtliche Leitungen waren auf Putz verlegt und die meisten mit schmutzigen Lumpen umwickelt. An der Badewannenfront waren mehrere Fliesen abgeplatzt. Auf dem Boden hatte sich eine dicke Staubschicht abgelegt. Das meiste davon hatte das forensische Team beim Durchsuchen weggefegt. An der saubersten Stelle kniete er sich hin und beäugte aus der Nähe die Bodenbretter.

Wexford tastete sich durch die grieseligen Wollmäuse, die sich hinter der Toilettenschüssel angesammelt hatten, und bohrte seinen Zeigefinger in einen Spalt zwischen den Brettern. Sehen konnte er nichts, aber sein Finger stieß gegen ein Hindernis. Jetzt hätte er ein Messer *(ein Messer!)* gebraucht. Nur damit käme er in den Spalt hinein. Er ging in die Küche, zog eine Schublade auf, in der er so etwas vermutete, und entdeckte ein paar uralte verrostete Besteckteile. Soweit er erkennen konnte, waren die Messer viel zu stumpf, um jemanden damit zu erstechen, und dienten höchstens noch dem Zweck, den er einem von ihnen zugedacht hatte. Er ging zurück ins Bad, schob die rostige Klinge in den Spalt und drückte sie nach hinten, bis er das Hindernis zur Hälfte hochgehoben hatte, ein kleines zylindrisches Objekt. Vorsichtig pulte er es heraus und blies den Staub weg. Jetzt sah er, was es war: eine Patrone, die ziemlich sicher aus einer zwölfkalibrigen Flinte stammte.

Das war zumindest der Beweis für Mrs. McNeils Geschichte. Wie wichtig war es jetzt noch, ob das Rätsel um das Messer je gelöst wurde? Es spielte kaum eine Rolle, ob McNeil aus Selbstverteidigung oder vorsätzlich getötet hatte. Er war tot, und seine Witwe konnte man nur noch wegen Verheimlichung eines Leichenfunds belangen. Angenommen, Grimble bekäme doch noch seine Baugenehmigung. Würde jemand in einem Haus wohnen wollen, beziehungsweise in zwei oder drei Häusern, in denen zwei Morde geschehen waren? Wo man zwei Leichen versteckt hatte? Während sich Wexford noch gedankenverloren in die Rolle eines möglichen Käufers hineinversetzte, hörte er leise eine Tür zuklappen und dann Schritte in der Küche.

Als er sich umdrehte, fand er sich in der gleichen Position wieder wie damals Miller, den der Eindringling McNeil überrascht hatte. Allerdings trug dieser Eindringling keine Flinte bei sich. Ohne höfliche Einleitungsfloskel meinte Claudia Ricardo: »Ich habe draußen Ihren Wagen mit Ihrem Fahrer gesehen. Ich dachte, es sei eine gute Gelegenheit, von Ihnen ein paar Fakten zu erfahren.«

Er sagte nichts und wartete ab.

»Ist es wahr, dass Sie hier drinnen Dustys Leiche gefunden haben?«

»Ja, das ist wahr.«

»Und dass er schon seit acht Jahren tot ist? Ermordet? Seltsam. Und im September sind es acht Jahre gewesen?«

»Sieht so aus«, sagte Wexford.

»Hätten wir das doch nur gewusst«, meinte sie wie zu sich selbst. »Deshalb ist er nie mehr gekommen. Ich dachte wirklich, er würde wiederkommen.«

In dem Moment schoss es ihm durch den Kopf, dass diese auf bizarre Weise attraktive Frau mit Miller ein Verhältnis gehabt hatte. Vielleicht nicht 1998, aber drei Jahre vorher. In Jeans und einem eng anliegenden roten Pulli sah sie jünger aus als mit ihren langen Röcken und dem Patchworkmantel im Hippiestil. Sie strich sich mit den Händen durchs Haar. Durch diese Bewegung strafften sich ihre Wangen, und ihr Gesicht bekam etwas Jugendliches. Eine Weile war sie stumm. Offensichtlich dachte sie über etwas nach und meinte dann: »Was ist mit dem Geld passiert?«

»Mit den tausend…« Er tat so, als sei ihm diese Bemerkung versehentlich entschlüpft. »Ich meine, mit den hundert Pfund als Hochzeitsgeschenk?«

Sie gehörte nicht zu den Frauen, die erröten. Stattdessen verengten sich ihre Augen.

»Das kann ich Ihnen nicht sagen, Miss Ricardo«, meinte er. »Jetzt sind Sie an der Reihe, mir etwas zu erzählen. Hatte Miller, als er vor elf Jahren zu Ihnen kam, um für Sie als Hausmeister und Chauffeur zu arbeiten, Mr. Tredown ein Romanmanuskript zum Lesen mitgebracht?«

Ihr Gesicht hatte einen seltsamen Ausdruck angenommen. Berechnend und verschlagen. »Wie kommen Sie auf diese Frage?«

»Vielleicht würden Sie mir einfach eine Antwort geben.«

»Nur, wenn wir uns irgendwo setzen können. Ein kleines Stelldichein gefällig? Das ganze Haus ist eine einzige Müllgrube, aber im Schlafzimmer ist es noch am besten.«

Es roch unangenehm nach alter Kleidung und Mottenkugeln. Mäuse hatten die alte Schafwollmatratze angeknabbert. Schon manchmal hatte Wexford ein seltsamer Gedanke beschlichen: Wie konnten Nagetiere unappetitliche Substanzen ohne jeden Nährwert fressen und davon sichtbar gedeihen? »Vielleicht würden Sie mir jetzt eine Antwort geben«, wiederholte er.

Sie zuckte die Schultern. Es wirkte gleichgültig und betroffen zugleich. Ihm fiel ihr langer Hals auf, ein beneidenswertes Merkmal bei Frauen. »Je nun, die Leute haben ihm ständig Manuskripte geschickt.« Es klang verächtlich. »Das kam daher, dass er Kurse für Kreatives Schreiben gegeben hat. Da sind sie nun in ihrem Wahn hingegangen und haben sich für seine Kurse eingeschrieben, diese armen Geschöpfe, und meistens haben sie sich auch noch in ihn verknallt. Früher hat er mal ziemlich gut ausgesehen – wir waren als hübsches Paar bekannt. Würden Sie das glauben?« Als sie sah, dass Wexford ihr nicht antworten wollte, fuhr sie achselzuckend fort: »Selbstverständlich hat er das alles nur wegen des Geldes getan. Es blieb ihm nichts anders übrig. Ich habe nie gearbeitet – wussten Sie das? Nie. Maeve schon, sie war irgendwo Sekretärin. Mir dagegen hat das Arbeiten nie Spaß gemacht. Dafür muss man morgens immer so früh aufstehen. Owens Bücher haben nicht viel eingebracht. Nach dem Unterricht sind die Leute heimgegangen und haben irgendetwas hingekritzelt, meistens einen doofen Zweitaufguss oder etwas unvorstellbar *Langweiliges*. Dieses Zeug haben sie ihm dann geschickt und um seine Beurteilung gebeten. Wir haben uns scheiden lassen, und er hat Maeve geheiratet. Sie bekam aus irgendeiner Quelle Geld, nicht viel, aber besser als nichts. Maeve und ich haben uns gegenseitig immer Teile aus diesen Manuskripten laut vorgelesen und uns darüber schiefgelacht. Es war höchst amüsant. Owen hat alle gelesen. Ihm taten die Leute leid, die so etwas geschrieben hatten, und er hat bei der Rücksendung viel Geld fürs Porto ausgegeben.«

»Und Miller? Hatte er ein Manuskript mitgebracht?«

»Das haben Sie mich schon mal gefragt«, stellte sie fest. »Vielleicht. Woher soll ich das wissen? Owen hat mir gegenüber nichts davon erwähnt. Er mochte es nicht, wenn wir uns über die Leute lustig machten. Der arme alte Zausel hat ein weiches Herz. Deshalb hat er es vielleicht verheimlicht. Damals ist er natürlich noch gesund gewesen.«

Wexford kam ins Grübeln. Welche Information beziehungsweise welche seiner Fragen hatte dazu geführt, dass sich ihre Laune seit seiner Ankunft derart verbessert hatte? Zuvor hatte sie angespannt und besorgt gewirkt, während sie jetzt beschwingt ausschritt und jünger aussah. Inzwischen mochte man gern glauben, dass sie vor elf Jahren die Geliebte eines Zweiunddreißigjährigen gewesen war.

»Ich fahre jetzt Owen besuchen«, meinte sie im Plauderton. »Natürlich mit Maeve zusammen. Ich meine, sie wird mich fahren müssen. Den Bus möchte ich nicht nehmen. Sie würden mich nicht mitnehmen, oder?«

»Leider nein, Miss Ricardo«, sagte er.

Sein Ziel lag in der entgegengesetzten Richtung, wieder in Kingsmarkham. Ruhig lag die Vorortsiedlung, von deren Sorte man rings um die Stadt viele aus dem Boden gestampft hatte, unter einem perlmuttfarbenen Himmel da, den typischen Farben eines Sonnenuntergangs im November. Ein Bewohner mähte kühn seinen Rasen, während ein anderer die letzten Rosen abschnitt, fleckige und zerzauste Spätherbstblüten. Irene McNeils Haus verbreitete jene undefinierbare Atmosphäre, die Häuser untertags ausstrahlen, wenn ihre Bewohner schlafen: ein abweisendes Schweigen, ein Innehalten.

Wexford hätte schon nach dem zweiten Klingeln aufgegeben, wenn er nicht mit Sicherheit gewusst hätte, dass jemand zu Hause war. So aber klingelte er zum dritten Mal. Leise Schritte tappten heran, und Greg öffnete. Mit Sicherheit hatte er vor fünf Minuten noch geschlafen und sich auf dem Weg zur Tür gekämmt. Sein Gesicht erinnerte an das eines Kleinkinds, das man zu früh geweckt hatte. Aber Greg gehörte nicht zu den Menschen, die sich leicht aus der Ruhe bringen ließen.

»Hi, Mr. Wexford, wie geht's?«

Seit die Verwendung dieser hohlen Begrüßungsfloskel allgemein eingerissen war, hatte Wexford beschlossen, unter keinen Umständen darauf zu antworten. »Ich hätte gern Mrs. McNeil gesprochen.«

»O, mein Lieber, sie schläft tief und fest.«

»Dann werde ich mit Ihnen vorlieb nehmen«, meinte Wexford. »Vielleicht ist das sogar besser.«

Gregs Lächeln wurde merklich argwöhnischer. »Mit Vergnügen«, murmelte er und bat Wexford herein. Auf die Frage nach seinem vollen Namen wirkte er ziemlich verdutzt.

»Gregory Brewster-Clark«, sagte er und fügte hinzu: »Darf ich fragen, warum Sie das wissen möchten?«

»Ja, dürfen Sie.« Einen Augenblick war Wexford versucht, ihm zu erklären, dass er zwar fragen dürfe, aber nicht unbedingt eine Antwort bekäme, doch dann wurde er nachsichtig. »Vielleicht halten Sie mich für altmodisch«, erklärte er, »aber ich rede unbekannte Leute nicht gern mit dem Vornamen an.«

Greg hatte zwar offensichtlich keine Ahnung, was für ein Problem Wexford damit hatte, aber er hatte seine Antwort bekommen, was ihn wieder fröhlicher stimmte. Er tänzelte in die Küche und erkundigte sich, ob er ihm etwas anbieten dürfe. Auf Wexford wirkte er mehr wie ein Friseur als wie ein Pfleger. Er sah ihn förmlich vor sich, wie er einen Kunden mit der Schere in der Hand fragte, ob er es hinten eine Winzigkeit kürzer haben möchte.

»Ich würde gern einen Blick in die Schränke und Schubladen werfen«, sagte Wexford.

Anscheinend fand Greg an dieser Bitte nichts seltsam. Für ihn war es selbstverständlich, dass jeder Besucher, ob Mann oder Frau, das dringende Bedürfnis verspürte, Gregs Werk zu besichtigen. Alles war hübsch sauber aufgeräumt, garantiert keimfrei und roch nach Chlor, als könnte man jeden Moment einen Patienten hereinrollen, der schon in der Narkose lag und nun auf seine Operation wartete. Glücklich öffnete Greg einen Wandschrank nach dem anderen und präsentierte stapelweise passendes Porzellan und Gläserreihen. Offensichtlich wurden sämtliche Lebensmittel im Kühlschrank aufbewahrt, wenn es überhaupt welche gab. Ein Messerblock erregte Wexfords Aufmerksamkeit, aber auch hier fand sich nichts Interessantes.

Zum Glück schien Greg nicht auf die Idee zu kommen, ihn zu fragen, mit welchem Recht er Mrs. McNeils Küche durchsuchte. Wexford hatte eigentlich mit Widerstand gerechnet, bekam aber, wie er später Burden berichtete, lediglich lächelndes Einvernehmen und eine ausgezeichnete Tasse Tee kredenzt.

»Zuerst hatte ich den Messerblock inspiziert, aber alle Messer waren aus derselben Serie, mit schlichten schwarzen Griffen. Dann bat ich um einen Blick in die Schubladen. Greg wirkte nicht im Geringsten argwöhnisch. Vielleicht ist es in den Haushalten, wo er arbeitet, normal, dass Besucher die kulinarische Ausstattung unter die Lupe nehmen. Jedenfalls – kein Messer. Ich wollte von ihm wissen, ob er am Anfang, vor seiner Putzorgie, in einem Schrank oder in einer Schublade ein Messer gefunden habe, aber er hat verneint. Ich sagte, ich würde warten, bis Mrs. McNeil aufwachen würde. Ich wollte unbedingt noch einmal auf ihre Geschichte mit der Putzfrau und dem gestohlenen Messer zurückkommen. Aus irgendeinem Grund fing ich langsam an, daran zu glauben.«

Bisher hatte Burden zusehends gelangweilter gewirkt, aber jetzt hellte sich seine Miene auf, und er hob seinen Bierkrug an die Lippen, als wollte er etwas feiern.

»Greg hat mir Tee gekocht und Kekse serviert. Er hat mir seine sämtlichen bisherigen Jobs geschildert, die Hotels, in denen er gearbeitet hat, seine Ausbildung zum Krankenpfleger und für den Nachtdienst und so weiter und so weiter. Ich dachte schon, Mrs. McNeil würde nie mehr aufwachen. Schließlich habe ich ihn dazu gebracht, sie aufzuwecken, was er dann auch tat – sachte, aber wirksam. Das muss ich ihm lassen.«

Burden nickte. »Und dann?«

»Habe ich sie gefragt. Weißt du, Mike, ich bin immer wieder über unsere … äh, Klienten erstaunt. Sie lügen und lügen, und wenn wir ihnen schließlich ins Gesicht sagen, wir wüssten, dass sie gelogen haben, wir könnten es beweisen, ihre Lügen seien offenkundig, dann schämen sie sich nicht einmal. Sie sagen nicht, es täte ihnen leid oder sie hätten Schuldgefühle, und sie fragen nicht, was wir wohl jetzt von ihnen denken würden. Dann heißt es nur: ›Okay‹, oder: ›Stimmt, na und?‹«

Burden zuckte die Achseln und meinte verächtlich: »Na ja, es ist und bleibt eben ein Haufen Schurken. Stimmt's? Pack. Und Irene McNeil ist genauso schlimm wie alle anderen, selbst wenn sie vielleicht zur hochnäsigen Oberschicht gehört. Was hat sie gesagt?«

»Als sie das Haus vor zwei Jahren wieder betrat – erinnerst du dich? Sie wollte zu den Pickfords zum Tee –, habe sie die Leiche nicht angeschaut. Stattdessen habe sie das Messer auf dem Kellerboden liegen gesehen. Sie habe es in ihre Handtasche gesteckt, wo es während der Teestunde der alten Damen vermutlich auch blieb, und habe es danach mit nach Hause genommen. An diesem Punkt hat offensichtlich irgendetwas sie verwirrt, denn anstatt das Messer als nützlichen Beweis für Ronald McNeils Selbstverteidigung zu betrachten, kam sie zu dem Schluss, es handle sich um eine gefährliche Waffe, was es ja auch ist, und würde ihren Mann und sie noch tiefer in ein Verbrechen verstricken. Inzwischen war ich ganz schön wütend auf sie, Mike, und habe sie gefragt, ob sie wüsste, dass es eine Straftat sei, wenn man der Polizei mutwillig die Zeit stehle. Daraufhin gab es für sie wieder mal nur noch ›Weiberwaffen, Wassertropfen‹.« Reumütig schüttelte Wexford den Kopf. »Wenn Hannah das hören könnte, würde sie den letzten Funken Respekt vor mir verlieren.«

»Du meinst, sie hat geweint?«

»Ganz genau. Dann hat sie gemeint, sie habe damals eine Putzfrau gehabt – ich musste mir eine ellenlange Mängellitanei über diese Person anhören –, und diese Putzfrau hätte das Messer irgendwo in einer Schublade entdeckt und es gestohlen.«

»Und das hast du ihr geglaubt?«

»Abwarten! Ich habe den Namen dieser Frau aus ihr herausgekitzelt. Und nun rate mal, wer es ist.«

»Woher soll ich das wissen, Reg?«

»Wenn es jemand wissen müsste, dann du. Sie heißt Leanne Fincher, die Mutter von Darrel Fincher. Erinnerst du dich noch an sie? Sie hatte ihrem Sohn ›zum Selbstschutz‹ ein Messer geschenkt.«

Burden lachte. »Erstaunlich. Wir haben ihm das Messer abgenommen. Es müsste immer noch bei uns liegen.«

»Ausgezeichnet«, rief Wexford. »Vielleicht erweitere ich ihr Strafregister auch noch um Behinderung der Polizeiarbeit. Bei Mrs. M. ist mir jetzt der Geduldsfaden gerissen. Sie ist nicht nur alt, sondern auch eine verstockte Sünderin. Ich werde dieses Messer Bridget Cook zeigen, obwohl ich nicht überzeugt bin, dass das viel bringen wird.

»Hatte Miller also tatsächlich ein Messer ins Bad mitgenommen?«

»Ich glaube nicht. Meiner Ansicht nach hat McNeil, nachdem er Miller erschossen hatte, in der Küche dessen Kleidung durchsucht und dabei die tausend Pfund entdeckt, die er als aufrechter und grundehrlicher Mensch natürlich nicht angetastet hat. Dabei hat er obendrein das Messer gefunden. Er hat es neben der Leiche ins Bad gelegt und später dann in den Keller. Vielleicht hat er gedacht, er würde bei seiner Frau besser dastehen, wenn er ihr weismachen könnte, er hätte in Notwehr gehandelt.« Wexford verdrehte die Augen. »Darüber hätte er sich nicht den Kopf zerbrechen müssen. Sie ist genauso skrupellos, wie er es war.«

22

Zufällig traf er Iman Dirir auf der High Street. Sie kam gerade mit einer der typischen schwarz-goldenen Einkaufstaschen aus dem einzigen Laden für asiatische Kleidung, den es in Kingsmarkham gab.

»Diese Sachen sind zwar nicht für Afrikanerinnen gedacht, aber wir tragen ziemlich ähnliche Kleidungsstücke«, erklärte sie Wexford. »Ich habe mir für die Hochzeit meiner Nichte einen Salwar Kameez gekauft. Sie heiratet nächsten Samstag in St. Peter einen sehr gut aussehenden Engländer.«

Wexford konnte sein Erstaunen nicht verbergen.

»Sie ist Christin, Mr. Wexford. In Somalia gibt es alles, sogar Animisten.«

Letztere verehrten seines Wissens Steine und Bäume, aber vielleicht irrte er sich auch, und deshalb beließ er es dabei. »Werden die Imrans auch dabei sein?«

»Bei der Hochzeit? O nein, das bezweifle ich. Meine Schwester und ihr Mann kennen sie kaum, und meine Nichte überhaupt nicht.«

»Aber bis dahin werden sie wieder zurück sein?«

»Ich denke schon. Soweit ich weiß, werden sie für Donnerstag zurückerwartet.«

Auf seinem Rückweg zum Polizeirevier kam er an dem Lokal *Auf der Suche nach Indien* vorbei. Bei einem flüchtigen Blick durch die Fensterscheiben entdeckte er hinter den Glitzergardinen und den künstlichen Lilien Matea beim Tischdecken. Um vierzehn Uhr erwartete er Bridget Cook in seinem Büro. Williams, der scheinbar vornamenlose Partner, hatte gegen ihre Reise nach Kingsmarkham nichts einzuwenden gehabt, obwohl Wexford bezweifelte, dass sie ihm den wahren Grund für ihre Fahrt genannt hatte. Während er wartete, dachte er über Menschen nach, die sich ohne zwingenden Grund ins Gefängnis begeben. Nur um nicht allein sein zu müssen, hatte sich diese Frau einen eifersüchtigen Gefängniswärter als Mann aufgehalst. Tredown hatte sich von zwei Ehefrauen, die in ihm nur einen Arbeitssklaven für ihre Bedürfnisse sahen, unter Hausarrest stellen lassen, obwohl ihm beide Frauen offensichtlich herzlich wenig bedeuteten. Jetzt sollte *Der erste Himmel* verfilmt werden. Tredown war mit Sicherheit üppig bezahlt worden, und noch seine Witwe und die Exfrau würden in den Genuss von Tantiemen kommen. Trotzdem war es ihnen egal, ob er lebte oder starb.

Hannah brachte Bridget ins Büro. Bei ihrem Anblick fiel

ihm ein altmodischer Ausdruck ein: »knochig«, eine Beschreibung, die jeder verstand, auch wenn sie scheinbar nichts zu bedeuten hatte. Obwohl Bridget nicht dünn war, schienen ihre Knochen unter der Haut hervorzutreten. Sie hatte Hände wie ein Mann, zu denen der Ring mit dem zierlichen Laubmuster an ihrer Linken nicht passen wollte. Sie setzte sich schwerfällig, zuckte aber zusammen, als ihr Wexford das Messer zeigte.

»Ich weiß es nicht«, sagte sie, »ich habe es nur einmal gesehen. Es lag an den Kumpels, mit denen er herumhing, dass er ein Messer brauchte. Die waren eine harte Truppe. Er hat gemeint, er bräuchte es zu seinem Schutz. Trotzdem hat er es nie benutzt. Da bin ich mir sicher; das hat er nie gemacht.«

»Sie sagten, er sei ein Dichter gewesen. Er habe für Sie Gedichte geschrieben.« Wexford war sich bewusst, wie absurd diese Szene auf einen unbeteiligten Zuschauer gewirkt hätte. Diese Frau und Poesie konnte man nur schwer zusammenbringen, ohne schallendes Gelächter zu ernten. Und doch wusste er, dass die Liebe sich weder um Schönheit noch um Grazie schert. Wie der Wind, der weht, wo er will, kann sie fast jeden treffen und einen für fast jeden begeistern. Die Menschen brauchen keinen Liebestrank, um sich in einen Eselskopf zu verlieben. Er bemerkte, wie sie ernst nickte und damit signalisierte, dass sie der ihr gewidmeten Verse würdig gewesen war. »Hat er sonst noch etwas geschrieben?«, wollte er wissen. »Ein Theaterstück? Einen Roman?«

»Ich weiß es nicht. Vielleicht. Er hatte keine Schulbildung. Trotzdem hat er mir erzählt, er hätte mal ein Buch geschrieben. Gedichte und eine Art Tagebuch, hat er gemeint.«

»Miss Cook, wann sind Sie Samuel Miller zum ersten Mal begegnet?«

»Das müsste irgendwann 98 gewesen sein. Ungefähr im Winter ist er bei mir eingezogen. Damals haben wir in der Nähe von Southend kampiert. Zwischendurch ist er mal kurz verschwunden, aber immer wiedergekommen. Im Juni sind wir zum Erdbeerpflücken in die Nähe von Hereford, und er hat gemeint, bei Morella's in Flagford würden sie für September Pflücker suchen. Damals hat er auch gesagt, am besten wär's, wenn wir heiraten würden. Ich hab gesagt, ich sei doch einige Jahre älter als er, aber er hat gemeint: Na und? Er hätte immer eine Schwäche für ältere Frauen gehabt.«

Wexford dachte an Claudia Ricardo. »Ist er drei Jahre vorher in Flagford gewesen?«

»Ganz genau. Morella's hatte einen ordentlichen Campingplatz, nicht wie das Grundstück, auf dem sie kampieren mussten, als er früher dort gewesen war und zwei Typen mit Gewehren hinter ihnen her waren.«

»Mit Gewehren?«

»Hat er gesagt.«

Adam Thayer brachte Tee. Obwohl ihre Tasse knallheiß war, trank Bridget Cook gierig. »Fahren Sie fort, Miss Cook.«

»Er möchte alte Kumpels besuchen, während er dort ist, hat er gesagt. So hat er's gesagt: ›alte Kumpels‹. Dabei könnte ein bisschen Geld herausspringen. Sie wären ihm was schuldig. Nachdem er unseren Hochzeitstermin festgelegt hatte, sind wir am nächsten Tag zum Obstpflücken – diesmal Victoria-Pflaumen. Und als wir zurückkamen, hat er gemeint, er würde sich jetzt mit seinen Kumpels treffen und sich dann in einem leerstehenden Haus ein bisschen waschen, weil unsere Dusche kaputt war. Ich hab auf ihn gewartet und gewartet, aber als es Mitternacht wurde, hab ich gewusst, dass er nicht zurückkommen würde. Ich wusste es einfach. Keine Ahnung, wieso. Es war komisch, weil ich dachte, er hätte mich wirklich gemocht. Vielleicht sind Männer einfach nur ein komischer Haufen... Entschuldigung, ich hab nicht Sie gemeint.«

Wexford versicherte ihr, er habe es nicht persönlich genommen. Damit hatten zwei Frauen vergeblich auf die Rückkehr ihrer Männer gewartet, eine vor elf Jahren, die andere drei Jahre später. Er konnte immer noch nicht sagen, ob es eine Verbindung zwischen den beiden Männern gab. Andererseits mochte er aber auch nicht an einen derart großen Zufall glauben.

Am nächsten Abend war Sheila bei ihrer Mutter. Die Kinder hatte sie bei Vater und Kindermädchen daheim gelassen, um an der zweiten Versammlung der Bürgerinitiative für die Gesundheit afrikanischer Frauen teilnehmen zu können. Ursprünglich hatte Wexford ihr erzählen wollen, dass die Imrans ihre fünfjährige Tochter in ihre somalische Heimat mitgenommen hatten und dass er Schlimmes befürchtete, aber dann unterließ er es. Sheila würde nur eine ihrer leidenschaftlichen Reden vom Stapel lassen, in der sie alles anprangerte: die Justiz, mutwillige Grausamkeit und Kindesmissbrauch. Das alles in Verbindung mit einem ganzen Katalog von Anweisungen, welche drastischen Maßnahmen er ergreifen solle, und zwar binnen der nächsten Stunden. Stattdessen befragte er sie zu dem Film. Hatten die Dreharbeiten schon begonnen?

»Das dauert noch ewig, Paps, noch Monate.«

»Hoffentlich wirst du gut bezahlt, auch wenn ich nicht mit Hollywoodgagen rechne.«

»Na ja, das nicht«, meinte sie, »aber es ist nicht übel. Hast du gewusst, dass der Autor schwerkrank ist? Angeblich wird er den fertigen Film nicht erleben. Ist das nicht traurig?«

»Er hat sicher viel Geld für die Rechte bekommen.«

»Heute interessierst du dich ausschließlich fürs Geld. Das ist doch sonst nicht deine Art, Paps.«

Er lachte. »Weißt du, ich bin ihm begegnet und habe ihn ein bisschen kennengelernt. Vermutlich wird alles seine Frau erben.«

»Wer sonst?«, sagte Sheila und trollte sich, um sich für ihre Versammlung fertig zu machen.

Dora fuhr mit ihr in dem schwarzen Mercedes mit dem gut aussehenden Fahrer weg, während Wexford sitzen blieb und dem Regen zuschaute, der später in Hagel überging und gegen die Terrassentüren trommelte. Er wartete auf Burden, um mit ihm seine tägliche Rotweinration zu teilen. Mit Sicherheit würde der Inspector erst dann das Haus verlassen, wenn die Regenwand, die der Wetterbericht lediglich als kurzen Schauer angekündigt hatte, am Horizont verschwunden war. Wexfords Gedanken wanderten zu Tredown, ins Hospiz von Pomfret. *Herr, lehre doch mich, dass es ein Ende mit mir haben muss, und mein Leben ein Ziel hat, und ich davonmuss.* Woraus stammte dieser Vers? Vermutlich aus dem Begräbnisritus. Mit so etwas beschäftigten sich Todkranke, und auch die wussten nicht genau, wie viel Zeit ihnen noch blieb. Ob Tredown Rückschau auf sein Leben hielt? Würde er es für gut befinden? Eine Ehefrau, von der er sich hatte scheiden lassen, eine zweite, von der man nur schwer glauben mochte, dass jemand sie liebte, die drögen Romane nach biblischen Motiven, das eine gute Buch aus seiner Feder, das ihn überleben würde … Falls er es überhaupt selbst geschrieben hatte.

Es läutete an der Haustür. Wexford zuckte zusammen und stand auf, um Burden einzulassen. Der Inspector war ziemlich nass. Seine Haare klebten am Kopf, und über seine Wangen liefen Regentropfen wie Tränen. Allerdings lächelte er. »Mich hat es mittendrin erwischt. Habe mich unter einen Baum gestellt, bis es aufgehört hat. Sag ja nicht, dass mich der Blitz hätte treffen können, das weiß ich schon.«

»Es hat doch gar nicht geblitzt, oder doch?«

»Laut Aussage meines Eheweibs blitzt es bei Hagel immer.«

Wexford schenkte zwei große Gläser Rotwein ein. »Ich hatte gerade an Tredown gedacht.« Er hob sein Glas und ergänzte: »Auf Owen Tredown. Möge er ein friedliches Ende finden, und zwar bald.«

Burden hob die Augenbrauen. »Tredown. Klar«, sagte er, »aber warum jetzt?«

»Er wird nicht mehr lange leben. Irgendwie tut er mir leid. Vielleicht irre ich mich, aber ich stelle mir vor, wie er in diesem Haus liegt – gewiss, ein sehr hübsches Haus – und seine Tat bedauert. Wie er bedauert, dass er Samuel Millers Manuskript gestohlen hat. Ich glaube nämlich, dass es Millers Manuskript gewesen ist. Meiner Ansicht nach hat Miller *Der erste Himmel* geschrieben, oder wenigstens ein Exposé oder einen Rohentwurf dazu.«

»Dieser Grobian? Dieser Prolet mit dem Messer?« Noch nie hatte Wexford bei seinem Freund einen solchen Gesichtsausdruck gesehen, eine Mischung aus Abscheu und ungläubigem Staunen. »Claudia Ricardo hat dir doch erzählt, dass ihm die Leute aus seinen Kursen für Kreatives Schreiben laufend Manuskripte geschickt haben. Warum nicht einer von denen?«

»Mike, wirf mal einen Blick auf die Fakten. Vor elf Jahren kamen Tredown und die beiden Frauen mit den Einnahmen aus seinen Büchern mühsam über die Runden. Dazu kam noch seine kleine Lehrvergütung. Und die war sicher sehr klein. In diesem Land gibt es nicht viele Kurse für Kreatives Schreiben, und für die wenigen wird man nicht großzügig bezahlt. Denk daran, keine der Frauen hat gearbeitet. Claudia hat damit geprahlt, dass sie in ihrem ganzen Leben noch nie gearbeitet hat. Und dann kommt Samuel Miller daher, ein Grobian, ein Prolet, wie du es nennst. Aber kann man mit Fug und Recht annehmen, dass große Künstler – und der Autor von *Der erste Himmel* ist oder war ein großer *populärer* Künstler –, dass also solche Leute samt und sonders geachtete brave Bürger aus der Mittelschicht sind? Genet hat den Großteil seines Lebens im Gefängnis verbracht, Marlowe starb bei einer Wirtshausrauferei, Baudelaire war an Syphilis erkrankt und drogenabhängig – nein, dieses Argument zieht nicht.«

»Willst du damit sagen, Miller hätte dieses Manuskript mitgebracht, während er für ein paar Wochen nach Flagford zum Obstpflücken gefahren ist? Hat er gewusst, dass Tredown dort wohnt?«

»Warum nicht? Vielleicht hat er einen von Tredowns Kursen besucht. Die Tatsache, dass Bridget Cook nichts davon weiß, hat nichts zu bedeuten. Das Ganze hätte sich drei Jahre vor seiner Begegnung mit Bridget zugetragen. Aber auch wenn er nicht Tredowns Student, Schüler oder sonst etwas gewesen wäre, Tredowns Wohnsitz steht auf den Klappen seiner Buchumschläge, wenn auch nicht die volle Adresse. Stell dir mal vor, wie er entdeckt hat, dass in Sussex, in einem Dorf namens Flagford, Helfer für die Obsternte gesucht werden. Und dieser Ortsname hat ihn an etwas erinnert.« Er hatte Burdens Interesse geweckt, ja sogar mehr – Enthusiasmus. Das konnte er erkennen. Burden hatte jenen typischen Gesichtsausdruck – schmale Augen, grübelnder Blick, gerunzelte Augenbrauen –, immer kurz bevor er von etwas hellauf begeistert war. »Na los«, meinte Wexford, »ab hier machst du weiter.«

Burden nickte. »In Ordnung. Also, er hat dieses Buch geschrieben, oder diese Skizze, den Entwurf oder weiß der Kuckuck was, und das nimmt er nach Flagford mit, weil er hofft, dass sich ihm eine Gelegenheit zu einem Treffen mit Tredown bietet. Vermutlich hat er keine Ahnung, dass der Platz, auf dem sie ihr Lager aufschlagen, direkt neben Tredowns Haus liegt, aber das findet er bald heraus. Sie haben noch nicht lange dort kampiert, da tauchen Grimble junior und sein Kumpel Bill Runge auf und verjagen sie mit Stöcken vom Grundstück …«

»Oder mit Gewehren.«

»Oder mit Gewehren. Mit der Obsternte ist jetzt Schluss, oder die Arbeiten sind sowieso schon erledigt. Miller findet einen Weg in Tredowns Garten und bietet seine Dienste als Gärtner und Handwerker an. Und irgendwann im Laufe seiner Tätigkeit erzählt er Tredown, er habe ein Manuskript dabei. Vielleicht möchte es sich Tredown einmal ansehen. Wie klingt das?«

»Ziemlich genau so, wie ich es auch ausgedrückt hätte«, erwiderte Wexford.

»Anschließend ist es nicht mehr so einfach, oder? Ich meine, sagt Tredown einfach: ›Ja, mit Vergnügen, ich mache nichts lieber, als mir eine Woche mit Ihrem Mist um die Ohren zu schlagen.‹? Das glaube ich nicht.«

Wexford lachte. »Ich auch nicht. Aber denk daran, ich habe *Der erste Himmel* gelesen, obwohl ich darauf wahrlich keine große Lust hatte. Ich dachte, ich würde mit Mühe ein oder zwei Kapitel bewältigen, aber als ich erst mal angefangen hatte, habe ich die Qualität dieses Buchs erkannt. Spaß hat es mir nicht gemacht, solche Themen mag ich nicht. Trotzdem konnte ich erkennen, dass es anderen Leuten gefallen könnte, vielleicht sogar Tausenden.«

Verwundert musterte Burden ihn mit einer Miene, wie sie jemand zur Schau trägt, wenn er von einem Bekannten erfährt, er sei von einem ausgefallenen Hobby förmlich besessen, er lerne zum Beispiel Farsi oder beschäftige sich mit Seeanemonen. Trotzdem gab er sich Mühe und konzentrierte sich, auch wenn es ihm schwerfiel. »Du meinst,

Tredown hätte vielleicht kurz hineingeschaut, um nicht ... na ja, um nicht unhöflich oder abweisend zu sein? Er ist ein ungemein höflicher Mensch, findest du nicht auch? Und dann hat er, wie du, weitergelesen. Er konnte es nicht aus der Hand legen und hat es irgendwie bis zur letzten Seite geschafft und ...«

»Und hat überlegt, wie er es sich aneignen könnte«, ergänzte Wexford. »Wie er das gemacht hat, ist mir ziemlich schleierhaft, aber irgendwie hat er es geschafft. Hat er es Miller abgekauft? Oder gestohlen? Ich könnte mir vorstellen, dass eine der Frauen oder sogar beide es Miller irgendwie abgeluchst haben.«

»Anschließend musste Tredown unbedingt überprüfen, ob die Fakten stimmten, und hat Hexham zu sich eingeladen. Reg, diese Variante gefällt mir nicht besonders. Warum hat Hexham seiner Frau nicht erzählt, dass er nach der Beerdigung Tredown einen Besuch abstatten würde?«

»Apropos«, warf Wexford ein, »warum hat er seiner Frau kein Wort über sein Ziel nach der Beerdigung erzählt, egal ob er Tredown besuchen wollte oder ob er etwas anderes vorhatte? Er hat es eben nicht getan, basta. Aber irgendwohin ist er gegangen, und am Schluss ist er in diesem Graben auf Grimble's Field gelandet. Hatte er herausgefunden, dass sich Tredown ein fremdes Werk unter den Nagel reißen und als sein eigenes ausgeben wollte? Vielleicht hat er gedroht, seine Erkenntnisse zu veröffentlichen, und wurde deshalb umgebracht. Außerdem wissen wir auch nicht, was mit Miller passiert ist. Wir wissen nur, dass er Tredown verließ, um nach Hause zu gehen, wo auch immer damals sein Zuhause war. Drei Jahre später kam er zurück.«

»Und hat Tredown wegen dieses Buchs erpresst. Maeve oder Claudia hat ihm nicht hundert Pfund als Hochzeitsgeschenk gegeben, sondern tausend, damit er den Mund hielt. Mich würde nur interessieren, wie lange es gedauert hätte, bis eine der beiden Frauen ihn umgebracht hätte, wenn er nicht in Grimble's Haus eingedrungen wäre und sich von Ronald McNeil hätte erschießen lassen.«

»Vermutlich hast du recht, Mike«, sagte Wexford. In dem Moment hörte er, wie die Haustür auf- und wieder zuging. Dora betrat mit Sheila und Sylvia im Schlepptau das Zimmer und begrüßte Burden.

»Warum sitzt ihr zwei denn im Dunkeln da?«

»Ich habe es nicht einmal gemerkt. Wie war eure Versammlung?«

Sheila umarmte ihn und gab ihm einen Kuss. »Paps, ich kann nicht bleiben. Wie es aussieht, braucht Clive eine Stunde, um mich nach Hause zu fahren. Übrigens, Matea Imran war da. Sie sagt, ihre Eltern seien wieder aus Somalia zurück und Shamis gehe es gut. Syl wird dir alles erzählen.«

Die Imrans waren am Vortag heimgekommen. Matea war als Einzige von der Familie bei der Versammlung gewesen. »Es war ihr wichtig, zu mir zu kommen«, sagte Sylvia, »und mir zu erzählen, dass man ihre Schwester nicht beschnitten hat. Sie hätte sich geirrt.«

»Wirklich?« Wexford begleitete Burden hinaus, der von Sheila und ihrem Fahrer mitgenommen wurde. »Ich würde diesem Mädchen kein Wort glauben«, sagte er zu Sylvia.

Sie war schockiert. »Papa! Ich dachte, du magst sie.«

»Mit mögen hat das nichts zu tun. Unter den gegebenen Umständen misstraue ich ihr. Sylvia, es ist ihre Familie, egal was sie vielleicht vorher gesagt hat, egal ob sie hierhergekommen ist, um mir ihre Befürchtungen mitzuteilen. Jetzt weiß sie darüber ein bisschen besser Bescheid.«

Dora legte ihre Hand auf seinen Arm und sagte: »Das kann ich verstehen. Selbst wenn man ihrer Schwester so etwas Schreckliches angetan hätte, würde sie nicht wollen, dass ihre Eltern ins Gefängnis kommen. Deshalb wird sie nichts tun, was in ihren Augen ein Verrat wäre.«

»Ganz genau«, bestätigte er. »So gut hätte ich es nicht formulieren können.«

»Und was wirst du jetzt tun, Papa?«

»Ins Bett gehen«, sagte Wexford, »und morgen werde ich mal mit Dr. Akande sprechen.«

23

Raymond Akande war ein nigerianischer Arzt; seine Frau Laurette, die aus Sierra Leone stammte, bildete am Prinzessin-Diana-Krankenhaus in Stowerton Krankenschwestern aus. Kurz nachdem Dr. Akande Wexfords Hausarzt geworden war, identifizierte dieser ein Mordopfer als Akandes Tochter Melanie, und zwar nur aufgrund der Überlegung, wie sich Wexford später selbst vorgeworfen hatte, dass die Lebenden und die Tote schwarz waren. Akande hatte ihm rasch verziehen, bei Laurette dauerte es ein wenig länger, aber inzwischen war man befreundet.

»Die Familie steht in meiner Kartei«, sagte Akande, als ihm Wexford erklärte, weshalb er die Imrans in Verdacht hatte, »doch das heißt nicht, dass ich bei ihnen hereinspazieren und darauf bestehen kann, die Vulva eines kleinen Mädchens zu untersuchen.«

»Vermutlich brauchst du dazu einen Gerichtsbeschluss.«

»Den müsste ich erst einmal beantragen. Ich bin nicht überzeugt, ob ich überhaupt einen bekäme. Mit welcher Begründung? Dein Verdacht? Meiner? Meines Wissens handelt es sich um glückliche stabile Familienverhältnisse. Die Kinder sind gesund. Die Schwester bestreitet, dass man dem Kind etwas angetan hat. Für eine medizinische

Überprüfung des Falls müsste man das Sozialamt einschalten.«

Laurette war mit einem Tablett Kaffeetassen hereingekommen. »Das Sozialamt hätte nie Anlass für einen Besuch bei den Imrans gehabt. Ich kenne Shamis. Sie wird von ihren Eltern vergöttert, und das sieht man – auch wenn sie das nicht an einer Genitalverstümmelung hindern würde. Es gibt viele Eltern, die diese Prozedur als Pflicht gegenüber ihrer Tochter ansehen und glauben, sie würden ihr damit einen Gefallen tun. Wie soll sie ohne diesen Eingriff je einen guten Ehemann finden? So denken diese Menschen. Ich hatte Glück«, sagte sie, »ich musste nicht darunter leiden. Hätte man meine Eltern nicht ermordet, wäre es mir nicht erspart geblieben. Ich bin in einem Waisenhaus aufgewachsen. Irgendwie hat man mich übersehen.«

»Also kann man nichts dagegen tun?«

»Das möchte ich nicht sagen«, wandte Akande rasch ein. »Man sollte unbedingt das Sozialamt darauf aufmerksam machen. Das kann ich übernehmen – vielleicht machen wir es gemeinsam, Reg. Wenn die Imrans oder einer von ihnen das nächste Mal in die Praxis kommen, kann ich mich bei ihnen taktvoll nach ihrer … also, nach ihrer Einstellung gegenüber der weiblichen Beschneidung erkundigen.«

Laurette meinte verbittert: »Über eines musst du dir klar werden: Sie müssen Shamis nicht unbedingt nach Afrika bringen; es gibt hier genug Leute, die sich bereitwillig dafür hergeben.«

Die Einladung nach Athelstan House kam unerwartet. Owen Tredowns Ehefrau und seine Exfrau hatten Wexford ohne Vorankündigung in seinem Büro aufgesucht, hatten aber nicht erkennen lassen, dass sie ihm etwas mitteilen wollten. Offensichtlich hatte ihr Besuch und die dabei ausgesprochene Einladung lediglich dem Zweck gedient, ihn und Burden zu necken, sie zu provozieren, zu nerven und zu piesacken.

Ohne Tredown hatte das Haus eine andere Ausstrahlung, kälter, geschäftsmäßiger und in gewisser Weise heller. Vielleicht lag es nur daran, dass man im Wohnzimmer die langen braunen Samtvorhänge ganz aufgezogen und zurückgebunden hatte, allerdings nicht mit Kordeln oder Bändern, sondern mit ordinären Schnüren. Früher wären im hellen Tageslicht Staub und Schmutz und Spinnweben sichtbar geworden, während jetzt alles auf einen Großputz hindeutete, eine Art herbstlichen Frühjahrsputz. Der gewaschene und polierte Kronleuchter ähnelte jetzt mehr einem Beleuchtungskörper als kopulierenden Tintenfischen. Als Wexford sich setzte, stiegen aus den Sofakissen keine Staubwolken mehr auf. Tredown war fort, und seine Besitzer hatten hinter ihm sauber gemacht, als wäre er ein schmutziges schwieriges Haustier gewesen.

Zu Anfang bekam Wexford weder Tee noch Kaffee angeboten. Er setzte sich aus freien Stücken und nicht, weil man ihn darum gebeten hatte. Claudia Ricardo setzte sich dicht neben ihn, zu dicht. Ihr Parfüm raubte ihm den Atem. Vermutlich war es Patchouli. Sie breitete ihren langen bestickten Rock nicht nur über ihre eigenen Beine aus, sondern auch ein paar Zentimeter über seine, und sagte:

»Darf ich Ihnen etwas Lemon Curd anbieten, Chief Inspector? Bei Ihrem letzten Besuch habe ich welches gekocht. Sicher erinnern Sie sich noch daran. Sie haben gemeint, Sie würden es gerne essen.«

Bei diesem Satz kam Maeve Tredown mit Tee, einem Teller Plätzchen und einem Topf Lemon Curd herein. Außerdem lag auf dem Tablett ein Löffel, als wäre sie eine Krankenschwester, die ihm seine Medizin brachte. Das alles hätte vielleicht nicht so seltsam gewirkt, wenn man den Deckel auf dem Marmeladentopf belassen hätte. Lächelnd stand Maeve vor ihm wie ein Kindermädchen vor seinem Schützling. Ihre Kleidung erinnerte an eine Uniform: graues Kostüm und weiße Bluse. Ihre steife Blondhaarfrisur glänzte wie ein gelber Seidenhut. Erwartete man von ihm tatsächlich, dass er da saß und Marmelade verspeiste? Er hob Claudias Rock von seinen Beinen, stand auf, nahm Maeve das Tablett ab und stellte es auf den Tisch. Dann drehte er sich um und sagte in einem Ton, der einem Gast niemals zugestanden hätte:

»Setzen Sie sich bitte.« Dies galt Maeve.

Sie tat es. Claudia kicherte.

»Ich weiß nicht, warum Sie mich hierhergebeten haben«, fuhr er fort, »aber das werden Sie mir sicher zu gegebener Zeit mitteilen. Inzwischen möchte ich, dass Sie mir etwas über das Manuskript erzählen, das Sam oder Samuel Miller im Juni 1995 Mr. Tredown geliehen oder verkauft hat.«

»Wir haben uns nie in Owens Geschäftsangelegenheiten eingemischt«, meinte Maeve.

Geschäftsangelegenheiten? Als sei Tredown Versicherungsmakler gewesen und kein weltberühmter Autor. Außerdem hielt Wexford diese Aussage für eine Lüge. Er war ziemlich davon überzeugt, dass Maeve und Claudia jedes Geschäft abgewickelt hatten, das hier gelaufen war. Claudia oder Maeve oder beide hatten mit Tredowns Agenten verhandelt, mit seinen Verlegern, seinen Steuerberatern und seinen Finanzberatern. In Geschäftsdingen war der Autor gänzlich unbeleckt, wie man früher gesagt hätte. »Sie haben also ein solches Manuskript nie gesehen und auch nie etwas davon gehört?«

Claudia blickte mit ernster Miene zu ihm auf. »Dusty«, sagte sie, wobei sie den Namen beinahe lustvoll zerdehnte, »Dusty hat Owen nie viel zu Gesicht bekommen. Vielleicht sollte ich umgekehrt sagen, dass Owen ihn nie viel zu Gesicht bekommen hat. Owen mochte es nicht, wenn man ihn beim Schreiben störte, das dürfen Sie nicht vergessen. Und geschrieben hat er meistens.«

Dafür haben wir schon gesorgt, lautete der unausgesprochene ergänzende Satz. Wexford, der immer noch vor ihnen stand, sagte: »Ende September 1998 hat Miller Sie erneut aufgesucht.«

»Möglich«, antwortete Maeve. »Ungefähr um diese Zeit. Das genaue Datum weiß ich nicht mehr sicher.«

»Ich schon. Sie haben ihm Geld gegeben. Warum?«

»Also wirklich! Das habe ich Ihnen doch schon erzählt, oder mein Schwiegerweib hat es getan.« Ihr verstohlenes Lächeln galt Claudia. »Es war ein Hochzeitsgeschenk. Er hatte eine Frau gefunden, eine von den Obstpflückerinnen. Er wollte heiraten.«

»War nicht von tausend Pfund die Rede?«

»Da irren Sie sich.« Claudia lachte stumm los. »Mit einer solchen Summe wüssten wir Besseres anzufangen.«

Er setzte sich wieder, diesmal allerdings auf einen harten Stuhl in gehöriger Entfernung von ihr. Eine Wespe war ins Zimmer geflogen und drehte langsam ihre Runden, ehe sie den offenen Marmeladetopf ansteuerte. Er sah ihr zu, wie sie auf die glatte goldgelbe Oberfläche krabbelte. »Miller hatte das Buch gelesen, das Mr. Tredown aus seinem Manuskript zusammengebraut hat, und hat Sie wegen Plagiats erpresst. Weil man sein Werk als das von Mr. Tredown ausgegeben hat.«

»Ich weiß, was ein Plagiat ist, herzlichen Dank.« Claudia bebte förmlich vor stummer Heiterkeit, doch dann wurde sie plötzlich ernst. Stirnrunzelnd wischte sie ihre pechschwarz gefärbten Haarsträhnen aus dem Gesicht. »Wie ist er gestorben? Ich meine Dusty.«

Wusste sie das nicht? Dann fiel es Wexford wieder ein. Bis auf ihn und sein diskretes Team wussten nur Irene McNeil und Bridget Cook, wie Miller umgekommen war.

Er war fast hundertprozentig sicher, dass Miller und Claudia Ricardo eine Beziehung gehabt hatten, vielleicht nur kurz, aber gewesen war da etwas, ein Quickie im Gebüsch oder in Grimbles Haus. »Das kann ich Ihnen nicht sagen«, meinte er.

»Aber tot ist er?«

»Das habe ich Ihnen bereits erzählt, Miss Ricardo.«

Sie sagte nichts.

»Tut mir leid«, sagte er, »wenn Sie das traurig macht.«

»Mich? Traurig?« Sie schrie ihre schrille Antwort förmlich heraus. »Sie müssen verrückt sein. Ich bin entzückt. Für mein Herz ist das ein kleines Freudenfest.« Dies war offensichtlich einer ihrer Lieblingsausdrücke. »Sie haben mir den Tag gerettet.«

Die Wespe war satt. Sie war auf den Topfrand geklettert. »Claudia«, rief Maeve in einem warnenden Ton, stand auf und ging zum Tisch, wo sich die Wespe gerade saubermachte. Sie hob die Flügel und putzte oder wusch sich Reste vom Lemon Curd von den Beinen. Maeve streckte die Hand aus, packte die Wespe rasch zwischen Zeigefinger und Daumen und drückte zu. Noch ehe sie zustechen konnte, war sie schon tot.

Claudia fing wieder an zu lachen. Mit einem entnervten Blick in ihre Richtung ließ Maeve die Wespenleiche aufs Tablett fallen.

»Er ist mit dem Geld, das Sie ihm gegeben haben, von hier fort«, konstatierte Wexford, »doch anstatt sich wieder zum Lagerplatz der Obstpflücker zu begeben, ist er nach nebenan gegangen, um sich zu waschen und andere Kleidung zu suchen. Wahrscheinlich ist Ihr Entzücken die typische Reaktion eines Erpressungsopfers, wenn es erfährt, dass die überzogenen Forderungen ein Ende haben.«

»Für einen Polizisten sprechen Sie ein höchst ungewöhnliches Englisch«, bemerkte Maeve.

Er ignorierte diesen Satz. Ihre fast klinische Vernichtung der Wespe hatte ihn verstört. War es zu sehr aus der Luft gegriffen, wenn er sich einbildete, dass eine derart skrupellose Täterin auch zu anderen, gefährlicheren Exekutionen fähig sein konnte? Vermutlich. Er stand auf. »Morgen Nachmittag werde ich Mr. Tredown im Hospiz besuchen«, sagte er. »Vielleicht teilen Sie es ihm mit, damit er nicht überrascht ist. Ich werde allein kommen.«

Er schätzte es, wenn er seine Abende daheim verbringen konnte, aber wenn der laufende Fall so wichtig war wie dieser, kam er nur selten dazu. Er betrachtete es als seine Pflicht, Selina und Vivien Hexham aufzusuchen, anstatt von ihnen zu erwarten, dass sie ein zweites Mal zu ihm kamen. Deshalb vereinbarte er für neunzehn Uhr einen Besuch in Selinas Haus. Hannah kam mit. Für dieses Treffen war sie die ideale Begleitung, auch wenn sie unter gewissen Umständen durchaus schwierig und kratzbürstig sein konnte. Tüchtigen jungen Frauen, die zu Gunsten von Unabhängigkeit und Karriere eine Ehe hinauszögerten oder ganz ablehnten, galt ihre ganze Sympathie.

Untertags hatte sie sich erneut mit Bridget Cook getroffen, diesmal auf einer Parkbank, einen halben Kilometer von Bridgets und Williams Wohnung entfernt. Hannah wollte nach Möglichkeit herausfinden, wo Miller zwischen seinem ersten abenteuerlichen Pflückaufenthalt in Flagford und seinem zweiten und letzten gelebt hatte.

»Wo hat er gewohnt, als Sie ihn kennenlernten?«

Das hatte Bridget gewusst. »In einem Wohnwagenpark vor Godalming.« Amüsiert bemerkte Hannah, dass Bridget den amerikanischen Ausdruck dafür verwendete anstatt den britischen Begriff »Campingplatz«. Mit Sicherheit kannte sie ihn aus dem Fernsehen. »Der Bus hat einem Kumpel gehört, der hat ihn ihm geliehen.«

»Sind Sie jemals dort gewesen?«

»Ein paar Mal. Wir hatten eine gewisse Beziehung dazu.« Hannahs Miene verriet Bridget, dass sie mehr wissen wollte, und so meinte sie: »Dort wohnt meine Mama. Sie ging ins Krankenhaus, um sich operieren zu lassen. Sie war hingefallen und musste sich ein künstliches Kniegelenk einsetzen lassen. Ich hatte bei ihr im Haus übernachtet und dabei Sam getroffen. In einem Pub. Danach ist er zu mir mitgekommen.«

»Gut. Dieser – äh Bus, in dem er gewohnt hat, hatte er dort einen Computer oder eine Schreibmaschine? Stifte, Papier und Sachen wie Lexika?«

Bridget starrte sie an. »So was hab ich nie gesehen. Ich meine, Stifte hatte er. Einen Kugelschreiber und einen Notizblock. Darauf hat er seine Gedichte geschrieben. Damals hat er auch für mich dieses Gedicht geschrieben.«

»Und wo hatte er vor seiner Zeit in Godalming gewohnt?«

»Er hat erzählt, er hätte so einen Bus gehabt.« Sie war nicht imstande, zwischen der Abkürzung für »Wohnbus« und einem Nutzfahrzeug zu unterscheiden und konnte lediglich in der Ferne auf den Straßenrand zeigen, wo ein roter Kleinbus der Königlichen Post parkte. »Wie der, nur größer. Damit ist er herumgefahren und hat gearbeitet, wo's was gab.«

»Hat er darin geschlafen?«

»Sicher. Warum nicht? Er hatte hinten eine Matratze liegen.«

Dass einige, wenn nicht sogar ziemlich viele Menschen so lebten, war für Hannah nichts Neues. Trotzdem musste sie jedes Mal, wenn sie so etwas wieder hörte oder mit eigenen Augen erlebte, an ihre Mutter und an Bals Akademikereltern denken. Ob diese drei konventionellen Vertreter der Mittelschicht jemals etwas von einem solchen

Lebensstil gehört hatten? Sie dagegen war höchstens über den Umstand erstaunt, dass dieser Mann nie im Gefängnis gesessen hatte und noch nicht einmal vorbestraft gewesen war. Und das wusste sie hundertprozentig.

All das stand in ihrem Protokoll. Trotzdem berichtete sie Wexford später im Auto davon, nachdem sie sich in Barnes Common getroffen hatten. »Ich habe mir gedacht, Sie möchten vielleicht mit ihr sprechen, und habe eine Telefonnummer und eine Adresse besorgt, wo man sie erreichen kann. Selbstverständlich nicht ihre Wohnadresse. Vielleicht liegt ja dieser schreckliche Williams auf der Lauer. Sie arbeitet drei Tage in der Woche als Putzfrau. Jeden Dienstag und Donnerstag kann ich sie erreichen.«

»Und wo steckt ihre Arbeitgeberin?«, fragte Wexford amüsiert.

»Es handelt sich um einen Mann, Guv. Sie werden es nicht glauben, aber er ist Kabinettsmitglied und sitzt ab neun Uhr morgens in seinem Ministerium.«

Offensichtlich hatte Selina Hexham nach ihnen Ausschau gehalten, denn sie öffnete schon, ehe Wexford und Hannah den Vorgarten durchquert hatten. Diesmal war Vivien nicht dabei. Selina hatte sich nach der Arbeit umgezogen und trug nun eine schwarze Tunika und eine Trainingshose und als einziges Schmuckstück außer dem Ring kleine goldene Ohrstecker. Sie setzten sich ins Wohnzimmer, das so viel gesehen hatte: Angst, bittere Erkenntnis und Schmerz. Hannah schien davon unberührt zu sein. Sie hatte alles auch nicht so unmittelbar miterlebt wie Wexford. Da sie seit einem kleinen Imbiss um elf Uhr vormittags nichts gegessen hatte, fiel sie über den angebotenen Milchkaffee und die Kekse her, während er seinen Kaffee schwarz trank und sich in Gedanken einen kurzen Ausflug zu einem Glas Rotwein gestattete.

»Selina, ich möchte gerne Ihre Meinung hören. Warum

hat Ihr Vater sein … sein Leben droben in seinem Arbeitszimmer vor Ihrer Mutter verheimlicht? Eigentlich ja vor Ihnen allen, aber besonders vor Ihrer Mutter. Angenommen, er hätte für Autoren recherchiert, wovon ich ausgehe. Warum hat er das verheimlicht, anstatt offen darüber zu reden?«

Sie wirkte verblüfft. »Meinen Sie Recherchen im Bereich der Biologie?«

»Er hat sich doch auch für verschiedene Mythologien interessiert, oder?«

»Ja, aber trotzdem glaube ich nicht, dass er auf diesem Gebiet ein Spezialwissen besaß. Er hat Mythen einfach gemocht. Macht es Ihnen etwas aus, wenn ich Sie nach dem Grund Ihrer Annahme frage?«

»Sie können mich fragen, was Sie wollen«, entgegnete Wexford. »Vielleicht halte ich es bei einigen Dingen momentan nicht für richtig, sie Ihnen zu erzählen, aber wenn es so wäre, würde ich es Ihnen mitteilen. Hinter meiner Frage steht eine Idee, aber momentan auch nicht mehr. Vielleicht hat ihr Vater, nachdem er sich von den Davidsons verabschiedet hatte, Owen Tredown einen Besuch abgestattet. Könnte er ihn bei den Arbeiten zu *Der erste Himmel* beraten haben?«

Selina runzelte leicht die Stirn. Trotz ihres jugendlichen Alters hatten sich zwischen ihren schwarzen Augenbrauen bereits zwei parallele Linien eingegraben. »Darüber habe ich mir intensiv den Kopf zerbrochen und bin zu einem ziemlich seltsamen Schluss gekommen. Hat er es vor Mama verheimlicht? Oder hat sie davon gewusst, und beide haben es vor *uns* geheim gehalten? Wir waren noch Kinder. Vielleicht glaubten sie, es würde uns nicht interessieren, womit sie vermutlich recht hatten.«

»Aber es ist doch eine durch und durch ehrenwerte Aufgabe gewesen, etwas Nützliches und Wertvolles.«

Sie stimmte ihm nur sehr zögernd zu. »Tja, vielleicht. Aber Vivien und mir wäre sie dröge erschienen, wir hätten diese Aufgabe für langweilig gehalten und hätten nicht verstanden, warum sie so wichtig war, dass wir ihn fast jeden Abend entbehren mussten. Ich meine, heute kann ich verstehen, dass Papa und Mama das zusätzliche Geld gut brauchen hätten können, aber damals nicht. Über Geld haben sie *nie* mit uns geredet. Zu mir hat Mama gesagt, nachdem er – also, nachdem er weg war, Kinder könnten schrecklich Angst bekommen, wenn sie glaubten, ihre Eltern wären knapp bei Kasse. In ihrer Fantasie wären sie dann heimatlos und müssten auf der Straße schlafen und Ähnliches. Dann habe ich mir wieder gedacht, Mama hätte nach Papas Verschwinden erwähnt, ob er solche Recherchearbeiten übernommen hatte. Und das – hat sie nicht getan.«

»Wir haben uns gefragt«, meinte Wexford, dem wieder einfiel, dass Burden auf diese Idee gekommen war, »wir haben uns ferner gefragt, ob Ihr Vater etwas in Angriff genommen hatte, das ihm im Fall eines Erfolgs jede Menge Prestige beschert, ihn aber lächerlich gemacht hätte, wenn er damit gescheitert wäre. Verzeihung, aber anders kann ich es nicht formulieren.«

»Ist schon in Ordnung. Das alles liegt bereits hinter mir. Trotzdem ... ich weiß es nicht, ich weiß es einfach nicht.«

Er nickte. »Gut.«

An seiner Stelle schaltete sich Hannah ein, die bisher geschwiegen hatte: »Würden Sie uns Ihren Ring leihen?«

Es kam keine begeisterte Antwort. Selina berührte den Ring und legte die Finger ihrer linken Hand darüber, dann zog sie ihn wortlos ab und reichte ihn Wexford mit einer hastigen Geste, wie es Menschen tun, wenn sie wissen, dass sie sich von etwas trennen müssen, was sie liebend gern behalten würden.

»Danke. Es wird ihm bestimmt nichts geschehen.«

Hannah stellte ihr eine Empfangsbestätigung aus, die Selina so seltsam musterte, als wäre dieses Stück Papier das Letzte, was sie zum Tausch für einen kostbaren Besitz erwartet hätte.

»Guv, wofür wollen Sie den Ring haben?«, fragte Hannah, als sie im Auto saßen, und Donaldson gerade Croydon passierte.

»Das weiß ich noch nicht so recht«, sagte er, was nicht ganz der Wahrheit entsprach. »Ist *das* Ihre Straße oder die nächste?«

»Diese.«

Sie stieg aus und lief die Haustreppe hinauf. Als Donaldson abfuhr, fiel Wexfords Blick auf ein Fenster ihrer Wohnung. Hinter den dünnen Vorhängen sah er die Umrisse von zwei Köpfen, Hannah und Bal. Er lehnte sich nach hinten gegen die Kopfstütze und dachte über die zwei Frauen nach, die sich Schwiegerweiber nannten. Sie hatten ihn nach Athelstan House eingeladen. Warum? Sie hatten ihm nichts erzählen wollen, was er nicht schon vorher gehört hatte, und wollten auch von ihm nichts erfahren. Dabei fiel ihm das Tablett mit den Keksen und dem offenen Topf mit Lemon Curd wieder ein. Ein unangenehmer Gedanke beschlich ihn. Wäre die Wespe, die sich daran gütlich getan hatte, auch gestorben, wenn Maeve sie nicht schon vorher zu Tode gequetscht hätte? Hatte sie deshalb das Insekt so schnell eingefangen und dabei sogar einen Stich riskiert?

Dieses Lemon Curd war für ihn gedacht gewesen, auch wenn es sich dabei um eine bizarre Erfrischung mitten am Vormittag handelte. War der Gedanke an Gift zu weit hergeholt? Natürlich. Wahrscheinlich war er übermüdet und erschöpft. Jetzt merkte er, wie er den Ring in seiner Tasche betastete. Er hätte gut und gern ein Talisman sein können, von denen es in der Fantasy-Literatur nur so wimmelte, ein magischer Ring, der ihn unsichtbar machen oder ihm seinen Herzenswunsch erfüllen konnte. Vielleicht sollte er sich etwas wünschen.

»Behüte Shamis Imran vor allem Leid«, murmelte er vor sich hin und fügte dann hinzu: »Was bin ich nur für ein Narr.«

24

Matea wirkte irgendwie matt und niedergeschlagen. Ganz junge Menschen haben etwas Strahlendes an sich, das ab Mitte zwanzig langsam verblasst. Jane Austen hatte es »Jugendblüte« genannt. Bei Matea war diese Blüte angewelkt, ihre Augen waren trüb, ihre Haare hingen in schlaffen Strähnen herunter. Sie war zwar wie immer höflich, aber die bedrückte Art, mit der sie Wexford und Burden bediente, ließ Wexford fragen: »Matea, wie geht's? Alles in Ordnung?«

Man hätte über den Tonfall, mit dem sie »Gut« antwortete, lachen können, wenn es nicht so traurig geklungen hätte. Sie kam mit ihrem Naan-Brot und einem Krug Wasser zurück, bei dem sie die Eiswürfel vergessen hatte.

»Ich frage mich, was in dieser Familie vor sich geht«, sagte Wexford. »Akande hat zwar das Sozialamt eingeschaltet, aber scheinbar gibt es nicht viel Handlungsspielraum. Nach Aussage von Mrs. Dirir ist Shamis am Tag nach ihrer Rückkehr ganz normal herumgerannt. Das hätte sie nicht tun können, wenn man sie erst vor Kurzem verstümmelt hätte.«

Burden zog eine Grimasse. »Scheußlich, nicht wahr? Da fragt man sich doch, wie sich Feministinnen, die selbst alle Frauen sind, noch auf irgendeinen anderen Aspekt weiblicher Unterdrückung konzentrieren können, solange die weibliche Genitalverstümmelung munter floriert. Warum zieht nicht die Hälfte der Menschheit in den Kampf?«

»Höre ich da wirklich meinen alten Freund Mike Burden reden?«

Burden verlor nicht die Fassung. Emotionen wie Erröten gehörten für ihn der Vergangenheit an. »Na ja, das sind Jennys Ideale, obwohl ich nicht behaupten kann, dass ich ihre Meinung nicht teile.«

Matea brachte Hähnchen-Tikka, und Wexford schenkte ihnen beiden Wasser ein. Die fehlenden Eiswürfel überging er. »Heute Nachmittag werde ich Tredown besuchen.«

»Ist das ein reiner Krankenbesuch, oder suchst du ein Gespräch?«

»Hoffentlich will er sich mit mir unterhalten.«

»Was? Eine Beichte auf dem Totenbett?«

»Möglich«, sagte Wexford. »Als ich ihn das letzte Mal gesehen habe, hatte ich das Gefühl, er würde außerhalb der Gegenwart der beiden Frauen vielleicht eine Menge sagen. Realistisch betrachtet, kann vermutlich nur er mir erzählen, wie er für seine Recherchen auf Hexham gestoßen ist. Durch eine Art Anzeige, oder durch Mundpropaganda? Wie oft war Hexham in Athelstan House gewesen, und wohin ist er danach an jenem speziellen Tag gegangen? Und wie? Mit einem Taxi zum Kingsmarkhamer Bahnhof? Zu Fuß? Sicher nicht. Es hat geschüttet wie aus Kübeln. Oder hat er diesen Ort nie lebend verlassen? Diese Dinge möchte ich wissen, oder besser gesagt, die Dinge, die ich wahrscheinlich herausfinden werde.«

»Weiß man, wie lange Tredown noch hat?«

»Bis ihn der Tod von seinen zwei Frauen scheidet?«

»Ja.«

»Meines Erachtens eher Wochen als Monate. Möchtest du Halva? Oder einen Joghurt? Mir gefällt an diesem Lokal, dass es seinen Namen wörtlich nimmt. Es begibt sich auf die Suche nach Indien und pickt auf dieser Reise viele Nationalgerichte auf.«

Ohne genau zu wissen, warum, hatte er sich für die Fahrt nach Pomfret für sein eigenes Auto entschieden, anstatt sich von Donaldson fahren zu lassen. Es hatte etwas mit der ehrfurchtgebietenden Aura dieses Ortes zu tun, mit seiner Funktion als Wartezimmer zum Tod, mit seinem zutiefst menschlichen, heiklen Zweck. Hier sollte keine Bürokratie Zutritt haben und die letzten friedlichen Tage stören, in denen es nur noch Palliativmedizin gab und alle Hoffnung dahin war.

Bei seinem ersten Besuch hatte er sich nur von außen einen Eindruck verschafft. Damals war ihm aufgefallen, dass es vor dem Gebäude keine Parkmöglichkeit gab. Er passierte die Einfahrt und fuhr am Teich mit den Enten, den Hostas und den Binsen vorbei, immer den gepflasterten Weg entlang, der seitlich um das Hospiz herum auf die Rückseite führte. Hier wies ein zweiter Pfeil auf den ziemlich weit weg liegenden Parkplatz, der durch Bäume und Büsche abgetrennt war, und auf dem bereits fünf Autos standen. Eines davon gehörte Maeve Tredown, der dunkelrote Volvo. Wexford merkte, wie er etwas mutlos wurde, ein Gefühl, in das sich die Verärgerung über seine sinnlose Fahrt hierher mischte. Er hatte ihr erzählt, dass er an diesem Tag zu Besuch kommen wollte. Hätte sie diesen Wink nicht verstehen können? Oder war es eher so, dass sie – und möglicherweise auch Claudia Ricardo – nur deshalb gekommen war, *weil* er kam? Leider stand der Wagen zu weit weg. Er konnte lediglich eine Gestalt erkennen und war sich nicht sicher, ob es tatsächlich Maeve war.

Gedankenversunken schlenderte er über den Zufahrtsweg auf einen Pfeil mit der Aufschrift »Empfang« zu. Als er die Schmalseite des Gebäudes erreicht hatte und sich zwischen dessen Ziegelmauer und einem hohen Maschendrahtzaun befand, hörte er, während er sich immer noch fragte, ob es sinnvoll sei zu bleiben, hinter sich ein rasch näher kommendes Auto. Es fuhr viel zu schnell für diese schmale Durchfahrt. Er sprang zur Seite. Noch während er das tat, drehte er sich um und starrte fassungslos auf das herannahende Fahrzeug. Doch dessen Fahrer beschleunigte, anstatt stehen zu bleiben. Wexford riss laut schreiend die Arme hoch, aber der Wagen steuerte kerzengerade auf ihn zu, nahm ihn auf die Kühlerhaube, geriet ins Schlingern und schrammte mit der Karosserie an der Wand entlang.

Das ganze Geschehen wirkte bizarr und irreal wie eine Filmszene. So etwas kannte er nur vom Hörensagen. Er geriet ins Rutschen, trat gegen die glatte Oberfläche und versuchte, sich an etwas festzuhalten, egal was es war. Vergeblich. Er schlitterte herunter, stieß wilde Laute aus, rief um Hilfe und knallte mit der rechten Hand, die er ausgestreckt hatte, um den Sturz abzumildern, aufs Pflaster und gegen den Zaun. Der Schmerz schoss ihm durch den Arm. Erst viel später fiel ihm ein, dass er im Handgelenk einen Knochen hatte brechen hören und sich deshalb bewusst gewesen war, dass er noch lebte. Der dunkelrote Volvo zögerte nur einen Moment, dann raste er mit jaulendem Motor unter einer Abgaswolke auf die Einfahrt zu und auf die Pomfret High Street hinaus.

Hannah hatte den Ring übergestreift, aber er war für den Ringfinger ihrer schlanken Hand zu groß und saß besser am Mittelfinger. Das kam ihr wie ein Omen vor. Den Diamantring, den ihr Bal zur Verlobung geschenkt hatte, sollte sie tragen, aber nie durch einen Trauring ersetzen. Sollten sie je Kinder haben wollen, könnte sie diese auch ohne eine Heirat bekommen. Sie war viel zu jung, um sich über so etwas wie Erbschaftssteuern den Kopf zu zerbrechen, und bis dahin würde man das entsprechende Gesetz sowieso geändert haben. Nein, sie würde nie heiraten, dachte sie, während Damon die Treppe zum Polizeirevier herunterkam und auf dem Fahrersitz Platz nahm.

»Sie hat eine Woche Urlaub, den sie bei ihrer Mutter verbringt«, erklärte Hannah. »Irgendwo in Godalming. Salterton Street. Weiß der Kuckuck, wo das liegt. Du wirst dich aufs Navi verlassen müssen.«

Als Fan moderner Technologien war Damon von dieser Möglichkeit begeistert. Die Stimme aus dem Navigationsgerät, die fast wie Hannah klang, dirigierte ihn genau in die entgegengesetzte Richtung, die er ohne dieses Gerät eingeschlagen hätte. Glücklich seufzte er. »Diese Frau … geistert da nicht irgendwo ein durchgeknallter Freund herum, der unter Verfolgungswahn leidet und sich einbildet, sie würde noch andere Typen kennen?«

»Du hast nichts zu befürchten«, meinte Hannah lachend. »Es geht nur um einen einzigen Typen. Und der befindet sich dort, wo ich herkomme.«

Das Häuschen in einer Nebenstraße von Godalming war leicht zu finden; allerdings waren sie nicht schneller hingekommen, als wenn es Damon ohne Hilfe versucht hätte. Darauf bestand er. Eine uralte Frau bat sie herein, ein kleines knochendürres Hutzelweiblein in einem kurzärmligen Pullover und in Leggings, die einer zierlichen Zwölfjährigen gepasst hätten. Man mochte nur schwer glauben, dass es sich bei ihr und der großen kräftigen Bridget Cook um Mutter und Tochter handelte.

»Wollen Sie wirklich, dass ich meinen Ring abziehe?« Beinahe wäre das Bridgets erster Satz gewesen.

»Miss Cook, wir möchten ihn nur mit diesem Ring vergleichen«, beschwichtigte Hannah und hielt ihr auf der flachen Hand den Ring hin, den Selina Hexham Wexford geliehen hatte.

»Ich weiß nicht, ob er runtergeht.«

Bridget plagte sich mit dem Ring ab, drehte und zog daran und brachte ihn doch nicht über das angeschwollene Gelenk.

»Lass mich mal versuchen, Schatz«, rief Mrs. Cook mit ihrer Piepsstimme. »Ich hab genau das Richtige. Wart mal 'ne Minute.«

Ein Töpfchen Vaseline tauchte auf, der Finger wurde dick eingecremt, und endlich kam der Ring ins Rutschen. Mit einem letzten Ruck zog ihn Mrs. Cook ihrer Tochter vom Finger, und dann lagen die zwei Ringe nebeneinander. Jeder trug ein ziseliertes Blattmuster, das an einen Lorbeerkranz erinnerte. Zur genaueren Prüfung hob Hannah jeden nacheinander gegen das Licht. Unterdessen brachte die stets zuvorkommende Mrs. Cook eine Lupe. *Für immer* stand auf der Innenseite von Bridgets Ring, und bei Selina Hexhams dasselbe, zwei identische Versprechen, zur selben Zeit graviert, in derselben Kursivschrift.

»Lass mal sehen.« Lily Cook fuchtelte mit ihrer Lupe herum. »Das hätte ich nicht mal mit meiner Brille sehen können. Also wirklich, das gibt's doch nicht. Bridge, wem gehört der andere?«

»Keine Ahnung«, sagte Bridget traurig. Es klang, als wäre einer ihrer Träume mit einem Schlag zerplatzt.

»Darf ich ihn ausborgen, Miss Cook?«

»Ich wusste, dass Sie das fragen würden.« Bridgets Stimme klang noch trauriger. »Ich muss ja, oder? Sagen Sie mir nur noch eines: Hat er ihn geklaut?«

In gewisser Weise schon, dachte Hannah und sagte: »Das kann ich Ihnen nicht sagen.« Doch dann stieg plötzlich eine ungewohnte Emotion in ihr auf – Mitgefühl für eine Geschlechtsgenossin. »Wichtig ist doch nur, dass er *Ihnen* den Ring geschenkt hat. Er wollte, dass Sie ihn tragen.«

Es war mühsam, auf zwei Beinen und einem Arm zu kriechen. Leichter ging es, wenn er den kaputten Arm am Ellbogen abknickte und ihn hin und her pendeln ließ, auch wenn es stärker wehtat. Er fürchtete sich vor dem Aufstehen. Vielleicht würde er dann feststellen müssen, dass er sich noch mehr gebrochen hatte als nur das Handgelenk. Trotzdem versuchte er es und schaffte es tatsächlich bis zur Hausmauer, wo er sich mit der linken Hand an ein Fallrohr klammerte. Sonst spürte er am Körper keine Schmerzen, nur ein starkes Brennen und ein zuckendes Wundgefühl. Morgen früh würde er nur noch aus blauen Flecken bestehen, aber er lebte – ohne größere Verletzungen. Das bildete er sich jedenfalls ein. Mit Sicherheit würde man ihn fragen, ob er bewusstlos geworden war. Er war sich nicht sicher. Warum wusste er es nicht? Im Rückblick auf die letzten zehn Minuten fehlten ihm offensichtlich einige. Es war, als hätte sich wie bei einem Kurzschlaf ein schwarzer Vorhang gesenkt. Nun ja, dann würde er ihnen eben das erzählen. Sein Telefon funktionierte noch. Noch während er die Zahlen eintippte, bog von der Straße ein ihm bekanntes Auto ein. Es gehörte Dr. Raymond Akande. Der Wagen hielt, noch ehe er bei ihm war. Dr. Akande sprang heraus.

»Jemand hat versucht, mich mit einem Auto zu überfahren«, sagte Wexford.

»*Versucht*?«

»Ohne Erfolg, wie du siehst. Es war eher umgekehrt, ich bin über das Auto spaziert. Ich wurde auf den Wagen geschleudert. Vermutlich habe ich mir das Handgelenk gebrochen. Schau, ich muss unbedingt telefonieren.«

»Nein, das musst du nicht. Ich werde dich persönlich ins Krankenhaus bringen.«

»Danke, aber hier geht es um etwas anderes.« Akande half ihm beim Einsteigen. Nachdem die stechenden Schmerzen abgeebbt waren, die mit jeder Bewegung einhergingen, meldete er sich bei Burden. »Ich möchte, dass du nach Athelstan House fährst und Maeve Tredown verhaftest. – Weshalb? Versuchter Mord. Sie hat versucht, *mich* zu ermorden.«

Also war seine Ahnung, dass sie versucht hatte, ihn zu vergiften, doch nicht nur reine Fantasie gewesen.

»Wenn sie darauf bestehen, musst du selbstverständlich über Nacht hier bleiben«, meinte Dora mit jener leicht tadelnden Stimme, die sie immer bekam, wenn er störrisch war. Sie saß neben dem Bett, das er verweigert und stattdessen den Stuhl neben ihr vorgezogen hatte. »Sie müssen noch Röntgenbilder und solche Sachen machen. Eine Computertomografie, hat der Doktor gemeint. Außerdem werden sie deinen Arm eingipsen.«

»Als sich Jenny Burden das Handgelenk gebrochen hat, wurde sie genagelt. Sie hatte keinen Gips. Warum kann man mich nicht nageln?«

»Sei nicht so kindisch, Reg. Übrigens, was hast du im Hospiz gemacht?«

»Tredown besucht. Besser gesagt, ich hab's versucht.«

»Ein Werk der leiblichen Barmherzigkeit, wie es bei den Katholiken heißt?« Sie wartete seine Antwort nicht ab. »Ich lese gerade *Der erste Himmel.* Sheila hat immer wieder gemeint, ich müsste es tun, und ich muss sagen, es ist keine Qual. Ich liebe dieses Buch.« Nach einigem Zögern meinte sie vorsichtig: »Würdest du mich für verrückt halten, wenn ich behaupte, dass er es nicht selbst geschrieben hat?«

»Das entspricht ganz und gar meiner Meinung«, entgegnete Wexford. »Hier, gib mir deine Hand. Zwei Köpfe, ein Gedanke – das sind wir. Wenn sie mich doch nur nach Hause lassen würden.«

Sie schüttelte den Kopf. »Lass dich ja nicht wieder überfahren, hörst du?« Bestürzt entdeckte er eine Träne in ihren Augen, auch wenn sie fröhlich rief: »Da kommt Mike. Du wirst sicher mit ihm sprechen wollen.«

»Geh nicht fort«, sagte Wexford, aber sie war schon halb durch die Station. Burden gab ihr einen Kuss auf die Wange, kam dann ans Bett und stellte sich vor ihn hin. »Was ist passiert?«

»Morgen früh ist der Termin beim Ermittlungsrichter«, berichtete Burden. »Selbstverständlich bestreitet sie es und behauptet, du wärst ihr einfach vors Auto spaziert – das heißt, gerannt. Gibt es Zeugen?«

»Natürlich nicht. Wenn jemand in der Nähe gewesen wäre, hätte sie es auf einen anderen Tag verschoben.«

»Sicher.«

»So wie ich meinen Besuch bei Tredown verschieben musste. Allerdings muss sie tierisch Angst vor mir haben, meinst du nicht auch? Hast du dir den Wagen angesehen?«

»Zu zweit. Ich habe Barry mitgenommen. Die Kühlerhaube ist verkratzt und an mehreren Stellen abgeschürft. Vermutlich waren das deine Absätze, als du versucht hast, Halt zu finden. Links und rechts ist alles total verkratzt. Die ganze Beifahrerseite ist eingedellt. Und weißt du was, Reg? Sie leugnet nicht einmal, dass sie dich angefahren hat. Sie behauptet nur, es sei nicht ihre Schuld gewesen. Außerdem behauptet sie dreist, sie sei keine besonders gute Fahrerin. Wir werden wohl kaum eine Chance haben, sie festzunageln.«

»Das glaube ich auch«, bestätigte Wexford, »aber das ist auch nicht allzu wichtig. In Bälde werden wir sie sowieso wieder vor Gericht haben, und dann geht es um eine wesentlich schwerwiegendere Anklage, für sie und für ihre Helfershelferin Ricardo.«

»Und damit werden wir sie festnageln?«

»Weiß der Himmel, Mike. Wir können es nur versuchen.«

25

Die beiden Ringe kullerten aus dem wieder verschließbaren Plastikbeutel in seinen Schoß, direkt auf den blaukarierten Hausmantel. Auf dem einen Namensschild stand »Cook«, auf dem anderen »Hexham«. Hannah reichte ihm eine Lupe. Offensichtlich traute sie ihm nicht zu, dass er ohne Sehhilfe etwas erkennen konnte.

»Ist Ihnen aufgefallen, dass die Ziselierung am Cook-Ring deutlichere Gebrauchsspuren aufweist als beim Hexham-Ring?«

Nein. »Woran liegt das Ihrer Meinung nach, Guv?«

Dora hatte ihn gestern als kindisch bezeichnet, und genau dieses Wort traf hundertprozentig darauf zu, dass er unsinnigerweise hoffte, keiner seiner Zimmerkollegen in der Frobisher-Station hätte die Anrede gehört, die sie ihm verpasst hatte. Tja, dachte er insgeheim, wir haben eben alle unsere kleinen Eitelkeiten und empfindlichen Stellen.

»Weil der eine Ring mehr getragen wurde als der andere. Miller hatte den Ring schon drei Jahre bevor, er ihn Bridget Cook geschenkt hat, und währenddessen hat ihn niemand getragen.«

Die Stationsschwester kam zu ihnen und meinte zu Hannah, sie müsse jetzt gehen, weil die Ärzte zur Visite kämen. »Außerdem rechne ich damit, dass man Sie nach Hause schicken wird, Mr. Wexford.«

»Guv, ich dachte, heutzutage würde man hier alle Leute nur mit dem Vornamen anreden«, flüsterte Hannah.

»Schätzungsweise reden sie, wie die meisten von uns, die Leute mit dem Namen an, den diese wünschen«, entgegnete Wexford.

Zu Hause fand er ein Empfangskomitee aus Töchtern und Enkelkindern vor. »Ich hab doch nicht an der Schwelle des

Todes gestanden«, klärte er seine Tochter, die Sozialarbeiterin, auf.

»Alle wollen unbedingt ihren Namen auf deinen Gipsarm schreiben«, meinte Sylvia. »Woran liegt es, dass die Briten immer Schlange stehen müssen?«

»Das lernen sie schon von frühester Kindheit an«, sagte Wexford, während er den beiden Jungs seinen Gipsarm hinstreckte. »Ich glaube nicht, dass du schreiben kannst«, sagte er zu Amy, »dazu bist du noch zu klein.«

»Ich kann, ich kann«, schrie sie und zeichnete mit rotem Filzstift einen kühnen Schnörkel. Anschließend erklärte er ihr, was für ein schlaues Mädchen sie sei.

Anoushka, die auf dem Arm ihrer Mutter saß, kritzelte tatsächlich etwas hin, aber Mary war wirklich zu klein und konnte nur krähen und lachen.

»Ich habe die Imrans besucht«, erzählte Sylvia, als sie mit ihm kurz allein war.

»*Du*?«

»Ich bin in der Kinder- und Jugendfürsorge tätig – schon vergessen?«

»Und was hast du herausgefunden?«

»Nicht viel«, sagte sie. »Shamis kommt nächsten Monat in die Schule. Sie ist ganz begeistert davon. Ich habe ihnen nicht den Grund meines Besuchs erklärt, und sie haben nicht danach gefragt. Vielleicht glauben sie, das alles gehöre zur Fürsorge und sei etwas, was wir für jede Familie tun, deren Kind kurz vor der Einschulung steht. Wäre schön, wenn wir dafür die Mittel hätten!«

»Teilst du ihnen mit, wann du kommst?«

»Die genaue Uhrzeit nicht, Papa. Ich sage ihnen zum Beispiel, ich käme montags oder dienstags vorbei. Ich kann ihnen nicht befehlen, meinetwegen zu Hause zu bleiben. Dazu habe ich keinen Anlass. Ich möchte dir nur noch eines berichten. Eigentlich ist es eine Nichtigkeit. Zurzeit wohnt jemand bei ihnen, eine Frau um die fünfzig. Mrs. Imran nennt sie »Tantchen«. Vermutlich handelt es sich um eine Verwandte.«

»Ist sie mit ihnen aus Somalia gekommen?«

»Ich denke schon.«

»Kannst du sie fragen?«

»Sie spricht kein Wort Englisch«, sagte Sylvia.

»Und den Imrans traust du nicht beim Dolmetschen?«

»Was glaubst du denn?«

Auch Karen Malahyde stattete den Imrans Freundschaftsbesuche ab, ohne ihnen immer die genaue Zeit mitzuteilen. Möglicherweise hielten sie auch das für einen Teil des Sozialdienstes.

Zwei Tage später als beabsichtigt betrat Wexford im Hospiz von Pomfret den Empfangsbereich und fragte nach Owen Tredown. Wie vorhergesagt, hatte er überall blaue Flecken, und sein ganzer Körper tat weh. Trotz der Stützschlinge fühlte sich sein eingegipster rechter Arm schwer und sperrig an. Im Sitzen ging es noch, solange er ein Kissen im Kreuz hatte, aber beim Laufen zuckte er fast bei jedem Schritt zusammen. Die Rückkehr ins Hospiz rief ein befremdliches Gefühl in ihm wach, und er bat Donaldson, ihn vor dem Eingang abzusetzen. Der Anblick der reichlich schmalen Durchfahrt – die Hauswand hatte dunkelrote Schrammen wie Blutflecken –, wo ihn Maeve Tredowns Auto eingeklemmt und auf die Kühlerhaube genommen hatte, machte ihm eines klar: Wenn sie einen Bruchteil langsamer gefahren wäre, hätte sie ihn ganz leicht überrollen können, statt ihn auf die Hörner zu nehmen. Hatte sie mit ihrer Tat verhindern wollen, dass er mit Tredown allein war? Oder hatte sie ihn gänzlich bei der Ermittlung ausschalten wollen?

Ein Autofahrer, der seinen Wagen als tödliche Waffe einsetzt, hat einen Vorteil: Das künftige Opfer glaubt bis zur allerletzten Minute nicht, dass ein Mitmensch es bewusst überfahren will. Er, der es eigentlich besser hätte wissen müssen, hatte es nicht geglaubt. Er hatte sie einfach für eine schlechte Fahrerin gehalten, denn damit hatte sie geprahlt.

Die Dame am Empfang wies ihm den Weg zum Lift und erklärte ihm, er würde Tredown im zweiten Stock finden, auf Zimmer vier. Erst als er den ersten Stock passiert hatte, kam er auf die Idee, dass Claudia Ricardo hier sein konnte. Tredown hatte um sein Kommen gebeten und eine Krankenschwester beschworen, Wexford anzurufen. »Er besteht darauf, dass Sie persönlich kommen«, hatte die Frau gesagt. »Ein Nein lässt er nicht gelten. Könnten Sie außerdem bitte allein kommen?« Doch davon würde sich Claudia nicht beeindrucken lassen. Hoffentlich waren die anderen Patienten auf der Station für ein ungestörtes Gespräch weit genug weg, oder man würde wenigstens die Vorhänge um Tredowns Bett zuziehen können.

Tredown lag in einem Privatzimmer am Gang zur Hauptstation. Die Tür war geschlossen. Er klopfte. Als er keine Antwort bekam, öffnete Wexford. Drinnen war es hell und luftig, aber total überhitzt. In einer blauen Glasvase standen weiße Dahlien, in einer anderen Vogelbeerzweige mit roten Früchten. Zimmer vier hatte nur einen Bewohner, und der saß, wie vor Kurzem auch Wexford im Krankenhaus, neben dem Bett in einem Stuhl, mit einer Decke über den Knien. Hier endete die Ähnlichkeit. Tredown schlief, sein Kopf war zur Seite geneigt. Als Wexford diesen Mann das letzte Mal gesehen hatte, war er zwar krank gewesen, aber jetzt, im fortgeschrittenen Krankheitsstadium, war er beinahe bis zur Unkenntlichkeit entstellt. Er schien keinen Fetzen Fleisch mehr am Leib zu haben, und die grüne Haut, die sich über dem scharfkantigen und doch fragilen

Knochengerüst spannte, erinnerte an ein Reptil. Tredown schlief mit geschlossenem Mund, sein Gesicht wirkte im Ruhezustand friedlich, und trotz einer auszehrenden Krankheit und langem Leiden, das ihn ausgemergelt und verfärbt hatte, sah er immer noch gut aus. So hätte der aus Olivin gemeißelte Kopf eines mittelalterlichen Asketen aussehen können.

Wexford riss sich aus diesen versponnenen Fantastereien und setzte sich in den zweiten Stuhl. In Ermangelung eines Sofakissens nahm er sich von einem Stapel ein Reservekissen und stopfte es sich in den Rücken. Schon besser. Er rief sich ins Gedächtnis, dass diesmal Tredown ihn um einen Besuch gebeten und nicht Wexford sich seinerseits angekündigt hatte. Trotzdem zögerte er, ihn aufzuwecken. Vielleicht würde ja eine Krankenschwester hereinkommen und es ihm abnehmen, aber bisher ließ sich noch niemand blicken. Still war es hier, nur ab und zu hörte man draußen auf dem Gang leise, gleichmäßige Schritte.

Zehn Minuten vergingen. Draußen hörte er ein Auto kommen. Im Gang flüsterten zwei Menschen miteinander. Von einer Dahlie fiel ein Blütenblatt ab und segelte zu Boden. Tredown schlief, sein Atem ging leicht, aber unregelmäßig, und ein paarmal stieß er einen leisen Laut aus, den Wexford eher unbewusst als Schmerzlaut interpretierte. Als er das nächste Mal Schritte hörte, öffnete er die Tür und erkundigte sich bei einem Mann im weißen Overall, ob es angebracht sei, Mr. Tredown zu wecken. Nach einem Blick auf seine Armbanduhr meinte der Mann, es sei jetzt sowieso Zeit zum Aufwachen, ging ins Zimmer und murmelte Tredown sachte und ganz leise etwas ins Ohr.

Tredown regte sich. »Es war so wunderbar, ich war ganz neidisch ... Nein, ich war neiderfüllt ...«, stieß er hervor.

Fragend blickte der Pfleger, der ihn aufgeweckt hatte,

Wexford an, der ihn seinerseits unverwandt ansah und leicht den Kopf schüttelte.

»Dann werde ich Sie mal allein lassen«, sagte er. »Er wird immer sehr müde.«

»Ich werde versuchen, ihn nicht zu erschöpfen.«

»Möchten Sie eine Tasse Tee? Ich bringe ihm jetzt eine.«

Wexford bedankte sich. Er beobachtete, wie der Mann im Stuhl die Augen aufschlug. Tredown war im Schlaf heruntergerutscht und versuchte jetzt mühsam, sich hochzuziehen.

»Tut mir leid, dass ich Ihnen gar nicht helfen kann«, sagte Wexford, wobei er den eingegipsten Arm hob und zu lächeln versuchte.

»Ich schaffe es schon.« Mühsam hievte sich Tredown höher auf den Stuhl hinauf. Es tat weh, ihm dabei zuzusehen, aber als er seinen Oberkörper ein paar Zentimeter höher aufgerichtet hatte, schien er zufrieden zu sein und seufzte. »Was habe ich eben gesprochen? Ich habe noch halb geschlafen.«

»Viel haben Sie nicht gesagt«, entgegnete Wexford, »nur dass etwas wunderbar wäre und Sie neidisch seien.«

»Ja.«

Eine geschlagene Minute herrschte Schweigen. Wexford las es an der Wanduhr ab und dachte, so verstreiche im Minutentakt unser ganzes Leben, aber dieser Mann müsse sich der Vergänglichkeit noch viel stärker bewusst sein als die meisten von uns. Noch eine kostbare Minute würde vergehen und noch eine und noch eine, bis wieder einer dieser letzten Tage vorbei wäre. *Herr, lehre doch mich, dass es ein Ende mit mir haben muss, und mein Leben ein Ziel hat, und ich davonmuss …*

Plötzlich sagte Tredown mit kräftiger Stimme: »Ich liege im Sterben. Es wird nicht mehr lange dauern.« Er blickte Wexford scharf an. »Bitte, sagen Sie jetzt nichts Aufmunterndes wie ›Die Hoffnung stirbt zuletzt‹.«

»Das hatte ich nicht vor.«

»Ich möchte Ihnen etwas sagen, ehe ich sterbe. Es bedrückt mich seit elf Jahren, und dennoch … weiß ich nicht, ob ich etwas falsch gemacht habe. Wenn ja, dann war es eine Unterlassungssünde. Ich habe Dinge unterlassen, die ich hätte tun sollen. Ich habe keine Fragen gestellt, als ich sie hätte stellen sollen. Ich habe es einfach hingenommen.«

Es klopfte an der Tür. Der Pfleger kam mit einer Kanne Tee, Milch und Zucker und zwei Tassen auf einem Tablett herein. Er schenkte ein und deutete Tredown an, dass ein Keks ihm guttun würde, aber Tredown schüttelte den Kopf.

Als der Mann gegangen war, sagte er: »›Das Leben ist lediglich ein Verfahren, um verspielte Welpen in räudige alte Hunde zu verwandeln, und der Mensch nichts weiter als ein Instrument, um aus rotem Shiraz Urin zu machen.‹«

Dieses Zitat kannte Wexford nicht. »Wer hat das gesagt?«

»Isak Dinesen. Vielleicht habe ich es nicht ganz korrekt zitiert, aber wenigstens dem Sinn nach. Vermutlich kommt es Ihnen ziemlich merkwürdig vor, dass meine Frau und ich mit meiner Exfrau gemeinsam im selben Haus leben.«

»Unkonventionell«, erwiderte Wexford, »aber keineswegs merkwürdig. Das kommt öfter vor, als Sie vielleicht denken, auch wenn es normalerweise ein Ehepaar und der Exmann der Frau sind. Alleinstehende Männer finden es mühsam, sich selbst zu versorgen.«

Tredowns Lachen glich einem gebrochenen Gackern. »›Denn das Lachen der Narren ist wie das Krachen der Dornen unter den Töpfen‹«, zitierte er. »Im Zitieren bin ich gut … Vielleicht ist es das Einzige, worin ich gut bin. Diesen Spruch habe ich in einem meiner Bibelromane verwendet. Ich habe sie gern geschrieben«, sagte er, »obwohl sie nie sonderlich erfolgreich waren. Dazu kamen sie ein Jahrhundert zu spät. Meine Verleger haben immer vorgeschlagen, ich sollte doch etwas anderes versuchen.«

»Was Sie auch getan haben«, warf Wexford ein, trank seinen Tee und nahm sich einen kalorienreichen gezuckerten Keks. In der folgenden Stille dachte er über das Essen nach: Was den einen Menschen krank machte, war für den anderen zwar nicht gesund, aber wenigstens lebensverlängernd. Tredown aß nichts, sondern sagte: »In gewisser Weise. Als das Manuskript kam – wissen Sie, es kam mit der Post –, habe ich das getan, was ich mit solchen Sachen immer getan habe. Ich habe die erste Seite gelesen und wollte dann noch das erste Kapitel lesen. Und das habe ich auch. Ich habe das erste Kapitel gelesen und das zweite und das dritte …«

»Sie konnten es nicht weglegen.«

»Sie haben es gelesen?«

»O ja. Meine Tochter spielt in dem Film mit.«

»Sie ist Sheila Wexford?«

Er nickte und sagte: »Fahren Sie fort.«

»Maeve hat es gelesen und dann Claudia. Wissen Sie, Maeve hat als meine Sekretärin fungiert. Sie hat meine sämtlichen Briefe geschrieben. Die Sache mit den E-Mails haben wir – äh, nie richtig kapiert. Beide haben das Manuskript gelesen und gemeint – äh, dass eben Potenzial darin stecken würde und der Autor eine echte Entdeckung sei und solche Sachen. Claudia meinte: ›Wirklich schade, Owen, dass du es nicht geschrieben hast.‹« Er trank einen Schluck Tee, verzog das Gesicht und stellte die Tasse wieder aufs Tablett. »Ich möchte ihnen deshalb keine Vorwürfe machen. Es war meine Schuld, einzig und allein meine Schuld – und trotzdem … Letzten Endes liefen unsere Diskussionen darauf hinaus, dass Maeve dem Autor schrieb und ihn fragte, ob er herkommen und mich besuchen könne, um sich mit mir über sein Manuskript zu unterhalten. Ihre exakten Formulierungen weiß ich nicht mehr genau; angeblich blockieren wir unerträgliche Erinnerungen – glauben Sie das?«

»Ich weiß es nicht«, sagte Wexford.

»Ich schon. Ich tue es ständig. Umso mehr, seit mir dieses Manuskript ... in die Hände gefallen ist.« Er stieß einen schweren Seufzer aus. »Das ist eine akkurate Beschreibung mit einem gewissen bedrohlichen Unterton. In die Hände fallen – klingt viel stärker als ›in die Hände bekommen‹. Finden Sie nicht auch? Nun ja, er hat zurückgeschrieben. Nächste Woche würde er in Sussex sein. Ob er dann kommen könne. Er kam. Er brachte ein Exemplar mit – das einzige, das er noch habe, hat er gemeint.« Tredowns Stimme verlor an Kraft und brach. »Ich habe ihm erzählt, was wir alle von dem Manuskript hielten, und habe gemeint, Teile davon müssten noch mal geschrieben und sorgfältig lektoriert werden. Er meinte, er würde noch daran arbeiten. Niemand wisse, dass er ein Buch geschrieben habe. Scheinbar bildete er sich ein, man würde ihn auslachen, wenn es bekannt würde, oder man würde ihm erklären, er solle doch etwas tun, was Geld einbrächte. Er habe es mir geschickt, weil er mich im Radio gehört hatte und für einen guten – Gott steh mir bei! – Schriftsteller hielt. Er habe schon zwei meiner Bücher gelesen.«

»Mr. Tredown, regen Sie sich nicht auf. Sie machen sich müde.«

»Und wenn schon, was wäre schon dabei?« Mit enormer Anstrengung zog sich Tredown hoch und beugte sich bedrohlich nach vorn. »Es wäre besser, wenn ich mich todmüde machen könnte. Entschuldigung, ich möchte nicht melodramatisch sein, aber das alles tut mir weh, sogar ungemein. Jedenfalls ist er dann gegangen. Ein Manuskript hat er mitgenommen, und ich – ich habe ihn nie wieder gesehen. Maeve hat mir gesagt, dass er fort sei, und zwei

Tage später hat sie von ihm einen Brief bekommen, worin stand, er habe sich entschieden, die Sache nicht weiter zu verfolgen. Das Schreiben sei für ihn am wichtigsten gewesen, eine Veröffentlichung interessiere ihn nicht.«

Wexford rutschte auf seinem Stuhl herum und versuchte, sich bequemer hinzusetzen. »Das haben Sie geglaubt?«

»Ich wollte es glauben, Mr. Wexford. Ich wollte es unbedingt glauben. Sehen Sie, ich dachte, wenn ich damit nach Belieben verfahren könnte, würde ich es selbst umschreiben – zwar die Story, die Figuren und die Quintessenz, also den Grundcharakter, beibehalten, aber alles noch verbessern. Ich dachte, ich könnte es verbessern und perfektionieren. Ich würde es zu *meinem* Buch machen.«

»Haben Sie den Brief gesehen, den er Mrs. Tredown geschrieben hat?«

»Ja. Er war getippt und unterschrieben.«

Wexford hätte nicht gedacht, dass Tredowns Gesicht noch blutleerer werden könnte, aber genau das war anscheinend passiert. Er legte den Kopf zur Seite, sackte zusammen und rutschte die Stuhlkissen hinunter.

»Stand unter dem Brief eigentlich Samuel Miller?«

Keine Antwort. Wexford stand auf und läutete. Der Pfleger kam herein, hob Tredowns Handgelenk und fühlte ihm den Puls, dann meinte er: »Sie gehen jetzt besser. Er ist sehr müde.«

»Bitte, kommen Sie morgen wieder«, flüsterte Tredown.

Der Anruf auf dem Revier wurde zu Karen Malahyde durchgestellt, aber die war nach einem Routinebesuch bei den Imrans schon gegangen, und Hannah nahm den Anruf entgegen. Vor zwei Stunden war sie von der Befragung zweier Hospizbesucher zurückgekommen, zweier möglicher Zeugen von Maeve Tredowns Mordversuch. Leider hatten sie nichts gesehen. Es war ein langer Tag gewesen, und sie hatte noch die Heimfahrt vor sich, zu ihrer Wohnung und zu Bal. Es war trüb und düster gewesen und um achtzehn Uhr schon stockfinster. Irgendwie ahnte sie, dass dieser Anruf sie aufhalten würde, und hatte nicht die geringste Lust, ihn entgegenzunehmen, aber Burden war schon weg, Wexford war noch nicht wieder von seinem Besuch bei Tredown zurück, und Barry Vine hatte seinen Jahresurlaub angetreten. Es meldete sich eine leicht zaghafte Stimme, die fließend Englisch sprach, allerdings mit einem starken Akzent.

»Mein Name ist Iman Dirir. Ich komme gerade von der Familie Imran. Ich glaube – nein, ich weiß, dass in ihrer Wohnung demnächst etwas passiert – noch heute Abend. Ja, heute Abend. Bitte, können Sie kommen?«

»Unsere Kinderschutzbeauftragte ist nicht da«, begann Hannah und meinte dann zögernd: »Selbstverständlich werde ich kommen, jetzt gleich – aber, warten Sie. Werde ich hineinkommen?«

»Ich werde da sein«, sagte Mrs. Dirir. »Sie vertrauen mir.« Es klang bitter. »Sie werden es nie wieder tun, aber – sei's drum.«

»Würden Sie mir einen Gefallen tun? Würden Sie diese Nummer anrufen und der Jugendfürsorgerin Bescheid geben? Sie heißt Sylvia Fairfax.«

Karen und Sylvia hatten zwei- bis dreimal wöchentlich in der Wohnung vorbeigeschaut. Außer einer offensichtlich glücklichen Familie, die eine somalische Verwandte in mittleren Jahren zu Gast hatte, hatten sie nichts entdeckt. Shamis hatte sich wie jedes normale europäische Kind verhalten: unbeschwert, verspielt und spitzbübisch. Wenn man sie beschnitten hätte, hätte sie nur mit von unten bis oben zusammengebundenen Beinen auf einem Stuhl sitzen können. Während Hannah mit eingeschaltetem Licht den Parkplatz des Polizeireviers verließ, rief sie sich den

Kommentar zum Leben einer Frau ins Gedächtnis, den ihr Sylvia erzählt hatte. Er stammte von einer Somalierin, die sie getroffen hatte. »Eine Frau erwartet dreifaches Leid: am Tag ihrer Beschneidung, in ihrer Hochzeitsnacht und an dem Tag, an dem sie gebiert.« Schon beim bloßen Gedanken daran schüttelte es sie.

Der Wohnblock war hell erleuchtet, aber als Hannah oben an der Treppe angelangt war und den Außenflur betrat, der zur Wohnung der Imrans führte, sah sie, dass dort alles dunkel war. Es sah aus, als wäre niemand daheim. Aus dem Schatten trat Sylvia Fairfax und begrüßte sie.

»Dr. Akande ist schon unterwegs«, berichtete sie. »Ich traue mich nicht zu klingeln, aber das müssen wir auch nicht. Um Punkt neunzehn Uhr wird Iman Dirir die Tür aufmachen.«

»Und Shamis?«

»Die Frau, die sie Tantchen nennen, ist eine Beschneiderin. Iman behauptet, sie habe deren Instrumente gesehen: eine Rasierklinge, ein Messer und einige Spezialscheren.«

Hannah biss sich auf die Lippe. »Man darf gar nicht daran denken. Trotzdem bleibt uns nichts anderes übrig.«

»Wir müssen es verhindern«, sagte Sylvia.

Sie standen vor der Wohnungstür. Von drinnen drang kein Laut heraus. In der Wohnung nebenan stand ein Fenster offen, Musik dröhnte heraus, mit wummernden regelmäßigen Bässen. Bamm, Bamm, Bamm. Ein Blick auf die Armbanduhr verriet Hannah, dass es zehn Minuten vor neunzehn Uhr war.

»Um Himmels willen, wird Iman zulassen, dass sie anfängt?« überlegte sie. »Ein grässlicher Gedanke, diese Frau und das Kind.«

»Keine Ahnung. Hoffentlich nicht, andernfalls... Da kommt Dr. Akande.«

Er kam den Gang entlanggerannt. »Dazu darf es auf keinen Fall kommen«, rief er keuchend. »Wir dürfen nicht zulassen, dass man dieses Kind beschneidet, solange wir es noch verhindern können. Selbst wenn es bedeutet, dass wir sie dann nicht auf frischer Tat ertappen können.«

»In dem Moment, wenn diese Frau zur Rasierklinge greift«, sagte Hannah, »wird Iman die Tür öffnen.«

»Dann ist es zu spät. Sie ahnen ja nicht, wie schnell eine erfahrene Beschneiderin diese ... diese Schandtat ausführen kann.«

»Sicher wird man Shamis doch irgendein Betäubungsmittel geben.«

»Das bezweifle ich. Sogar sehr«, sagte Akande, drückte dabei auf die Klingel und ließ den Finger liegen, sodass das Läuten deutlich die dröhnende Musik übertönte.

Die Tür flog auf. Iman Dirir rief laut und deutlich: »Kommt rein, alle, kommt rein. Hier herein!«

Akande voran, gefolgt von Sylvia. Im Flur war es dunkel. Nur in der Küche, am Ende des Flurs, brannte Licht. Es schimmerte am Türrand. Sie liefen darauf zu. In dem Glauben, die Tür sei versperrt, trat der Arzt mit dem Fuß dagegen, aber sie flog auf, und er wäre beinahe kopfüber ins Zimmer gestürzt. Die Frau in einem langen schwarzen Gewand, die sich mit einem offenen Rasiermesser in der ungeschützten Hand über das Kind gebeugt hatte, trat einen Schritt zurück. Damit gab sie für alle den Blick frei. Auf dem mit einem Handtuch bedeckten Küchentisch lag ein kleines Mädchen. Splitternackt. Reeta Imran, die Mutter des Kindes, stieß einen schockierten Laut aus und warf ein Bettlaken darüber. Später würde Hannah Wexford berichten, dass die Mutter mehr entsetzt gewesen war, weil ein Mann, wenn auch ein Arzt, ihr unbekleidetes kleines Mädchen gesehen hatte, als über das Ritual, das die Beschneiderin soeben hatte durchführen wollen.

Die von Kopf bis Fuß völlig zugedeckte Shamis fing an zu

schreien und schlug um sich. Sie kämpfte sich unter dem Laken hervor und warf sich in die Arme ihrer Mutter. Zum zweiten Mal packte Mrs. Imran das Laken und wickelte sie ein. Hannah trat zum Tisch, wo das restliche Werkzeug der Beschneiderin lag, und musterte es: ein Messer und eine Schere. Nichts, was man zum Sterilisieren hätte verwenden können, keinerlei Medikamente. Eine Rolle Nähgarn, ein Knäuel Gartenschnur. Vermutlich würde man die blutigen Wundsäume mit einem Stück Nähgarn zusammennähen und Shamis nach geschehener Tat mit einem Stück Schnur die Beine zusammenbinden. Die Beschneiderin war höchstens fünfzig, auch wenn sie mit ihrem braunen, fast zahnlosen Faltengesicht wie siebzig aussah. Völlig reglos starrte die Frau Hannah an, dann legte sie das Rasiermesser auf den Tisch und sagte zu Mrs. Imran etwas auf Somalisch.

Eigentlich sollte ich sie verhaften, dachte Hannah, oder Reeta, oder beide. Aber mit welcher Begründung? Sie haben nichts getan, und ich kann mir nicht wünschen, sie hätten ihre Tat bereits umgesetzt, nur damit ich sie verhaften könnte. Trotzdem kann ich sie nicht einfach hier bei dem Kind lassen. Hannah hatte nur einen Gedanken: Diese Frau war im Besitz einer Angriffswaffe gewesen. War es möglich, sie zu verhaften, weil Verdacht auf eine illegale Handlung bestand? Was dann geschah, geschah beinahe unbewusst und ohne Rücksicht auf die Konsequenzen. Hannah riss Shamis aus den Armen ihrer Mutter und zog das Laken weg. Es war blutig. Ein langes Blutgerinnsel lief quer über Shamis' linken Oberschenkel. Hier hatte das Rasiermesser sie oberflächlich gestreift. Sie waren gerade noch rechtzeitig gekommen.

»Sie müssen auf die gegen Sie erhobene Anklage nichts erwidern«, begann sie und sah rasch zu Sylvia hinüber, der Tränen übers Gesicht liefen.

26

Am Vormittag begab sich Wexford wieder ins Hospiz. Er fühlte sich, als sei er mit Glück um Haaresbreite davongekommen. Wenn er grünes Licht gegeben hätte und Amara Ali und Reeta Imran vor Gericht erscheinen hätten müssen, wäre das Verfahren eingestellt worden, und er hätte wegen Rassismus, Sexismus und voreiliger ungerechtfertigter Schlüsse nur Hohn und Spott geerntet. Anfänglich war er auf Hannah ziemlich wütend gewesen. So etwas wäre Karen nicht passiert, aber Karen war nicht dabei gewesen. Warum war Hannah nicht auf die Idee gekommen, dass die Frau einfach behaupten würde, Shamis habe nur deshalb auf dem Tisch gesessen, weil sie ihr nach der Haarwäsche die Nackenhaare ausrasieren wollten? Und die Blutspur? Als drei Leute plötzlich die Wohnung gestürmt hätten, wäre Amara Ali vor Schreck die Hand ausgerutscht. Mitten auf dem Heimweg hatte er gestern Abend am Telefon erfahren, dass die beiden Frauen in Untersuchungshaft saßen. Er hatte kehrtgemacht, war zurückgefahren und hatte beide fast kommentarlos gehen lassen.

Während er nun darauf wartete, dass man ihn zu Tredown ins Zimmer ließ, fielen ihm Dinge ein, die er bisher noch gar nicht bedacht hatte. Naiverweise hatte er angenommen, die Verstümmelung von Mädchen verhindern zu können. Vielleicht konnte er das ja auch, allerdings erst, nachdem einige bereits verstümmelt worden waren. Eine Anklage hatte nur dann Aussicht auf Erfolg, wenn man eine Beschneiderin auf frischer Tat ertappte, oder wenn die Tat erst vor Kurzem geschehen war und man der armen verstümmelten Kleinen die Beine zusammengebunden hatte. Später würde er sich mit dem entsprechenden Gesetz befassen und prüfen, ob es eine Klausel für eine Anklage wegen beabsichtigter Verstümmelung enthielt, obwohl er schon jetzt, ohne auch nur einen Schritt unternommen zu haben, sämtliche Probleme und Fallen vor sich sah, die dieses Unterfangen nach sich ziehen würde.

Tredown hatte geduscht und war rasiert worden. Diesmal saß er im Bett. Man hatte ihm am Handrücken einen Tropf gelegt. In diesem Stadium sicher eine sinnlose Maßnahme. Aber halt, vielleicht tropften Schmerzmittel durch den Schlauch, um seine letzten Tage erträglicher zu machen. Heute war Tredown noch grüner und blasser im Gesicht, und sein trauriges Lächeln ließ den Schädelknochen unter der Haut noch markanter hervortreten. Diesmal bemerkte er Wexfords eingegipsten Arm und sprach ihn darauf an.

Demnach hatte ihm niemand etwas erzählt. Eines wollte Wexford ihm unter keinen Umständen berichten: dass seine Frau wegen versuchten Mordes angeklagt war. »Ein Sturz«, meinte er. »Ist nur ein einfacher Bruch.«

Tredown gab sich damit zufrieden. »Ich hatte Ihnen von diesem Brief erzählt«, begann er. »Darin stand, wie gesagt, ich könne das Manuskript haben und damit nach Belieben verfahren. Ich habe ihn dahingehend ausgelegt, dass ich es mir … nun ja, aneignen könnte.«

»Aber er hatte doch das Exemplar wieder mitgenommen, oder? Warum hätte er das getan, wenn er es Ihnen hätte überlassen wollen?«

»Er hat es mitgenommen, als er mein … als er den Raum, in dem ich arbeite, verließ. Dort hatten wir uns unterhalten. Am selben Abend hat meine Frau es mir gebracht. Er hatte es ihr gegeben, bevor er gegangen war.«

»Mr. Tredown, meinen Sie damit, dass er es ihr gegeben hat oder dass sie gesagt hat, er hätte es ihr gegeben?«

Tredown runzelte die Stirn. »Das ist dasselbe.«

»Nicht immer«, konstatierte Wexford.

»Ich höre, was Sie damit sagen wollen. Ja, und jetzt werde ich Ihnen etwas verraten: Ich hatte Zweifel, ach, mehr als das, mehr als das.« Der gequälte Unterton in seiner Stimme kam von mentalen Schmerzen, nicht von körperlichen. »Ich habe ihm geschrieben – das heißt, ich habe Maeve beauftragt, ihm zu schreiben. Ich wollte ihm sagen, dass dieses Geschenk zu gewaltig sei, und wollte noch einmal betonen, wie gut das Buch sei, und dass es höchstwahrscheinlich einen Verleger finden und vielleicht viel Geld einbringen würde.«

»Haben Sie ihn nie wieder gesehen?«

»Nicht im richtigen Leben.« Diese Worte und die Art, wie sie gesprochen wurden, riefen in Wexford das unangenehme Gefühl hervor, jemand oder etwas würde sie beobachten. Tredown zitterte. »War alles nur Einbildung«, sagte er. »Abends, wenn ich droben allein war, wenn es schwer geregnet hatte … Aber das ist sinnlos. So darf ich nicht weitermachen.«

Nein, wirklich nicht, dachte Wexford, *sonst fange ich noch an zu glauben, Sie seien nicht ganz bei Verstand.* »Also haben Sie sich darangemacht, das Manuskript zu bearbeiten?«

Tredown nickte. »Ja, habe ich. Ich habe es eingekürzt. Ich habe einige Szenen stärker gewichtet und andere weniger. Ich habe eine Menge wissenschaftlicher Angaben über prähistorische Lebewesen und Frühmenschen gestrichen. Es enthielt Episoden, die meiner Ansicht nach nicht mit Homer und Ovid übereinstimmten, ich … Aber warum soll ich das weiter aufzählen? Ich habe es mir angeeignet, wie es so schön heißt. Maeve war begeistert, und Claudia ebenfalls. Maeve hat stundenlang für mich getippt – ich kann nicht gut mit der Schreibmaschine umgehen. Sie hat meine handschriftliche Fassung und meine Korrekturen im Originalmanuskript übertragen.«

Wexford bemühte sich sehr, damit es nicht klang, als würde er vorschnell ein Urteil fällen. Dieser Mann stand an der Schwelle des Todes. Er war nur noch ein Schatten seines früheren Selbst und hatte sicher trotz der Infusion Schmerzen. Wexford war zwar über das Gehörte nicht direkt geschockt, aber doch erstaunt, denn in seinen Augen handelte es sich allemal um Niedertracht. Unter dem Druck von Ehefrau und Exfrau war Tredown so auf Geld und Ruhm erpicht gewesen, dass es ihm egal gewesen war, ob der Ruhm, den er einheimste, seinem eigenen oder einem gestohlenen Werk galt. »Ruhm spornt den reinen Geist zu Höhen an …« Allerdings zog die Aussicht darauf nicht nur die reinen Geister an, sondern manchmal auch Gierige und Diebe. Denn Tredown hatte selbstverständlich gewusst, dass hier Diebstahl im Spiel gewesen war und vielleicht noch Schlimmeres, was ihn aber nicht davon abgehalten hatte, *Der erste Himmel* zu seinem eigenen Werk zu machen.

Wexford hörte, wie kalt und vernichtend er selbst klang: »Haben Sie sich nicht gewundert, dass Sie nie mehr etwas von ihm gehört haben?«

»Laut Meave hat er behauptet, er hätte mit alldem abgeschlossen. Vielleicht würde er das Buch nach Erscheinen lesen, aber er hätte nicht den Wunsch zu erleben, dass es als sein Werk gefeiert wird.«

»Vielleicht können wir Samuel Miller momentan einmal vergessen und uns über den Mann unterhalten, den Sie für Ihre Recherchen gefunden hatten. Ich nehme an, es war seine Aufgabe, sich mit den Stellen zu beschäftigen, die nicht mit Homer und Ovid übereinstimmten, und mit den prähistorischen Details.«

Wieder runzelte Tredown die Stirn. »Was meinen Sie damit? Ich habe selbst recherchiert, und einen Samuel Miller kenne ich nicht. Ich glaube, wir reden hier aneinander vorbei.«

»Das glaube ich auch.« Wexford stand auf. Er war ganz steif, alles tat ihm weh. Er stolperte, bekam mit der linken Hand die Rückenlehne des Stuhls zu fassen und meinte: »Danke für Ihre Hilfe. Ich möchte Ihre Zeit nicht länger in Anspruch nehmen.«

Wieder lächelte der Totenschädel. »Nein, auch wenn nicht mehr sonderlich viel davon übrig ist.«

»In dem Moment fügte sich alles zusammen«, sagte Wexford. Er hatte seine Entdeckungen bereits dem stellvertretenden Polizeichef berichtet und unterhielt sich nun in seinem Büro mit Burden. Hannah und Barry waren auch schon unterwegs zu ihnen. »Wie in den meisten Fällen wundert man sich, wie man die Dinge je anders sehen konnte, sobald die Wahrheit sichtbar wird.«

»Hätten wir es ohne den Vergleich der Ringe je gewusst?«, wandte Burden ein.

»Vielleicht nicht.«

Als Hannah den Raum betrat, begab sich Wexford hinter seinen Schreibtisch. Zum ersten Mal sah sie den Gipsarm in der Schlinge. »Bitte, Guv, darf ich etwas auf Ihren Gips schreiben?«

»Leider nein, der ist ausschließlich für Personen unter zwölf Jahren reserviert.«

Vermutlich hätte sie einen Satz wie »Gute Genesung, Guv« geschrieben. Und dieses »Guv« hätte er dann die nächsten fünf Wochen mit sich herumschleppen müssen. Er sah zu, wie sie sich neben Burden niederließ. Der letzte Stuhl blieb für Barry frei. »Ich fange ganz von vorn an«, sagte er und fügte hinzu, als Barry hereinhuschte: »Nett, dass Sie uns beehren, würde ich sagen, wenn ich nicht wüsste, wo Sie gewesen sind.«

»Claudia Ricardo sitzt mit Lyn im Vernehmungszimmer eins. Ich habe sie wegen Alan Hexham verhört, und sie hat gemeint: ›Machen Sie sich nicht lächerlich. Ich habe nie Hand an ihn gelegt.‹«

»Wenn einer nur dann wegen Mordes verurteilt würde, weil er Hand an jemanden gelegt hat«, sagte Wexford, »dann hätten wir deutlich mehr Platz in unseren Gefängnissen. Dann wären nicht achtzigtausend eingebuchtet.« Er seufzte unhörbar. »Nun zurück zum Anfang. Alles beginnt natürlich mit Alan Hexham, der mit seiner Frau und den beiden kleinen Töchtern in diesem Haus in Barnes gelebt hat. Denn als er anfing, jenen Roman zu schreiben, den wir unter *Der erste Himmel* kennen, sind sie noch klein gewesen. Er schrieb ihn heimlich in jenem Kämmerchen, das jedes Haushaltsmitglied gezwungenermaßen als Vaters absolute Privatsphäre betrachtet hat.«

»Guv, warum hat er das heimlich gemacht?«

»Manche Menschen sind von Natur aus Geheimniskrämer. Dafür gibt es genug Beweise. Heimlichkeiten geben ihnen eine gewisse Befriedigung. Betrachten wir es doch mal von der eher praktischen Seite aus: Wenn niemand Bescheid weiß, unterbleiben auch gewisse Fragen, die vielleicht das Projekt stark gefährden. Außerdem, denke ich, befürchtet man stets latent, man könnte verspottet oder sogar ausgelacht werden. Vielleicht wird man gefragt, was da eigentlich hinter verschlossenen Türen vor sich gehe. So aber kann man sich darauf hinausreden, man korrigiere Hausaufgaben, fülle Formulare aus und bereite sich auf den Unterricht vor. Meiner Ansicht nach hat Hexham in dieser Richtung nicht viel unternommen. Er wollte den Anschein erwecken, er würde für Autoren recherchieren und sie beraten. Trotzdem muss sich doch seine Frau gewundert haben, als er dabei nichts verdient hat. Vielleicht hat er ihr erzählt, er habe es versucht und sei gescheitert.«

»Was meinst du mit ›das Projekt stark gefährden‹?«, wollte Burden wissen.

»Manche Schriftsteller blühen förmlich auf, wenn sie nahestehenden Menschen haarklein von ihrer Arbeit berichten können. Sie lesen ihnen die neuesten Kapitel vor und diskutieren darüber bis ins kleinste Detail. Bei anderen dagegen geht der ganze kreative Prozess flöten, sobald der Text... das Tageslicht erblickt. Mir hat einmal eine Schriftstellerin erzählt, sie habe von einem Roman bereits zehn Kapitel geschrieben gehabt, als ihr Freund den Text fand und las. Er war begeistert und liebte jedes Wort und konnte ganze Passagen daraus zitieren, und trotzdem war für sie alles ruiniert. Sie musste den Roman vergessen und ganz von vorn beginnen.«

»Vermutlich hat sie den Freund auch vergessen«, bemerkte Hannah.

»Ich denke schon. Jedenfalls scheint auch Hexham diese Einstellung geteilt zu haben, die sich aus drei Quellen speist: Erstens Hemmungen, zweitens Angst, sich lächerlich zu machen, und drittens Furcht davor, dass der Leser mit großen Hoffnungen einsteigt und dann enttäuscht ist. Anscheinend führte Hexham eine glückliche Ehe. Trotzdem wissen wir nicht genau – seine Töchter wissen es definitiv nicht –, wie die Beziehung zwischen den beiden war, sobald sie allein gewesen sind. Vielleicht hätte Diana Hexham kein Verständnis für sein Projekt gezeigt. Finanziell ist es ihnen nie gut gegangen, und sie hat erst nach seinem Verschwinden wieder gearbeitet. Dass er gelegentlich Nachhilfe gegeben hat, wissen wir. Wenn sie die Sache mit dem *Ersten Himmel* gewusst hätte, hätte sie sich vielleicht gefragt, warum er seine Abende mit dem Schreiben eines Romans verplemperte, der vielleicht nie erscheinen würde, anstatt mehr Nachhilfe für Abiturienten zu erteilen. Die Antwort auf diese Fragen kennen wir nicht. Jedenfalls hat er die Sache geheim gehalten. Bis zur letzten Zeile, und sogar noch darüber hinaus, wusste außer ihm niemand davon.«

»Schade, dass er sich Owen Tredown als Empfänger des Manuskripts ausgesucht hat«, warf Burden ein. »Warum? Warum hat er sich für Tredown entschieden?«

»Das werden wir nie wissen. Tredown behauptet, Hexham hätte ihn im Radio gehört. Das kann wahr sein oder auch nicht. Möglicherweise haben ihm Tredowns Bücher einfach gefallen – immerhin hatte er zwei davon zu Hause –, oder er hat vielleicht einen Zeitungsartikel über Tredown gelesen, in dem stand, dass er im Gegensatz zu anderen Autoren die ihm zugesandten Manuskripte liest. Jedenfalls hat er es ihm geschickt. Es wäre klüger von ihm und sicherer für ihn gewesen, wenn er es ins Feuer geworfen hätte.«

»In die Recyclingtonne, Guv«, korrigierte Hannah tadelnd.

»Oder, wie Sie sagen, Hannah, in die Recyclingtonne.« Mit wenigen Worten hatte sie Jahrhunderte ausradiert, in denen das Verbrennen von Papier die einzige Möglichkeit gewesen war, um es zu vernichten. War sie sich bewusst, dass es ein Leben vor den modernen Maßnahmen zur Rettung des Planeten gegeben hat? Beinahe hätte er gelacht. »Tredown hat es gelesen und war begeistert. Er sei neidisch gewesen, hat er mir erzählt. Er war eifersüchtig auf jemanden, der so etwas schreiben konnte. Trotzdem glaube ich nicht, dass er zu dem Zeitpunkt bereits an Plagiat dachte oder daran, sich ein fremdes Werk einzuverleiben. Er hat Hexham geschrieben, das Buch gelobt und ihn um seinen Besuch gebeten. Besser gesagt, seine Frau hat für ihn geschrieben. Offensichtlich hat sie seine sämtlichen Schreibarbeiten erledigt. Was genau in diesem Brief – oder auch in den folgenden – stand, wissen wir noch nicht. Vielleicht werden wir das auch nie.«

»Ende Mai bekam Hexham den Brief«, fuhr Wexford in seiner Rekonstruktion fort. »Damals hätte er es seiner Frau erzählen können, aber das hat er nicht getan. Ich stelle mir vor, er wollte abwarten, um sie mit vollendeten Tatsachen zu überraschen. Dann starb sein alter Freund Maurice Davidson, und die Beerdigung wurde auf den 15. Juni festgesetzt. Zufälligerweise war das drei Tage nachdem man John Grimble die Baugenehmigung für mehrere Häuser auf dem Grundstück seines verstorbenen Vaters verweigert hatte. Man hatte den Graben für den Hauptkanal bereits ausgehoben, und jetzt blieb nichts anderes übrig, als ihn wieder zu verfüllen. Hexham schrieb, er würde am 15. in Sussex sein und gegen fünfzehn Uhr Tredown besuchen können.«

Hier unterbrach ihn Barry Vine mit der Frage: »Sir, warum hat man das alles nicht telefonisch erledigt?«

»Die Sache sollte vermutlich weiter geheim bleiben. Vielleicht hätte Diana Hexham den Anruf entgegengenommen. Außerdem hätte dann Tredown direkt mit Hexham geredet, ohne dass Maeve das Gespräch hätte kontrollieren können. Und dann müssen Sie immer bedenken, dass man vor elf Jahren noch viel mehr Briefe geschrieben hat als heutzutage, im Zeitalter der E-Mails. Aber sei's drum, jedenfalls teilte man Hexham in dem Brief mit, den selbstverständlich Maeve geschrieben hatte, es gehe in Ordnung, und bat ihn, das andere Manuskriptexemplar mitzubringen. Sie hatte sich offensichtlich danach erkundigt und dabei erfahren, dass er nur zwei Exemplare besaß. Bedenken Sie, dass das Manuskript auf einer altmodischen elektrischen Schreibmaschine entstanden ist. Damit war die Anzahl von Kopien von vornherein beschränkt, es sei denn, Hexham hätte einen Fotokopierer besessen, was definitiv nicht der Fall war.«

»Guv, hätte Hexham denn nicht gefragt, wozu sie eine Kopie benötigten?«

»Wahrscheinlich, aber auch darauf gibt es Antworten. Zum Beispiel, damit Tredown das Manuskript an zwei

Verleger oder einen Agenten und einen Verleger schicken könne. Hexham ging jedenfalls darauf ein und brachte das zweite Manuskript in seiner Aktentasche mit, nachdem er es zuerst bei der Beerdigung und danach im Haus der Davidsons mit sich herumgetragen hatte. Später ist er von dort weggegangen und hat den Zug um 14.20 Uhr nach Kingsmarkham erreicht. Es hat wie aus Kübeln geschüttet. Da innerhalb der nächsten Stunde kein Bus ging, nahm er ein Taxi, das ihn kurz vor fünfzehn Uhr vor Athelstan House abgesetzt hat.«

Burden war schon länger unruhig herumgerutscht. Jetzt nutzte er die Gelegenheit und schaltete sich ein: »Während dieses ganzen Briefwechsels haben Tredown und seine Frau – vermutlich auch Claudia – sicher intensiv darüber diskutiert, wie man bei Hexham taktisch vorgehen würde. Ich vermute, an einem gewissen Punkt hat Tredown sich selbst und vielleicht auch beiden Damen eingestanden, dass er das Buch als sein eigenes verkaufen wollte.«

»Das ist einer der Punkte, die wir noch herausfinden müssen«, konstatierte Wexford. »Falls wir dazu in der Lage sind. Wir haben ein Problem: Zwei Hauptzeugen sind tot, und ein dritter wird es bald sein. Jedenfalls haben sie ihre Entscheidung getroffen. Hexham ermorden wollten sie damals meiner Ansicht nach nicht – noch nicht. Zu dem Zeitpunkt hatten sie nur einen Plan entwickelt, dass sie versuchen wollten, ihm das Manuskript abzukaufen und ihn dazu zu bringen, sämtliche Rechte daran abzutreten.«

»Dann hätte es für sie nie Sicherheit gegeben, Sir. Was hätte Hexham nach Erscheinen des Buchs daran hindern sollen, einer Zeitung zu erzählen, Tredown habe es ihm gestohlen?«

»Wahrscheinlich nichts, Barry. Nichts hätte Hexham daran hindern können, aber welche Beweise hätte er gehabt? Beide Exemplare wären weg gewesen, und von seiner

Familie hätte niemand gewusst, dass er etwas geschrieben hatte. Jedenfalls lief der Plan ins Leere. Hexham kam und unterhielt sich offensichtlich mit Tredown unter vier Augen – anfangs. Den Inhalt des Gesprächs kennen wir nicht und werden wir vermutlich nie kennen. Anscheinend hat Hexham das zweite Manuskript mitgenommen, nachdem er alles erfahren hatte, was er wissen wollte: dass er ein gutes Buch geschrieben hatte, das höchstwahrscheinlich einen Verleger finden würde. Wahrscheinlich dachte er sich, den Rest könne er selbst erledigen.

Maeve und Claudia haben ihn anscheinend noch zum Tee eingeladen und ihm angesichts des anhaltenden Regens eine Fahrt nach Kingsmarkham versprochen. Diesmal nicht mit einem Taxi, sondern in Tredowns eigenem Wagen, im selben Fahrzeug, das Maeve als tödliche Waffe gegen mich eingesetzt hat.«

»Hat man damit auch Hexham umgebracht?«, wollte Barry wissen.

»Auf diese Antwort müssen Sie noch eine Weile warten. Wie hieß es so schön, als in den Zeitungen noch Romane abgedruckt wurden? Fortsetzung folgt. Inspector Burden und ich haben ein Rendezvous mit Miss Ricardo im Verhörzimmer eins.«

27

»Ich habe nie Hand an ihn gelegt«, wiederholte Claudia Riccardo. »Ein seltsamer Ausdruck, nicht wahr? Als könnte man durch bloßes Berühren jemanden töten.« Sie lachte perlend. »Wäre nicht schlecht, oder? Wie in den Filmen über Aliens, wo aus der Stirn ein Strahl herausschießt. Damit bekäme ›*Noli me tangere*‹ eine realistische Bedeutung.«

Ihre Anwältin Priscilla Daventry verzog keine Miene. Ein solches Verhalten erwartete man von Mandanten nicht. Mandanten sollten unverschämt, aufsässig, ausfallend oder ängstlich sein, sollten Beistand oder Trost benötigen und ansonsten schweigen, auch wenn das selten vorkam, aber nicht fröhlich vor sich hin philosophieren wie diese Frau.

»Wer hat Mr. Hexham nach Kingsmarkham zum Bahnhof gefahren?«, wollte Wexford von ihr wissen.

»Maeve konnte damals nicht Auto fahren. Sie ist sogar jetzt noch eine schreckliche Fahrerin«, kicherte Claudia. »Ich selbst kann gar nicht Auto fahren, könnte es aber immer noch besser als sie, falls Sie verstehen, was ich meine. Und das tun Sie natürlich! Das hatte ich ja ganz vergessen. Sie hat Ihren Arm auf dem Gewissen, stimmt's? Arme Maeve, man sollte sie nicht hinters Steuer lassen.«

»Miss Ricardo, würden Sie einfach nur die Frage beantworten?«

»Ich war nicht dabei. Ich bin zu Owen hinauf.«

»Bitte, beantworten Sie die Frage.«

»Meine Mandantin hat die Frage beantwortet«, wandte Priscilla Daventry ein. »Sie hat gesagt, sie sei nicht dabei gewesen.«

»Erzählen Sie von Ihrer Beziehung zu Samuel Miller.«

»Von meiner Liebesaffäre, meinen Sie vermutlich. Was für ein schrecklicher Ausdruck – ›Beziehung‹. Ich meine, in gewisser Weise habe ich sogar zu Ihnen eine Beziehung, obwohl es mir anders lieber wäre. Ich habe eine Beziehung zu Miss Daventry, und ganz gewiss eine zu Maeve, obwohl ich beide nicht ficke. Und das haben Sie doch mit diesem Wort gemeint, oder?«

Wexford konnte sich gerade noch ein Kopfschütteln verkneifen. Er warf Burden einen Blick zu, und dieser sagte: »Hatten Sie mit Samuel Miller eine sexuelle Beziehung?«

»Tja, 1995 schon. Als er bei uns gegärtnert hat. Manchmal sogar *im* Garten. Wie ich sehe, schockiert Sie das. Polizisten sind wirklich prüde Knochen.«

Mit kaum etwas kann man einen Menschen mehr irritieren, als wenn man ihm erklärt, er sei schockiert, obwohl er es gar nicht ist. Über dieses Phänomen dachte Burden nach, ohne in die Falle zu tappen. »Und als er drei Jahre später wiederkam?«

»Damals nicht«, sagte sie. »Er hatte sich mit dieser Frau eingelassen, mit dieser Bridget, und ich – na ja, ich hatte mich neu orientiert. So sagt man doch heutzutage, oder?« Lächelnd sah sie zuerst Wexford, dann Burden an und schloss schließlich auch Priscilla Daventry strahlend mit ein. »Mehr werde ich nicht sagen. Von nun an herrscht Schweigen. Es ist sinnlos, mich zu fragen, weil ich stumm bleiben werde.«

Und das tat sie auch. Er versuchte, ihr Antworten zu entlocken, aber sie blieb stumm. Lächelnd saß sie da und betrachtete ihre langen unlackierten Fingernägel, die an Klauen erinnerten. Sie schlug die Beine übereinander, zuerst das rechte über das linke, dann umgekehrt. Sie sagte nichts. Burden übernahm das Verhör. Sie lächelte ihn an. Auf die Frage, ob sie Alan Hexham getötet habe, vertiefte sich ihr Lächeln, und als er wissen wollte, ob es Maeve Tredown gewesen sei, machte sie die Augen zu. Alles Weitere war sinnlos. Nach einer halben Stunde war das Verhör zu Ende. Man brachte Claudia Ricardo in eine der beiden Zellen im Kingsmarkhamer Polizeirevier zurück, und die beiden Polizisten begaben sich wieder in Wexfords Büro. Hannah und Barry hatten sich verabschiedet, kamen aber auf Aufforderung wieder, und mit ihnen Karen Malahyde. Claudia Ricardo hatte etwas zu trinken bekommen, während Wexford und Burden leer ausgegangen waren. Hannah ließ von unten Tee kommen.

»Wie gesagt, Hexham kam nach Athelstan House und traf sich mit Tredown unter vier Augen«, nahm Wexford den Faden wieder auf. »Mir ist schleierhaft, wie Tredown so überzeugt sein konnte, dass diese Geschichte ein Bestseller werden würde. Aber wie auch immer – eines steht fest: Tredown hat sich in die Story verliebt. Er selbst hat es mir mehr oder weniger so erzählt. Und – er hatte bekanntlich recht. Er musste sich dieses Buch aneignen und es zu seinem Werk umformen. Maeve und Claudia teilten offensichtlich seine Begeisterung. Während ich aber überzeugt bin, dass Tredown sich aus freien Stücken keiner kriminellen Machenschaften bedient hätte, hätten die beiden Frauen nicht gezögert. Und das haben sie ja auch nicht. Vielleicht hat Tredown daran gedacht, Hexham das Buch abzukaufen, oder er wollte ihn davon überzeugen, dass er, Tredown, sich bereits einen Namen gemacht habe und deshalb leicht einen Verleger dafür finden würde, während Hexham mit großen Schwierigkeiten rechnen müsste. Hat sich Hexham davon verunsichern lassen? Hat er sich in diesem Zimmer im ersten Stock von Athelstan House einige von Tredowns Vorschlägen angehört und sich dann dagegen entschieden? Wollte er versuchen, das Buch auf eigene Faust zu veröffentlichen? Wenn ja, dann hatte er sich damit selbst zum Tode verurteilt.«

»Sein eigenes Todesurteil unterschrieben, Guv«, rief Barry strahlend und verwendete genau das Klischee, das Wexford vermieden hatte.

»Ja, Barry, danke. Sein zweites Manuskript hatte Hexham wieder mitgenommen. Tredowns Anmerkungen hatten ihm ungemein Mut gemacht, und er war zuversichtlich, dass er den Rest allein schaffen würde«, fuhr Wexford fort. »Um 17.30 Uhr sollte ein Zug nach London gehen, den wollte er wahrscheinlich erreichen. Möglicherweise hatte ihm Maeve erklärt, jemand würde ihn fahren, da sie damals noch nicht Auto fahren konnte. Haben die beiden Frauen versucht, Hexham die Idee auszureden, selbst einen Verlag für sein Buch zu finden? Ich denke nicht. Nachdem er tot war, hatte Maeve mit Sicherheit Tredown erklärt, er müsse sich wegen Hexham keine Gedanken mehr machen. Vor seinem Abschied hätte er gesagt, er wolle ihnen sein Buch schenken. Und zum Beweis dafür sei hier das zweite Manuskript.«

»Hat er das geglaubt?«

»Barry, wir neigen dazu, das zu glauben, was wir glauben wollen, und Tredown wollte es unbedingt glauben.«

»Guv, wer hat also Hexham gefahren?«

»Niemand«, sagte Wexford. »Zum Auto hat man ihn gebracht, zumindest dorthin, wo es stand, nämlich in die Garage. Claudias hartnäckiges Schweigen ist völlig sinnlos. Maeve hat beim Verhör durch Inspector Burden alles zugegeben, bevor man sie wegen versuchten Mordes an mir unter Anklage gestellt hat. Stimmt's, Mike?«

»Alles nicht«, erwiderte Burden, »aber eine Menge.«

»Man brachte Hexham zur Garage, wo man ihm seine Aktenmappe mit dem zweiten Manuskript abnahm und im Kofferraum verstaute. Als er sich bückte, um auf der Beifahrerseite einzusteigen, wurde von hinten mit einem Messer zugestochen, wahrscheinlich mehrfach.«

»War es Maeve oder Claudia?«, fragte Barry.

»Es war Samuel Miller, der Liebhaber von Claudia Ricardo und später von Bridget Cook. Sam Miller, der sogenannte Dichter.«

»Vielleicht hat Miller wie wild auf ihn eingestochen – warum, weiß nur der liebe Gott. Ein Messerstich hat offensichtlich eine Rippe angeknackst. Diese gebrochene Rippe war der einzige Hinweis auf einen gewaltsamen Tod, den Carina bei Hexham finden konnte.«

»Aber dass es ein Mord war, wussten wir«, meinte Karen, »weil man ihn begraben hat«, und fügte dann im Stil von Hannah hinzu: »Guv, wer ist das gewesen?«

Wexford seufzte leise. »Miller. Bill Runge hatte Grimbles Graben bereits ausgehoben und teilweise wieder verfüllt. Miller brauchte Hexham eigentlich gar nicht zu begraben. Das Grab war bereits fertig. Er musste nur noch die Leiche in ein Bettlaken wickeln – Claudias lila Bettlaken, denn das hatte natürlich niemand gestohlen –, sie nach Einbruch der Dunkelheit zu dem Graben schleppen, den armen Hexham dort hineinlegen und mit, na, vielleicht zehn Zentimeter Erde bedecken. Am nächsten Tag, am 17. Juni, hat Runge den Graben fertig verfüllt. Irgendjemand muss Miller beim Tragen der Leiche geholfen haben, und das war Claudia, wage ich zu behaupten. Sie hatte mehr Kraft als Maeve.«

»Sicher mussten sie Miller dafür bezahlen«, warf Burden ein.

»In der Tat. Ich bezweifle, ob Sex mit Claudia als Anreiz genügt hätte. Aber wie viel? Das werden wir erst wissen, wenn sie es uns sagen, und nicht einmal dann, denn beide sind geborene Lügnerinnen. Miller hat Hexham den Ring vom Finger gezogen und ihn behalten. Das wissen wir. Vielleicht tat er es im Auftrag von Claudia. Sie hätte nicht gewagt, den Ring selbst zu behalten. Miller nahm ihn und schenkte ihn drei Jahre später Bridget Cook, nachdem er vorher bereits wieder in Athelstan House aufgetaucht war, um die beiden Frauen zu erpressen. Meinem derzeitigen Wissensstand nach ist er im Laufe dieser drei Jahre mehrmals aufgetaucht und hat sie erpresst. Natürlich wegen des Plagiats und nicht wegen des Mordes; in den war er selbst viel zu tief verstrickt. Mit der Polizei hat er ihnen vermutlich nicht gedroht, sondern eher damit, dass er die Geschichte einer Klatschzeitung erzählen würde. Sie haben bezahlt, und diesmal kennen wir die Summe, die Miller ihnen abgeluchst hat – tausend Pfund.«

»Was geschah mit Miller, nachdem er Hexham begraben hatte?«, wollte Hannah wissen.

»Wir müssen davon ausgehen, dass er sich wieder seiner Karriere als Obstpflücker und Dichter gewidmet hat, möglicherweise unterbrochen von gelegentlichen Abstechern nach Sussex, um bei den Damen Tredown unter Drohungen Geld abzukassieren. Inzwischen entwickelte sich *Der erste Himmel* allmählich zu dem von Tredown prophezeiten Erfolg. Als Miller drei Jahre nach der Ermordung Hexhams wieder auftauchte, konnten sie ihn bezahlen, ohne dass es sehr wehtat. Inzwischen hatte sich Miller mit Bridget Cook verlobt. Vielleicht wollte er sie tatsächlich heiraten. Sie besaß einen Wohnwagen und ein Auto, was für einen wie ihn keine schlechte Wahl war.«

Wexford erzählte die Details: »Mit den tausend Pfund in der Jeanstasche begab sich Miller in Grimbles Bungalow. Wer weiß, wie oft er während seines Aufenthalts auf Grimble's Field schon drinnen gewesen war? Bridgets Dusche war kaputt. Er hat sich in der Küche ausgezogen, hat die Kleidung auf der Anrichte liegen gelassen und ist ins Bad, um sich unter dem spärlichen Rinnsal zu waschen, das aus dem Hahn kam. Er hatte nicht die Absicht, diese Klamotten wieder anzuziehen – mit Ausnahme des T-Shirts. Das hätte er Bridget zuliebe wieder getragen. Allerdings hätte er die Kleidungsstücke auch nicht einfach liegen gelassen. Immerhin steckten in der Jeanstasche noch tausend Pfund, und die wollte er sicher mitnehmen. Nach dem Waschen wollte er sich nach Belieben an Arthur Grimbles Garderobe bedienen. Er war sogar bereits im Schlafzimmer gewesen und hatte Schlüssel, Uhr und Brieftasche in ein Sportsakko gesteckt. Im Bad hat ihn dann Ronald McNeil überrascht. Nun behauptet Irene McNeil, Miller hätte ihren Mann mit einem Messer bedroht, und das Messer, das wir Darrel Fincher abgenommen haben, hat mit großer Wahrscheinlichkeit Miller gehört. Trotzdem – trägt ein Mann ein Messer bei sich, wenn er glaubt, er sei allein im Haus? Ein Mann, der sich bis auf die Unterwäsche ausgezogen hat? Ein Mann im *Bad*? Das glaube ich nicht. Meiner Ansicht nach ist Folgendes passiert: Nachdem McNeil Miller erschossen hatte, entdeckte er unter der Kleidung in der Küche ein Messer und legte es ins Bad, um seine Geschichte glaubwürdig zu machen. Die tausend Pfund blieben an Ort und Stelle, in Millers Jeanstasche. Schade, dass sie nie den Weg zu Bridget Cook gefunden haben.«

»Sie kann von Glück sagen, dass sie davongekommen ist«, konstatierte Hannah.

»Vielleicht wird sogar sie diese Meinung teilen«, meinte Wexford, »wenn die Öffentlichkeit erst einmal alles weiß.«

In dem Restaurant *Auf der Suche nach Indien* sagte Wexford zu Burden: »Wir kommen hierher, weil es mehr oder weniger gleich nebenan liegt – na ja, du kommst, um dich an Schönheit zu weiden, und ich muss dir zuliebe mit. Ein anderer Grund fällt mir nicht ein. Allmählich hängt mir indisches Essen zum Hals heraus.«

»An der Ecke Queen Street hat ein neues Lokal eröffnet. Mit usbekischer Küche. Wir könnten es damit versuchen.«

Der Perlenvorhang wurde beiseitegeschoben, und Matea trat heraus, dicht gefolgt von Rao in einem engen Anzug mit Fliege. Bei ihrem Anblick blieb Matea stehen und flüsterte ihrem Chef etwas zu, der daraufhin anscheinend eine Diskussion mit ihr begann, die er nach einigen Augenblicken mit ausgebreiteten Händen achselzuckend beendete und sie wieder zurückgehen ließ. Dann kam er mit zwei Speisekarten in der Hand zu Wexford und Burden herüber und verbeugte sich mit einem strahlenden Lächeln vor ihnen.

»Was sollte das denn?«, wollte Burden wissen, nachdem Rao ihre Bestellung entgegengenommen hatte.

»Weiß der Kuckuck. Ehe wir weiterreden, muss ich dir etwas miteilen. Tredown ist tot. Barry hat es mir beim Hinausgehen gesagt.«

Burden war still. »Vermutlich könnte man in diesem Fall tatsächlich von einer gnädigen Erlösung sprechen.«

»Ja. Armer Kerl. Sein Diebstahl hat ihm nicht viel Freude gebracht. Was hat er bekommen? Geld, Geld für seine zwei Teufelsbraten. Aber wenn man es richtig bedenkt, dann wussten sie damit nicht einmal etwas anzufangen. Habe ich recht? Flagford ist ein hübsches Dorf, aber sie haben im hässlichsten Haus gewohnt. Meiner Erfahrung nach haben sie nie Urlaub gemacht. Sie besaßen kein einziges ordentliches Möbelstück. Ihr Auto war fünfzehn Jahre alt. Wenn Tredown sein Bewusstsein verändern wollte, hat er sich dazu nicht teurer Opiate bedient, sondern eines Krauts, das jeder im Garten anbauen kann.«

Und der stets an modischen Dingen interessierte Burden ergänzte: »Die eine Ehefrau ist wie eine Pennerin gekleidet, und die andere trägt Billigklamotten.«

Zwei Paare hatten das Restaurant betreten, gefolgt von einem einzelnen Mann. Matea tauchte aus der Küche auf. Sie bewegte sich so schnell, dass der Perlenvorhang klapperte. Ihre übliche Grazie war dahin. Während sie den neuen Gästen die Speisekarte reichte, schaute sie bewusst nicht zu ihrem Tisch herüber.

Ohne auf ihr Verhalten einzugehen meinte Wexford: »Dieses Bild wird mir nicht so schnell aus dem Kopf gehen: Da saß der arme Teufel droben in einem Zimmer, das wir übrigens nie gesehen haben, vor einem fremden Manuskript, tippte das Ganze noch einmal ab, veränderte hier eine Kleinigkeit und da ein Wort und presste Hexhams garantiert überlegenen Stil in eine Form, die eher an seinen eigenen Schreibstil in diesen Bibelepen erinnert. Vielleicht gaben ihm diese Veränderungen das Gefühl, dass es doch nicht ganz falsch sei, was er tat. Mit Sicherheit hat er sich eingeredet, das fertige Opus … Denk nur mal, Mike, über fünfhundert Seiten in der Hardcover-Ausgabe! Wie viele Manuskriptseiten müssen das gewesen sein? Stell dir das mal vor, wie er geschuftet hat, um das Werk eines Fremden in sein eigenes zu verwandeln. Und das alles nur, damit er sich während der langen durchwachten Nächte einreden konnte, seine Tat wäre doch nicht ganz so schlimm, und es wäre kein richtiges Plagiat, weil doch der Autor gesagt hätte, er könne es haben.«

Kein Wunder, dass er Gespenster gesehen hat, dachte Wexford, ohne es laut zu sagen. Ihr Hähnchen-Tikka und das Lamm-Korma kamen, gebracht vom Besitzer, der einen nervösen Eindruck machte. Kaum war er wieder weg, meinte Wexford, dass der Mann anscheinend Fragen wegen Mateas Benehmen befürchten würde. Eine Erklärung dafür erwartete sie nebenan auf dem Polizeirevier, aber vorher verspeisten sie erst einmal ihr Mittagessen.

»Den armen Charlie Cummings hat man nie gefunden«, stellte Wexford fest.

»Viele Vermisste werden nie gefunden, zum Beispiel Darracott.«

»Ich weiß. Trotzdem hatte ich während des ganzen Falls die absurde Hoffnung, einer von uns würde irgendwo auf einen lebenden Cummings stoßen, dem es gut geht. Vermutlich sollte ich froh sein, dass wir ihn nicht tot gefunden haben. Und trotzdem liegt er irgendwo – tot. Seine Knochen ruhen in irgendeinem Weiher, einem See, einer Höhle oder in einer tiefen Grube. Irgendwie kommt es mir nicht richtig vor, wenn ein Mensch kein ordentliches Begräbnis erhält, auch wenn ich das nicht eindeutig begründen könnte.«

Burden war immer unbehaglich zumute, wenn Wexford diesen Ton anschlug.

»Was isst man denn in Usbekistan?«

»Kamelfleisch«, sagte Wexford, der keine Ahnung hatte. »Yaks. Yetis. Nudeln. Wenn ich doch nur wüsste, was das Mädchen hat. Es beunruhigt mich.«

Sie überquerten den Platz vor dem Polizeirevier. »Glaubst du, der Film wird trotzdem gedreht?«

»Wenn nicht, wäre das für Sheila ein herber Schlag. Aber sie werden drehen, Mike. Hast du je einen Film gesehen, in dem der Name des Buchautors wichtig gewesen wäre? Oder dass ihn überhaupt jemand gekannt hätte?«

Während sich Wexford mit dem diensthabenden Polizisten unterhielt, trat Karen Malahyde zu ihnen. Zum ersten Mal seit Monaten sprach sie Wexford mit »Sir« an.

»Sir, das Sozialamt von Kingsmarkham hat Shamis Imran in Obhut genommen.«

Wexford regte sich nicht. Er schien förmlich erstarrt zu sein und hielt den schweren Gips am Arm wie zur Verteidigung vor seinen Körper. »Musste das sein?«, fragte er schließlich.

»Ich dachte, Sie würden sich freuen«, meinte Karen.

»Tun *Sie* es denn?«

»Wenigstens ist sie in Sicherheit, Guv.«

»Vermutlich. In einer Hinsicht.«

Er setzte sich Richtung Lift in Bewegung, wo ihn Burden einholte. »Das also lag bei Matea im Argen. Reg, es lässt sich nicht ändern. Solange Shamis zu Hause war, hätte nichts einen erneuten Versuch ihrer Eltern verhindern können. Man hätte eben ein anderes ›Tantchen‹ aus Somalia geholt.« Verblüfft sah Wexford ihn an. »Ja, ich weiß. Ich habe mich über Genitalverstümmelung informiert. Ich bilde mir ein, ich wüsste jetzt ungefähr, wie wichtig sie für diese Menschen ist. Es ist dasselbe, als wenn wir unsere Töchter nicht impfen lassen würden, ja sogar noch schlimmer. Als wenn wir unsere Töchter nicht zur Schule schicken würden.«

Noch einmal betonte Wexford, dass auch er diese Vermutung teile. Während der Lift langsam in den zweiten Stock fuhr, sah er vor seinem inneren Auge die Imrans in ihrem »Penthouse« vor sich. Aus der Wohnung nebenan dröhnte harte Rockmusik. Stumm und von für sie unerklärlichen Gesetzen verwirrt saßen beide Eltern da und begriffen nicht, warum man ihnen das angetan hatte. Sie hatten das Beste für ihre Tochter getan und dafür gesorgt, dass sie in der Gemeinschaft akzeptiert und als Ehefrau begehrt sein würde. Und trotzdem hatte man sie ihnen weggenommen. Sie waren als Erziehungsberechtigte ungeeignet. Was hatten sie falsch gemacht? *Le métier d'homme est difficile.* Mensch sein ist wahrlich eine schwierige Aufgabe. Auf Französisch klang es viel besser.

An einem düsteren Tag Ende November – am selben Tag hatte das Bauamt von Kingsmarkham zum zweiten Mal John Grimbles Antrag auf Errichtung mehrerer Häuser abgelehnt – wagten sich Jim Belbury und Honey vorsichtig wieder in ihr Trüffelrevier, denn die Pilzsaison war noch nicht ganz vorbei. Der Graben war verfüllt, die Polizeiabsperrung verschwunden. Jim hatte als Belohnung für Honey – für den Erfolgsfall – ein ordentliches Stück Sonntagsbraten dabei, hygienisch in einer recycelbaren Plastiktüte verpackt.

Ihr Jagdgebiet war es nach wie vor, aber diesmal eine andere Stelle, sonst wäre es Jim ein wenig mulmig gewesen. Suchend liefen sie das Grundstück ab, bis Jim unter einer Eiche einen Fliegenschwarm herumschwirren sah. Die Eiche stand direkt am Gartenzaun der Pickfords, aber in deren Garten war niemand. Dafür war es zu kalt und zu feucht. Hinter den Terrassentüren sah Jim den Fernsehbildschirm leuchten und davor Mr. Pickford, der zusammen mit seinem Sohn ein Kricketmatch aus Australien verfolgte.

Jim rief seinen Standardspruch: »Los, Mädel, buddeln!«

Auf diese Wörter wartete Honey. Vermutlich hätte nichts anderes sie in Gang gesetzt, aber schon diese drei Wörter genügten. Sie schnappte nach den Fliegen und begann, geschäftig die frisch gefallenen Blätter, die darunter liegende, bereits verrottete Laubschicht und den weichen Lehmboden zu durchwühlen. Jim rechnete nicht mit Erfolg. Diesmal nicht, dazu war das Jahr schon zu weit fortgeschritten. Aber Honey hatte ihren Spaß. Er zupfte an ihrer Leine und zog sie zu dem Platz, wo sich die Fliegen nach ihrer Vertreibung erneut versammelt hatten und wieder wie verrückt herumtanzten.

Diesmal änderte er sein Kommando etwas ab: »Probier's mal, Mädel.«

Sie brauchte länger als üblich, buddelte tiefer. Beim Anblick des Riesentrüffels, mit dem sie auftauchte, wollte er seinen Augen nicht trauen. Sie konnte ihn kaum in der Schnauze halten. Er war fast zu groß für sie, so groß wie der größte Selleriekopf in Morella's Hofladen, so groß wie ein Halloween-Kürbis.

Jim hielt die Hände auf. Sie ließ ihn ohne Protest hineinfallen. Er schnüffelte daran. Dieses Aroma, dieser Duft! Dafür würde einer der schicken Londoner Küchenchefs, die im Fernsehen auftraten, mehr bezahlen, als Jims Heizölrechnung für den nächsten Winter ausmachte. »Braves Mädel«, sagte er und ließ eine dicke Scheibe erstklassiges schottisches Rindfleisch in Honeys Schnauze fallen.